Heinrich von Kleist
Die Marquise von O...
Sämtliche Erzählungen

Heinrich von Kleist

DIE MARQUISE VON O...

Sämtliche Erzählungen

Mit einer Einleitung von
Karl-Heinz Ebnet

Die Reihe erscheint bei SWAN Buch-Vertrieb GmbH, Kehl
Editorische Betreuung: Karl-Heinz Ebnet, München
Gestaltung: Schöllhammer & Sauter, München
Satz: WTD Wissenschaftlicher Text-Dienst/pinkuin, Berlin
Umschlagbild: Dominique Ingres, Halbakt einer Badenden (Ausschnitt)

DIE DEUTSCHEN KLASSIKER

© 1993 SWAN Buch-Vertrieb GmbH, Kehl
Gesamtherstellung: Brodard et Taupin, La Flèche
Printed in France
ISBN: 3-89507-003-3

DIE MARQUISE VON O...

Sämtliche Erzählungen

Ich komme, ich weiß nicht, von wo? Ich bin, ich weiß nicht, was? Ich fahre, ich weiß nicht, wohin? Mich wundert, daß ich so fröhlich bin.

Im Februar 1802 teilte Kleist in einem Brief an Heinrich Zschokke diesen Vers mit, den er am Haus Geßners in Thun vorgefunden hatte und der ihn außerordentlich berührte. Bezeichnend für seine eigene Existenz? War Kleist, der Mensch, der Dichter, heimatlos, ohne feste Vergangenheit, ohne bestimmbare Zukunft, ohne Identität gar, ein moderner Mensch im Zeitalter der Klassik und Romantik? Und dabei fröhlich, wenn es auch einem Wunder gleichkam?

Heimatlos war Kleist sicherlich.

Als Sohn eines Kompaniechefs wuchs er ganz im Sinne preußischer Tradition auf, mit fünfzehn trat er als Gefreiterkorporal in das Garderegiment in Potsdam ein, 1793 nahm er am Rheinfeldzug teil, 1799 erhielt Kleist, mittlerweile Sekondeleutnant, endlich den erhofften Abschied: es waren für ihn *sieben unwiederbringlich verlorene Jahre.*

Kleist brach mit der Tradition und der ihm vorgezeichneten Militärlaufbahn. In Frankfurt an der Oder, seinem Heimatort, begann er das Studium der Physik, Mathematik und Kameralia, der Volkswirtschaft; Wissenschaften, die das Ich auf den Weg zur Wahrheit bringen sollten.

Der Weg erwies sich bald als Sackgasse. Ausgelöst durch die Lektüre Kants brach für ihn das Wissenschaftsideal zusammen. An seine Verlobte Wilhelmine von Zenge schrieb er 1801: *Wenn alle Menschen statt der Augen grüne Gläser hätten, so würden sie urteilen müssen, die Gegenstände, welche sie dadurch erblickten, sind grün — und nie würden sie entscheiden können, ob ihr Auge ihnen die Dinge zeigt, wie sie sind, oder ob es nicht etwas zu ihnen hinzutut, was nicht ihnen, sondern dem Auge gehört. So ist es mit dem Verstande. Wir können nicht entscheiden, ob das, was wir Wahrheit nennen, wahrhaft Wahrheit ist, oder ob es uns nur so scheint. Ist es das letzte, so ist die Wahrheit, die wir hier sammeln, nach dem Tode nicht mehr – und alles Bestreben, ein Eigentum sich zu erwerben, das uns auch in das Grab folgt, ist vergeblich... Mein einziges, mein höchstes Ziel ist gesunken, ich habe nun keines mehr.*

Überstürzt verließ Kleist Berlin. Was nun begann, glich einer langen, odysseehaften Reise durch halb Europa auf der Suche nach einem anderen Weg zur Wahrheit.

In Begleitung seiner Schwester Ulrike gelangte er über Dresden, Frankfurt am Main und Straßburg nach Paris. Vier Monate blieb er dort, das Vorhaben, seine physikalischen Studien abzuschließen, ließ er fallen. Die Stadt gefiel ihm nicht, die beiden Geschwister kehrten nach Deutschland zurück und trennten sich in Frankfurt, alleine ging Kleist in die Schweiz, wo er in Thun die eingangs zitierten Verse vorfand. Er trug sich mit dem Gedanken, sich als Bauer niederzulassen – wahrscheinlich beeinflußt von Rousseau, den er in Paris gelesen hatte –, ließ auch diesen Plan fallen und schrieb auf der Delosea-Insel bei Thun die *Familie Schroffenstein* und erste Anfänge des *Guiskard*. Kleist wurde Dichter.

Aber welch einer!

Eine Reihe von Jahren, in welchen ich über die Welt im großen frei denken konnte, hat mich dem, was die Menschen Welt nennen, sehr unähnlich gemacht. Manches, was die Menschen ehrwürdig nennen, ist es mir nicht, vieles, was ihnen verächtlich scheint, ist es mir nicht. Ich trage eine innere Vorschrift in meiner Brust, gegen welche alle äußeren, und wenn sie ein König unterschrieben hätte, nichtswürdig sind. Daher fühle ich mich ganz unfähig, mich in irgendein konventionelles Verhältnis der Welt zu passen... Aber Bücherschreiben für Geld – o nichts davon... ich begreife nicht, wie ein Dichter das Kind seiner Liebe einem so rohen Haufen, wie die Menschen sind, übergeben kann.

Kleist erkrankte schwer; Kopfschmerzen, Verdauungsstörungen, Beklemmungsgefühle, kurz: ein Leiden psychosomatischen Ursprungs, das ihn sein Leben lang verfolgen sollte. Ulrike, eigens angereist, brachte ihn nach Deutschland; die nächste Station hieß Oßmannstedt, wo er beim alten Wieland weilte, der ihn in seinem dichterischen Schaffen ermutigte. Kleist jedoch wollte, »mußte« fort aus dessen Haus, *wo ich mehr Liebe gefunden habe, als die ganze Welt zusammen aufbringen kann... - Aber ich mußte fort. O Himmel, was ist das für eine Welt!*

Erneut war die Schweiz das Ziel; über Mailand, Genf und Lyon aber ging es weiter, im Oktober 1803 befand er sich wieder in Paris. Dort verbrannte er das Manuskript, das Wieland so gelobt und auf dessen Fertigstellung er gedrängt hatte, den *Guiskard*.

Kleist, verwirrt und scheinbar mit dem Leben abgeschlossen, wollte zu Fuß – und ohne Paß – nach Boulogne und dort französische Kriegsdienste nehmen, um bei der geplanten Invasion Englands ein *unendlich-prächtiges Grab* zu finden. Ein französischer Major nahm sich jedoch seiner an und schickte ihn nach Deutschland zurück. In Mainz, erneut von schwerer Krankheit niedergeworfen, faßte er die Absicht, Tischler zu werden.

Im nächsten Sommer war er wieder in Berlin, seine Bewerbungen um eine Anstellung im zivilen Dienst wurden allesamt abgelehnt. 1805 schließlich erhielt er auf Empfehlung Massenbachs und Hardenbergs Arbeit im Finanzdepartement, dann wurde er als Diätar an der Domänenkammer nach Königsberg versetzt. Wegen ständiger Krankheiten bat er um Dispens, Mitte 1806 erhielt er Urlaub und begab sich zum Badeaufenthalt nach Pillau. In diesen Monaten, an Leib und Seele völlig zerrüttet, entstanden die *Marquise von O...*, *Michael Kohlhaas*, das *Erdbeben in Chili*, der *Zerbrochene Krug* und *Amphitryon*.

Kaum genesen, wurde er in Berlin – er durfte nicht zur Ruhe kommen – von den Franzosen, die nach dem Zusammenbruch Preußens Berlin besetzt hatten, als Kriegsspion verhaftet. Man deportierte ihn in das Gefangenenlager Châlons sur Marne. Ende Juli 1807 erwirkte seine Schwester die Freilassung.

Über Berlin und Cottbus kam Kleist schließlich nach Dresden, wo er von September 1807 bis April 1809 blieb, die Zeitschrift *Phöbus* herausgab, die *Penthesilea* und die *Hermannsschlacht* vollendete und am *Käthchen von Heilbronn* arbeitete.

Es folgte 1809, motiviert durch die Erhebung Österreichs gegen Napoleon, eine Reise nach Wien, die er in Begleitung Dahlmanns unternahm. Auf der Rückreise allerdings lag er wochenlang krank im Prager Spital, wo man ihn mühsam wieder aufrichtete. In Berlin kursierten bereits Gerüchte von seinem Tod.

Der letzte Akt in seinem Leben begann.

Anfang 1810 tauchte Kleist wieder in Berlin auf. Achim von Arnim gab in einem Brief an die Brüder Grimm folgende Charakterisierung: Kleist *sei eine sehr eigentümliche, ein wenig verdrehte Natur, wie das fast immer der Fall, wo sich Talent aus der alten preußischen Montierung durcharbeitet... er ist der unbefangenste, fast zynische Mensch, der mir lange begegnet, hat eine gewisse Unbestimmtheit in der Rede, die sich dem Stammern nähert und in seinen Arbeiten durch stetes Ausstreichen und Abändern sich äußert, er lebt sehr wunderlich, oft ganze Tage im Bette, um da ungestörter bei der Tabakspfeife zu arbeiten.*

Kleist, der unbefangenste, zynische Mensch – hatte er nicht selbst über den tragischen Ausgang seines Stücks lachen müssen, an dessen Ende der Doppelmord zweier Väter an ihren Kindern steht, so wie Zschokke berichtete? *Als uns Kleist eines Tages sein Trauerspiel* Die Familie Schroffenstein *vorlas, ward im letzten Akt das allseitige Gelächter der Zuhörerschaft, wie auch des Dichters, so stürmisch und endlos, daß bis zu seiner letzten Mordszene zu gelangen, zur Unmöglichkeit wurde.*

Es war das Lachen des Verzweifelten, der in sich keinen Grund mehr sah, die eigene Verzweiflung, obwohl höchst konkret erfahren, noch ernst zu nehmen. Der Zusammenbruch des Wissenschaftsideals zerstörte nicht nur den Glauben an eine objektiv erkennbare Wahrheit, auch jeglicher moralischer und ethischer Grund geriet ins Wanken. Kleists Heimatlosigkeit war die Heimatlosigkeit des denkenden Subjekts, dem sich, seiner Fähigkeit beraubt, positive, »wahre« Aussagen über seine Welt zu machen, eben diese Welt entzieht. Es befindet sich auf dem ständigen Rückzug aus den Dingen, hin zu sich selbst – doch was es dort schaut, ist nicht mehr ein Subjekt, das sich der Dinge bemächtigen kann, sondern – rätselhafter, verzweifelter Grund – seine eigene Leere.

Man kann dieses Lachen Kleists als ironisches Lachen bezeichnen, als Lachen, das entsteht, wenn jeder Sinn und jede Legitimierung des eigenen Tuns verlorengehen und alles, was vordem die Welt bedeutete, in die Schwebe gerät. Hinfällig wird die Bestimmtheit der Rede, übermächtig die Notwendigkeit, stets auszustreichen und abzuändern.

Wie keiner vor ihm und – will man gewagt vorgreifen – erst wieder Franz Kafka hundert Jahre nach ihm hatte Kleist die Totesstille der Ironie empfunden, in der das Subjekt in die eigene Leere blickt. Seine Texte sind mit ihr wie von einem feinen Gespinst überzogen. In den Eingangssätzen der *Marquise von O...* verbirgt sie sich gleichsam zwischen den Zeilen, unausgesprochen steht sie bereits in der Auslassung ihres Namens, konkret äußert sie sich wie in vielen seiner Erzählungen in einem Rätsel, dem Rätsel, dem die Marquise mit Hilfe einer Zeitungsannonce, lächerliches und verzweifeltes Mittel zugleich, auf die Spur kommen möchte.

Kleist hatte die Wahrheit gesucht, hatte, wie er schreiben wird, vom Baum der Erkenntnis gegessen und war gefallen, in die negative Unabhängigkeit von allem, die ihn nicht frei werden ließ. *Aber Hoffnung muß bei den Lebenden sein*, schrieb er an Ulrike, nachdem wieder eine Hoffnung, seine patriotische, mit der Niederlage der Österreicher bei Wagram, sich verflüchtigt hatte.

Und doch wußte Kleist genau, wo er stand.

Die Leere, in die er schaute, nachdem der wissenschaftliche, rationale Weg zur Wahrheit sich als Irrtum herausgestellt hatte, der ihm das Paradies verriegelte, war nicht das Nichts; was sich ihm auftat, war eine Reise, die ihn kreuz und quer durch Europa führte, und darüber hinaus: *das Paradies ist verriegelt und der Cherub hinter uns; wir müssen die Reise um die Welt machen, und sehen, ob es vielleicht von hinten irgendwo wieder offen ist*, heißt es in seinem Aufsatz *Über das Marionettentheater*.

Und weiter: *Wir sehen, daß in dem Maße, als, in der organischen Welt, die Reflexion dunkler und schwächer wird, die Grazie darin immer strahlender und herrschender hervortritt. – Doch so, wie sich der Durchschnitt zweier Linien, auf der einen Seite eines Punkts, nach dem Durchgang durch das Unendliche, plötzlich wieder auf der anderen Seite einfindet, oder das Bild des Hohlspiegels, nachdem es sich in das Unendliche entfernt hat, plötzlich wieder dicht vor uns tritt: so findet sich auch, wenn die Erkenntnis gleichsam durch ein Unendliches gegangen ist, die Grazie wieder ein; so, daß sie, zu gleicher Zeit, in demjenigen menschlichen Körperbau am reinsten erscheint, der entweder gar keins, oder ein unendliches Bewußtsein hat, d.h. in dem Gliedermann, oder in dem Gott.*

Mithin, sagte ich ein wenig zerstreut, müßten wir wieder von dem Baum der Erkenntnis essen, um in den Stand der Unschuld zurückzufallen?

Allerdings, antwortete er; das ist das letzte Kapitel von der Geschichte der Welt.

Nochmaliges Essen vom Baum der Erkenntnis – welch eine Forderung. Kleist hatte sich der Kunst zugewandt, als der anderen Wissenschaft, die den Weg zum Paradies weist, nachdem die scheinbar objektiven Wissenschaften ihre Unschuld verloren hatten; es war, wie vielleicht alle Wege in seinem Leben, der kürzeste Umweg: der über die Unendlichkeit.

Und wie der Gesprächspartner im Aufsatz richtig bemerkte: das letzte Kapitel von der Geschichte der Welt.

Heinrich von Kleist wurde am 18. Oktober 1777 geboren, am 21. November 1811 beging er am Wannsee Selbstmord.

DIE MARQUISE VON O...

(Nach einer wahren Begebenheit, deren Schauplatz vom
Norden nach dem Süden verlegt worden)

In M..., einer bedeutenden Stadt im oberen Italien, ließ
die verwitwete Marquise von O..., eine Dame von vor-
trefflichem Ruf, und Mutter von mehreren wohlerzoge-
nen Kindern, durch die Zeitungen bekannt machen:
daß sie, ohne ihr Wissen, in andre Umstände gekommen
sei, daß der Vater zu dem Kinde, das sie gebären würde,
sich melden solle; und daß sie, aus Familienrücksichten,
entschlossen wäre, ihn zu heiraten. Die Dame, die einen
so sonderbaren, den Spott der Welt reizenden Schritt,
beim Drang unabänderlicher Umstände, mit solcher
Sicherheit tat, war die Tochter des Herrn von G...,
Kommandanten der Zitadelle bei M... Sie hatte, vor
ungefähr drei Jahren, ihren Gemahl, den Marquis von
O..., dem sie auf das innigste und zärtlichste zugetan
war, auf einer Reise verloren, die er, in Geschäften der
Familie, nach Paris gemacht hatte. Auf Frau von G...s,
ihrer würdigen Mutter, Wunsch, hatte sie, nach seinem
Tode, den Landsitz verlassen, den sie bisher bei V...
bewohnt hatte, und war, mit ihren beiden Kindern, in
das Kommandantenhaus, zu ihrem Vater, zurückgekehrt. Hier hatte sie die nächsten Jahre mit Kunst,
Lektüre, mit Erziehung, und ihrer Eltern Pflege beschäftigt, in der größten Eingezogenheit zugebracht, bis
der ... Krieg plötzlich die Gegend umher mit den Truppen fast aller Mächte und auch mit russischen erfüllte.
Der Obrist von G..., welcher den Platz zu verteidigen
Order hatte, forderte seine Gemahlin und seine Tochter

auf, sich auf das Landgut, entweder der letzteren, oder
seines Sohnes, das bei V... lag, zurückzuziehen. Doch
ehe sich die Abschätzung noch, hier der Bedrängnisse,
denen man in der Festung, dort der Greuel, denen man
auf dem platten Lande ausgesetzt sein konnte, auf der
Waage der weiblichen Überlegung entschieden hatte:
war die Zitadelle von den russischen Truppen schon
berennt, und aufgefordert, sich zu ergeben. Der Obrist
erklärte gegen seine Familie, daß er sich nunmehr verhalten würde, als ob sie nicht vorhanden wäre; und
antwortete mit Kugeln und Granaten. Der Feind, seinerseits, bombardierte die Zitadelle. Er steckte die Magazi-
ne in Brand, eroberte ein Außenwerk, und als der Kommandant, nach einer nochmaligen Aufforderung, mit
der Übergabe zauderte, so ordnete er einen nächtlichen
Überfall an, und eroberte die Festung mit Sturm.
 Eben als die russischen Truppen, unter einem heftigen Haubitzenspiel, von außen eindrangen, fing der
linke Flügel des Kommandantenhauses Feuer und nötigte die Frauen, ihn zu verlassen. Die Obristin, indem
sie der Tochter, die mit den Kindern die Treppe hinab-
floh, nacheilte, rief, daß man zusammenbleiben, und
sich in die unteren Gewölbe flüchten möchte; doch eine
Granate, die, eben in diesem Augenblicke, in dem Hause zerplatzte, vollendete die gänzliche Verwirrung in
demselben. Die Marquise kam, mit ihren beiden Kindern, auf den Vorplatz des Schlosses, wo die Schüsse
schon, im heftigsten Kampf, durch die Nacht blitzten,
und sie, besinnungslos, wohin sie sich wenden solle,
wieder in das brennende Gebäude zurückjagten. Hier,
unglücklicher Weise, begegnete ihr, da sie eben durch
die Hintertür entschlüpfen wollte, ein Trupp feindli-
cher Scharfschützen, der, bei ihrem Anblick, plötzlich
still ward, die Gewehre über die Schultern hing, und sie,
unter abscheulichen Gebärden, mit sich fortführte. Vergebens rief die Marquise, von der entsetzlichen, sich
unter einander selbst bekämpfenden, Rotte bald hier,
bald dorthin gezerrt, ihre zitternden, durch die Pforte

zurückfliehenden Frauen, zu Hülfe. Man schleppte sie in den hinteren Schloßhof, wo sie eben, unter den schändlichsten Mißhandlungen, zu Boden sinken wollte, als, von dem Zetergeschrei der Dame herbeigerufen, ein russischer Offizier erschien, und die Hunde, die nach solchem Raub lüstern waren, mit wütenden Hieben zerstreute. Der Marquise schien er ein Engel des Himmels zu sein. Er stieß noch dem letzten viehischen Mordknecht, der ihren schlanken Leib umfaßt hielt, mit dem Griff des Degens ins Gesicht, daß er, mit aus dem Mund vorquellendem Blut, zurücktaumelte; bot dann der Dame, unter einer verbindlichen, französischen Anrede den Arm, und führte sie, die von allen solchen Auftritten sprachlos war, in den anderen, von der Flamme noch nicht ergriffenen, Flügel des Palastes, wo sie auch völlig bewußtlos niedersank. Hier – traf er, da bald darauf ihre erschrockenen Frauen erschienen, Anstalten, einen Arzt zu rufen; versicherte, indem er sich den Hut aufsetzte, daß sie sich bald erholen würde; und kehrte in den Kampf zurück.

Der Platz war in kurzer Zeit völlig erobert, und der Kommandant, der sich nur noch wehrte, weil man ihm keinen Pardon geben wollte, zog sich eben mit sinkenden Kräften nach dem Portal des Hauses zurück, als der russische Offizier, sehr erhitzt im Gesicht, aus demselben hervortrat, und ihm zurief, sich zu ergeben. Der Kommandant antwortete, daß er auf diese Aufforderung nur gewartet habe, reichte ihm seinen Degen dar, und bat sich die Erlaubnis aus, sich ins Schloß begeben, und nach seiner Familie umsehen zu dürfen. Der russische Offizier, der, nach der Rolle zu urteilen, die er spielte, einer der Anführer des Sturms zu sein schien, gab ihm, unter Begleitung einer Wache, diese Freiheit; setzte sich, mit einiger Eilfertigkeit, an die Spitze eines Detachements, entschied, wo er noch zweifelhaft sein mochte, den Kampf, und bemannte schleunigst die festen Punkte des Forts. Bald darauf kehrte er auf den Waffenplatz zurück, gab Befehl, der Flamme, welche

wütend um sich zu greifen anfing, Einhalt zu tun, und
leistete selbst hierbei Wunder der Anstrengung, als man
seine Befehle nicht mit dem gehörigen Eifer befolgte.
Bald kletterte er, den Schlauch in der Hand, mitten
unter brennenden Giebeln umher, und regierte den
Wasserstrahl; bald steckte er, die Naturen der Asiaten
mit Schaudern erfüllend, in den Arsenälen, und wälzte
Pulverfässer und gefüllte Bomben heraus. Der Kommandant, der inzwischen in das Haus getreten war,
geriet auf die Nachricht von dem Unfall, der die Marquise betroffen hatte, in die äußerste Bestürzung. Die
Marquise, die sich schon völlig, ohne Beihülfe des Arztes, wie der russische Offizier vorher gesagt hatte, aus
ihrer Ohnmacht wieder erholt hatte, und bei der Freude, alle die Ihrigen gesund und wohl zu sehen, nur
noch, um die übermäßige Sorge derselben zu be-
schwichtigen, das Bett hütete, versicherte ihm, daß sie
keinen andern Wunsch habe, als aufstehen zu dürfen,
um ihrem Retter ihre Dankbarkeit zu bezeugen. Sie
wußte schon, daß er der Graf F..., Obristlieutenant vom
t...n Jägerkorps, und Ritter eines Verdienst- und mehrerer anderen Orden war. Sie bat ihren Vater, ihn inständigst zu ersuchen, daß er die Zitadelle nicht verlasse,
ohne sich einen Augenblick im Schloß gezeigt zu haben.
Der Kommandant, der das Gefühl seiner Tochter ehrte,
kehrte auch ungesäumt in das Fort zurück, und trug
ihm, da er unter unaufhörlichen Kriegsanordnungen
umherschweifte, und keine bessere Gelegenheit zu finden war, auf den Wällen, wo er eben die zerschossenen
Rotten revidierte, den Wunsch seiner gerührten Tochter vor. Der Graf versicherte ihn, daß er nur auf den
Augenblick warte, den er seinen Geschäften würde ab-
müßigen können, um ihr seine Ehrerbietigkeit zu bezeugen. Er wollte noch hören, wie sich die Frau Marquise befinde? als ihn die Rapporte mehrerer Offiziere
schon wieder in das Gewühl des Krieges zurückrissen.
Als der Tag anbrach, erschien der Befehlshaber der
russischen Truppen, und besichtigte das Fort. Er be-

zeugte dem Kommandanten seine Hochachtung, bedauerte, daß das Glück seinen Mut nicht besser unterstützt habe, und gab ihm, auf sein Ehrenwort, die Freiheit, sich hinzubegeben, wohin er wolle. Der Kommandant versicherte ihn seiner Dankbarkeit, und äußerte,
wie viel er, an diesem Tage, den Russen überhaupt, und
besonders dem jungen Grafen F..., Obristlieutenant
vom t...n Jägerkorps, schuldig geworden sei. Der General fragte, was vorgefallen sei; und als man ihn von dem
frevelhaften Anschlag auf die Tochter desselben unterrichtete, zeigte er sich auf das äußerste entrüstet. Er rief
den Grafen F... bei Namen vor. Nachdem er ihm zuvörderst wegen seines eignen edelmütigen Verhaltens eine
kurze Lobrede gehalten hatte: wobei der Graf über das
ganze Gesicht rot ward; schloß er, daß er die Schandker-
le, die den Namen des Kaisers brandmarkten, niederschießen lassen wolle; und befahl ihm, zu sagen, wer sie
seien. Der Graf F... antwortete, in einer verwirrten
Rede, daß er nicht im Stande sei, ihre Namen anzugeben, indem es ihm, bei dem schwachen Schimmer der
Reverberen im Schloßhof, unmöglich gewesen wäre,
ihre Gesichter zu erkennen. Der General, welcher gehört hatte, daß damals schon das Schloß in Flammen
stand, wunderte sich darüber; er bemerkte, wie man
wohl bekannte Leute in der Nacht an ihren Stimmen
erkennen könnte; und gab ihm, da er mit einem verlegenen Gesicht die Achseln zuckte, auf, der Sache auf das
allereifrigste und strengste nachzuspüren. In diesem
Augenblick berichtete jemand, der sich aus dem hintern
Kreise hervordrängte, daß einer von den, durch den
Grafen F... verwundeten, Frevlern, da er in dem Korridor niedergesunken, von den Leuten des Kommandanten in ein Behältnis geschleppt worden, und darin noch
befindlich sei. Der General ließ diesen hierauf durch
eine Wache herbeiführen, ein kurzes Verhör über ihn
halten; und die ganze Rotte, nachdem jener sie genannt
hatte, fünf an der Zahl zusammen, erschießen. Dies
abgemacht, gab der General, nach Zurücklassung einer

kleinen Besatzung, Befehl zum allgemeinen Aufbruch
der übrigen Truppen; die Offiziere zerstreuten sich
eiligst zu ihren Korps; der Graf trat, durch die Verwirrung der Auseinander-Eilenden, zum Kommandanten,
und bedauerte, daß er sich der Frau Marquise, unter
diesen Umständen, gehorsamst empfehlen müsse: und
in weniger, als einer Stunde, war das ganze Fort von
Russen wieder leer.

Die Familie dachte nun darauf, wie sie in der Zukunft eine Gelegenheit finden würde, dem Grafen irgend eine Äußerung ihrer Dankbarkeit zu geben; doch
wie groß war ihr Schrecken, als sie erfuhr, daß derselbe
noch am Tage seines Aufbruchs aus dem Fort, in einem
Gefecht mit den feindlichen Truppen, seinen Tod gefunden habe. Der Kurier, der diese Nachricht nach M...
brachte, hatte ihn mit eignen Augen, tödlich durch die
Brust geschossen, nach P... tragen sehen, wo er, wie man
sichere Nachricht hatte, in dem Augenblick, da ihn die
Träger von den Schultern nehmen wollten, verblichen
war. Der Kommandant, der sich selbst auf das Posthaus
verfügte, und sich nach den näheren Umständen dieses
Vorfalls erkundigte, erfuhr noch, daß er auf dem
Schlachtfeld, in dem Moment, da ihn der Schuß traf,
gerufen habe: »Julietta! Diese Kugel rächt dich!« und
nachher seine Lippen auf immer geschlossen hätte. Die
Marquise war untröstlich, daß sie die Gelegenheit hatte
vorbeigehen lassen, sich zu seinen Füßen zu werfen. Sie
machte sich die lebhaftesten Vorwürfe, daß sie ihn, bei
seiner, vielleicht aus Bescheidenheit, wie sie meinte,
herrührenden Weigerung, im Schlosse zu erscheinen,
nicht selbst aufgesucht habe; bedauerte die Unglückliche, ihre Namensschwester, an die er noch im Tode
gedacht hatte; bemühte sich vergebens, ihren Aufenthalt zu erforschen, um sie von diesem unglücklichen
und rührenden Vorfall zu unterrichten; und mehrere
Monden vergingen, ehe sie selbst ihn vergessen konnte.

Die Familie mußte nun das Kommandantenhaus
räumen, um dem russischen Befehlshaber darin Platz

zu machen. Man überlegte anfangs, ob man sich nicht auf die Güter des Kommandanten begeben sollte, wozu die Marquise einen großen Hang hatte; doch da der Obrist das Landleben nicht liebte, so bezog die Familie ein Haus in der Stadt, und richtete sich dasselbe zu einer immerwährenden Wohnung ein. Alles kehrte nun in die alte Ordnung der Dinge zurück. Die Marquise knüpfte den lange unterbrochenen Unterricht ihrer Kinder wieder an, und suchte, für die Feierstunden, ihre Staffelei und Bücher hervor: als sie sich, sonst die Göttin der Gesundheit selbst, von wiederholten Unpäßlichkeiten befallen fühlte, die sie ganze Wochen lang, für die Gesellschaft untauglich machten. Sie litt an Übelkeiten, Schwindeln und Ohnmachten, und wußte nicht, was sie aus diesem sonderbaren Zustand machen solle. Eines Morgens, da die Familie beim Tee saß, und der Vater sich, auf einen Augenblick, aus dem Zimmer entfernt hatte, sagte die Marquise, aus einer langen Gedankenlosigkeit erwachend, zu ihrer Mutter: wenn mir eine Frau sagte, daß sie ein Gefühl hätte, ebenso, wie ich jetzt, da ich die Tasse ergriff, so würde ich bei mir denken, daß sie in gesegneten Leibesumständen wäre. Frau von G... sagte, sie verstände sie nicht. Die Marquise erklärte sich noch einmal, daß sie eben jetzt eine Sensation gehabt hätte, wie damals, als sie mit ihrer zweiten Tochter schwanger war. Frau von G... sagte, sie würde vielleicht den Phantasus gebären, und lachte. Morpheus wenigstens, versetzte die Marquise, oder einer der Träume aus seinem Gefolge, würde sein Vater sein; und scherzte gleichfalls. Doch der Obrist kam, das Gespräch ward abgebrochen, und der ganze Gegenstand, da die Marquise sich in einigen Tagen wieder erholte, vergessen.

Bald darauf ward der Familie, eben zu einer Zeit, da sich auch der Forstmeister von G..., des Kommandanten Sohn, in dem Hause eingefunden hatte, der sonderbare Schrecken, durch einen Kammerdiener, der ins Zimmer trat, den Grafen F... anmelden zu hören. Der Graf F...! sagte der Vater und die Tochter zugleich; und das Erstaunen machte alle sprachlos. Der Kammerdiener versicherte, daß er recht gesehen und gehört habe, und daß der Graf schon im Vorzimmer stehe, und warte. Der Kommandant sprang sogleich selbst auf, ihm zu öffnen, worauf er, schön, wie ein junger Gott, ein wenig bleich im Gesicht, eintrat. Nachdem die Szene unbegreiflicher Verwunderung vorüber war, und der Graf, auf die Anschuldigung der Eltern, daß er ja tot sei, versichert hatte, daß er lebe; wandte er sich, mit vieler Rührung im Gesicht, zur Tochter, und seine erste Frage war gleich, wie sie sich befinde? Die Marquise versicherte, sehr wohl, und wollte nur wissen, wie *er* ins Leben erstanden sei? Doch *er*, auf seinem Gegenstand beharrend, erwiderte: daß sie ihm nicht die Wahrheit sage; auf ihrem Antlitz drücke sich eine seltsame Mattigkeit aus; ihn müsse alles trügen, oder sie sei unpäßlich, und leide. Die Marquise, durch die Herzlichkeit, womit er dies vorbrachte, gut gestimmt, versetzte: nun ja; diese Mattigkeit, wenn er wolle, könne für die Spur einer Kränklichkeit gelten, an welcher sie vor einigen Wochen gelitten hätte; sie fürchte inzwischen nicht, daß diese weiter von Folgen sein würde. Worauf er, mit einer aufflammenden Freude, erwiderte: er auch nicht! und hinzusetzte, ob sie ihn heiraten wolle? Die Marquise wußte nicht, was sie von dieser Aufführung denken solle. Sie sah, über und über rot, ihre Mutter, und diese, mit Verlegenheit, den Sohn und den Vater an; während der Graf vor die Marquise trat, und indem er ihre Hand nahm, als ob er sie küssen wollte, wiederholte: ob sie ihn verstanden hätte? Der Kommandant sagte: ob er nicht Platz nehmen wolle; und setzte ihm, auf eine verbindliche, obschon etwas ernsthafte, Art einen Stuhl hin. Die Obristin sprach: in der Tat, wir werden glauben, daß Sie ein Geist sind, bis Sie uns werden eröffnet haben, wie Sie aus dem Grabe, in welches man Sie zu P... gelegt hatte, erstanden sind. Der Graf setzte sich, indem er die Hand der Dame fahren ließ, nieder, und sagte, daß er, durch die Umstände gezwungen, sich sehr kurz fassen müsse; daß er,

tödlich durch die Brust geschossen, nach P... gebracht
worden wäre; daß er mehrere Monate daselbst an seinem Leben verzweifelt hätte; daß während dessen die
Frau Marquise sein einziger Gedanke gewesen wäre;
daß er die Lust und den Schmerz nicht beschreiben
könnte, die sich in dieser Vorstellung umarmt hätten;
daß er endlich, nach seiner Wiederherstellung, wieder
zur Armee gegangen wäre; daß er daselbst die lebhafteste Unruhe empfunden hätte; daß er mehrere Male die
Feder ergriffen, um in einem Briefe, an den Herrn
Obristen und die Frau Marquise, seinem Herzen Luft
zu machen; daß er plötzlich mit Depeschen nach Neapel
geschickt worden wäre; daß er nicht wisse, ob er nicht
von dort weiter nach Konstantinopel werde abgeordert
werden; daß er vielleicht gar nach St. Petersburg werde
gehen müssen; daß ihm inzwischen unmöglich wäre,
länger zu leben, ohne über eine notwendige Forderung
seiner Seele ins Reine zu sein; daß er dem Drang bei
seiner Durchreise durch M..., einige Schritte zu diesem
Zweck zu tun, nicht habe widerstehen können; kurz, daß
er den Wunsch hege, mit der Hand der Frau Marquise
beglückt zu werden, und daß er auf das ehrfurchtsvoll-
ste, inständigste und dringendste bitte, sich ihm hierüber gütig zu erklären. – Der Kommandant, nach einer
langen Pause, erwiderte: daß ihm dieser Antrag zwar,
wenn er, wie er nicht zweifle, ernsthaft gemeint sei, sehr
schmeichelhaft wäre. Bei dem Tode ihres Gemahls, des
Marquis von O..., hätte sich seine Tochter aber entschlossen, in keine zweite Vermählung einzugehen. Da
ihr jedoch kürzlich von ihm eine so große Verbindlichkeit auferlegt worden sei: so wäre es nicht unmöglich,
daß ihr Entschluß dadurch, seinen Wünschen gemäß,
eine Abänderung erleide; er bitte sich inzwischen die
Erlaubnis für sie aus, darüber im Stillen während einiger Zeit nachdenken zu dürfen. Der Graf versicherte,
daß diese gütige Erklärung zwar alle seine Hoffnung
befriedige; daß sie ihn, unter anderen Umständen, auch
völlig beglücken würde; daß er die ganze Unschicklich-

keit fühle, sich mit derselben nicht zu beruhigen: daß
dringende Verhältnisse jedoch, über welche er sich näher auszulassen nicht im Stande sei, ihm eine bestimm-
tere Erklärung äußerst wünschenswert machten; daß die
Pferde, die ihn nach Neapel tragen sollten, vor seinem
Wagen stünden; und daß er inständigst bitte, wenn irgend etwas in diesem Hause günstig für ihn spreche, –
wobei er die Marquise ansah – ihn nicht, ohne eine
gütige Äußerung darüber, abreisen zu lassen. Der
Obrist, durch diese Aufführung ein wenig betreten,
antwortete, daß die Dankbarkeit, die die Marquise für
ihn empfände, ihn zwar zu großen Voraussetzungen
berechtige: doch nicht zu so großen; sie werde bei einem
Schritte, bei welchem es das Glück ihres Lebens gelte,
nicht ohne die gehörige Klugheit verfahren. Es wäre
unerläßlich, daß seiner Tochter, bevor sie sich erkläre,
das Glück seiner näheren Bekanntschaft würde. Er lade
ihn ein, nach Vollendung seiner Geschäftsreise, nach
M... zurückzukehren, und auf einige Zeit der Gast seines Hauses zu sein. Wenn alsdann die Frau Marquise
hoffen könne, durch ihn glücklich zu werden, so werde
auch er, eher aber nicht, mit Freuden vernehmen, daß
sie ihm eine bestimmte Antwort gegeben habe. Der Graf
äußerte, indem ihm eine Röte ins Gesicht stieg, daß er
seinen ungeduldigen Wünschen, während seiner ganzen Reise, dies Schicksal vorausgesagt habe; daß er sich
inzwischen dadurch in die äußerste Bekümmernis gestürzt sehe; daß ihm, bei der ungünstigen Rolle, die er
eben jetzt zu spielen gezwungen sei, eine nähere Bekanntschaft nicht anders als vorteilhaft sein könne; daß
er für seinen Ruf, wenn anders diese zweideutigste aller
Eigenschaften in Erwägung gezogen werden solle, ein-
stehen zu dürfen glaube; daß die einzige nichtswürdige
Handlung, die er in seinem Leben begangen hätte, der
Welt unbekannt, und er schon im Begriff sei, sie wieder
gut zu machen; daß er, mit einem Wort, ein ehrlicher
Mann sei, und die Versicherung anzunehmen bitte, daß
diese Versicherung wahrhaftig sei. – Der Kommandant

erwiderte, indem er ein wenig, obschon ohne Ironie, lächelte, daß er alle diese Äußerungen unterschreibe. Noch hätte er keines jungen Mannes Bekanntschaft gemacht, der, in so kurzer Zeit, so viele vortreffliche Eigenschaften des Charakters entwickelt hätte. Er glaube fast, daß eine kurze Bedenkzeit die Unschlüssigkeit, die noch obwalte, heben würde; bevor er jedoch Rücksprache genommen hätte, mit seiner sowohl, als des Herrn Grafen Familie, könne keine andere Erklärung, als die gegebene, erfolgen. Hierauf äußerte der Graf, daß er ohne Eltern und frei sei. Sein Onkel sei der General K..., für dessen Einwilligung er stehe. Er setzte hinzu, daß er Herr eines ansehnlichen Vermögens wäre, und sich würde entschließen können, Italien zu seinem Vaterlande zu machen. – Der Kommandant machte ihm eine verbindliche Verbeugung, erklärte seinen Willen noch einmal; und bat ihn, bis nach vollendeter Reise, von dieser Sache abzubrechen. Der Graf, nach einer kurzen Pause, in welcher er alle Merkmale der größten Unruhe gegeben hatte, sagte, indem er sich zur Mutter wandte, daß er sein Äußerstes getan hätte, um dieser Geschäftsreise auszuweichen; daß die Schritte, die er deshalb beim General en Chef, und dem General K..., seinem Onkel, gewagt hätte, die entscheidendsten gewesen wären, die sich hätten tun lassen; daß man aber geglaubt hätte, ihn dadurch aus einer Schwermut aufzurütteln, die ihm von seiner Krankheit noch zurückgeblieben wäre; und daß er sich jetzt völlig dadurch ins Elend gestürzt sehe. – Die Familie wußte nicht, was sie zu dieser Äußerung sagen sollte. Der Graf fuhr fort, indem er sich die Stirn rieb, daß wenn irgend Hoffnung wäre, dem Ziele seiner Wünsche dadurch näher zu kommen, er seine Reise auf einen Tag, auch wohl noch etwas darüber, aussetzen würde, um es zu versuchen. – Hierbei sah er, nach der Reihe, den Kommandanten, die Marquise und die Mutter an. Der Kommandant blickte mißvergnügt vor sich nieder, und antwortete ihm nicht. Die Obristin sagte: gehn Sie, gehn Sie, Herr

Graf; reisen Sie nach Neapel; schenken Sie uns, wenn
Sie wiederkehren, auf einige Zeit das Glück Ihrer Gegenwart; so wird sich das Übrige finden. – Der Graf saß
einen Augenblick, und schien zu suchen, was er zu tun
habe. Drauf, indem er sich erhob, und seinen Stuhl
wegsetzte: da er die Hoffnungen, sprach er, mit denen
er in dies Haus getreten sei, als übereilt erkennen müsse, und die Familie, wie er nicht mißbillige, auf eine
nähere Bekanntschaft bestehe: so werde er seine Depeschen, zu einer anderweitigen Expedition, nach Z..., in
das Hauptquartier, zurückschicken, und das gütige
Anerbieten, der Gast dieses Hauses zu sein, auf einige
Wochen annehmen. Worauf er noch, den Stuhl in der
Hand, an der Wand stehend, einen Augenblick verharr-
te, und den Kommandanten ansah. Der Kommandant
versetzte, daß es ihm äußerst leid tun würde, wenn die
Leidenschaft, die er zu seiner Tochter gefaßt zu haben
scheine, ihm Unannehmlichkeiten von der ernsthafte-
sten Art zuzöge: daß er indessen wissen müsse, was er zu
tun und zu lassen habe, die Depeschen abschicken, und
die für ihn bestimmten Zimmer beziehen möchte. Man
sah ihn bei diesen Worten sich entfärben, der Mutter
ehrerbietig die Hand küssen, sich gegen die Übrigen
verneigen und sich entfernen.

Als er das Zimmer verlassen hatte, wußte die Familie
nicht, was sie aus dieser Erscheinung machen solle. Die
Mutter sagte, es wäre wohl nicht möglich, daß er Depeschen, mit denen er nach Neapel ginge, nach Z... zurückschicken wolle, bloß, weil es ihm nicht gelungen
wäre, auf seiner Durchreise durch M..., in einer fünf
Minuten langen Unterredung, von einer ihm ganz unbekannten Dame ein Jawort zu erhalten. Der Forstmeister äußerte, daß eine so leichtsinnige Tat ja mit nichts
Geringerem, als Festungsarrest, bestraft werden würde!
Und Kassation obenein, setzte der Kommandant hinzu.
Es habe aber damit keine Gefahr, fuhr er fort. Es sei ein
bloßer Schreckschuß beim Sturm; er werde sich wohl
noch, ehe er die Depeschen abgeschickt, wieder besin-

nen. Die Mutter, als sie von dieser Gefahr unterrichtet ward, äußerte die lebhafteste Besorgnis, daß er sie abschicken werde. Sein heftiger, auf einen Punkt hintreibender Wille, meinte sie, scheine ihr grade einer solchen Tat fähig. Sie bat den Forstmeister auf das dringendste, ihm sogleich nachzugehen, und ihn von einer so unglückdrohenden Handlung abzuhalten. Der Forstmeister erwiderte, daß ein solcher Schritt gerade das Gegenteil bewirken, und ihn nur in der Hoffnung, durch seine Kriegslist zu siegen, bestärken würde. Die Marquise war derselben Meinung, obschon sie versicherte, daß ohne ihn die Absendung der Depeschen unfehlbar erfolgen würde, indem er lieber werde unglücklich werden, als sich eine Blöße geben wollen. Alle kamen darin überein, daß sein Betragen sehr sonderbar sei, und daß er Damenherzen durch Anlauf, wie Festungen, zu erobern gewohnt scheine. In diesem Augenblick bemerkte der Kommandant den angespannten Wagen des Grafen vor seiner Tür. Er rief die Familie ans Fenster, und fragte einen eben eintretenden Bedienten, erstaunt, ob der Graf noch im Hause sei? Der Bediente antwortete, daß er unten, in der Domestikenstube, in Gesellschaft eines Adjutanten, Briefe schreibe und Pakete versiegle. Der Kommandant, der seine Bestürzung unterdrückte, eilte mit dem Forstmeister hinunter, und fragte den Grafen, da er ihn auf dazu nicht schicklichen Tischen seine Geschäfte betreiben sah, ob er nicht in seine Zimmer treten wolle? Und ob er sonst irgend etwas befehle? Der Graf erwiderte, indem er mit Eilfertigkeit fortschrieb, daß er untertänigst danke, und daß sein Geschäft abgemacht sei; fragte noch, indem er den Brief zusiegelte, nach der Uhr; und wünschte dem Adjutanten, nachdem er ihm das ganze Portefeuille übergeben hatte, eine glückliche Reise. Der Kommandant, der seinen Augen nicht traute, sagte, indem der Adjutant zum Hause hinausging: Herr Graf, wenn Sie nicht sehr wichtige Gründe haben – Entscheidende! fiel ihm der Graf ins Wort; begleitete den Adjutanten zum Wagen, und

öffnete ihm die Tür. In diesem Fall würde ich wenigstens, fuhr der Kommandant fort, die Depeschen – Es ist
nicht möglich, antwortete der Graf, indem er den Adjutanten in den Sitz hob. Die Depeschen gelten nichts in
Neapel ohne mich. Ich habe auch daran gedacht. Fahr
zu! – Und die Briefe Ihres Herrn Onkels? rief der
Adjutant, sich aus der Tür hervorbeugend. Treffen
mich, erwiderte der Graf, in M... Fahr zu, sagte der
Adjutant, und rollte mit dem Wagen dahin.

Hierauf fragte der Graf F..., indem er sich zum
Kommandanten wandte, ob er ihm gefälligst sein Zimmer anweisen lassen wolle? Er würde gleich selbst die
Ehre haben, antwortete der verwirrte Obrist; rief seinen
und des Grafen Leuten, das Gepäck desselben aufzunehmen: und führte ihn in die für fremden Besuch
bestimmten Gemächer des Hauses, wo er sich ihm mit
einem trocknen Gesicht empfahl. Der Graf kleidete sich
um; verließ das Haus, um sich bei dem Gouverneur des
Platzes zu melden, und für den ganzen weiteren Rest
des Tages im Hause unsichtbar, kehrte er erst kurz vor
der Abendtafel dahin zurück.

Inzwischen war die Familie in der lebhaftesten Unruhe. Der Forstmeister erzählte, wie bestimmt, auf einige Vorstellungen des Kommandanten, des Grafen Antworten ausgefallen wären; meinte, daß sein Verhalten
einem völlig überlegten Schritt ähnlich sehe; und fragte, in aller Welt, nach den Ursachen einer so auf Kurier-
pferden gehenden Bewerbung. Der Kommandant sagte, daß er von der Sache nichts verstehe, und forderte
die Familie auf, davon weiter nicht in seiner Gegenwart
zu sprechen. Die Mutter sah alle Augenblicke aus dem
Fenster, ob er nicht kommen, seine leichtsinnige Tat
bereuen, und wieder gut machen werde. Endlich, da es
finster ward, setzte sie sich zur Marquise nieder, welche,
mit vieler Emsigkeit, an einem Tisch arbeitete, und das
Gespräch zu vermeiden schien. Sie fragte sie halblaut,
während der Vater auf und nieder ging, ob sie begreife,
was aus dieser Sache werden solle? Die Marquise ant-

wortete, mit einem schüchtern nach dem Kommandanten gewandten Blick: wenn der Vater bewirkt hätte, daß er nach Neapel gereist wäre, so wäre alles gut. Nach Neapel! rief der Kommandant, der dies gehört hatte. Sollt ich den Priester holen lassen? Oder hätt ich ihn schließen lassen und arretieren, und mit Bewachung nach Neapel schicken sollen? – Nein, antwortete die Marquise, aber lebhafte und eindringliche Vorstellungen tun ihre Wirkung; und sah, ein wenig unwillig, wieder auf ihre Arbeit nieder. – Endlich gegen die Nacht erschien der Graf. Man erwartete nur, nach den ersten Höflichkeitsbezeugungen, daß dieser Gegenstand zur Sprache kommen würde, um ihn mit vereinter Kraft zu bestürmen, den Schritt, den er gewagt hatte, wenn es noch möglich sei, wieder zurückzunehmen. Doch vergebens, während der ganzen Abendtafel, erharrte man diesen Augenblick. Geflissentlich alles, was darauf führen konnte, vermeidend, unterhielt er den Kommandanten vom Kriege, und den Forstmeister von der Jagd. Als er des Gefechts bei P..., in welchem er verwundet worden war, erwähnte, verwickelte ihn die Mutter bei der Geschichte seiner Krankheit, fragte ihn, wie es ihm an diesem kleinen Orte ergangen sei, und ob er die gehörigen Bequemlichkeiten gefunden hätte. Hierauf erzählte er mehrere, durch seine Leidenschaft zur Marquise interessanten, Züge: wie sie beständig, während seiner Krankheit, an seinem Bette gesessen hätte; wie er die Vorstellung von ihr, in der Hitze des Wundfiebers, immer mit der Vorstellung eines Schwans verwechselt hätte, den er, als Knabe, auf seines Onkels Gütern gesehen; daß ihm besonders eine Erinnerung rührend gewesen wäre, da er diesen Schwan einst mit Kot beworfen, worauf dieser still untergetaucht, und rein aus der Flut wieder emporgekommen sei; daß sie immer auf feurigen Fluten umhergeschwommen wäre, und er Thinka gerufen hätte, welches der Name jenes Schwans gewesen, daß er aber nicht im Stande gewesen wäre, sie an sich zu locken, indem sie ihre Freude gehabt hätte, bloß am Rudern und In-die-Brust-sich-werfen; versicherte plötzlich, blutrot im Gesicht, daß er sie außerordentlich liebe: sah wieder auf seinen Teller nieder, und schwieg. Man mußte endlich von der Tafel aufstehen; und da der Graf, nach einem kurzen Gespräch mit der Mutter, sich sogleich gegen die Gesellschaft verneigte, und wieder in sein Zimmer zurückzog: so standen die Mitglieder derselben wieder, und wußten nicht, was sie denken sollten. Der Kommandant meinte: man müsse der Sache ihren Lauf lassen. Er rechne wahrscheinlich auf seine Verwandten bei diesem Schritte. Infame Kassation stünde sonst darauf. Frau von G... fragte ihre Tochter, was sie denn von ihm halte? Und ob sie sich wohl zu irgend einer Äußerung, die ein Unglück vermiede, würde verstehen können? Die Marquise antwortete: Liebste Mutter! Das ist nicht möglich. Es tut mir leid, daß meine Dankbarkeit auf eine so harte Probe gestellt wird. Doch es war mein Entschluß, mich nicht wieder zu vermählen; ich mag mein Glück nicht, und nicht so unüberlegt, auf ein zweites Spiel setzen. Der Forstmeister bemerkte, daß wenn dies ihr fester Wille wäre, auch *diese* Erklärung ihm Nutzen schaffen könne, und daß es fast notwendig scheine, ihm irgend *eine* bestimmte zu geben. Die Obristin versetzte, daß da dieser junge Mann, den so viele außerordentliche Eigenschaften empföhlen, seinen Aufenthalt in Italien nehmen zu wollen, erklärt habe, sein Antrag, nach ihrer Meinung, einige Rücksicht, und der Entschluß der Marquise Prüfung verdiene. Der Forstmeister, indem er sich bei ihr niederließ, fragte, wie er ihr denn, was seine Person anbetreffe, gefalle? Die Marquise antwortete, mit einiger Verlegenheit: er gefällt und mißfällt mir; und berief sich auf das Gefühl der anderen. Die Obristin sagte: wenn er von Neapel zurückkehrt, und die Erkundigungen, die wir inzwischen über ihn einziehen könnten, dem Gesamteindruck, den du von ihm empfangen hast, nicht widersprächen: wie würdest du dich, falls er alsdann seinen Antrag wiederholte, erklären? In diesem Fall, versetzte die Marquise, würd ich – da in der Tat seine Wünsche so lebhaft scheinen, diese Wünsche – sie stockte, und ihre Augen glänzten, indem sie dies sagte – um der Verbindlichkeit willen, die ich ihm schuldig bin, erfüllen. Die Mutter, die eine zweite Vermählung ihrer Tochter immer gewünscht hatte, hatte Mühe, ihre Freude über diese Erklärung zu verbergen, und sann, was sich wohl daraus machen lasse. Der Forstmeister sagte, indem er unruhig vom Sitz wieder aufstand, daß wenn die Marquise irgend an die Möglichkeit denke, ihn einst mit ihrer Hand zu erfreuen, jetzt gleich notwendig ein Schritt dazu geschehen müsse, um den Folgen seiner rasenden Tat vorzubeugen. Die Mutter war derselben Meinung, und behauptete, daß zuletzt das Wagstück nicht allzugroß wäre, indem bei so vielen vortrefflichen Eigenschaften, die er in jener Nacht, da das Fort von den Russen erstürmt ward, entwickelte, kaum zu fürchten sei, daß sein übriger Lebenswandel ihnen nicht entsprechen sollte. Die Marquise sah, mit dem Ausdruck der lebhaftesten Unruhe, vor sich nieder. Man könnte ihm ja, fuhr die Mutter fort, indem sie ihre Hand ergriff, etwa eine Erklärung, daß du, bis zu seiner Rückkehr von Neapel, in keine andere Verbindung eingehen wollest, zukommen lassen. Die Marquise sagte: *diese* Erklärung, liebste Mutter, kann ich ihm geben; ich fürchte nur, daß sie ihn nicht beruhigen, und uns verwickeln wird. Das sei meine Sorge! erwiderte die Mutter, mit lebhafter Freude; und sah sich nach dem Kommandanten um. Lorenzo! fragte sie, was meinst du? und machte Anstalten, sich vom Sitz zu erheben. Der Kommandant, der alles gehört hatte, stand am Fenster, sah auf die Straße hinaus, und sagte nichts. Der Forstmeister versicherte, daß er, mit dieser unschädlichen Erklärung, den Grafen aus dem Hause zu schaffen, sich anheischig mache. Nun so macht! macht! macht! rief der Vater, indem er sich umkehrte: ich muß mich diesem Russen schon zum zweitenmal ergeben! – Hierauf sprang die Mutter auf, küßte ihn und die Tochter, und fragte, indem der Vater über ihre Geschäftigkeit lächelte, wie man dem Grafen jetzt diese Erklärung augenblicklich hinterbringen solle? Man beschloß, auf den Vorschlag des Forstmeisters, ihn bitten zu lassen, sich, falls er noch nicht entkleidet sei, gefälligst auf einen Augenblick zur Familie zu verfügen. Er werde gleich die Ehre haben zu erscheinen! ließ der Graf antworten, und kaum war der Kammerdiener mit dieser Meldung zurück, als er schon selbst, mit Schritten, die die Freude beflügelte, ins Zimmer trat, und zu den Füßen der Marquise, in der allerlebhaftesten Rührung niedersank. Der Kommandant wollte etwas sagen: doch er, indem er aufstand, versetzte, er wisse genug! küßte ihm und der Mutter die Hand, umarmte den Bruder, und bat nur um die Gefälligkeit, ihm sogleich zu einem Reisewagen zu verhelfen. Die Marquise, obschon von diesem Auftritt bewegt, sagte doch: ich fürchte nicht, Herr Graf, daß Ihre rasche Hoffnung Sie zu weit – Nichts! Nichts! versetzte der Graf; es ist nichts geschehen, wenn die Erkundigungen, die Sie über mich einziehen mögen, dem Gefühl widersprechen, das mich zu Ihnen in dies Zimmer zurückberief. Hierauf umarmte der Kommandant ihn auf das herzlichste, der Forstmeister bot ihm sogleich seinen eigenen Reisewagen an, ein Jäger flog auf die Post, Kurierpferde auf Prämien zu bestellen, und Freude war bei dieser Abreise, wie noch niemals bei einem Empfang. Er hoffe, sagte der Graf, die Depeschen in B... einzuholen, von wo er jetzt einen näheren Weg nach Neapel, als über M... einschlagen würde; in Neapel würde er sein Möglichstes tun, die fernere Geschäftsreise nach Konstantinopel abzulehnen; und da er, auf den äußersten Fall, entschlossen wäre, sich krank anzugeben, so versicherte er, daß wenn nicht unvermeidliche Hindernisse ihn abhielten, er in Zeit von vier bis sechs Wochen unfehlbar wieder in M... sein würde. Hierauf meldete sein Jäger, daß der Wagen angespannt, und alles zur Abreise bereit sei. Der Graf nahm seinen Hut, trat vor die Marquise, und ergriff

Die Marquise von O...

ihre Hand. Nun denn, sprach er, Julietta, so bin ich
einigermaßen beruhigt; und legte seine Hand in die
ihrige; obschon es mein sehnlichster Wunsch war, mich
noch vor meiner Abreise mit Ihnen zu vermählen. Vermählen! riefs alle Mitglieder der Familie aus. Vermählen, wiederholte der Graf, küßte der Marquise die
Hand, und versicherte, da diese fragte, ob er von Sinnen
sei: es würde ein Tag kommen, wo sie ihn verstehen
würde! Die Familie wollte auf ihn böse werden; doch er
nahm gleich auf das wärmste von allen Abschied, bat
sie, über diese Äußerung nicht weiter nachzudenken,
und reiste ab.

Mehrere Wochen, in welchen die Familie, mit sehr
verschiedenen Empfindungen, auf den Ausgang dieser
sonderbaren Sache gespannt war, verstrichen. Der Kommandant empfing vom General K..., dem Onkel des
Grafen, eine höfliche Zuschrift; der Graf selbst schrieb
aus Neapel; die Erkundigungen, die man über ihn ein-
zog, sprachen ziemlich zu seinem Vorteil; kurz, man
hielt die Verlobung schon für so gut, wie abgemacht: als
sich die Kränklichkeiten der Marquise, mit größerer
Lebhaftigkeit, als jemals, wieder einstellten. Sie bemerkte eine unbegreifliche Veränderung ihrer Gestalt. Sie
entdeckte sich mit völliger Freimütigkeit ihrer Mutter,
und sagte, sie wisse nicht, was sie von ihrem Zustand
denken solle. Die Mutter, welche so sonderbare Zufälle
für die Gesundheit ihrer Tochter äußerst besorgt machten, verlangte, daß sie einen Arzt zu Rate ziehe. Die
Marquise, die durch ihre Natur zu siegen hoffte, sträubte sich dagegen; sie brachte mehrere Tage noch, ohne
dem Rat der Mutter zu folgen, unter den empfindlich-
sten Leiden zu: bis Gefühle, immer wiederkehrend und
von so wunderbarer Art, sie in die lebhafteste Unruhe
stürzten. Sie ließ einen Arzt rufen, der das Vertrauen
ihres Vaters besaß, nötigte ihn, da gerade die Mutter
abwesend war, auf den Diwan nieder, und eröffnete
ihm, nach einer kurzen Einleitung, scherzend, was sie
von sich glaube. Der Arzt warf einen forschenden Blick

auf sie; schwieg noch, nachdem er eine genaue Untersuchung vollendet hatte, eine Zeitlang: und antwortete dann mit einer sehr ernsthaften Miene, daß die Frau Marquise ganz richtig urteile. Nachdem er sich auf die Frage der Dame, wie er dies verstehe, ganz deutlich erklärt, und mit einem Lächeln, das er nicht unterdrükken konnte, gesagt hatte, daß sie ganz gesund sei, und keinen Arzt brauche, zog die Marquise, und sah ihn sehr streng von der Seite an, die Klingel, und bat ihn, sich zu entfernen. Sie äußerte halblaut, als ob er der Rede nicht wert wäre, vor sich nieder murmelnd: daß sie nicht Lust hätte, mit ihm über Gegenstände dieser Art zu scherzen. Der Doktor erwiderte empfindlich: er müsse wünschen, daß sie immer zum Scherz so wenig aufgelegt gewesen wäre, wie jetzt; nahm Stock und Hut, und machte Anstalten, sich sogleich zu empfehlen. Die Marquise versicherte, daß sie von diesen Beleidigungen ihren Vater unterrichten würde. Der Arzt antwortete, daß er seine Aussage vor Gericht beschwören könne: öffnete die Tür, verneigte sich, und wollte das Zimmer verlassen. Die Marquise fragte, da er noch einen Handschuh, den er hatte fallen lassen, von der Erde aufnahm: und die Möglichkeit davon, Herr Doktor? Der Doktor erwiderte, daß er ihr die letzten Gründe der Dinge nicht werde zu erklären brauchen; verneigte sich ihr noch einmal, und ging ab.

Die Marquise stand, wie vom Donner gerührt. Sie raffte sich auf, und wollte zu ihrem Vater eilen; doch der sonderbare Ernst des Mannes, von dem sie sich beleidigt sah, lähmte alle ihre Glieder. Sie warf sich in der größten Bewegung auf den Diwan nieder. Sie durchlief, gegen sich selbst mißtrauisch, alle Momente des verflossenen Jahres, und hielt sich für verrückt, wenn sie an den letzten dachte. Endlich erschien die Mutter; und auf die bestürzte Frage, warum sie so unruhig sei? erzählte ihr die Tochter, was ihr der Arzt soeben eröffnet hatte. Frau von G... nannte ihn einen Unverschämten und Nichtswürdigen, und bestärkte die Toch-

ter in dem Entschluß, diese Beleidigung dem Vater zu
entdecken. Die Marquise versicherte, daß es sein völliger Ernst gewesen sei, und daß er entschlossen scheine,
dem Vater ins Gesicht seine rasende Behauptung zu
wiederholen. Frau von G... fragte, nicht wenig erschro-
ken, ob sie denn an die Möglichkeit eines solchen Zu-
standes glaube? Eher, antwortete die Marquise, daß die
Gräber befruchtet werden, und sich dem Schoße der
Leichen eine Geburt entwickeln wird! Nun, du liebes
wunderliches Weib, sagte die Obristin, indem sie sie fest
an sich drückte: was beunruhigt dich denn? Wenn dein
Bewußtsein dich rein spricht: wie kann dich ein Urteil,
und wäre es das einer ganzen Konsulta von Ärzten, nur
kümmern? Ob das seinige aus Irrtum, ob es aus Bosheit
entsprang: gilt es dir nicht völlig gleichviel? Doch
schicklich ist es, daß wir es dem Vater entdecken. – O
Gott! sagte die Marquise, mit einer konvulsivischen Bewegung: wie kann ich mich beruhigen. Hab ich nicht
mein eignes, innerliches, mir nur allzuwohlbekanntes
Gefühl gegen mich? Würd ich nicht, wenn ich in einer
andern meine Empfindung wüßte, von ihr selbst urteilen, daß es damit seine Richtigkeit habe? Es ist entsetzlich, versetzte die Obristin. Bosheit! Irrtum! fuhr die
Marquise fort. Was kann dieser Mann, der uns bis auf
den heutigen Tag schätzenswürdig erschien, für Gründe haben, mich auf eine so mutwillige und niederträchtige Art zu kränken? Mich, die ihn nie beleidigt hatte?
Die ihn mit Vertrauen, und dem Vorgefühl zukünftiger
Dankbarkeit, empfing? Bei der er, wie seine ersten Worte zeugten, mit dem reinen und unverfälschten Willen
erschien, zu helfen, nicht Schmerzen, grimmigere, als
ich empfand, erst zu erregen? Und wenn ich in der
Notwendigkeit der Wahl, fuhr sie fort, während die
Mutter sie unverwandt ansah, an einen Irrtum glauben
wollte: ist es wohl möglich, daß ein Arzt, auch nur von
mittelmäßiger Geschicklichkeit, in solchem Falle irre! –
Die Obristin sagte ein wenig spitz: und gleichwohl muß
es doch notwendig eins oder das andere gewesen sein.

Ja! versetzte die Marquise, meine teuerste Mutter, indem sie ihr, mit dem Ausdruck der gekränkten Würde, hochrot im Gesicht glühend, die Hand küßte: das muß es! Obschon die Umstände so außerordentlich sind, daß es mir erlaubt ist, daran zu zweifeln. Ich schwöre, weil es doch einer Versicherung bedarf, daß mein Bewußtsein, gleich dem meiner Kinder ist; nicht reiner, Verehrungswürdigste, kann das Ihrige sein. Gleichwohl bitte ich Sie, mir eine Hebamme rufen zu lassen, damit ich mich von dem, was ist, überzeuge, und gleichviel alsdann, *was* es sei, beruhige. Eine Hebamme! rief Frau von G... mit Entwürdigung. Ein reines Bewußtsein, und eine Hebamme! Und die Sprache ging ihr aus. Eine Hebamme, meine teuerste Mutter, wiederholte die Marquise, indem sie sich auf Knieen vor ihr niederließ; und das augenblicklich, wenn ich nicht wahnsinnig werden soll. O sehr gern, versetzte die Obristin; nur bitte ich, das Wochenlager nicht in meinem Hause zu halten. Und damit stand sie auf, und wollte das Zimmer verlassen. Die Marquise, ihr mit ausgebreiteten Armen folgend, fiel ganz auf das Gesicht nieder, und umfaßte ihre Kniee. Wenn irgend ein unsträfliches Leben, rief sie, mit der Beredsamkeit des Schmerzes, ein Leben, nach Ihrem Muster geführt, mir ein Recht auf Ihre Achtung gibt, wenn irgend ein mütterliches Gefühl auch nur, so lange meine Schuld nicht sonnenklar entschieden ist, in Ihrem Busen für mich spricht: so verlassen Sie mich in diesen entsetzlichen Augenblicken nicht. – Was ist es, das dich beunruhigt? fragte die Mutter. Ist es weiter nichts, als der Ausspruch des Arztes? Weiter nichts, als dein innerliches Gefühl? Nichts weiter, meine Mutter, versetzte die Marquise, und legte ihre Hand auf die Brust. Nichts, Julietta? fuhr die Mutter fort. Besinne dich. Ein Fehltritt, so unsäglich er mich schmerzen würde, er ließe sich, und ich müßte ihn zuletzt verzeihen; doch wenn du, um einem mütterlichen Verweis auszuweichen, ein Märchen von der Umwälzung der Weltordnung ersinnen, und gotteslästerliche Schwüre häufen könntest, um es meinem, dir nur allzu gerngläubigen, Herzen aufzubürden: so wäre das schändlich; ich würde dir niemals wieder gut werden. - Möge das Reich der Erlösung einst so offen vor mir liegen, wie meine Seele vor Ihnen, rief die Marquise. Ich verschwieg Ihnen nichts, meine Mutter. - Diese Äußerung, voll Pathos getan, erschütterte die Mutter. O Himmel! rief sie: mein liebenswürdiges Kind! Wie rührst du mich! Und hob sie auf, und küßte sie, und drückte sie an ihre Brust. Was denn, in aller Welt, fürchtest du? Komm, du bist sehr krank. Sie wollte sie in ein Bett führen. Doch die Marquise, welcher die Tränen häufig flossen, versicherte, daß sie sehr gesund wäre, und daß ihr gar nichts fehle, außer jenem sonderbaren und unbegreiflichen Zustand. - Zustand! rief die Mutter wieder; welch ein Zustand? Wenn dein Gedächtnis über die Vergangenheit so sicher ist, welch ein Wahnsinn der Furcht ergriff dich? Kann ein innerliches Gefühl denn, das doch nur dunkel sich regt, nicht trügen? Nein! Nein! sagte die Marquise, es trügt mich nicht! Und wenn Sie die Hebamme rufen lassen wollen, so werden Sie hören, daß das Entsetzliche, mich Vernichtende, wahr ist. - Komm, meine liebste Tochter, sagte Frau von G..., die für ihren Verstand zu fürchten anfing. Komm, folge mir, und lege dich zu Bett. Was meintest du, daß dir der Arzt gesagt hat? Wie dein Gesicht glüht! Wie du an allen Gliedern so zitterst! Was war es schon, das dir der Arzt gesagt hat? Und damit zog sie die Marquise, ungläubig nunmehr an den ganzen Auftritt, den sie ihr erzählt hatte, mit sich fort. - Die Marquise sagte: Liebe! Vortreffliche! indem sie mit weinenden Augen lächelte. Ich bin meiner Sinne mächtig. Der Arzt hat mir gesagt, daß ich in gesegneten Leibesumständen bin: Lassen Sie die Hebamme rufen: und sobald sie sagt, daß es nicht wahr ist, bin ich wieder ruhig. Gut, gut! erwiderte die Obristin, die ihre Angst unterdrückte. Sie soll gleich kommen; sie soll gleich, wenn du dich von ihr willst auslachen lassen, erscheinen, und dir sagen, daß du eine

Träumerin, und nicht recht klug bist. Und damit zog sie die Klingel, und schickte augenblicklich einen ihrer Leute, der die Hebamme rufe.

Die Marquise lag noch, mit unruhig sich hebender Brust, in den Armen ihrer Mutter, als diese Frau erschien, und die Obristin ihr, an welcher seltsamen Vorstellung ihre Tochter krank liege, eröffnete. Die Frau Marquise schwöre, daß sie sich tugendhaft verhalten habe, und gleichwohl halte sie, von einer unbegreiflichen Empfindung getäuscht, für nötig, daß eine sachverständige Frau ihren Zustand untersuche. Die Hebamme, während sie sich von demselben unterrichtete, sprach von jungem Blut und der Arglist der Welt; äußerte, als sie ihr Geschäft vollendet hatte, dergleichen Fälle wären ihr schon vorgekommen; die jungen Witwen, die in ihre Lage kämen, meinten alle auf wüsten Inseln gelebt zu haben; beruhigte inzwischen die Frau Marquise, und versicherte sie, daß sich der muntere Korsar, der zur Nachtzeit gelandet, schon finden würde. Bei diesen Worten fiel die Marquise in Ohnmacht. Die Obristin, die ihr mütterliches Gefühl nicht überwältigen konnte, brachte sie zwar, mit Hülfe der Hebamme, wieder ins Leben zurück. Doch die Entrüstung siegte, da sie erwacht war. Julietta! rief die Mutter mit dem lebhaftesten Schmerz. Willst du dich mir entdecken, willst du den Vater mir nennen? Und schien noch zur Versöhnung geneigt. Doch als die Marquise sagte, daß sie wahnsinnig werden würde, sprach die Mutter, indem sie sich vom Diwan erhob: geh! geh! du bist nichtswürdig! Verflucht sei die Stunde, da ich dich gebar! und verließ das Zimmer.

Die Marquise, der das Tageslicht von neuem schwinden wollte, zog die Geburtshelferin vor sich nieder, und legte ihr Haupt heftig zitternd an ihre Brust. Sie fragte, mit gebrochener Stimme, wie denn die Natur auf ihren Wegen walte? Und ob die Möglichkeit einer unwissentlichen Empfängnis sei? – Die Hebamme lächelte, machte ihr das Tuch los, und sagte, das würde ja doch der Frau

Marquise Fall nicht sein. Nein, nein, antwortete die
Marquise, sie habe wissentlich empfangen, sie wolle nur
im allgemeinen wissen, ob diese Erscheinung im Reiche
der Natur sei? Die Hebamme versetzte, daß dies, außer
der heiligen Jungfrau, noch keinem Weibe auf Erden
zugestoßen wäre. Die Marquise zitterte immer heftiger.
Sie glaubte, daß sie augenblicklich niederkommen würde, und bat die Geburtshelferin, indem sie sich mit
krampfhafter Beängstigung an sie schloß, sie nicht zu
verlassen. Die Hebamme beruhigte sie. Sie versicherte,
daß das Wochenbett noch beträchtlich entfernt wäre,
gab ihr auch die Mittel an, wie man, in solchen Fällen,
dem Leumund der Welt ausweichen könne, und meinte, es würde noch alles gut werden. Doch da diese Trost-
gründe der unglücklichen Dame völlig wie Messerstiche
durch die Brust fuhren, so sammelte sie sich, sagte, sie
befände sich besser, und bat ihre Gesellschafterin sich
zu entfernen.

Kaum war die Hebamme aus dem Zimmer, als ihr
ein Schreiben von der Mutter gebracht ward, in welchem diese sich so ausließ: »Herr von G... wünsche,
unter den obwaltenden Umständen, daß sie sein Haus
verlasse. Er sende ihr hierbei die über ihr Vermögen
lautenden Papiere, und hoffe daß ihm Gott den Jammer
ersparen werde, sie wieder zu sehen.« – Der Brief war
inzwischen von Tränen benetzt; und in einem Winkel
stand ein verwischtes Wort: diktiert. – Der Marquise
stürzte der Schmerz aus den Augen. Sie ging, heftig
über den Irrtum ihrer Eltern weinend, und über die
Ungerechtigkeit, zu welcher diese vortrefflichen Menschen verführt wurden, nach den Gemächern ihrer
Mutter. Es hieß, sie sei bei ihrem Vater; sie wankte nach
den Gemächern ihres Vaters. Sie sank, als sie die Türe
verschlossen fand, mit jammernder Stimme, alle Heiligen zu Zeugen ihrer Unschuld anrufend, vor derselben
nieder. Sie mochte wohl schon einige Minuten hier
gelegen haben, als der Forstmeister daraus hervortrat,
und zu ihr mit flammendem Gesicht sagte: sie höre, daß

der Kommandant sie nicht sehen wolle. Die Marquise
rief: mein liebster Bruder! unter vielem Schluchzen;
drängte sich ins Zimmer, und rief: mein teuerster Vater!
und streckte die Arme nach ihm aus. Der Kommandant
wandte ihr, bei ihrem Anblick, den Rücken zu, und eilte
in sein Schlafgemach. Er rief, als sie ihn dahin verfolgte,
hinweg! und wollte die Türe zuwerfen; doch da sie,
unter Jammern und Flehen, daß er sie schließe, verhinderte, so gab er plötzlich nach und eilte, während die
Marquise zu ihm hineintrat, nach der hintern Wand. Sie
warf sich ihm, der ihr den Rücken zugekehrt hatte, eben
zu Füßen, und umfaßte zitternd seine Kniee, als ein
Pistol, das er ergriffen hatte, in dem Augenblick, da er
es von der Wand herabriß, losging, und der Schuß
schmetternd in die Decke fuhr. Herr meines Lebens!
rief die Marquise, erhob sich leichenblaß von ihren
Knieen, und eilte aus seinen Gemächern wieder hinweg.
Man soll sogleich anspannen, sagte sie, indem sie in die
ihrigen trat; setzte sich, matt bis in den Tod, auf einen
Sessel nieder, zog ihre Kinder eilfertig an, und ließ die
Sachen einpacken. Sie hatte eben ihr Kleinstes zwischen
den Knieen, und schlug ihm noch ein Tuch um, um
nunmehr, da alles zur Abreise bereit war, in den Wagen
zu steigen: als der Forstmeister eintrat, und auf Befehl
des Kommandanten die Zurücklassung und Überlieferung der Kinder von ihr forderte. Dieser Kinder? fragte
sie; und stand auf. Sag deinem unmenschlichen Vater,
daß er kommen, und mich niederschießen, nicht aber
mir meine Kinder entreißen könne! und hob, mit dem
ganzen Stolz der Unschuld gerüstet, ihre Kinder auf,
trug sie ohne daß der Bruder gewagt hätte, sie anzuhalten, in den Wagen, und fuhr ab.

Durch diese schöne Anstrengung mit sich selbst bekannt gemacht, hob sie sich plötzlich, wie an ihrer eigenen Hand, aus der ganzen Tiefe, in welche das Schicksal
sie herabgestürzt hatte, empor. Der Aufruhr, der ihre
Brust zerriß, legte sich, als sie im Freien war, sie küßte
häufig die Kinder, diese ihre liebe Beute, und mit gro-

ßer Selbstzufriedenheit gedachte sie, welch einen Sieg
sie, durch die Kraft ihres schuldfreien Bewußtseins,
über ihren Bruder davongetragen hatte. Ihr Verstand,
stark genug, in ihrer sonderbaren Lage nicht zu reißen,
gab sich ganz unter der großen, heiligen und unerklärli-
chen Einrichtung der Welt gefangen. Sie sah die Unmöglichkeit ein, ihre Familie von ihrer Unschuld zu
überzeugen, begriff, daß sie sich darüber trösten müsse,
falls sie nicht untergehen wolle, und wenige Tage nur
waren nach ihrer Ankunft in V... verflossen, als der
Schmerz ganz und gar dem heldenmütigen Vorsatz
Platz machte, sich mit Stolz gegen die Anfälle der Welt
zu rüsten. Sie beschloß, sich ganz in ihr Innerstes zurückzuziehen, sich, mit ausschließendem Eifer, der Erziehung ihrer beiden Kinder zu widmen, und des Ge-
schenks, das ihr Gott mit dem dritten gemacht hatte, mit
voller mütterlicher Liebe zu pflegen. Sie machte Anstalten, in wenig Wochen, sobald sie ihre Niederkunft über-
standen haben würde, ihren schönen, aber durch die
lange Abwesenheit ein wenig verfallenen Landsitz wieder herzustellen; saß in der Gartenlaube, und dachte,
während sie kleine Mützen, und Strümpfe für kleine
Beine strickte, wie sie die Zimmer bequem verteilen
würde; auch, welches sie mit Büchern füllen, und in
welchem die Staffelei am schicklichsten stehen würde.
Und so war der Zeitpunkt, da der Graf F... von Neapel
wiederkehren sollte, noch nicht abgelaufen, als sie
schon völlig mit dem Schicksal, in ewig klösterlicher
Eingezogenheit zu leben, vertraut war. Der Türsteher
erhielt Befehl, keinen Menschen im Hause vorzulassen.
Nur der Gedanke war ihr unerträglich, daß dem jungen
Wesen, das sie in der größten Unschuld und Reinheit
empfangen hatte, und dessen Ursprung, eben weil er
geheimnisvoller war, auch göttlicher zu sein schien, als
der anderer Menschen, ein Schandfleck in der bürgerli-
chen Gesellschaft ankleben sollte. Ein sonderbares Mittel war ihr eingefallen, den Vater zu entdecken: ein
Mittel, bei dem sie, als sie es zuerst dachte, das Strick-

zeug selbst vor Schrecken aus der Hand fallen ließ. Durch ganze Nächte, in unruhiger Schlaflosigkeit durchwacht, ward es gedreht und gewendet um sich an seine ihr innerstes Gefühl verletzende, Natur zu gewöhnen. Immer noch sträubte sie sich, mit dem Menschen, der sie so hintergangen hatte, in irgend ein Verhältnis zu treten: indem sie sehr richtig schloß, daß derselbe doch, ohne alle Rettung, zum Auswurf seiner Gattung gehören müsse, und, auf welchem Platz der Welt man ihn auch denken wolle, nur aus dem zertretensten und unflätigsten Schlamm derselben, hervorgegangen sein könne. Doch da das Gefühl ihrer Selbständigkeit immer lebhafter in ihr ward, und sie bedachte, daß der Stein seinen Wert behält, er mag auch eingefaßt sein, wie man wolle, so griff sie eines Morgens, da sich das junge Leben wieder in ihr regte, ein Herz, und ließ jene sonderbare Aufforderung in die Intelligenzblätter von M... rücken, die man am Eingang dieser Erzählung gelesen hat.

Der Graf F..., den unvermeidliche Geschäfte in Neapel aufhielten, hatte inzwischen zum zweitenmal an die Marquise geschrieben, und sie aufgefordert, es möchten fremde Umstände eintreten, welche da wollten, ihrer, ihm gegebenen, stillschweigenden Erklärung getreu zu bleiben. Sobald es ihm geglückt war, seine fernere Geschäftsreise nach Konstantinopel abzulehnen, und es seine übrigen Verhältnisse gestatteten, ging er augenblicklich von Neapel ab, und kam auch richtig, nur wenige Tage nach der von ihm bestimmten Frist, in M... an. Der Kommandant empfing ihn mit einem verlegenen Gesicht, sagte, daß ein notwendiges Geschäft ihn aus dem Hause nötige, und forderte den Forstmeister auf, ihn inzwischen zu unterhalten. Der Forstmeister zog ihn auf sein Zimmer, und fragte ihn, nach einer kurzen Begrüßung, ob er schon wisse, was sich während seiner Abwesenheit in dem Hause des Kommandanten zugetragen habe. Der Graf antwortete, mit einer flüchtigen Blässe: nein. Hierauf unterrichtete ihn der Forst-

meister von der Schande, die die Marquise über die
Familie gebracht hatte, und gab ihm die Geschichtser-
zählung dessen, was unsre Leser soeben erfahren haben. Der Graf schlug sich mit der Hand vor die Stirn.
Warum legte man mir so viele Hindernisse in den Weg!
rief er in der Vergessenheit seiner. Wenn die Vermählung erfolgt wäre: so wäre alle Schmach und jedes Unglück uns erspart! Der Forstmeister fragte, indem er ihn
anglotzte, ob er rasend genug wäre, zu wünschen, mit
dieser Nichtswürdigen vermählt zu sein? Der Graf erwiderte, daß sie mehr wert wäre, als die ganze Welt, die sie
verachtete; daß ihre Erklärung über ihre Unschuld voll-
kommnen Glauben bei ihm fände; und daß er noch
heute nach V... gehen, und seinen Antrag bei ihr wiederholen würde. Er ergriff auch sogleich seinen Hut, empfahl sich dem Forstmeister, der ihn für seiner Sinne
völlig beraubt hielt, und ging ab.

Er bestieg ein Pferd und sprengte nach V... hinaus.
Als er am Tore abgestiegen war, und in den Vorplatz
treten wollte, sagte ihm der Türsteher, daß die Frau
Marquise keinen Menschen spräche. Der Graf fragte, ob
diese, für Fremde getroffene, Maßregel auch einem
Freund des Hauses gälte; worauf jener antwortete, daß
er von keiner Ausnahme wisse, und bald darauf, auf
eine zweideutige Art hinzusetzte: ob er vielleicht der
Graf F... wäre? Der Graf erwiderte, nach einem forschenden Blick, nein; und äußerte, zu seinem Bedienten
gewandt, doch so, daß jener es hören konnte, er werde,
unter solchen Umständen, in einem Gasthofe absteigen,
und sich bei der Frau Marquise schriftlich anmelden.
Sobald er inzwischen dem Türsteher aus den Augen
war, bog er um eine Ecke, und umschlich die Mauer
eines weitläufigen Gartens, der sich hinter dem Hause
ausbreitete. Er trat durch eine Pforte, die er offen fand,
in den Garten, durchstrich die Gänge desselben, und
wollte eben die hintere Rampe hinaufsteigen, als er, in
einer Laube, die zur Seite lag, die Marquise, in ihrer
lieblichen und geheimnisvollen Gestalt, an einem klei-

nen Tischchen emsig arbeiten sah. Er näherte sich ihr
so, daß sie ihn nicht früher erblicken konnte, als bis er
am Eingang der Laube, drei kleine Schritte von ihren
Füßen, stand. Der Graf F...! sagte die Marquise, als sie
die Augen aufschlug, und die Röte der Überraschung
überflog ihr Gesicht. Der Graf lächelte, blieb noch eine
Zeitlang, ohne sich im Eingang zu rühren, stehen; setzte
sich dann, mit so bescheidener Zudringlichkeit, als sie
nicht zu erschrecken nötig war, neben ihr nieder, und
schlug, ehe sie noch, in ihrer sonderbaren Lage, einen
Entschluß gefaßt hatte, seinen Arm sanft um ihren lieben Leib. Von wo, Herr Graf, ist es möglich, fragte die
Marquise – und sah schüchtern vor sich auf die Erde
nieder. Der Graf sagte: von M..., und drückte sie ganz
leise an sich; durch eine hintere Pforte, die ich offen
fand. Ich glaubte auf Ihre Verzeihung rechnen zu dürfen, und trat ein. Hat man Ihnen denn in M... nicht
gesagt – ? – fragte sie, und rührate noch kein Glied in
seinen Armen. Alles, geliebte Frau, versetzte der Graf;
doch von Ihrer Unschuld völlig überzeugt – Wie! rief
die Marquise, indem sie aufstand, und sich loswickelte;
und Sie kommen gleichwohl? – Der Welt zum Trotz,
fuhr er fort, indem er sie festhielt, und Ihrer Familie
zum Trotz, und dieser lieblichen Erscheinung sogar
zum Trotz; wobei er einen glühenden Kuß auf ihre
Brust drückte. – Hinweg! rief die Marquise – So überzeugt, sagte er, Julietta, als ob ich allwissend wäre, als ob
meine Seele in deiner Brust wohnte – Die Marquise rief:
Lassen Sie mich! Ich komme, schloß er – und ließ sie
nicht – meinen Antrag zu wiederholen, und das Los der
Seligen, wenn Sie mich erhören wollen, von Ihrer Hand
zu empfangen. Lassen Sie mich augenblicklich! rief die
Marquise; ich befehls Ihnen! riß sich gewaltsam aus
seinen Armen, und entfloh. Geliebte! Vortreffliche! flüsterte er, indem er wieder aufstand, und ihr folgte. – Sie
hören! rief die Marquise, und wandte sich, und wich
ihm aus. Ein einziges, heimliches, geflüstertes –! sagte
der Graf, und griff hastig nach ihrem glatten, ihm

entschlüpfenden Arm. – Ich *will nichts* wissen, versetzte die Marquise, stieß ihn heftig vor die Brust zurück, eilte auf die Rampe, und verschwand.

Er war schon halb auf die Rampe gekommen, um sich, es koste, was es wolle, bei ihr Gehör zu verschaffen, als die Tür vor ihm zuflog, und der Riegel heftig, mit verstörter Beeiferung, vor seinen Schritten zurasselte. Unschlüssig, einen Augenblick, was unter solchen Umständen zu tun sei, stand er, und überlegte, ob er durch ein, zur Seite offen stehendes Fenster einsteigen und seinen Zweck, bis er ihn erreicht, verfolgen solle; doch so schwer es ihm auch in jedem Sinne war, umzukehren, diesmal schien es die Notwendigkeit zu erfordern, und grimmig erbittert über sich, daß er sie aus seinen Armen gelassen hatte, schlich er die Rampe hinab, und verließ den Garten, um seine Pferde aufzusuchen. Er fühlte daß der Versuch, sich an ihrem Busen zu erklären, für immer fehlgeschlagen sei, und ritt schrittweis, indem er einen Brief überlegte, den er jetzt zu schreiben verdammt war, nach M... zurück. Abends, da er sich, in der übelsten Laune von der Welt, bei einer öffentlichen Tafel eingefunden hatte, traf er den Forstmeister an, der ihn auch sogleich befragte, ob er seinen Antrag in V... glücklich angebracht habe? Der Graf antwortete kurz: nein! und war sehr gestimmt, ihn mit einer bitteren Wendung abzufertigen; doch um der Höflichkeit ein Genüge zu tun, setzte er nach einer Weile hinzu: er habe sich entschlossen, sich schriftlich an sie zu wenden, und werde damit in kurzem ins Reine sein. Der Forstmeister sagte: er sehe mit Bedauern, daß seine Leidenschaft für die Marquise ihn seiner Sinne beraube. Er müsse ihm inzwischen versichern, daß sie bereits auf dem Wege sei, eine andere Wahl zu treffen; klingelte nach den neuesten Zeitungen, und gab ihm das Blatt, in welchem die Aufforderung derselben an den Vater ihres Kindes eingerückt war. Der Graf durchlief, indem ihm das Blut ins Gesicht schoß, die Schrift. Ein Wechsel von Gefühlen durchkreuzte ihn. Der Forstmeister frag-

te, ob er nicht glaube, daß die Person, die die Frau
Marquise suche, sich finden werde? – Unzweifelhaft!
versetzte der Graf, indessen er mit ganzer Seele über
dem Papier lag, und den Sinn desselben gierig verschlang. Darauf nachdem er einen Augenblick, während er das Blatt zusammenlegte, an das Fenster getreten war, sagte er: nun ist es gut! nun weiß ich, was ich zu
tun habe! kehrte sich sodann um; und fragte den Forstmeister noch, auf eine verbindliche Art, ob man ihn
bald wiedersehen werde; empfahl sich ihm, und ging,
völlig ausgesöhnt mit seinem Schicksal, fort. –

Inzwischen waren in dem Hause des Kommandanten die lebhaftesten Auftritte vorgefallen. Die Obristin
war über die zerstörende Heftigkeit ihres Gatten und
über die Schwäche, mit welcher sie sich, bei der tyranni-
schen Verstoßung der Tochter, von ihm hatte unterjo-
chen lassen, äußerst erbittert. Sie war, als der Schuß in
des Kommandanten Schlafgemach fiel, und die Tochter aus demselben hervorstürzte, in eine Ohnmacht gesunken, aus der sie sich zwar bald wieder erholte; doch
der Kommandant hatte, in dem Augenblick ihres Erwa-
chens, weiter nichts gesagt, als, es täte ihm leid, daß sie
diesen Schrecken umsonst gehabt, und das abgeschosse-
ne Pistol auf einen Tisch geworfen. Nachher, da von der
Abforderung der Kinder die Rede war, wagte sie
schüchtern, zu erklären, daß man zu einem solchen
Schritt kein Recht habe; sie bat mit einer, durch die
gehabte Anwandlung, schwachen und rührenden Stimme, heftige Auftritte im Hause zu vermeiden; doch der
Kommandant erwiderte weiter nichts, als, indem er sich
zum Forstmeister wandte, vor Wut schäumend: geh!
und schaff sie mir! Als der zweite Brief des Grafen F...
ankam, hatte der Kommandant befohlen, daß er nach
V... zur Marquise herausgeschickt werden solle, welche
ihn, wie man nachher durch den Boten erfuhr, bei Seite
gelegt, und gesagt hatte, es wäre gut. Die Obristin, der in
der ganzen Begebenheit so vieles, und besonders die
Geneigtheit der Marquise, eine neue, ihr ganz gleich-

gültige Vermählung einzugehen, dunkel war, suchte
vergebens, diesen Umstand zur Sprache zu bringen. Der
Kommandant bat immer, auf eine Art, die einem Befehle gleich sah, zu schweigen; versicherte, indem er einst,
bei einer solchen Gelegenheit, ein Porträt herabnahm,
das noch von ihr an der Wand hing, daß er sein Gedächtnis ihrer ganz zu vertilgen wünsche; und meinte,
er hätte keine Tochter mehr. Drauf erschien der sonderbare Aufruf der Marquise in den Zeitungen. Die Obristin, die auf das lebhafteste darüber betroffen war, ging
mit dem Zeitungsblatt, das sie von dem Kommandanten
erhalten hatte, in sein Zimmer, wo sie ihn an einem
Tisch arbeitend fand, und fragte ihn, was er in aller
Welt davon halte? Der Kommandant sagte, indem er
fortschrieb: o! sie ist unschuldig. Wie! rief Frau von G…,
mit dem alleräußersten Erstaunen: unschuldig? Sie hat
es im Schlaf getan, sagte der Kommandant, ohne aufzusehen. Im Schlafe! versetzte Frau von G… Und ein so
ungeheurer Vorfall wäre – ? Die Närrin! rief der Kommandant, schob die Papiere über einander, und ging
weg.

Am nächsten Zeitungstage las die Obristin, da beide
beim Frühstück saßen, in einem Intelligenzblatt, das
eben ganz feucht von der Presse kam, folgende Antwort:

»Wenn die Frau Marquise von O… sich, am 3ten… 11
Uhr morgens, im Hause des Herrn von G…, ihres Vaters, einfinden will: so wird sich derjenige, den sie sucht,
ihr daselbst zu Füßen werfen.« –

Der Obristin verging, ehe sie noch auf die Hälfte
dieses unerhörten Artikels gekommen war, die Sprache;
sie überflog das Ende, und reichte das Blatt dem Kommandanten dar. Der Obrist durchlas das Blatt dreimal,
als ob er seinen eignen Augen nicht traue. Nun sage
mir, um des Himmels willen, Lorenzo, rief die Obristin,
was hältst du davon? O die Schändliche! versetzte der
Kommandant, und stand auf; O die verschmitzte
Heuchlerin! Zehnmal die Schamlosigkeit einer Hündin,
mit zehnfacher List des Fuchses gepaart, reichen noch

an die ihrige nicht! Solch eine Miene! Zwei solche
Augen! Ein Cherub hat sie nicht treuer! – und jammerte
und konnte sich nicht beruhigen. Aber was in aller Welt,
fragte die Obristin, wenn es eine List ist, kann sie damit
bezwecken? – Was sie damit bezweckt? Ihre nichtswürdige Betrügerei, mit Gewalt will sie sie durchsetzen, erwiderte der Obrist. Auswendig gelernt ist sie schon, die
Fabel, die sie uns beide, sie und er, am Dritten 11 Uhr
morgens hier aufbürden wollen. Mein liebes Töchterchen, soll ich sagen, das wußte ich nicht, wer konnte das
denken, vergib mir, nimm meinen Segen, und sei wieder gut. Aber die Kugel dem, der am Dritten morgens
über meine Schwelle tritt! Es müßte denn schicklicher
sein, ihn mir durch Bedienten aus dem Hause zu schaffen. – Frau von G... sagte, nach einer nochmaligen
Überlesung des Zeitungsblattes, daß wenn sie, von zwei
unbegreiflichen Dingen, einem, Glauben beimessen solle, sie lieber an ein unerhörtes Spiel des Schicksals, als
an diese Niederträchtigkeit ihrer sonst so vortrefflichen
Tochter glauben wolle. Doch ehe sie noch vollendet
hatte, rief der Kommandant schon: tu mir den Gefallen
und schweig! und verließ das Zimmer. Es ist mir verhaßt, wenn ich nur davon höre.

Wenige Tage nachher erhielt der Kommandant, in
Beziehung auf diesen Zeitungsartikel, einen Brief von
der Marquise, in welchem sie ihn, da ihr die Gnade
versagt wäre, in seinem Hause erscheinen zu dürfen,
auf eine ehrfurchtsvolle und rührende Art bat, denjenigen, der sich am Dritten morgens bei ihm zeigen würde,
gefälligst zu ihr nach V... hinauszuschicken. Die Obristin war gerade gegenwärtig, als der Kommandant diesen Brief empfing; und da sie auf seinem Gesicht deutlich bemerkte, daß er in seiner Empfindung irre geworden war: denn welch ein Motiv jetzt, falls es eine Betrügerei war, sollte er ihr unterlegen, da sie auf seine
Verzeihung gar keine Ansprüche zu machen schien? so
rückte sie, dadurch dreist gemacht, mit einem Plan hervor, den sie schon lange, in ihrer von Zweifeln bewegten

Brust, mit sich herum getragen hatte. Sie sagte, während der Obrist noch, mit einer nichtssagenden Miene, in das Papier hineinsah: sie habe einen Einfall. Ob er ihr erlauben wolle, auf einen oder zwei Tage, nach V... hinauszufahren? Sie werde die Marquise, falls sie wirklich denjenigen, der ihr durch die Zeitungen, als ein Unbekannter, geantwortet, schon kenne, in eine Lage zu versetzen wissen, in welcher sich ihre Seele verraten müßte, und wenn sie die abgefeimteste Verräterin wäre. Der Kommandant erwiderte, indem er, mit einer plötzlich heftigen Bewegung, den Brief zerriß: sie wisse, daß er mit ihr nichts zu schaffen haben wolle, und er verbiete ihr, in irgend eine Gemeinschaft mit ihr zu treten. Er siegelte die zerrissenen Stücke ein, schrieb eine Adresse an die Marquise, und gab sie dem Boten, als Antwort, zurück. Die Obristin, durch diesen hartnäckigen Eigensinn, der alle Möglichkeit der Aufklärung vernichtete, heimlich erbittert, beschloß ihren Plan jetzt, gegen seinen Willen, auszuführen. Sie nahm einen von den Jägern des Kommandanten, und fuhr am nächstfolgenden Morgen, da ihr Gemahl noch im Bette lag, mit demselben nach V... hinaus. Als sie am Tore des Landsitzes angekommen war, sagte ihr der Türsteher, daß niemand bei der Frau Marquise vorgelassen würde. Frau von G... antwortete, daß sie von dieser Maßregel unterrichtet wäre, daß er aber gleichwohl nur gehen, und die Obristin von G... bei ihr anmelden möchte. Worauf dieser versetzte, daß dies zu nichts helfen würde, indem die Frau Marquise keinen Menschen auf der Welt spräche. Frau von G... antwortete, daß sie von ihr gesprochen werde würde, indem sie ihre Mutter wäre, und daß er nur nicht länger säumen, und sein Geschäft verrichten möchte. Kaum aber war noch der Türsteher zu diesem, wie er meinte, gleichwohl vergeblichen Versuche ins Haus gegangen, als man schon die Marquise daraus hervortreten, nach dem Tore eilen, und sich auf Knieen vor dem Wagen der Obristin niederstürzen sah. Frau von G... stieg, von ihrem Jäger unterstützt, aus, und hob die Marquise, nicht ohne einige Bewegung, vom Boden auf. Die Marquise drückte sich, von Gefühlen überwältigt, tief auf ihre Hand hinab, und führte sie, indem ihr die Tränen häufig flossen, ehrfurchtsvoll in die Zimmer ihres Hauses. Meine teuerste Mutter! rief sie, nachdem sie ihr den Diwan angewiesen hatte, und noch vor ihr stehen blieb, und sich die Augen trocknete: welch ein glücklicher Zufall ist es, dem ich Ihre, mir unschätzbare Erscheinung verdanke? Frau von G... sagte, indem sie ihre Tochter vertraulich faßte, sie müsse ihr nur sagen, daß sie komme, sie wegen der Härte, mit welcher sie aus dem väterlichen Hause verstoßen worden sei, um Verzeihung zu bitten. Verzeihung! fiel ihr die Marquise ins Wort, und wollte ihre Hände küssen. Doch diese, indem sie den Handkuß vermied, fuhr fort: denn nicht nur, daß die, in den letzten öffentlichen Blättern eingerückte, Antwort auf die bewußte Bekanntmachung, mir sowohl als dem Vater, die Überzeugung von deiner Unschuld gegeben hat; so muß ich dir auch eröffnen, daß er sich selbst schon, zu unserm großen und freudigen Erstaunen, gestern im Hause gezeigt hat. Wer hat sich – ? fragte die Marquise, und setzte sich bei ihrer Mutter nieder; – welcher er selbst hat sich gezeigt – ? und Erwartung spannte jede ihrer Mienen. Er, erwiderte Frau von G..., der Verfasser jener Antwort, er persönlich selbst, an welchen dein Aufruf gerichtet war. – Nun denn, sagte die Marquise, mit unruhig arbeitender Brust: wer ist es? Und noch einmal: wer ist es? – Das, erwiderte Frau von G..., möchte ich dich erraten lassen. Denn denke, daß sich gestern, da wir beim Tee sitzen, und eben das sonderbare Zeitungsblatt lesen, ein Mensch, von unsrer genauesten Bekanntschaft, mit Gebärden der Verzweiflung ins Zimmer stürzt, und deinem Vater, und bald darauf auch mir, zu Füßen fällt. Wir, unwissend, was wir davon denken sollen, fordern ihn auf, zu reden. Darauf spricht er: sein Gewissen lasse ihm keine Ruhe; er sei der Schändliche, der die Frau Marquise betrogen, er müsse wissen, wie man sein Verbrechen beurteile, und wenn Rache über ihn verhängt werden solle, so komme er, sich ihr selbst darzubieten. Aber wer? wer? wer? versetzte die Marquise. Wie gesagt, fuhr Frau von G… fort, ein junger, sonst wohlerzogener Mensch, dem wir eine solche Nichtswürdigkeit niemals zugetraut hätten. Doch erschrecken wirst du nicht, meine Tochter, wenn du erfährst, daß er von niedrigem Stande, und von allen Forderungen, die man sonst an deinen Gemahl machen dürfte, entblößt ist. Gleichviel, meine vortreffliche Mutter, sagte die Marquise, er kann nicht ganz unwürdig sein, da er sich Ihnen früher als mir, zu Füßen geworfen hat. Aber wer? wer? Sagen Sie mir nur: wer? Nun denn, versetzte die Mutter, es ist Leopardo, der Jäger, den sich der Vater jüngst aus Tirol verschrieb, und den ich, wenn du ihn wahrnahmst, schon mitgebracht habe, um ihn dir als Bräutigam vorzustellen. Leopardo, der Jäger! rief die Marquise, und drückte ihre Hand, mit dem Ausdruck der Verzweiflung, vor die Stirn. Was erschreckt dich? fragte die Obristin. Hast du Gründe, daran zu zweifeln? – Wie? Wo? Wann? fragte die Marquise verwirrt. Das, antwortete jene, will er nur dir anvertrauen. Scham und Liebe, meinte er, machten es ihm unmöglich, sich einer andern hierüber zu erklären, als dir. Doch wenn du willst, so öffnen wir das Vorzimmer, wo er, mit klopfendem Herzen, auf den Ausgang wartet; und du magst sehen, ob du ihm sein Geheimnis, indessen ich abtrete, entlockst. – Gott, mein Vater! rief die Marquise; ich war einst in der Mittagshitze eingeschlummert, und sah ihn von meinem Diwan gehen, als ich erwachte! – Und damit legte sie ihre kleinen Hände vor ihr in Scham erglühendes Gesicht. Bei diesen Worten sank die Mutter auf Knieen vor ihr nieder. O meine Tochter! rief sie, o du Vortreffliche! und schlug die Arme um sie. Und o ich Nichtswürdige! und verbarg das Antlitz in ihren Schoß. Die Marquise fragte bestürzt: was ist Ihnen, meine Mutter? Denn begreife, fuhr diese fort, o du Reinere als Engel sind, daß von allem, was ich dir sagte, nichts wahr ist;

daß meine verderbte Seele an solche Unschuld nicht, als
von der du umstrahlt bist, glauben konnte, und daß ich
dieser schändlichen List erst bedurfte, um mich davon
zu überzeugen. Meine teuerste Mutter, rief die Marquise, und neigte sich voll froher Rührung zu ihr herab,
und wollte sie aufheben. Jene versetzte darauf: nein,
eher nicht von deinen Füßen weich ich, bis du mir sagst,
ob du mir die Niedrigkeit meines Verhaltens, du Herrliche, Überirdische, verzeihen kannst. Ich Ihnen verzeihen, meine Mutter! Stehen Sie auf, rief die Marquise,
ich beschwöre Sie – Du hörst, sagte Frau von G..., ich will
wissen, ob du mich noch lieben, und so aufrichtig vereh-
ren kannst, als sonst? Meine angebetete Mutter! rief die
Marquise, und legte sich gleichfalls auf Knieen vor ihr
nieder; Ehrfurcht und Liebe sind nie aus meinem Herzen gewichen. Wer konnte mir, unter so unerhörten
Umständen, Vertrauen schenken? Wie glücklich bin
ich, daß Sie von meiner Unsträflichkeit überzeugt sind!
Nun denn, versetzte Frau von G..., indem sie, von ihrer
Tochter unterstützt, aufstand: so will ich dich auf Händen tragen, mein liebstes Kind. Du sollst bei mir dein
Wochenlager halten; und wären die Verhältnisse so, daß
ich einen jungen Fürsten von dir erwartete, mit größerer Zärtlichkeit nicht und Würdigkeit könnt ich dein
pflegen. Die Tage meines Lebens nicht mehr von deiner
Seite weich ich. Ich biete der ganzen Welt Trotz; ich *will*
keine andre Ehre mehr, als deine Schande: wenn du mir
nur wieder gut wirst, und der Härte nicht, mit welcher
ich dich verstieß, mehr gedenkst. Die Marquise suchte
sie mit Liebkosungen und Beschwörungen ohne Ende
zu trösten; doch der Abend kam heran, und Mitternacht
schlug, ehe es ihr gelang. Am folgenden Tag, da sich
der Affekt der alten Dame, der ihr während der Nacht
eine Fieberhitze zugezogen hatte, ein wenig gelegt hatte, fuhren Mutter und Tochter und Enkel, wie im Tri-
umph, wieder nach M... zurück. Sie waren äußerst vergnügt auf der Reise, scherzten über Leopardo, den
Jäger, der vorn auf dem Bock saß; und die Mutter sagte

zur Marquise, sie bemerke, daß sie rot würde, so oft sie
seinen breiten Rücken ansähe. Die Marquise antwortete,
mit einer Regung, die halb ein Seufzer, halb ein Lächeln
war: wer weiß, wer zuletzt noch am Dritten 11 Uhr
morgens bei uns erscheint! – Drauf, je mehr man sich
M... näherte, je ernsthafter stimmten sich wieder die
Gemüter, in der Vorahnung entscheidender Auftritte,
die ihnen noch bevorstanden. Frau von G..., die sich von
ihren Plänen nichts merken ließ, führte ihre Tochter, da
sie vor dem Hause ausgestiegen waren, wieder in ihre
alten Zimmer ein; sagte, sie möchte es sich nur bequem
machen, sie würde gleich wieder bei ihr sein, und
schlüpfte ab. Nach einer Stunde kam sie mit einem ganz
erhitzten Gesicht wieder. Nein, solch ein Thomas!
sprach sie mit heimlich vergnügter Seele; solch ein ungläubiger Thomas! Hab ich nicht eine Seigerstunde
gebraucht, ihn zu überzeugen. Aber nun sitzt er, und
weint. Wer? fragte die Marquise. Er, antwortete die
Mutter. Wer sonst, als wer die größte Ursache dazu hat.
Der Vater doch nicht? rief die Marquise. Wie ein Kind,
erwiderte die Mutter; daß ich, wenn ich mir nicht selbst
hätte die Tränen aus den Augen wischen müssen, ge-
lacht hätte, so wie ich nur aus der Türe heraus war. Und
das wegen meiner? fragte die Marquise, und stand auf;
und ich sollte hier – ? Nicht von der Stelle! sagte Frau
von G... Warum diktierte er mir den Brief! Hier sucht er
dich auf, wenn er *mich*, so lange ich lebe, wiederfinden
will. Meine teuerste Mutter, flehte die Marquise – Uner-
bittlich! fiel ihr die Obristin ins Wort. Warum griff er
nach der Pistole. – Aber ich beschwöre Sie – Du *sollst*
nicht, versetzte Frau von G..., indem sie die Tochter
wieder auf ihren Sessel niederdrückte. Und wenn er
nicht heut vor Abend noch kommt, zieh ich morgen mir
dir weiter. Die Marquise nannte dies Verfahren hart
und ungerecht. Doch die Mutter erwiderte: Beruhige
dich – denn eben hörte sie jemand von weitem heran-
schluchzen: er kömmt schon! Wo? fragte die Marquise,
und horchte. Ist wer hier draußen vor der Tür; dies

heftige – ? Allerdings, versetzte Frau von G... Er will,
daß wir ihm die Türe öffnen. Lassen Sie mich! rief die
Marquise, und riß sich vom Stuhl empor. Doch: wenn
du mir gut bist, Julietta, versetzte die Obristin, so bleib;
und in dem Augenblick trat auch der Kommandant
schon, das Tuch vor das Gesicht haltend, ein. Die Mutter stellte sich breit vor ihre Tochter, und kehrte ihm
den Rücken zu. Mein teuerster Vater! rief die Marquise,
und streckte ihre Arme nach ihm aus. Nicht von der
Stelle, sagte Frau von G..., du hörst! Der Kommandant
stand in der Stube und weinte. Er soll dir abbitten, fuhr
Frau von G... fort. Warum ist er so heftig! Und warum
ist er so hartnäckig! Ich liebe ihn, aber dich auch; ich
ehre ihn, aber dich auch. Und muß ich eine Wahl
treffen, so bist du vortrefflicher, als er, und ich bleibe
bei dir. Der Kommandant beugte sich ganz krumm, und
heulte, daß die Wände erschallten. Aber mein Gott! rief
die Marquise, gab der Mutter plötzlich nach, und nahm
ihr Tuch, ihre eigenen Tränen fließen zu lassen. Frau
von G... sagte: – er kann nur nicht sprechen! und wich
ein wenig zur Seite aus. Hierauf erhob sich die Marquise, umarmte den Kommandanten, und bat ihn, sich
zu beruhigen. Sie weinte selbst heftig. Sie fragte ihn, ob
er sich nicht setzen wolle? sie wollte ihn auf einen Sessel
niederziehen; sie schob ihm einen Sessel hin, damit er
sich darauf setze: doch er antwortete nicht; er war nicht
von der Stelle zu bringen; er setzte sich auch nicht, und
stand bloß, das Gesicht tief zur Erde gebeugt, und weinte. Die Marquise sagte, indem sie ihn aufrecht hielt, halb
zur Mutter gewandt: er werde krank werden; die Mutter
selbst schien, da er sich ganz konvulsivisch gebärdete,
ihre Standhaftigkeit verlieren zu wollen. Doch da der
Kommandant sich endlich, auf die wiederholten Anfor-
derungen der Tochter, niedergesetzt hatte, und diese
ihm, mit unendlichen Liebkosungen, zu Füßen gesunken war: so nahm sie wieder das Wort, sagte, es geschehe
ihm ganz recht, er werde nun wohl zur Vernunft kommen, entfernte sich aus dem Zimmer, und ließ sie allein.

Sobald sie draußen war, wischte sie sich selbst die Tränen ab, dachte, ob ihm die heftige Erschütterung, in welche sie ihn versetzt hatte, nicht doch gefährlich sein könnte, und ob es wohl ratsam sei, einen Arzt rufen zu lassen? Sie kochte ihm für den Abend alles, was sie nur Stärkendes und Beruhigendes aufzutreiben wußte, in der Küche zusammen, bereitete und wärmte ihm das Bett, um ihn sogleich hineinzulegen, sobald er nur, an der Hand der Tochter, erscheinen würde, und schlich, da er immer noch nicht kam, und schon die Abendtafel gedeckt war, dem Zimmer der Marquise zu, um doch zu hören, was sich zutrage? Sie vernahm, da sie mit sanft an die Tür gelegtem Ohr horchte, ein leises, eben verhallendes Gelispel, das, wie es ihr schien, von der Marquise kam; und, wie sie durchs Schlüsselloch bemerkte, saß sie auf des Kommandanten Schoß, was er sonst in seinem Leben nicht zugegeben hatte. Drauf endlich öffnete sie die Tür, und sah nun – und das Herz quoll ihr vor Freuden empor: die Tochter still, mit zurückgebeugtem Nacken, die Augen fest geschlossen, in des Vaters Armen liegen; indessen dieser, auf dem Lehnstuhl sitzend, lange, heiße und lechzende Küsse, das große Auge voll glänzender Tränen, auf ihren Mund drückte: gerade wie ein Verliebter! Die Tochter sprach nicht, er sprach nicht; mit über sie gebeugtem Antlitz saß er, wie über das Mädchen seiner ersten Liebe, und legte ihr den Mund zurecht, und küßte sie. Die Mutter fühlte sich, wie eine Selige; ungesehen, wie sie hinter seinem Stuhle stand, säumte sie, die Lust der himmelfrohen Versöhnung, die ihrem Hause wieder geworden war, zu stören. Sie nahte sich dem Vater endlich, und sah ihn, da er eben wieder mit Fingern und Lippen in unsäglicher Lust über den Mund seiner Tochter beschäftigt war, sich um den Stuhl herumbeugend, von der Seite an. Der Kommandant schlug, bei ihrem Anblick, das Gesicht schon wieder ganz kraus nieder, und wollte etwas sagen; doch sie rief: o was für ein Gesicht ist das! küßte es jetzt auch ihrerseits in Ordnung, und machte der Rührung durch Scherzen ein Ende. Sie lud und führte beide, die wie Brautleute gingen, zur Abendtafel, an welcher der Kommandant zwar sehr heiter war, aber noch von Zeit zu Zeit schluchzte, wenig aß und sprach, auf den Teller niedersah, und mit der Hand seiner Tochter spielte.

Nun galt es, beim Anbruch des nächsten Tages, die Frage: wer nur, in aller Welt, morgen um 11 Uhr sich zeigen würde; denn morgen war der gefürchtete Dritte. Vater und Mutter, und auch der Bruder, der sich mit seiner Versöhnung eingefunden hatte, stimmten unbedingt, falls die Person nur von einiger Erträglichkeit sein würde, für Vermählung; alles, was nur immer möglich war, sollte geschehen, um die Lage der Marquise glücklich zu machen. Sollten die Verhältnisse derselben jedoch so beschaffen sein, daß sie selbst dann, wenn man ihnen durch Begünstigungen zu Hülfe käme, zu weit hinter den Verhältnissen der Marquise zurückblieben, so widersetzten sich die Eltern der Heirat; sie beschlossen, die Marquise nach wie vor bei sich zu behalten, und das Kind zu adoptieren. Die Marquise hingegen schien willens, in jedem Falle, wenn die Person nur nicht ruchlos wäre, ihr gegebenes Wort in Erfüllung zu bringen, und dem Kinde, es koste was es wolle, einen Vater zu verschaffen. Am Abend fragte die Mutter, wie es denn mit dem Empfang der Person gehalten werden solle? Der Kommandant meinte, daß es am schicklichsten sein würde, wenn man die Marquise um 11 Uhr allein ließe. Die Marquise hingegen bestand darauf, daß beide Eltern, und auch der Bruder, gegenwärtig sein möchten, indem sie keine Art des Geheimnisses mit dieser Person zu teilen haben wolle. Auch meinte sie, daß dieser Wunsch sogar in der Antwort derselben, dadurch, daß sie das Haus des Kommandanten zur Zusammenkunft vorgeschlagen, ausgedrückt scheine; ein Umstand, um dessentwillen ihr gerade diese Antwort, wie sie frei gestehen müsse, sehr gefallen habe. Die Mutter bemerkte die Unschicklichkeit der Rollen, die der Vater und der Bruder dabei zu spielen haben würden, bat die Tochter, die Entfernung der Männer zuzulassen, wogegen sie in ihren Wunsch willigen, und bei dem Empfang der Person gegenwärtig sein wolle. Nach einer kurzen Besinnung der Tochter ward dieser letzte Vorschlag endlich angenommen. Drauf nun erschien, nach einer, unter den gespanntesten Erwartungen zugebrachten Nacht der Morgen des gefürchteten Dritten. Als die Glocke eilf Uhr schlug, saßen beide Frauen, festlich, wie zur Verlobung angekleidet, im Besuchzimmer; das Herz klopfte ihnen, daß man es gehört haben würde, wenn das Geräusch des Tages geschwiegen hätte. Der eilfte Glockenschlag summte noch, als Leopardo, der Jäger, eintrat, den der Vater aus Tirol verschrieben hatte. Die Weiber erblaßten bei diesem Anblick. Der Graf F...! sprach er, ist vorgefahren, und läßt sich anmelden. Der Graf F..., riefen beide zugleich, von einer Art der Bestürzung in die andre geworfen. Die Marquise rief: Verschließt die Türen! Wir sind für ihn nicht zu Hause; stand auf, das Zimmer gleich selbst zu verriegeln, und wollte eben den Jäger, der ihr im Wege stand, hinausdrängen, als der Graf schon, in genau demselben Kriegsrock, mit Orden und Waffen, wie er sie bei der Eroberung des Forts getragen hatte, zu ihr eintrat. Die Marquise glaubte vor Verwirrung in die Erde zu sinken; sie griff nach einem Tuch, das sie auf dem Stuhl hatte liegen lassen, und wollte eben in ein Seitenzimmer entfliehn; doch Frau von G..., indem sie die Hand derselben ergriff, rief: Julietta – ! und wie erstickt von Gedanken, ging ihr die Sprache aus. Sie heftete die Augen fest auf den Grafen und wiederholte: ich bitte dich, Julietta! indem sie sie nach sich zog: wen erwarten wir denn – ? Die Marquise rief, indem sie sich plötzlich wandte: nun? doch ihn nicht – ? und schlug mit einem Blick funkelnd, wie ein Wetterstrahl, auf ihn ein, indessen Blässe des Todes ihr Antlitz überflog. Der Graf hatte ein Knie vor ihr gesenkt; die rechte Hand lag auf seinem Herzen, das Haupt sanft auf seine Brust gebeugt, lag er, und blickte hochglü-

hend vor sich nieder, und schwieg. Wen sonst, rief die
Obristin mit beklemmter Stimme, wen sonst, wir Sinn-
beraubten, als ihn – ? Die Marquise stand starr über ihm,
und sagte: ich werde wahnsinnig werden, meine Mutter!
Du Törin, erwiderte die Mutter, zog sie zu sich, und
flüsterte ihr etwas in das Ohr. Die Marquise wandte sich,
und stürzte, beide Hände vor das Gesicht, auf den Sofa
nieder. Die Mutter rief: Unglückliche! Was fehlt dir?
Was ist geschehn, worauf du nicht vorbereitet warst? –
Der Graf wich nicht von der Seite der Obristin; er faßte,
immer noch auf seinen Knieen liegend, den äußersten
Saum ihres Kleides, und küßte ihn. Liebe! Gnädige!
Verehrungswürdigste! flüsterte er: eine Träne rollte
ihm die Wangen herab. Die Obristin sagte: stehn Sie
auf, Herr Graf, stehn Sie auf! Trösten Sie jene; so sind
wir alle versöhnt, so ist alles vergeben und vergessen.
Der Graf erhob sich weinend. Er ließ sich von neuem
vor der Marquise nieder, er faßte leise ihre Hand, als ob
sie von Gold wäre, und der Duft der seinigen sie trüben
könnte. Doch diese –: gehn Sie! gehn Sie! gehn Sie! rief
sie, indem sie aufstand; auf einen Lasterhaften war ich
gefaßt, aber auf keinen – – Teufel! öffnete, indem sie
ihm dabei, gleich einem Pestvergifteten, auswich, die
Tür des Zimmers, und sagte: ruft den Obristen! Julietta!
rief die Obristin mit Erstaunen. Die Marquise blickte,
mit tötender Wildheit, bald auf den Grafen, bald auf die
Mutter ein; ihre Brust flog, ihr Antlitz loderte: eine
Furie blickt nicht schrecklicher. Der Obrist und der
Forstmeister kamen. Diesem Mann, Vater, sprach sie,
als jene noch unter dem Eingang waren, kann ich mich
nicht vermählen! griff in ein Gefäß mit Weihwasser, das
an der hinteren Tür befestigt wär, besprengte, in einem
großen Wurf, Vater und Mutter und Bruder damit, und
verschwand.

Der Kommandant, von dieser seltsamen Erscheinung betroffen, fragte, was vorgefallen sei; und erblaßte, da er, in diesem entscheidenden Augenblick, den
Grafen F... im Zimmer erblickte. Die Mutter nahm den

Grafen bei der Hand und sagte: frage nicht; dieser
junge Mann bereut von Herzen alles, was geschehen ist;
gib deinen Segen, gib, gib: so wird sich alles noch glücklich endigen. Der Graf stand wie vernichtet. Der Kommandant legte seine Hand auf ihn; seine Augenwimpern zuckten, seine Lippen waren weiß, wie Kreide.
Möge der Fluch des Himmels von diesen Scheiteln weichen! rief er: wann gedenken Sie zu heiraten? – Morgen,
antwortete die Mutter für ihn, denn er konnte kein Wort
hervorbringen, morgen oder heute, wie du willst; dem
Herrn Grafen, der so viel schöne Beeiferung gezeigt
hat, sein Vergehen wieder gut zu machen, wird immer
die nächste Stunde die liebste sein. – So habe ich das
Vergnügen, Sie morgen um 11 Uhr in der Augustinerkirche zu finden! sagte der Kommandant; verneigte sich
gegen ihn, rief Frau und Sohn ab, um sich in das Zimmer der Marquise zu verfügen, und ließ ihn stehen.

Man bemühte sich vergebens, von der Marquise den
Grund ihres sonderbaren Betragens zu erfahren; sie lag
im heftigsten Fieber, wollte durchaus von Vermählung
nichts wissen, und bat, sie allein zu lassen. Auf die
Frage: warum sie denn ihren Entschluß plötzlich geän-
dert habe? und was ihr den Grafen gehässiger mache,
als einen andern? sah sie den Vater mit großen Augen
zerstreut an, und antwortete nichts. Die Obristin sprach:
ob sie vergessen habe, daß sie Mutter sei? worauf sie
erwiderte, daß sie, in diesem Falle, mehr an sich, als ihr
Kind, denken müsse, und nochmals, indem sie alle Engel und Heiligen zu Zeugen anrief, versicherte, daß sie
nicht heiraten würde. Der Vater, der sie offenbar in
einem überreizten Gemütszustande sah, erklärte, daß
sie ihr Wort halten müsse; verließ sie, und ordnete alles,
nach gehöriger schriftlicher Rücksprache mit dem Grafen, zur Vermählung an. Er legte demselben einen Hei-
ratskontrakt vor, in welchem dieser auf alle Rechte eines
Gemahls Verzicht tat, dagegen sich zu allen Pflichten,
die man von ihm fordern würde, verstehen sollte. Der
Graf sandte das Blatt, ganz von Tränen durchfeuchtet,

mit seiner Unterschrift zurück. Als der Kommandant am andern Morgen der Marquise dieses Papier überreichte, hatten sich ihre Geister ein wenig beruhigt. Sie durchlas es, noch im Bette sitzend, mehrere Male, legte es sinnend zusammen, öffnete es, und durchlas es wieder; und erklärte hierauf, daß sie sich um 11 Uhr in der Augustinerkirche einfinden würde. Sie stand auf, zog sich, ohne ein Wort zu sprechen, an, stieg, als die Glocke schlug, mit allen Ihrigen in den Wagen, und fuhr dahin ab.

Erst an dem Portal der Kirche war es dem Grafen erlaubt, sich an die Familie anzuschließen. Die Marquise sah, während der Feierlichkeit, starr auf das Altarbild; nicht ein flüchtiger Blick ward dem Manne zuteil, mit welchem sie die Ringe wechselte. Der Graf bot ihr, als die Trauung vorüber war, den Arm; doch sobald sie wieder aus der Kirche heraus waren, verneigte sich die Gräfin vor ihm: der Kommandant fragte, ob er die Ehre haben würde, ihn zuweilen in den Gemächern seiner Tochter zu sehen, worauf der Graf etwas stammelte, das niemand verstand, den Hut vor der Gesellschaft abnahm, und verschwand. Er bezog eine Wohnung in M..., in welcher er mehrere Monate zubrachte, ohne auch nur den Fuß in des Kommandanten Haus zu setzen, bei welchem die Gräfin zurückgeblieben war. Nur seinem zarten, würdigen und völlig musterhaften Betragen überall, wo er mit der Familie in irgend eine Berührung kam, hatte er es zu verdanken, daß er, nach der nunmehr erfolgten Entbindung der Gräfin von einem jungen Sohne, zur Taufe desselben eingeladen ward. Die Gräfin, die, mit Teppichen bedeckt, auf dem Wochenbette saß, sah ihn nur auf einen Augenblick, da er unter die Tür trat, und sie von weitem ehrfurchtsvoll grüßte. Er warf unter den Geschenken, womit die Gäste den Neugebornen bewillkommten, zwei Papiere auf die Wiege desselben, deren eines, wie sich nach seiner Entfernung auswies, eine Schenkung von 20 000 Rubel an den Knaben, und das andere ein Testament war, in dem er die Mutter, falls er stürbe, zur Erbin seines ganzen Vermögens einsetzte. Von diesem Tage an ward er, auf Veranstaltung der Frau von G..., öfter eingeladen; das Haus stand seinem Eintritt offen, es verging bald kein Abend, da er sich nicht darin gezeigt hätte. Er fing, da sein Gefühl ihm sagte, daß ihm von allen Seiten, um der gebrechlichen Einrichtung der Welt willen, verziehen sei, seine Bewerbung um die Gräfin, seine Gemahlin, von neuem an, erhielt, nach Verlauf eines Jahres, ein zweites Jawort von ihr, und auch eine zweite Hochzeit ward gefeiert, froher, als die erste, nach deren Abschluß die ganze Familie nach V... hinauszog. Eine ganze Reihe von jungen Russen folgte jetzt noch dem ersten; und da der Graf, in einer glücklichen Stunde, seine Frau einst fragte, warum sie, an jenem fürchterlichen Dritten, da sie auf jeden Lasterhaften gefaßt schien, vor ihm, gleich einem Teufel, geflohen wäre, antwortete sie, indem sie ihm um den Hals fiel: er würde ihr damals nicht wie ein Teufel erschienen sein, wenn er ihr nicht, bei seiner ersten Erscheinung, wie ein Engel vorgekommen wäre.

MICHAEL KOHLHAAS

(Aus einer alten Chronik)

An den Ufern der Havel lebte, um die Mitte des sechzehnten Jahrhunderts, ein Roßhändler, namens *Michael
Kohlhaas*, Sohn eines Schulmeisters, einer der recht-
schaffensten zugleich und entsetzlichsten Menschen
seiner Zeit. – Dieser außerordentliche Mann würde, bis
in sein dreißigstes Jahr für das Muster eines guten
Staatsbürgers haben gelten können. Er besaß in einem
Dorfe, das noch von ihm den Namen führt, einen Meierhof, auf welchem er sich durch sein Gewerbe ruhig
ernährte; die Kinder, die ihm sein Weib schenkte, erzog
er, in der Furcht Gottes, zur Arbeitsamkeit und Treue;
nicht einer war unter seinen Nachbarn, der sich nicht
seiner Wohltätigkeit, oder seiner Gerechtigkeit erfreut
hätte; kurz, die Welt würde sein Andenken haben seg-
nen müssen, wenn er in einer Tugend nicht ausge-
schweift hätte. Das Rechtgefühl aber machte ihn zum
Räuber und Mörder.

Er ritt einst, mit einer Koppel junger Pferde, wohl-
genährt alle und glänzend, ins Ausland, und über-
schlug eben, wie er den Gewinst, den er auf den Märkten damit zu machen hoffte, anlegen wolle: teils, nach
Art guter Wirte, auf neuen Gewinst, teils aber auch auf
den Genuß der Gegenwart: als er an die Elbe kam, und
bei einer stattlichen Ritterburg, auf sächsischem Gebie-
te, einen Schlagbaum traf, den er sonst auf diesem
Wege nicht gefunden hatte. Er hielt, in einem Augenblick, da eben der Regen heftig stürmte, mit den Pfer-

den still, und rief den Schlagwärter, der auch bald
darauf, mit einem grämlichen Gesicht, aus dem Fenster
sah. Der Roßhändler sagte, daß er ihm öffnen solle.
Was gibts hier Neues? fragte er, da der Zöllner, nach
einer geraumen Zeit, aus dem Hause trat. Landesherrli-
ches Privilegium, antwortete dieser, indem er auf-
schloß: dem Junker Wenzel von Tronka verliehen. – So,
sagte Kohlhaas. Wenzel heißt der Junker? und sah sich
das Schloß an, das mit glänzenden Zinnen über das Feld
blickte. Ist der alte Herr tot? – Am Schlagfluß gestorben, erwiderte der Zöllner, indem er den Baum in die
Höhe ließ. – Hm! Schade! versetzte Kohlhaas. Ein würdiger alter Herr, der seine Freude am Verkehr der
Menschen hatte, Handel und Wandel, wo er nur vermochte, forthalf, und einen Steindamm einst bauen
ließ, weil mir eine Stute, draußen, wo der Weg ins Dorf
geht, das Bein gebrochen. Nun! Was bin ich schuldig? –
fragte er; und holte die Groschen, die der Zollwärter
verlangte, mühselig unter dem im Winde flatternden
Mantel hervor. »Ja, Alter«, setzte er noch hinzu, da
dieser: hurtig! hurtig! murmelte, und über die Witterung fluchte: »wenn der Baum im Walde stehen geblieben wäre, wärs besser gewesen, für mich und Euch«;
und damit gab er ihm das Geld und wollte reiten. Er
war aber noch kaum unter den Schlagbaum gekommen,
als eine neue Stimme schon: halt dort, der Roßkamm!
hinter ihm vom Turm erscholl, und er den Burgvogt
ein Fenster zuwerfen und zu ihm herabeilen sah. Nun,
was gibts Neues? fragte Kohlhaas bei sich selbst, und
hielt mit den Pferden an. Der Burgvogt, indem er sich
noch eine Weste über seinen weitläufigen Leib zu-
knüpfte, kam, und fragte, schief gegen die Witterung
gestellt, nach dem Paßschein. – Kohlhaas fragte: der
Paßschein? Er sagte, ein wenig betreten, daß er, soviel
er wisse, keinen habe; daß man ihm aber nur beschreiben möchte, was dies für ein Ding des Herrn sei: so
werde er vielleicht zufälligerweise damit versehen sein.
Der Schloßvogt, indem er ihn von der Seite ansah, ver-

setzte, daß ohne einen landesherrlichen Erlaubnis-
schein, kein Roßkamm mit Pferden über die Grenze
gelassen würde. Der Roßkamm versicherte, daß er sieb-
zehn Mal in seinem Leben, ohne einen solchen Schein,
über die Grenze gezogen sei; daß er alle landesherrlichen Verfügungen, die sein Gewerbe angingen, genau
kennte; daß dies wohl nur ein Irrtum sein würde, wegen
dessen er sich zu bedenken bitte, und daß man ihn, da
seine Tagereise lang sei, nicht länger unnützer Weise
hier aufhalten möge. Doch der Vogt erwiderte, daß er
das achtzehnte Mal nicht durchschlüpfen würde, daß
die Verordnung deshalb erst neuerlich erschienen
wäre, und daß er entweder den Paßschein noch hier
lösen, oder zurückkehren müsse, wo er hergekommen
sei. Der Roßhändler, den diese ungesetzlichen Erpres-
sungen zu erbittern anfingen, stieg, nach einer kurzen
Besinnung, vom Pferde, gab es einem Knecht, und sagte, daß er den Junker von Tronka selbst darüber sprechen würde. Er ging auch auf die Burg; der Vogt folgte
ihm, indem er von filzigen Geldraffern und nützlichen
Aderlässen derselben murmelte; und beide traten, mit
ihren Blicken einander messend, in den Saal. Es traf
sich, daß der Junker eben, mit einigen muntern Freunden, beim Becher saß, und, um eines Schwanks willen,
ein unendliches Gelächter unter ihnen erscholl, als
Kohlhaas, um seine Beschwerde anzubringen, sich ihm
näherte. Der Junker fragte, was er wolle; die Ritter, als
sie den fremden Mann erblickten, wurden still; doch
kaum hatte dieser sein Gesuch, die Pferde betreffend,
angefangen, als der ganze Troß schon: Pferde? Wo sind
sie? ausrief, und an die Fenster eilte, um sie zu betrachten. Sie flogen, da sie die glänzende Koppel sahen, auf
den Vorschlag des Junkers, in den Hof hinab; der Regen hatte aufgehört; Schloßvogt und Verwalter und
Knechte versammelten sich um sie, und alle musterten
die Tiere. Der eine lobte den Schweißfuchs mit der
Blesse, dem andern gefiel der Kastanienbraune, der
dritte streichelte den Schecken mit schwarzgelben Flek-

ken; und alle meinten, daß die Pferde wie Hirsche
wären, und im Lande keine bessern gezogen würden.
Kohlhaas erwiderte munter, daß die Pferde nicht besser
wären, als die Ritter, die sie reiten sollten; und forderte
sie auf, zu kaufen. Der Junker, den der mächtige
Schweißhengst sehr reizte, befragte ihn auch um den
Preis; der Verwalter lag ihm an, ein Paar Rappen zu
kaufen, die er, wegen Pferdemangels, in der Wirtschaft
gebrauchen zu können glaubte; doch als der Roßkamm
sich erklärt hatte, fanden die Ritter ihn zu teuer, und
der Junker sagte, daß er nach der Tafelrunde reiten
und sich den König Arthur aufsuchen müsse, wenn er
die Pferde so anschlage. Kohlhaas, der den Schloßvogt
und den Verwalter, indem sie sprechende Blicke auf
die Rappen warfen, mit einander flüstern sah, ließ es,
aus einer dunkeln Vorahndung, an nichts fehlen, die
Pferde an sie los zu werden. Er sagte zum Junker:
»Herr, die Rappen habe ich vor sechs Monaten für 25
Goldgülden gekauft; gebt mir 30, so sollt Ihr sie haben.« Zwei Ritter, die neben dem Junker standen,
äußerten nicht undeutlich, daß die Pferde wohl so viel
wert wären; doch der Junker meinte, daß er für den
Schweißfuchs wohl, aber nicht eben für die Rappen,
Geld ausgeben möchte, und machte Anstalten, aufzu-
brechen; worauf Kohlhaas sagte, er würde vielleicht das
nächste Mal, wenn er wieder mit seinen Gaulen durch-
zöge, einen Handel mit ihm machen; sich dem Junker
empfahl, und die Zügel seines Pferdes ergriff, um ab-
zureiten. In diesem Augenblick trat der Schloßvogt aus
dem Haufen vor, und sagte, er höre, daß er ohne einen
Paßschein nicht reisen dürfe. Kohlhaas wandte sich und
fragte den Junker, ob es denn mit diesem Umstand, der
sein ganzes Gewerbe zerstöre, in der Tat seine Richtigkeit habe? Der Junker antwortete, mit einem verlegnen
Gesicht, indem er abging: ja, Kohlhaas, den Paß mußt
du lösen. Sprich mit dem Schloßvogt, und zieh deiner
Wege. Kohlhaas versicherte ihn, daß es gar nicht seine
Absicht sei, die Verordnungen, die wegen Ausführung

der Pferde bestehen möchten, zu umgehen; versprach, bei seinem Durchzug durch Dresden, den Paß in der Geheimschreiberei zu lösen, und bat, ihn nur diesmal, da er von dieser Forderung durchaus nichts gewußt, ziehen zu lassen. Nun! sprach der Junker, da eben das Wetter wieder zu stürmen anfing, und seine dürren Glieder durchsauste: laßt den Schlucker laufen. Kommt! sagte er zu den Rittern, kehrte sich um, und wollte nach dem Schlosse gehen. Der Schloßvogt sagte, zum Junker gewandt, daß er wenigstens ein Pfand, zur Sicherheit, daß er den Schein lösen würde, zurücklassen müsse. Der Junker blieb wieder unter dem Schloßtor stehen. Kohlhaas fragte, welchen Wert er denn, an Geld oder an Sachen, zum Pfande, wegen der Rappen, zurücklassen solle? Der Verwalter meinte, in den Bart murmelnd, er könne ja die Rappen selbst zurücklassen. Allerdings, sagte der Schloßvogt, das ist das Zweckmäßigste; ist der Paß gelöst, so kann er sie zu jeder Zeit wieder abholen. Kohlhaas, über eine so unverschämte Forderung betreten, sagte dem Junker, der sich die Wamsschöße frierend vor den Leib hielt, daß er die Rappen ja verkaufen wolle; doch dieser, da in demselben Augenblick ein Windstoß eine ganze Last von Regen und Hagel durchs Tor jagte, rief, um der Sache ein Ende zu machen: wenn er die Pferde nicht loslassen will, so schmeißt ihn wieder über den Schlagbaum zurück; und ging ab. Der Roßkamm, der wohl sah, daß er hier der Gewalttätigkeit weichen mußte, entschloß sich, die Forderung, weil doch nichts anders übrig blieb, zu erfüllen; spannte die Rappen aus, und führte sie in einen Stall, den ihm der Schloßvogt anwies. Er ließ einen Knecht bei ihnen zurück, versah ihn mit Geld, ermahnte ihn, die Pferde, bis zu seiner Zurückkunft, wohl in acht zu nehmen, und setzte seine Reise, mit dem Rest der Koppel, halb und halb ungewiß, ob nicht doch wohl, wegen aufkeimender Pferdezucht, ein solches Gebot, im Sächsischen, erschienen sein könne, nach Leipzig, wo er auf die Messe wollte, fort.

In Dresden, wo er, in einer der Vorstädte der Stadt, ein Haus mit einigen Ställen besaß, weil er von hier aus seinen Handel auf den kleineren Märkten des Landes zu bestreiten pflegte, begab er sich, gleich nach seiner Ankunft, auf die Geheimschreiberei, wo er von den Räten, deren er einige kannte, erfuhr, was ihm allerdings sein erster Glaube schon gesagt hatte, daß die Geschichte von dem Paßschein ein Märchen sei. Kohlhaas, dem die mißvergnügten Räte, auf sein Ansuchen, einen schriftlichen Schein über den Ungrund derselben gaben, lächelte über den Witz des dürren Junkers, obschon er noch nicht recht einsah, was er damit bezwekken mochte; und die Koppel der Pferde, die er bei sich führte, einige Wochen darauf, zu seiner Zufriedenheit, verkauft, kehrte er, ohne irgend weiter ein bitteres Gefühl, als das der allgemeinen Not der Welt, zur Tronkenburg zurück. Der Schloßvogt, dem er den Schein zeigte, ließ sich nicht weiter darüber aus, und sagte, auf die Frage des Roßkamms, ob er die Pferde jetzt wieder bekommen könne: er möchte nur hinunter gehen und sie holen. Kohlhaas hatte aber schon, da er über den Hof ging, den unangenehmen Auftritt, zu erfahren, daß sein Knecht, ungebührlichen Betragens halber, wie es hieß, wenige Tage nach dessen Zurücklassung in der Tronkenburg, zerprügelt und weggejagt worden sei. Er fragte den Jungen, der ihm diese Nachricht gab, was denn derselbe getan? und wer während dessen die Pferde besorgt hätte? worauf dieser aber erwiderte, er wisse es nicht, und darauf dem Roßkamm, dem das Herz schon von Ahnungen schwoll, den Stall, in welchem sie standen, öffnete. Wie groß war aber sein Erstaunen, als er, statt seiner zwei glatten und wohlgenährten Rappen, ein Paar dürre, abgehärmte Mähren erblickte; Knochen, denen man, wie Riegeln, hätte Sachen aufhängen können; Mähnen und Haare, ohne Wartung und Pflege, zusammengeknetet: das wahre Bild des Elends im Tierreiche! Kohlhaas, den die Pferde, mit einer schwachen Bewegung, anwieherten, war auf das äußerste entrüstet,

und fragte, was seinen Gaulen widerfahren wäre? Der
Junge, der bei ihm stand, antwortete, daß ihnen weiter
kein Unglück zugestoßen wäre, daß sie auch das gehörige Futter bekommen hätten, daß sie aber, da gerade
Ernte gewesen sei, wegen Mangels an Zugvieh, ein wenig auf den Feldern gebraucht worden wären. Kohlhaas
fluchte über diese schändliche und abgekartete Gewalttätigkeit, verbiß jedoch, im Gefühl seiner Ohnmacht,
seinen Ingrimm, und machte schon, da doch nichts
anders übrig blieb, Anstalten, das Raubnest mit den
Pferden nur wieder zu verlassen, als der Schloßvogt, von
dem Wortwechsel herbeigerufen, erschien, und fragte,
was es hier gäbe? Was es gibt? antwortete Kohlhaas. Wer
hat dem Junker von Tronka und dessen Leuten die
Erlaubnis gegeben, sich meiner bei ihm zurückgelasse-
nen Rappen zur Feldarbeit zu bedienen? Er setzte hinzu, ob das wohl menschlich wäre? versuchte, die er-
schöpften Gaule durch einen Gertenstreich zu erregen,
und zeigte ihm, daß sie sich nicht rührten. Der Schloßvogt, nachdem er ihn eine Weile trotzig angesehen hatte, versetzte: seht den Grobian! Ob der Flegel nicht Gott
danken sollte, daß die Mähren überhaupt noch leben?
Er fragte, wer sie, da der Knecht weggelaufen, hätte
pflegen sollen? Ob es nicht billig gewesen wäre, daß die
Pferde das Futter, das man ihnen gereicht habe, auf den
Feldern abverdient hätten? Er schloß, daß er hier keine
Flausen machen möchte, oder daß er die Hunde rufen,
und sich durch sie Ruhe im Hofe zu verschaffen wissen
würde. – Dem Roßhändler schlug das Herz gegen den
Wams. Es drängte ihn, den nichtswürdigen Dickwanst
in den Kot zu werfen, und den Fuß auf sein kupfernes
Antlitz zu setzen. Durch sein Rechtgefühl, das einer
Goldwaage glich, wankte noch; er war, vor der Schranke
seiner eigenen Brust, noch nicht gewiß, ob eine Schuld
seinen Gegner drücke; und während er, die Schimpfre-
den niederschluckend, zu den Pferden trat, und ihnen,
in stiller Erwägung der Umstände, die Mähnen zurecht
legte, fragte er mit gesenkter Stimme: um welchen Ver-

sehens halber der Knecht denn aus der Burg entfernt
worden sei? Der Schloßvogt erwiderte: weil der Schlin-
gel trotzig im Hofe gewesen ist! Weil er sich gegen einen
notwendigen Stallwechsel gesträubt, und verlangt hat,
daß die Pferde zweier Jungherren, die auf die Tronkenburg kamen, um seiner Mähren willen, auf der freien
Straße übernachten sollten! – Kohlhaas hätte den Wert
der Pferde darum gegeben, wenn er den Knecht zur
Hand gehabt, und dessen Aussage mit der Aussage
dieses dickmäuligen Burgvogts hätte vergleichen können. Er stand noch, und streifte den Rappen die Zod-
deln aus, und sann, was in seiner Lage zu tun sei, als sich
die Szene plötzlich änderte, und der Junker Wenzel von
Tronka, mit einem Schwarm von Rittern, Knechten und
Hunden, von der Hasenhetze kommend, in den Schloßplatz sprengte. Der Schloßvogt, als er fragte, was vorgefallen sei, nahm sogleich das Wort, und während die
Hunde, beim Anblick des Fremden, von der einen Seite,
ein Mordgeheul gegen ihn anstimmten, und die Ritter
ihnen, von der andern, zu schweigen geboten, zeigte er
ihm, unter der gehässigsten Entstellung der Sache, an,
was dieser Roßkamm, weil seine Rappen ein wenig gebraucht worden wären, für eine Rebellion verführe. Er
sagte, mit Hohngelächter, daß er sich weigere, die Pferde als die seinigen anzuerkennen. Kohlhaas rief: »das
sind nicht meine Pferde, gestrenger Herr! Das sind die
Pferde nicht, die dreißig Goldgülden wert waren! Ich will
meine wohlgenährten und gesunden Pferde wieder haben!« – Der Junker, indem ihm eine flüchtige Blässe ins
Gesicht trat, stieg vom Pferde, und sagte: wenn der H...
A... die Pferde nicht wiedernehmen will, so mag er es
bleiben lassen. Komm, Günther! rief er – Hans! Kommt!
indem er sich den Staub mit der Hand von den Beinklei-
dern schüttelte; und: schafft Wein! rief er noch, da er
mit den Rittern unter der Tür war; und ging ins Haus.
Kohlhaas sagte, daß er eher den Abdecker rufen, und
die Pferde auf den Schindanger schmeißen lassen, als
sie so, wie sie wären, in seinen Stall zu Kohlhaasenbrück

führen wolle. Er ließ die Gaule, ohne sich um sie zu bekümmern, auf dem Platz stehen, schwang sich, indem er versicherte, daß er sich Recht zu verschaffen wissen würde, auf seinen Braunen, und ritt davon.

Spornstreichs auf dem Wege nach Dresden war er schon, als er, bei dem Gedanken an den Knecht, und an die Klage, die man auf der Burg gegen ihn führte, schrittweis zu reiten anfing, sein Pferd, ehe er noch tausend Schritte gemacht hatte, wieder wandte, und zur vorgängigen Vernehmung des Knechts, wie es ihm klug und gerecht schien, nach Kohlhaasenbrück einbog. Denn ein richtiges, mit der gebrechlichen Einrichtung der Welt schon bekanntes Gefühl machte ihn, trotz der erlittenen Beleidigungen, geneigt, falls nur wirklich dem Knecht, wie der Schloßvogt behauptete, eine Art von Schuld beizumessen sei, den Verlust der Pferde, als eine gerechte Folge davon, zu verschmerzen. Dagegen sagte ihm ein ebenso vortreffliches Gefühl, und dies Gefühl faßte tiefere und tiefere Wurzeln, in dem Maße, als er weiter ritt, und überall, wo er einkehrte, von den Ungerechtigkeiten hörte, die täglich auf der Tronkenburg gegen die Reisenden verübt wurden: daß wenn der ganze Vorfall, wie es allen Anschein habe, bloß abgekartet sein sollte, er mit seinen Kräften der Welt in der Pflicht verfallen sei, sich Genugtuung für die erlittene Kränkung, und Sicherheit für zukünftige seinen Mitbürgern zu verschaffen.

Sobald er, bei seiner Ankunft in Kohlhaasenbrück, Lisbeth, sein treues Weib, umarmt, und seine Kinder, die um seine Kniee frohlockten, geküßt hatte, fragte er gleich nach Herse, dem Großknecht: und ob man nichts von ihm gehört habe? Lisbeth sagte: ja liebster Michael, dieser Herse! Denke dir, daß dieser unselige Mensch, vor etwa vierzehn Tagen, auf das jämmerlichste zerschlagen, hier eintrifft; nein, so zerschlagen, daß er auch nicht frei atmen kann. Wir bringen ihn zu Bett, wo er heftig Blut speit, und vernehmen, auf unsre wiederholten Fragen, eine Geschichte, die keiner versteht. Wie er von dir mit Pferden, denen man den Durchgang nicht verstattet, auf der Tronkenburg zurückgelassen worden sei, wie man ihn, durch die schändlichsten Mißhandlungen, gezwungen habe, die Burg zu verlassen, und wie es ihm unmöglich gewesen wäre, die Pferde mitzunehmen. So? sagte Kohlhaas, indem er den Mantel ablegte. Ist er denn schon wieder hergestellt? – Bis auf das Blutspeien, antwortete sie, halb und halb. Ich wollte sogleich einen Knecht nach der Tronkenburg schicken, um die Pflege der Rosse, bis zu deiner Ankunft daselbst, besorgen zu lassen. Denn da sich der Herse immer wahrhaftig gezeigt hat, und so getreu uns, in der Tat wie kein anderer, so kam es mir nicht zu, in seine Aussage, von so viel Merkmalen unterstützt, einen Zweifel zu setzen, und etwa zu glauben, daß er der Pferde auf eine andere Art verlustig gegangen wäre. Doch er beschwört mich, niemandem zuzumuten, sich in diesem Raubneste zu zeigen, und die Tiere aufzugeben, wenn ich keinen Menschen dafür aufopfern wolle. – Liegt er denn noch im Bette? fragte Kohlhaas, indem er sich von der Halsbinde befreite. – Er geht, erwiderte sie, seit einigen Tagen schon wieder im Hofe umher. Kurz, du wirst sehen, fuhr sie fort, daß alles seine Richtigkeit hat, und daß diese Begebenheit einer von den Freveln ist, die man sich seit kurzem auf der Tronkenburg gegen die Fremden erlaubt. – Das muß ich doch erst untersuchen, erwiderte Kohlhaas. Ruf ihn mir, Lisbeth, wenn er auf ist, doch her! Mit diesen Worten setzte er sich in den Lehnstuhl; und die Hausfrau, die sich über seine Gelassenheit sehr freute, ging, und holte den Knecht.

Was hast du in der Tronkenburg gemacht? fragte Kohlhaas, da Lisbeth mit ihm in das Zimmer trat. Ich bin nicht eben wohl mit dir zufrieden. – Der Knecht, auf dessen blassem Gesicht sich, bei diesen Worten, eine Röte fleckig zeigte, schwieg eine Weile; und: da habt Ihr recht, Herr! antwortete er; denn einen Schwefelfaden, den ich durch Gottes Fügung bei mir trug, um das Raubnest, aus dem ich verjagt worden war, in Brand zu

stecken, warf ich, als ich ein Kind darin jammern hörte,
in das Elbwasser, und dachte: mag es Gottes Blitz einäschern; ich wills nicht! – Kohlhaas sagte betroffen:
wodurch aber hast du dir die Verjagung aus der Tronkenburg zugezogen? Drauf Herse: durch einen schlechten Streich, Herr; und trocknete sich den Schweiß von
der Stirn: Geschehenes ist aber nicht zu ändern. Ich
wollte die Pferde nicht auf der Feldarbeit zu Grunde
richten lassen, und sagte, daß sie noch jung wären und
nicht gezogen hätten. – Kohlhaas erwiderte, indem er
seine Verwirrung zu verbergen suchte, daß er hierin
nicht ganz die Wahrheit gesagt, indem die Pferde schon
zu Anfange des verflossenen Frühjahrs ein wenig im
Geschirr gewesen wären. Du hättest dich auf der Burg,
fuhr er fort, wo du doch eine Art von Gast warest, schon
ein oder etliche Mal, wenn gerade, wegen schleuniger
Einführung der Ernte Not war, gefällig zeigen können.
– Das habe ich auch getan, Herr, sprach Herse. Ich
dachte, da sie mir grämliche Gesichter machten, es wird
doch die Rappen just nicht kosten. Am dritten Vormit-
tag spannt ich sie vor, und drei Fuhren Getreide führt
ich ein. Kohlhaas, dem das Herz emporquoll, schlug die
Augen zu Boden, und versetzte: davon hat man mir
nichts gesagt, Herse! – Herse versicherte ihn, daß es so
sei. Meine Ungefälligkeit, sprach er, bestand darin, daß
ich die Pferde, als sie zu Mittag kaum ausgefressen
hatten, nicht wieder ins Joch spannen wollte; und daß
ich dem Schloßvogt und dem Verwalter, als sie mir
vorschlugen frei Futter dafür anzunehmen, und das
Geld, das Ihr mir für Futterkosten zurückgelassen hat-
tet, in den Sack zu stecken, antwortete – ich würde ihnen
sonst was tun; mich umkehrte und wegging. – Um dieser
Ungefälligkeit aber, sagte Kohlhaas, bist du von der
Tronkenburg nicht weggejagt worden. – Behüte Gott,
rief der Knecht, um eine gottvergessene Missetat! Denn
auf den Abend wurden die Pferde zweier Ritter, welche
auf die Tronkenburg kamen, in den Stall geführt, und
meine an die Stalltüre angebunden. Und da ich dem

Schloßvogt, der sie daselbst einquartierte, die Rappen
aus der Hand nahm, und fragte, wo die Tiere jetzo
bleiben sollten, so zeigte er mir einen Schweinekoben
an, der von Latten und Brettern an der Schloßmauer
auferbaut war. – Du meinst, unterbrach ihn Kohlhaas,
es war ein so schlechtes Behältnis für Pferde, daß es
einem Schweinekoben ähnlicher war, als einem Stall. –
Es war ein Schweinekoben, Herr, antwortete Herse;
wirklich und wahrhaftig ein Schweinekoben, in welchem die Schweine aus- und einliefen, und ich nicht
aufrecht stehen konnte. – Vielleicht war sonst kein Unterkommen für die Rappen aufzufinden, versetzte
Kohlhaas; die Pferde der Ritter gingen, auf eine gewisse
Art, vor. – Der Platz, erwiderte der Knecht, indem er die
Stimme fallen ließ, war eng. Es hausen jetzt in allem
sieben Ritter auf der Burg. Wenn Ihr es gewesen wäret,
Ihr hättet die Pferde ein wenig zusammenrücken lassen.
Ich sagte, ich wolle mir im Dorf einen Stall zu mieten
suchen; doch der Schloßvogt versetzte, daß er die Pferde
unter seinen Augen behalten müsse, und daß ich mich
nicht unterstehen solle, sie vom Hofe wegzuführen. –
Hm! sagte Kohlhaas. Was gabst du darauf an? – Weil der
Verwalter sprach, die beiden Gäste würden bloß übernachten, und am andern Morgen weiter reiten, so führte ich die Pferde in den Schweinekoben hinein. Aber der
folgende Tag verfloß, ohne daß es geschah; und als der
dritte anbrach, hieß es, die Herren würden noch einige
Wochen auf der Burg verweilen. – Am Ende wars nicht
so schlimm, Herse, im Schweinekoben, sagte Kohlhaas,
als es dir, da du zuerst die Nase hineinstecktest, vorkam.
– 's ist wahr, erwiderte jener. Da ich den Ort ein bissel
ausfegte, gings an. Ich gab der Magd einen Groschen,
daß sie die Schweine woanders einstecke. Und den Tag
über bewerkstelligte ich auch, daß die Pferde aufrecht
stehen konnten, indem ich die Bretter oben, wenn der
Morgen dämmerte, von den Latten abnahm, und
abends wieder auflegte. Sie guckten nun, wie Gänse, aus
dem Dach vor, und sahen sich nach Kohlhaasenbrück,

oder sonst, wo es besser ist, um. – Nun denn, fragte
Kohlhaas, warum also, in aller Welt, jagte man dich
fort? – Herr, ich sags Euch, versetzte der Knecht, weil
man meiner los sein wollte. Weil sie die Pferde, so lange
ich dabei war, nicht zu Grunde richten konnten. Überall
schnitten sie mir, im Hofe und in der Gesindestube,
widerwärtige Gesichter; und weil ich dachte, zieht ihr
die Mäuler, daß sie verrenken, so brachen sie die Gelegenheit vom Zaune, und warfen mich vom Hofe herunter. – Aber die Veranlassung! rief Kohlhaas. Sie werden
doch irgend eine Veranlassung gehabt haben! – O allerdings, antwortete Herse, und die allergerechteste. Ich
nahm, am Abend des zweiten Tages, den ich im Schweinekoben zugebracht, die Pferde, die sich darin doch
zugesudelt hatten, und wollte sie zur Schwemme reiten.
Und da ich eben unter dem Schloßtore bin, und mich
wenden will, hör ich den Vogt und den Verwalter, mit
Knechten, Hunden und Prügeln, aus der Gesindestube,
hinter mir herstürzen, und: halt, den Spitzbuben! rufen:
halt, den Galgenstrick! als ob sie besessen wären. Der
Torwächter tritt mir in den Weg; und da ich ihn und
den rasenden Haufen, der auf mich anläuft, frage: was
auch gibts? was es gibt? antwortet der Schloßvogt; und
greift meinen beiden Rappen in den Zügel. Wo will Er
hin mit den Pferden? fragt er, und packt mich an die
Brust. Ich sage, wo ich hin will? Himmeldonner! Zur
Schwemme will ich reiten. Denkt Er, daß ich –? Zur
Schwemme? ruft der Schloßvogt. Ich will dich, Gauner,
auf der Heerstraße, nach Kohlhaasenbrück schwimmen
lehren! und schmeißt mich, mit einem hämischen Mord-
zug, er und der Verwalter, der mir das Bein gefaßt hat,
vom Pferd herunter, daß ich mich, lang wie ich bin, in
den Kot messe. Mord! Hagel! ruf ich, Sielzeug und
Decken liegen, und ein Bündel Wäsche von mir, im
Stall; doch er und die Knechte, indessen der Verwalter
die Pferde wegführt, mit Füßen und Peitschen und
Prügeln über mich her, daß ich halbtot hinter dem
Schloßtor niedersinke. Und da ich sage: die Raubhun-

de! Wo führen sie mir die Pferde hin? und mich erhebe:
heraus aus dem Schloßhof! schreit der Vogt, und: hetz,
Kaiser! hetz, Jäger! erschallt es, und: hetz, Spitz! und
eine Koppel von mehr denn zwölf Hunden fällt über
mich her. Drauf brech ich, war es eine Latte, ich weiß
nicht was, vom Zaune, und drei Hunde tot streck ich
neben mir nieder; doch da ich, von jämmerlichen Zer-
fleischungen gequält, weichen muß: Flüt! gellt eine
Pfeife; die Hunde in den Hof, die Torflügel zusammen,
der Riegel vor: und auf der Straße ohnmächtig sink ich
nieder. – Kohlhaas sagte, bleich im Gesicht, mit erzwun-
gener Schelmerei: hast du auch nicht entweichen wollen, Herse? Und da dieser, mit dunkler Röte, vor sich
niedersah: gesteh mirs, sagte er; es gefiel dir im Schweinekoben nicht; du dachtest, im Stall zu Kohlhaasenbrück ists doch besser. – Himmelschlag! rief Herse:
Sielzeug und Decken ließ ich ja, und einen Bündel
Wäsche, im Schweinekoben zurück. Würd ich drei
Reichsgülden nicht zu mir gesteckt haben, die ich, im
rotseidnen Halstuch, hinter der Krippe versteckt hatte?
Blitz, Höll und Teufel! Wenn Ihr so sprecht, so möcht
ich nur gleich den Schwefelfaden, den ich wegwarf,
wieder anzünden! Nun, nun! sagte der Roßhändler; es
war eben nicht böse gemeint! Was du gesagt hast, schau,
Wort für Wort, ich glaub es dir; und das Abendmahl,
wenn es zur Sprache kommt, will ich selbst nun darauf
nehmen. Es tut mir leid, daß es dir in meinen Diensten
nicht besser ergangen ist; geh, Herse, geh zu Bett, laß dir
eine Flasche Wein geben, und tröste dich: dir soll Gerechtigkeit widerfahren! Und damit stand er auf, fertigte ein Verzeichnis der Sachen an, die der Großknecht im
Schweinekoben zurückgelassen; spezifizierte den Wert
derselben, fragte ihn auch, wie hoch er die Kurkosten
anschlage; und ließ ihn, nachdem er ihm noch einmal
die Hand gereicht, abtreten.

Hierauf erzählte er Lisbeth, seiner Frau, den ganzen
Verlauf und inneren Zusammenhang der Geschichte,
erklärte ihr, wie er entschlossen sei, die öffentliche Ge-

rechtigkeit für sich aufzufordern, und hatte die Freude, zu sehen, daß sie ihn, in diesem Vorsatz, aus voller Seele bestärkte. Denn sie sagte, daß noch mancher andre Reisende, vielleicht minder duldsam, als er, über jene Burg ziehen würde; daß es ein Werk Gottes wäre, Unordnungen, gleich diesen, Einhalt zu tun; und daß sie die Kosten, die ihm die Führung des Prozesses verursachen würde, schon beitreiben wolle. Kohlhaas nannte sie sein wackeres Weib, erfreute sich diesen und den folgenden Tag in ihrer und seiner Kinder Mitte, und brach, sobald es seine Geschäfte irgend zuließen, nach Dresden auf, um seine Klage vor Gericht zu bringen.

Hier verfaßte er, mit Hülfe eines Rechtsgelehrten, den er kannte, eine Beschwerde, in welcher er, nach einer umständlichen Schilderung des Frevels, den der Junker Wenzel von Tronka, an ihm sowohl, als an seinem Knecht Herse, verübt hatte, auf gesetzmäßige Bestrafung desselben, Wiederherstellung der Pferde in den vorigen Stand, und auf Ersatz des Schadens antrug, den er sowohl, als sein Knecht, dadurch erlitten hatten. Die Rechtssache war in der Tat klar. Der Umstand, daß die Pferde gesetzwidriger Weise festgehalten worden waren, warf ein entscheidendes Licht auf alles Übrige; und selbst wenn man hätte annehmen wollen, daß die Pferde durch einen bloßen Zufall erkrankt wären, so würde die Forderung des Roßkamms, sie ihm gesund wieder zuzustellen, noch gerecht gewesen sein. Es fehlte Kohlhaas auch, während er sich in der Residenz umsah, keineswegs an Freunden, die seine Sache lebhaft zu unterstützen versprachen; der ausgebreitete Handel, den er mit Pferden trieb, hatte ihm die Bekanntschaft, und die Redlichkeit, mit welcher er dabei zu Werke ging, ihm das Wohlwollen der bedeutendsten Männer des Landes verschafft. Er speisete bei seinem Advokaten, der selbst ein ansehnlicher Mann war, mehrere Mal heiter zu Tisch; legte eine Summe Geldes, zur Bestreitung der Prozeßkosten, bei ihm nieder; und kehrte, nach Verlauf einiger Wochen, völlig von demselben über den Ausgang seiner Rechtssache beruhigt, zu Lisbeth, seinem Weibe, nach Kohlhaasenbrück zurück. Gleichwohl vergingen Monate, und das Jahr war daran, abzuschließen, bevor er, von Sachsen aus, auch nur eine Erklärung über die Klage, die er daselbst anhängig gemacht hatte, geschweige denn die Resolution selbst, erhielt. Er fragte, nachdem er mehrere Male von neuem bei dem Tribunal eingekommen war, seinen Rechtsgehülfen, in einem vertrauten Briefe, was eine so übergroße Verzögerung verursache; und erfuhr, daß die Klage, auf eine höhere Insinuation, bei dem Dresdner Gerichtshofe, gänzlich niedergeschlagen worden sei. – Auf die befremdete Rückschrift des Roßkamms, worin dies seinen Grund habe, meldete ihm jener: daß der Junker Wenzel von Tronka mit zwei Jungherren, Hinz und Kunz von Tronka, verwandt sei, deren einer, bei der Person des Herrn, Mundschenk, der andre gar Kämmerer sei. – Er riet ihm noch, er möchte, ohne weitere Bemühungen bei der Rechtsinstanz, seiner, auf der Tronkenburg befindlichen, Pferde wieder habhaft zu werden suchen; gab ihm zu verstehen, daß der Junker, der sich jetzt in der Hauptstadt aufhalte, seine Leute angewiesen zu haben scheine, sie ihm auszuliefern; und schloß mit dem Gesuch, ihn wenigstens, falls er sich hiermit nicht beruhigen wolle, mit ferneren Aufträgen in dieser Sache zu verschonen.

Kohlhaas befand sich um diese Zeit gerade in Brandenburg, wo der Stadthauptmann, Heinrich von Geusau, unter dessen Regierungsbezirk Kohlhaasenbrück gehörte, eben beschäftigt war, aus einem beträchtlichen Fonds, der der Stadt zugefallen war, mehrere wohltätige Anstalten, für Kranke und Arme, einzurichten. Besonders war er bemüht, einen mineralischen Quell, der auf einem Dorf in der Gegend sprang, und von dessen Heilkräften man sich mehr, als die Zukunft nachher bewährte, versprach, für den Gebrauch der Preßhaften einzurichten; und da Kohlhaas ihm, wegen manchen Verkehrs, in dem er, zur Zeit seines Aufenthalts am

Hofe, mit demselben gestanden hatte, bekannt war, so
erlaubte er Hersen, dem Großknecht, dem ein Schmerz
beim Atemholen über der Brust, seit jenem schlimmen
Tage auf der Tronkenburg, zurückgeblieben war, die
Wirkung der kleinen, mit Dach und Einfassung verse-
henen, Heilquelle zu versuchen. Es traf sich, daß der
Stadthauptmann eben, am Rande des Kessels, in welchen Kohlhaas den Herse gelegt hatte, gegenwärtig
war, um einige Anordnungen zu treffen, als jener,
durch einen Boten, den ihm seine Frau nachschickte,
den niederschlagenden Brief seines Rechtsgehülfen aus
Dresden empfing. Der Stadthauptmann, der, während
er mit dem Arzte sprach, bemerkte, daß Kohlhaas eine
Träne auf den Brief, den er bekommen und eröffnet
hatte, fallen ließ, näherte sich ihm, auf eine freundliche
und herzliche Weise, und fragte ihn, was für ein Unfall
ihn betroffen; und da der Roßhändler ihm, ohne ihm
zu antworten, den Brief überreichte: so klopfte ihm
dieser würdige Mann, dem die abscheuliche Ungerechtigkeit, die man auf der Tronkenburg an ihm verübt
hatte, und an deren Folgen Herse eben, vielleicht auf
die Lebenszeit, krank danieder lag, bekannt war, auf die
Schulter, und sagte ihm: er solle nicht mutlos sein; er
werde ihm zu seiner Genugtuung verhelfen! Am
Abend, da sich der Roßkamm, seinem Befehl gemäß, zu
ihm aufs Schloß begeben hatte, sagte er ihm, daß er nur
eine Supplik, mit einer kurzen Darstellung des Vorfalls,
an den Kurfürsten von Brandenburg aufsetzen, den
Brief des Advokaten beilegen, und wegen der Gewalttätigkeit, die man sich, auf sächsischem Gebiet, gegen ihn
erlaubt, den landesherrlichen Schutz aufrufen möchte.
Er versprach ihm, die Bittschrift, unter einem anderen
Paket, das schon bereit liege, in die Hände des Kurfürsten zu bringen, der seinethalb unfehlbar, wenn es die
Verhältnisse zuließen, bei dem Kurfürsten von Sachsen
einkommen würde; und mehr als eines solchen Schrit-
tes bedürfe es nicht, um ihm bei dem Tribunal in Dresden, den Künsten des Junkers und seines Anhanges

zum Trotz, Gerechtigkeit zu verschaffen. Kohlhaas, lebhaft erfreut, dankte dem Stadthauptmann, für diesen
neuen Beweis seiner Gewogenheit, aufs herzlichste; sagte, es tue ihm nur leid, daß er nicht, ohne irgend Schritte in Dresden zu tun, seine Sache gleich in Berlin anhängig gemacht habe; und nachdem er, in der Schreibe-
rei des Stadtgerichts, die Beschwerde, ganz den Forderungen gemäß, verfaßt, und dem Stadthauptmann
übergeben hatte, kehrte er, beruhigter über den Ausgang seiner Geschichte, als je, nach Kohlhaasenbrück
zurück. Er hatte aber schon, in wenig Wochen, den
Kummer, durch einen Gerichtsherrn, der in Geschäften
des Stadthauptmanns nach Potsdam ging, zu erfahren,
daß der Kurfürst die Supplik seinem Kanzler, dem Grafen Kallheim, übergeben habe, und daß dieser nicht
unmittelbar, wie es zweckmäßig schien, bei dem Hofe
zu Dresden, um Untersuchung und Bestrafung der Gewalttat, sondern um vorläufige, nähere Information bei
dem Junker von Tronka eingekommen sei. Der Gerichtsherr, der, vor Kohlhaasens Wohnung, im Wagen
haltend, den Auftrag zu haben schien, dem Roßhändler
diese Eröffnung zu machen, konnte ihm auf die betroffene Frage: warum man also verfahren? keine befriedigende Auskunft geben. Er fügte nur noch hinzu: der
Stadthauptmann ließe ihm sagen, er möchte sich in
Geduld fassen; schien bedrängt, seine Reise fortzusetzen; und erst am Schluß der kurzen Unterredung erriet
Kohlhaas, aus einigen hingeworfenen Worten, daß der
Graf Kallheim mit dem Hause derer von Tronka ver-
schwägert sei. – Kohlhaas, der keine Freude mehr, weder an seiner Pferdezucht, noch an Haus und Hof,
kaum an Weib und Kind hatte, durchharrte, in trüber
Ahndung der Zukunft, den nächsten Mond; und ganz
seiner Erwartung gemäß kam, nach Verlauf dieser Zeit,
Herse, dem das Bad einige Linderung verschafft hatte,
von Brandenburg zurück, mit einem, ein größeres Re-
skript begleitenden, Schreiben des Stadthauptmanns,
des Inhalts: es tue ihm leid, daß er nichts in seiner Sache

tun könne; er schicke ihm eine, an ihn ergangene, Resolution der Staatskanzlei, und rate ihm, die Pferde, die er in der Tronkenburg zurückgelassen, wieder abführen, und die Sache übrigens ruhen zu lassen. – Die Resolution lautete: »er sei, nach dem Bericht des Tribunals in Dresden, ein unnützer Querulant; der Junker, bei dem er die Pferde zurückgelassen, halte ihm dieselben, auf keine Weise, zurück; er möchte nach der Burg schicken, und sie holen, oder dem Junker wenigstens wissen lassen, wohin er sie ihm senden solle; die Staatskanzlei aber, auf jeden Fall, mit solchen Plackereien und Stänkereien verschonen.« Kohlhaas, dem es nicht um die Pferde zu tun war – er hätte gleichen Schmerz empfunden, wenn es ein Paar Hunde gegolten hätte – Kohlhaas schäumte vor Wut, als er diesen Brief empfing. Er sah, so oft sich ein Geräusch im Hofe hören ließ, mit der widerwärtigsten Erwartung, die seine Brust jemals bewegt hatte, nach dem Torwege, ob die Leute des Jungherren erscheinen, und ihm, vielleicht gar mit einer Entschuldigung, die Pferde, abgehungert und abgehärmt, wieder zustellen würden; der einzige Fall, in welchem seine von der Welt wohlerzogene Seele, auf nichts das ihrem Gefühl völlig entsprach gefaßt war. Er hörte aber in kurzer Zeit schon, durch einen Bekannten, der die Straße gereiset war, daß die Gäule auf der Tronkenburg, nach wie vor, den übrigen Pferden des Landjunkers gleich, auf dem Felde gebraucht würden; und mitten durch den Schmerz, die Welt in einer so ungeheuren Unordnung zu erblicken, zuckte die innerliche Zufriedenheit empor, seine eigne Brust nunmehr in Ordnung zu sehen. Er lud einen Amtmann, seinen Nachbar, zu sich, der längst mit dem Plan umgegangen war, seine Besitzungen durch den Ankauf der, ihre Grenze berührenden, Grundstücke zu vergrößern, und fragte ihn, nachdem sich derselbe bei ihm niedergelassen, was er für seine Besitzungen im Brandenburgischen und im Sächsischen, Haus und Hof, in Pausch und Bogen, es sei nagelfest oder nicht, geben wolle?

Lisbeth, sein Weib, erblaßte bei diesen Worten. Sie wandte sich, und hob ihr Jüngstes auf, das hinter ihr auf dem Boden spielte, Blicke, in welchen sich der Tod malte, bei den roten Wangen des Knaben vorbei, der mit ihren Halsbändern spielte, auf den Roßkamm, und ein Papier werfend, das er in der Hand hielt. Der Amtmann fragte, indem er ihn befremdet ansah, was ihn plötzlich auf so sonderbare Gedanken bringe; worauf jener, mit so viel Heiterkeit, als er erzwingen konnte, erwiderte: der Gedanke, seinen Meierhof, an den Ufern der Havel, zu verkaufen, sei nicht allzuneu; sie hätten beide schon oft über diesen Gegenstand verhandelt; sein Haus in der Vorstadt in Dresden sei, in Vergleich damit, ein bloßer Anhang, der nicht in Erwägung komme; und kurz, wenn er ihm seinen Willen tun, und beide Grundstücke übernehmen wolle, so sei er bereit, den Kontrakt darüber mit ihm abzuschließen. Er setzte, mit einem etwas erzwungenen Scherz hinzu, Kohlhaasenbrück sei ja nicht die Welt; es könne Zwecke geben, in Vergleich mit welchen, seinem Hauswesen, als ein ordentlicher Vater, vorzustehen, untergeordnet und nichtswürdig sei; und kurz, seine Seele, müsse er ihm sagen, sei auf große Dinge gestellt, von welchen er vielleicht bald hören werde. Der Amtmann, durch diese Worte beruhigt, sagte, auf eine lustige Art, zur Frau, die das Kind einmal über das andere küßte: er werde doch nicht gleich Bezahlung verlangen? legte Hut und Stock, die er zwischen den Knieen gehalten hatte, auf den Tisch, und nahm das Blatt, das der Roßkamm in der Hand hielt, um es zu durchlesen. Kohlhaas, indem er demselben näher rückte, erklärte ihm, daß es ein von ihm aufgesetzter eventueller in vier Wochen verfallener Kaufkontrakt sei; zeigte ihm, daß darin nichts fehle, als die Unterschriften, und die Einrückung der Summen, sowohl was den Kaufpreis selbst, als auch den Reukauf, d. h. die Leistung betreffe, zu der er sich, falls er binnen vier Wochen zurückträte, verstehen wolle; und forderte ihn noch einmal munter auf, ein Gebot zu tun, indem er

ihm versicherte, daß er billig sein, und keine großen
Umstände machen würde. Die Frau ging in der Stube
auf und ab; ihre Brust flog, daß das Tuch, an welchem
der Knabe gezupft hatte, ihr völlig von der Schulter
herabzufallen drohte. Der Amtmann sagte, daß er ja
den Wert der Besitzung in Dresden keineswegs beurteilen könne; worauf ihm Kohlhaas, Briefe, die bei ihrem
Ankauf gewechselt worden waren, hinschiebend, antwortete: daß er sie zu 100 Goldgülden anschlage; obschon daraus hervorging, daß sie ihm fast um die Hälfte
mehr gekostet hatte. Der Amtmann, der den Kaufkontrakt noch einmal überlas, und darin auch von seiner
Seite, auf eine sonderbare Art, die Freiheit stipuliert
fand, zurückzutreten, sagte, schon halb entschlossen:
daß er ja die Gestütpferde, die in seinen Ställen wären,
nicht brauchen könne; doch da Kohlhaas erwiderte, daß
er die Pferde auch gar nicht loszuschlagen willens sei,
und daß er auch einige Waffen, die in der Rüstkammer
hingen, für sich behalten wolle, so – zögerte jener noch
und zögerte, und wiederholte endlich ein Gebot, das er
ihm vor kurzem schon einmal, halb im Scherz, halb im
Ernst, nichtswürdig gegen den Wert der Besitzung, auf
einem Spaziergange gemacht hatte. Kohlhaas schob
ihm Tinte und Feder hin, um zu schreiben; und da der
Amtmann, der seinen Sinnen nicht traute, ihn noch
einmal gefragt hatte, ob es sein Ernst sei? und der
Roßkamm ihm ein wenig empfindlich geantwortet hatte: ob er glaube, daß er bloß seinen Scherz mit ihm
treibe? so nahm jener zwar, mit einem bedenklichen
Gesicht, die Feder, und schrieb; dagegen durchstrich er
den Punkt, in welchem von der Leistung, falls dem
Verkäufer der Handel gereuen sollte, die Rede war;
verpflichtete sich zu einem Darlehn von 100 Goldgülden, auf die Hypothek des Dresdenschen Grundstücks,
das er auf keine Weise käuflich an sich bringen wollte;
und ließ ihm, binnen zwei Monaten völlige Freiheit, von
dem Handel wieder zurückzutreten. Der Roßkamm,
von diesem Verfahren gerührt, schüttelte ihm mit vieler

Herzlichkeit die Hand; und nachdem sie noch, welches eine Hauptbedingung war, übereingekommen waren, daß des Kaufpreises vierter Teil unfehlbar gleich bar, und der Rest, in drei Monaten, in der Hamburger Bank, gezahlt werden sollte, rief jener nach Wein, um sich eines so glücklich abgemachten Geschäfts zu erfreuen. Er sagte einer Magd, die mit den Flaschen hereintrat, Sternbald, der Knecht, solle ihm den Fuchs satteln; er müsse, gab er an, nach der Hauptstadt reiten, wo er Verrichtungen habe; und gab zu verstehen, daß er in kurzem, wenn er zurückkehre, sich offenherziger über das, was er jetzt noch für sich behalten müsse, auslassen würde. Hierauf, indem er die Gläser einschenkte, fragte er nach dem Polen und Türken, die gerade damals mit einander im Streit lagen; verwickelte den Amtmann in mancherlei politische Konjekturen darüber; trank ihm schlüßlich hierauf noch einmal das Gedeihen ihres Geschäfts zu, und entließ ihn. – Als der Amtmann das Zimmer verlassen hatte, fiel Lisbeth auf Knieen vor ihm nieder. Wenn du mich irgend, rief sie, mich und die Kinder, die ich dir geboren habe, in deinem Herzen trägst; wenn wir nicht im voraus schon, um welcher Ursach willen, weiß ich nicht, verstoßen sind: so sage mir, was diese entsetzlichen Anstalten zu bedeuten haben! Kohlhaas sagte: liebstes Weib, nichts, das dich noch, so wie die Sachen stehn, beunruhigen dürfte. Ich habe eine Resolution erhalten, in welcher man mir sagt, daß meine Klage gegen den Junker Wenzel von Tronka eine nichtsnutzige Stänkerei sei. Und weil hier ein Mißverständnis obwalten muß: so habe ich mich entschlossen, meine Klage noch einmal, persönlich bei dem Landesherrn selbst, einzureichen. – Warum willst du dein Haus verkaufen? rief sie, indem sie mit einer verstörten Gebärde, aufstand. Der Roßkamm, indem er sie sanft an seine Brust drückte, erwiderte: weil ich in einem Lande, liebste Lisbeth, in welchem man mich, in meinen Rechten, nicht schützen will, nicht bleiben mag. Lieber ein Hund sein, wenn ich von Füßen getreten werden soll, als ein Mensch! Ich bin gewiß, daß meine Frau hierin so denkt, als ich. – Woher weißt du, fragte jene wild, daß man dich in deinen Rechten nicht schützen wird? Wenn du dem Herrn bescheiden, wie es dir zukommt, mit deiner Bittschrift nahst: woher weißt du, daß sie beiseite geworfen, oder mit Verweigerung, dich zu hören, beantwortet werden wird? – Wohlan, antwortete Kohlhaas, wenn meine Furcht hierin unbegründet ist, so ist auch mein Haus noch nicht verkauft. Der Herr selbst, weiß ich, ist gerecht; und wenn es mir nur gelingt, durch die, die ihn umringen, bis an seine Person zu kommen, so zweifle ich nicht, ich verschaffe mir Recht, und kehre fröhlich, noch ehe die Woche verstreicht, zu dir und meinen alten Geschäften zurück. Möcht ich alsdann noch, setzt' er hinzu, indem er sie küßte, bis an das Ende meines Lebens bei dir verharren! – Doch ratsam ist es, fuhr er fort, daß ich mich auf jeden Fall gefaßt mache; und daher wünschte ich, daß du dich, auf einige Zeit, wenn es sein kann, entferntest, und mit den Kindern zu deiner Muhme nach Schwerin gingst, die du überdies längst hast besuchen wollen. – Wie? rief die Hausfrau. Ich soll nach Schwerin gehen? Über die Grenze mit den Kindern, zu meiner Muhme nach Schwerin? Und das Entsetzen erstickte ihr die Sprache. – Allerdings, antwortete Kohlhaas, und das, wenn es sein kann, gleich, damit ich in den Schritten, die ich für meine Sache tun will, durch keine Rücksichten gestört werde. – »O! ich verstehe dich!« rief sie. »Du brauchst jetzt nichts mehr, als Waffen und Pferde; alles andere kann nehmen, wer will!« Und damit wandte sie sich, warf sich auf einen Sessel nieder, und weinte. – Kohlhaas sagte betroffen: liebste Lisbeth, was machst du? Gott hat mich mit Weib und Kindern und Gütern gesegnet; soll ich heute zum erstenmal wünschen, daß es anders wäre? – – – Er setzte sich zu ihr, die ihm, bei diesen Worten, errötend um den Hals gefallen war, freundlich nieder. – Sag mir an, sprach er, indem er ihr die Locken von der Stirne strich: was soll ich tun? Soll

ich meine Sache aufgeben? Soll ich nach der Tronkenburg gehen, und den Ritter bitten, daß er mir die Pferde wieder gebe, mich aufschwingen, und sie dir herrei-
ten? – Lisbeth wagte nicht: ja! ja! ja! zu sagen – sie
schüttelte weinend mit dem Kopf, sie drückte ihn heftig
an sich, und überdeckte mit heißen Küssen seine Brust.
»Nun also!« rief Kohlhaas. »Wenn du fühlst, daß mir,
falls ich mein Gewerbe forttreiben soll, Recht werden
muß: so gönne mir auch die Freiheit, die mir nötig ist,
es mir zu verschaffen!« Und damit stand er auf, und
sagte dem Knecht, der ihm meldete, daß der Fuchs
gesattelt stünde: morgen müßten auch die Braunen ein-
geschirrt werden, um seine Frau nach Schwerin zu führen. Lisbeth sagte: sie habe einen Einfall! Sie erhob sich,
wischte sich die Tränen aus den Augen, und fragte ihn,
der sich an einem Pult niedergesetzt hatte: ob er ihr die
Bittschrift geben, und sie, statt seiner, nach Berlin gehen lassen wolle, um sie dem Landesherrn zu überrei-
chen. Kohlhaas, von dieser Wendung, um mehr als
einer Ursach willen, gerührt, zog sie auf seinen Schoß
nieder, und sprach: liebste Frau, das ist nicht wohl
möglich! Der Landesherr ist vielfach umringt, mancherlei Verdrießlichkeiten ist der ausgesetzt, der ihm
naht. Lisbeth versetzte, daß es in tausend Fällen einer
Frau leichter sei, als einem Mann, ihm zu nahen. Gib
mir die Bittschrift, wiederholte sie; und wenn du weiter
nichts willst, als sie in seinen Händen wissen, so verbür-
ge ich mich dafür: er soll sie bekommen! Kohlhaas, der
von ihrem Mut sowohl, als ihrer Klugheit, mancherlei
Proben hatte, fragte, wie sie es denn anzustellen denke;
worauf sie, indem sie verschämt vor sich niedersah,
erwiderte: daß der Kastellan des kurfürstlichen Schlosses, in früheren Zeiten, da er zu Schwerin in Diensten
gestanden, um sie geworben habe; daß derselbe zwar
jetzt verheiratet sei, und mehrere Kinder habe; daß sie
aber immer noch nicht ganz vergessen wäre; – und kurz,
daß er es ihr nur überlassen möchte, aus diesem und
manchem andern Umstand, der zu beschreiben zu weit-

läufig wäre, Vorteil zu ziehen. Kohlhaas küßte sie mit vieler Freude, sagte, daß er ihren Vorschlag annähme, belehrte sie, daß es weiter nichts bedürfe, als einer Wohnung bei der Frau desselben, um den Landesherrn, im Schlosse selbst, anzutreffen, gab ihr die Bittschrift, ließ die Braunen anspannen, und schickte sie mit Sternbald, seinem treuen Knecht, wohleingepackt ab.

Diese Reise war aber von allen erfolglosen Schritten, die er in seiner Sache getan hatte, der allerunglücklichste. Denn schon nach wenig Tagen zog Sternbald in den Hof wieder ein, Schritt vor Schritt den Wagen führend, in welchem die Frau, mit einer gefährlichen Quetschung an der Brust, ausgestreckt darnieder lag. Kohlhaas, der bleich an das Fuhrwerk trat, konnte nichts Zusammenhängendes über das, was dieses Unglück verursacht hatte, erfahren. Der Kastellan war, wie der Knecht sagte, nicht zu Hause gewesen; man war also genötigt worden, in einem Wirtshause, das in der Nähe des Schlosses lag, abzusteigen; dies Wirtshaus hatte Lisbeth am andern Morgen verlassen, und dem Knecht befohlen, bei den Pferden zurückzubleiben; und eher nicht, als am Abend, sei sie, in diesem Zustand, zurückgekommen. Es schien, sie hatte sich zu dreist an die Person des Landesherrn vorgedrängt, und, ohne Verschulden desselben, von dem bloßen rohen Eifer einer Wache, die ihn umringte, einen Stoß, mit dem Schaft einer Lanze, vor die Brust erhalten. Wenigstens berichteten die Leute so, die sie, in bewußtlosem Zustand, gegen Abend in den Gasthof brachten; denn sie selbst konnte, von aus dem Mund vorquellendem Blute gehindert, wenig sprechen. Die Bittschrift war ihr nachher durch einen Ritter abgenommen worden. Sternbald sagte, daß es sein Wille gewesen sei, sich gleich auf ein Pferd zu setzen, und ihm von diesem unglücklichen Vorfall Nachricht zu geben; doch sie habe, trotz der Vorstellungen des herbeigerufenen Wundarztes, darauf bestanden, ohne alle vorgängige Benachrichtigungen, zu ihrem Manne nach Kohlhaasenbrück abgeführt zu werden. Kohlhaas brachte sie, die von der Reise völlig zu Grunde gerichtet worden war, in ein Bett, wo sie, unter schmerzhaften Bemühungen, Atem zu holen, noch einige Tage lebte. Man versuchte vergebens, ihr das Bewußtsein wieder zu geben, um über das, was vorgefallen war, einige Aufschlüsse zu erhalten; sie lag, mit starrem, schon gebrochenem Auge, da, und antwortete nicht. Nur kurz vor ihrem Tode kehrte ihr noch einmal die Besinnung wieder. Denn da ein Geistlicher lutherischer Religion (zu welchem eben damals aufkeimenden Glauben sie sich, nach dem Beispiel ihres Mannes, bekannt hatte) neben ihrem Bette stand, und ihr mit lauter und empfindlich-feierlicher Stimme, ein Kapitel aus der Bibel vorlas: so sah sie ihn plötzlich, mit einem finstern Ausdruck, an, nahm ihm, als ob ihr daraus nichts vorzulesen wäre, die Bibel aus der Hand, blätterte und blätterte, und schien etwas darin zu suchen; und zeigte dem Kohlhaas, der an ihrem Bette saß, mit dem Zeigefinger, den Vers: »Vergib deinen Feinden; tue wohl auch denen, die dich hassen.« – Sie drückte ihm dabei mit einem überaus seelenvollen Blick die Hand, und starb. – Kohlhaas dachte: »so möge mir Gott nie vergeben, wie ich dem Junker vergebe!« küßte sie, indem ihm häufig die Tränen flossen, drückte ihr die Augen zu, und verließ das Gemach. Er nahm die hundert Goldgülden, die ihm der Amtmann schon, für die Ställe in Dresden, zugefertigt hatte, und bestellte ein Leichenbegräbnis, das weniger für sie, als für eine Fürstin, angeordnet schien: ein eichener Sarg, stark mit Metall beschlagen, Kissen von Seide, mit goldnen und silbernen Troddeln, und ein Grab von acht Ellen Tiefe, mit Feldsteinen gefüttert und Kalk. Er stand selbst, sein Jüngstes auf dem Arm, bei der Gruft, und sah der Arbeit zu. Als der Begräbnistag kam, ward die Leiche, weiß wie Schnee, in einen Saal aufgestellt, den er mit schwarzem Tuch hatte beschlagen lassen. Der Geistliche hatte eben eine rührende Rede an ihrer Bahre

vollendet, als ihm die landesherrliche Resolution auf
die Bittschrift zugestellt ward, welche die Abgeschiede-
ne übergeben hatte, des Inhalts: er solle die Pferde von
der Tronkenburg abholen, und bei Strafe, in das Gefängnis geworfen zu werden, nicht weiter in dieser Sache einkommen. Kohlhaas steckte den Brief ein, und
ließ den Sarg auf den Wagen bringen. Sobald der Hügel geworfen, das Kreuz darauf gepflanzt, und die Gäste, die die Leiche bestattet hatten, entlassen waren,
warf er sich noch einmal vor ihrem, nun verödeten
Bette nieder, und übernahm sodann das Geschäft der
Rache. Er setzte sich nieder und verfaßte einen Rechtsschluß, in welchem er den Junker Wenzel von Tronka,
kraft der ihm angeborenen Macht, verdammte, die
Rappen, die er ihm abgenommen, und auf den Feldern
zu Grunde gerichtet, binnen drei Tagen nach Sicht,
nach Kohlhaasenbrück zu führen, und in Person in
seinen Ställen dick zu füttern. Diesen Schluß sandte er
durch einen reitenden Boten an ihn ab, und instruierte
denselben, flugs nach Übergabe des Papiers, wieder bei
ihm in Kohlhaasenbrück zu sein. Da die drei Tage,
ohne Überlieferung der Pferde, verflossen, so rief er
Hersen; eröffnete ihm, was er dem Jungherrn, die
Dickfütterung derselben anbetreffend, aufgegeben;
fragte ihn zweierlei, ob er mit ihm nach der Tronkenburg reiten und den Jungherrn holen; auch, ob er über
den Hergeholten, wenn er bei Erfüllung des Rechts-
schlusses, in den Ställen von Kohlhaasenbrück, faul sei,
die Peitsche führen wolle? und da Herse, so wie er ihn
nur verstanden hatte: »Herr, heute noch!« aufjauchzte,
und indem er die Mütze in die Höhe warf, versicherte:
einen Riemen, mit zehn Knoten, um ihm das Striegeln
zu lehren, lasse er sich flechten! so verkaufte Kohlhaas
das Haus, schickte die Kinder, in einen Wagen gepackt,
über die Grenze; rief, bei Anbruch der Nacht, auch die
übrigen Knechte zusammen, sieben an der Zahl, treu
ihm jedweder, wie Gold; bewaffnete und beritt sie, und
brach nach der Tronkenburg auf.

Er fiel auch, mit diesem kleinen Haufen, schon, beim Einbruch der dritten Nacht, den Zollwärter und Torwächter, die im Gespräch unter dem Tor standen, niederreitend, in die Burg, und während, unter plötzlicher Aufprasselung aller Baracken im Schloßraum, die sie mit Feuer bewarfen, Herse, über die Windeltreppe, in den Turm der Vogtei eilte, und den Schloßvogt und Verwalter, die, halb entkleidet, beim Spiel saßen, mit Hieben und Stichen überfiel, stürzte Kohlhaas zum Junker Wenzel ins Schloß. Der Engel des Gerichts fährt also vom Himmel herab; und der Junker, der eben, unter vielem Gelächter, dem Troß junger Freunde, der bei ihm war, den Rechtsschluß, den ihm der Roßkamm übermacht hatte, vorlas, hatte nicht sobald dessen Stimme im Schloßhof vernommen: als er den Herren schon, plötzlich leichenbleich: Brüder, rettet euch! zurief, und verschwand. Kohlhaas, der, beim Eintritt in den Saal, einen Junker Hans von Tronka, der ihm entgegen kam, bei der Brust faßte, und in den Winkel des Saals schleuderte, daß er sein Hirn an den Steinen verspützte, fragte, während die Knechte die anderen Ritter, die zu den Waffen gegriffen hatten, überwältigten, und zerstreuten: wo der Junker Wenzel von Tronka sei? Und da er, bei der Unwissenheit der betäubten Männer, die Türen zweier Gemächer, die in die Seitenflügel des Schlosses führten, mit einem Fußtritt sprengte, und in allen Richtungen, in denen er das weitläufige Gebäude durchkreuzte, niemanden fand, so stieg er fluchend in den Schloßhof hinab, um die Ausgänge besetzen zu lassen. Inzwischen war, vom Feuer der Baracken ergriffen, nun schon das Schloß, mit allen Seitengebäuden, starken Rauch gen Himmel qualmend, angegangen, und während Sternbald, mit drei geschäftigen Knechten, alles, was nicht niet- und nagelfest war, zusammenschleppten, und zwischen den Pferden, als gute Beute, umstürzten, flogen, unter dem Jubel Hersens, aus den offenen Fenstern der Vogtei, die Leichen des Schloßvogts und Verwalters, mit Weib und Kindern, herab.

Kohlhaas, dem sich, als er die Treppe vom Schloß nie-
derstieg, die alte, von der Gicht geplagte Haushälterin,
die dem Junker die Wirtschaft führte, zu Füßen warf,
fragte sie, indem er auf der Stufe stehen blieb: wo der
Junker Wenzel von Tronka sei? und da sie ihm, mit
schwacher, zitternder Stimme, zur Antwort gab: sie
glaube, er habe sich in die Kapelle geflüchtet; so rief er
zwei Knechte mit Fackeln, ließ, in Ermangelung der
Schlüssel, den Eingang mit Brechstangen und Beilen
eröffnen, kehrte Altäre und Bänke um, und fand
gleichwohl, zu seinem grimmigen Schmerz, den Junker
nicht. Es traf sich, daß ein junger, zum Gesinde der
Tronkenburg gehöriger Knecht, in dem Augenblick, da
Kohlhaas aus der Kapelle zurückkam, herbeieilte, um
aus einem weitläufigen, steinernen Stall, den die Flamme bedrohte, die Streithengste des Junkers herauszu-
ziehen. Kohlhaas, der, in eben diesem Augenblick, in
einem kleinen, mit Stroh bedeckten Schuppen, seine
beiden Rappen erblickte, fragte den Knecht: warum er
die Rappen nicht rette? und da dieser, indem er den
Schlüssel in die Stalltür steckte, antwortete: der Schuppen stehe ja schon in Flammen; so warf Kohlhaas den
Schlüssel, nachdem er ihn mit Heftigkeit aus der Stalltüre gerissen, über die Mauer, trieb den Knecht, mit ha-
geldichten, flachen Hieben der Klinge, in den brennenden Schuppen hinein, und zwang ihn, unter entsetzli-
chem Gelächter der Umstehenden, die Rappen zu retten. Gleichwohl, als der Knecht schreckenblaß, wenige
Momente nachdem der Schuppen hinter ihm zusammenstürzte, mit den Pferden, die er an der Hand hielt,
daraus hervortrat, fand er den Kohlhaas nicht mehr;
und da er sich zu den Knechten auf den Schloßplatz
begab, und den Roßhändler, der ihm mehreremal den
Rücken zukehrte, fragte: was er mit den Tieren nun
anfangen solle? – hob dieser plötzlich, mit einer fürchterlichen Gebärde, den Fuß, daß der Tritt, wenn er ihn
getan hätte, sein Tod gewesen wäre: bestieg, ohne ihm
zu antworten, seinen Braunen, setzte sich unter das Tor

der Burg, und erharrte, inzwischen die Knechte ihr
Wesen forttrieben, schweigend den Tag.

Als der Morgen anbrach, war das ganze Schloß, bis
auf die Mauern, niedergebrannt, und niemand befand
sich mehr darin, als Kohlhaas und seine sieben Knechte.
Er stieg vom Pferde, und untersuchte noch einmal,
beim hellen Schein der Sonne, den ganzen, in allen
seinen Winkeln jetzt von ihr erleuchteten Platz, und da
er sich, so schwer es ihm auch ward, überzeugen mußte,
daß die Unternehmung auf die Burg fehlgeschlagen
war, so schickte er, die Brust voll Schmerz und Jammer,
Hersen mit einigen Knechten aus, um über die Richtung, die der Junker auf seiner Flucht genommen,
Nachricht einzuziehen. Besonders beunruhigte ihn ein
reiches Fräuleinstift, namens Erlabrunn, das an den
Ufern der Mulde lag, und dessen Äbtissin, Antonia von
Tronka, als eine fromme, wohltätige und heilige Frau,
in der Gegend bekannt war; denn es schien dem unglücklichen Kohlhaas nur zu wahrscheinlich, daß der
Junker sich, entblößt von aller Notdurft, wie er war, in
dieses Stift geflüchtet hatte, indem die Äbtissin seine
leibliche Tante und die Erzieherin seiner ersten Kindheit war. Kohlhaas, nachdem er sich von diesem Umstand unterrichtet hatte, bestieg den Turm der Vogtei,
in dessen Innerem sich noch ein Zimmer, zur Bewoh-
nung brauchbar, darbot, und verfaßte ein sogenanntes
»Kohlhaasisches Mandat«, worin er das Land aufforderte, dem Junker Wenzel von Tronka, mit dem er in
einem gerechten Krieg liege, keinen Vorschub zu tun,
vielmehr jeden Bewohner, seine Verwandten und
Freunde nicht ausgenommen, verpflichtete, denselben
bei Strafe Leibes und des Lebens, und unvermeidlicher
Einäscherung alles dessen, was ein Besitztum heißen
mag, an ihn auszuliefern. Diese Erklärung streute er,
durch Reisende und Fremde, in der Gegend aus: ja, er
gab Waldmann, dem Knecht, eine Abschrift davon, mit
dem bestimmten Auftrage, sie in die Hände der Dame
Antonia nach Erlabrunn zu bringen. Hierauf besprach

er einige Tronkenburgische Knechte, die mit dem Junker unzufrieden waren, und von der Aussicht auf Beute
gereizt, in seine Dienste zu treten wünschten; bewaffnete sie, nach Art des Fußvolks, mit Armbrüsten und
Dolchen, und lehrte sie, hinter den berittenen Knechten
aufsitzen; und nachdem er alles, was der Troß zusam-
mengeschleppt hatte, zu Geld gemacht und das Geld
unter denselben verteilt hatte, ruhete er einige Stunden,
unter dem Burgtor, von seinen jämmerlichen Geschäften aus.

Gegen Mittag kam Herse und bestätigte ihm, was ihm
sein Herz, immer auf die trübsten Ahnungen gestellt,
schon gesagt hatte: nämlich, daß der Junker in dem Stift
zu Erlabrunn, bei der alten Dame Antonia von Tronka,
seiner Tante, befindlich sei. Es schien, er hatte sich,
durch eine Tür, die, an der hinteren Wand des Schlosses, in die Luft hinausging, über eine schmale, steinerne
Treppe gerettet, die, unter einem kleinen Dach, zu
einigen Kähnen in die Elbe hinablief. Wenigstens berichtete Herse, daß er, in einem Elbdorf, zum Befremden der Leute, die wegen des Brandes in der Tronkenburg versammelt gewesen, um Mitternacht, in einem
Nachen, ohne Steuer und Ruder, angekommen, und mit
einem Dorffuhrwerk nach Erlabrunn weiter gereiset sei.
– – Kohlhaas seufzte bei dieser Nachricht tief auf; er
fragte, ob die Pferde gefressen hätten? und da man ihm
antwortete: ja: so ließ er den Haufen aufsitzen, und
stand schon in drei Stunden vor Erlabrunn. Eben, unter
dem Gemurmel eines entfernten Gewitters am Horizont, mit Fackeln, die er sich vor dem Ort angesteckt, zog
er mit seiner Schar in den Klosterhof ein, und Waldmann, der Knecht, der ihm entgegen trat, meldete ihm,
daß das Mandat richtig abgegeben sei, als er die Äbtissin
und den Stiftsvogt, in einem verstörten Wortwechsel,
unter das Portal des Klosters treten sah; und während
jener, der Stiftsvogt, ein kleiner, alter, schneeweißer
Mann, grimmige Blicke auf Kohlhaas schießend, sich
den Harnisch anlegen ließ, und den Knechten, die ihn

umringten, mit dreister Stimme zurief, die Sturmglocke zu ziehn: trat jene, die Stiftsfrau, das silberne Bildnis des Gekreuzigten in der Hand, bleich, wie Linnenzeug, von der Rampe herab, und warf sich mit allen ihren Jungfrauen, vor Kohlhaasens Pferd nieder. Kohlhaas, während Herse und Sternbald den Stiftsvogt, der kein Schwert in der Hand hatte, überwältigten, und als Gefangenen zwischen die Pferde führten, fragte sie: wo der Junker Wenzel von Tronka sei? und da sie, einen großen Ring mit Schlüsseln von ihrem Gurt loslösend: in Wittenberg, Kohlhaas, würdiger Mann! antwortete, und, mit bebender Stimme, hinzusetzte: fürchte Gott und tue kein Unrecht! – so wandte Kohlhaas, in die Hölle unbefriedigter Rache zurückgeschleudert, das Pferd, und war im Begriff: steckt an! zu rufen, als ein ungeheurer Wetterschlag, dicht neben ihm, zur Erde niederfiel. Kohlhaas, indem er sein Pferd zu ihr zurückwandte, fragte sie: ob sie sein Mandat erhalten? und da die Dame mit schwacher, kaum hörbarer Stimme, antwortete: eben jetzt! – »Wann ?« – Zwei Stunden, so wahr mir Gott helfe, nach des Junkers, meines Vetters, bereits vollzogener Abreise! – – – und Waldmann, der Knecht, zu dem Kohlhaas sich, unter finsteren Blicken, umkehrte, stotternd diesen Umstand bestätigte, indem er sagte, daß die Gewässer der Mulde, vom Regen geschwellt, ihn verhindert hätten, früher, als eben jetzt, einzutreffen: so sammelte sich Kohlhaas; ein plötzlich furchtbarer Regenguß, der die Fackeln verlöschend, auf das Pflaster des Platzes niederrauschte, löste den Schmerz in seiner unglücklichen Brust; er wandte, indem er kurz den Hut vor der Dame rückte, sein Pferd, drückte ihm, mit den Worten: folgt mir, meine Brüder; der Junker ist in Wittenberg! die Sporen ein, und verließ das Stift.

Er kehrte, da die Nacht einbrach, in einem Wirtshause auf der Landstraße ein, wo er, wegen großer Ermüdung der Pferde, einen Tag ausruhen mußte, und da er wohl einsah, daß er mit einem Haufen von zehn Mann (denn so stark war er jetzt), einem Platz wie Wittenberg

war, nicht trotzen konnte, so verfaßte er ein zweites
Mandat, worin er, nach einer kurzen Erzählung dessen,
was ihm im Lande begegnet, »jeden guten Christen«,
wie er sich ausdrückte, »unter Angelobung eines Hand-
gelds und anderer kriegerischen Vorteile«, aufforderte
»seine Sache gegen den Junker von Tronka, als dem
allgemeinen Feind aller Christen, zu ergreifen«. In einem anderen Mandat, das bald darauf erschien, nannte
er sich: »einen Reichs- und Weltfreien, Gott allein un-
terworfenen Herrn«; eine Schwärmerei krankhafter
und mißgeschaffener Art, die ihm gleichwohl, bei dem
Klang seines Geldes und der Aussicht auf Beute, unter
dem Gesindel, das der Friede mit Polen außer Brot
gesetzt hatte, Zulauf in Menge verschaffte: dergestalt,
daß er in der Tat dreißig und etliche Köpfe zählte, als er
sich, zur Einäscherung von Wittenberg, auf die rechte
Seite der Elbe zurückbegab. Er lagerte sich, mit Pferden
und Knechten, unter dem Dache einer alten verfallenen
Ziegelscheune, in der Einsamkeit eines finsteren Waldes, der damals diesen Platz umschloß, und hatte nicht
sobald durch Sternbald, den er, mit dem Mandat, verkleidet in die Stadt schickte, erfahren, daß das Mandat
daselbst schon bekannt sei, als er auch mit seinem Haufen schon, am heiligen Abend vor Pfingsten, aufbrach,
und den Platz, während die Bewohner im tiefsten
Schlaf lagen, an mehreren Ecken zugleich, in Brand
steckte. Dabei klebte er, während die Knechte in der
Vorstadt plünderten, ein Blatt an den Türpfeiler einer
Kirche an, des Inhalts: »er, Kohlhaas, habe die Stadt in
Brand gesteckt, und werde sie, wenn man ihm den
Junker nicht ausliefere, dergestalt einäschern, daß er«,
wie er sich ausdrückte, »hinter keiner Wand werde zu
sehen brauchen, um ihn zu finden.« – Das Entsetzen der
Einwohner, über diesen unerhörten Frevel, war unbeschreiblich; und die Flamme, die bei einer zum Glück
ziemlich ruhigen Sommernacht, zwar nicht mehr als
neunzehn Häuser, worunter gleichwohl eine Kirche
war, in den Grund gelegt hatte, war nicht sobald, gegen

Anbruch des Tages, einigermaßen gedämpft worden, als der alte Landvogt, Otto von Gorgas, bereits ein Fähnlein von funfzig Mann aussandte, um den entsetzlichen Wüterich aufzuheben. Der Hauptmann aber, der es führte, namens Gerstenberg, benahm sich so schlecht dabei, daß die ganze Expedition Kohlhaasen, statt ihn zu stürzen, vielmehr zu einem höchst gefährlichen kriegerischen Ruhm verhalf; denn da dieser Kriegsmann sich in mehrere Abteilungen auflösete, um ihn, wie er meinte, zu umzingeln und zu erdrücken, ward er von Kohlhaas, der seinen Haufen zusammenhielt, auf vereinzelten Punkten, angegriffen und geschlagen, dergestalt, daß schon, am Abend des nächstfolgenden Tages, kein Mann mehr von dem ganzen Haufen, auf den die Hoffnung des Landes gerichtet war, gegen ihm im Felde stand. Kohlhaas, der durch diese Gefechte einige Leute eingebüßt hatte, steckte die Stadt, am Morgen des nächsten Tages, von neuem in Brand, und seine mörderischen Anstalten waren so gut, daß wiederum eine Menge Häuser, und fast alle Scheunen der Vorstadt, in die Asche gelegt wurden. Dabei plackte er das bewußte Mandat wieder, und zwar an die Ecken des Rathauses selbst, an, und fügte eine Nachricht über das Schicksal des, von dem Landvogt abgeschickten und von ihm zu Grunde gerichteten, Hauptmanns von Gerstenberg bei. Der Landvogt, von diesem Trotz aufs äußerste entrüstet, setzte sich selbst, mit mehreren Rittern, an die Spitze eines Haufens von hundertundfunfzig Mann. Er gab dem Junker Wenzel von Tronka, auf seine schriftliche Bitte, eine Wache, die ihn vor der Gewalttätigkeit des Volks, das ihn platterdings aus der Stadt entfernt wissen wollte, schützte; und nachdem er, auf allen Dörfern in der Gegend, Wachen ausgestellt, auch die Ringmauer der Stadt, um sie vor einem Überfall zu decken, mit Posten besetzt hatte, zog er, am Tage des heiligen Gervasius, selbst aus, um den Drachen, der das Land verwüstete, zu fangen. Diesen Haufen war der Roßkamm klug genug, zu vermeiden; und nachdem er den

Landvogt, durch geschickte Märsche, fünf Meilen von
der Stadt hinweggelockt, und vermittelst mehrerer Anstalten, die er traf, zu dem Wahn verleitet hatte, daß er
sich, von der Übermacht gedrängt, ins Brandenburgische werfen würde: wandte er sich plötzlich, beim Einbruch der dritten Nacht, kehrte, in einem Gewaltritt,
nach Wittenberg zurück, und steckte die Stadt zum
drittenmal in Brand. Herse, der sich verkleidet in die
Stadt schlich, führte dieses entsetzliche Kunststück aus;
und die Feuersbrunst war, wegen eines scharf wehen-
den Nordwindes, so verderblich und um sich fressend,
daß, in weniger als drei Stunden, zweiundvierzig Häuser, zwei Kirchen, mehrere Klöster und Schulen, und
das Gebäude der kurfürstlichen Landvogtei selbst, in
Schutt und Asche lagen. Der Landvogt, der seinen Gegner, beim Anbruch des Tages, im Brandenburgischen
glaubte, fand, als er von dem, was vorgefallen, benachrichtigt, in bestürzten Märschen zurückkehrte, die Stadt
in allgemeinem Aufruhr; das Volk hatte sich zu Tausenden vor dem, mit Balken und Pfählen verrammelten,
Hause des Junkers gelagert, und forderte, mit rasen-
dem Geschrei, seine Abführung aus der Stadt. Zwei
Bürgermeister, namens Jenkens und Otto, die in Amts-
kleidern an der Spitze des ganzen Magistrats gegenwärtig waren, bewiesen vergebens, daß man platterdings
die Rückkehr eines Eilboten abwarten müsse, den man
wegen Erlaubnis den Junker nach Dresden bringen zu
dürfen, wohin er selbst aus mancherlei Gründen abzu-
gehen wünsche, an den Präsidenten der Staatskanzlei
geschickt habe; der unvernünftige, mit Spießen und
Stangen bewaffnete Haufen gab auf diese Worte nichts,
und eben war man, unter Mißhandlung einiger zu kräf-
tigen Maßregeln auffordernden Räte, im Begriff, das
Haus, worin der Junker war, zu stürmen, und der Erde
gleich zu machen, als der Landvogt, Otto von Gorgas,
an der Spitze seines Reiterhaufens, in der Stadt erschien. Diesem würdigen Herrn, der schon durch seine
bloße Gegenwart dem Volk Ehrfurcht und Gehorsam

einzuflößen gewohnt war, war es, gleichsam zum Ersatz
für die fehlgeschlagene Unternehmung, von welcher er
zurückkam, gelungen, dicht vor den Toren der Stadt
drei zersprengte Knechte von der Bande des Mordbrenners aufzufangen; und da er, inzwischen die Kerle vor
dem Angesicht des Volks mit Ketten belastet wurden,
den Magistrat in einer klugen Anrede versicherte, den
Kohlhaas selbst denke er in kurzem, indem er ihm auf
der Spur sei, gefesselt einzubringen: so glückte es ihm,
durch die Kraft aller dieser beschwichtigenden Umstände, die Angst des versammelten Volks zu entwaffnen,
und über die Anwesenheit des Junkers, bis zur Zurückkunft des Eilboten aus Dresden, einigermaßen zu beruhigen. Er stieg, in Begleitung einiger Ritter, vom Pferde, und verfügte sich, nach Wegräumung der Palisaden
und Pfähle, in das Haus, wo er den Junker, der aus
einer Ohnmacht in die andere fiel, unter den Händen
zweier Ärzte fand, die ihn mit Essenzen und Irritanzen
wieder ins Leben zurück zu bringen suchten; und da
Herr Otto von Gorgas wohl fühlte, daß dies der Augenblick nicht war, wegen der Aufführung, die er sich zu
Schulden kommen lasse, Worte mit ihm zu wechseln: so
sagte er ihm bloß, mit einem Blick stiller Verachtung,
daß er sich ankleiden, und ihm, zu seiner eigenen Sicherheit, in die Gemächer der Ritterschaft folgen möchte. Als man dem Junker ein Wams angelegt, und einen
Helm aufgesetzt hatte, und er, die Brust, wegen Mangels an Luft, noch halb offen, am Arm des Landvogts
und seines Schwagers, des Grafen von Gerschau, auf
der Straße erschien, stiegen gotteslästerliche und entsetzliche Verwünschungen gegen ihn zum Himmel auf.
Das Volk, von den Landsknechten nur mühsam zurückgehalten, nannte ihn einen Blutigel, einen elenden
Landplager und Menschenquäler, den Fluch der Stadt
Wittenberg, und das Verderben von Sachsen; und nach
einem jämmerlichen Zuge durch die in Trümmern lie-
gende Stadt, während welchem er mehreremal, ohne
ihn zu vermissen, den Helm verlor, den ihm ein Ritter

von hinten wieder aufsetzte, erreichte man endlich das
Gefängnis, wo er in einem Turm, unter dem Schutz
einer starken Wache, verschwand. Mittlerweile setzte
die Rückkehr des Eilboten, mit der kurfürstlichen Resolution, die Stadt in neue Besorgnis. Denn die Landesre-
gierung, bei welcher die Bürgerschaft von Dresden, in
einer dringenden Supplik, unmittelbar eingekommen
war, wollte, vor Überwältigung des Mordbrenners, von
dem Aufenthalt des Junkers in der Residenz nichts
wissen; vielmehr verpflichtete sie den Landvogt, denselben da, wo er sei, weil er irgendwo sein müsse, mit der
Macht, die ihm zu Gebote stehe, zu beschirmen: wogegen sie der guten Stadt Wittenberg, zu ihrer Beruhigung, meldete, daß bereits ein Heerhaufen von fünf-
hundert Mann, unter Anführung des Prinzen Friedrich
von Meißen im Anzuge sei, um sie vor den ferneren
Belästigungen desselben zu beschützen. Der Landvogt,
der wohl einsah, daß eine Resolution dieser Art, das
Volk keinesweges beruhigen konnte: denn nicht nur,
daß mehrere kleine Vorteile, die der Roßhändler, an
verschiedenen Punkten, vor der Stadt erfochten, über
die Stärke, zu der er herangewachsen, äußerst unangenehme Gerüchte verbreiteten; der Krieg, den er, in der
Finsternis der Nacht, durch verkleidetes Gesindel, mit
Pech, Stroh und Schwefel führte, hätte, unerhört und
beispiellos, wie er war, selbst einen größeren Schutz, als
mit welchem der Prinz von Meißen heranrückte, un-
wirksam machen können: der Landvogt, nach einer kurzen Überlegung, entschloß sich, die Resolution, die er
empfangen, ganz und gar zu unterdrücken. Er plackte
bloß einen Brief, in welchem ihm der Prinz von Meißen
seine Ankunft meldete, an die Ecken der Stadt an; ein
verdeckter Wagen, der, beim Anbruch des Tages, aus
dem Hofe des Herrenzwingers kam, fuhr, von vier
schwer bewaffneten Reutern begleitet, auf die Straße
nach Leipzig hinaus, wobei die Reuter, auf eine unbe-
stimmte Art verlauten ließen, daß es nach der Pleißenburg gehe; und da das Volk über den heillosen Junker,

an dessen Dasein Feuer und Schwert gebunden, dergestalt beschwichtigt war, brach er selbst, mit einem Haufen von dreihundert Mann, auf, um sich mit dem Prinzen Friedrich von Meißen zu vereinigen. Inzwischen
war Kohlhaas in der Tat, durch die sonderbare Stellung, die er in der Welt einnahm, auf hundert und neun
Köpfe herangewachsen; und da er auch in Jassen einen
Vorrat an Waffen aufgetrieben, und seine Schar, auf
das vollständigste, damit ausgerüstet hatte: so faßte er,
von dem doppelten Ungewitter, das auf ihn heranzog,
benachrichtigt, den Entschluß, demselben, mit der
Schnelligkeit des Sturmwinds, ehe es über ihn zusam-
menschlüge, zu begegnen. Demnach griff er schon,
Tags darauf, den Prinzen von Meißen, in einem nächtlichen Überfall, bei Mühlberg an; bei welchem Gefechte
er zwar, zu seinem großen Leidwesen, den Herse ein-
büßte, der gleich durch die ersten Schüsse an seiner
Seite zusammenstürzte: durch diesen Verlust erbittert
aber, in einem drei Stunden langen Kampfe, den Prinzen, unfähig sich in dem Flecken zu sammeln, so zurich-
tete, daß er beim Anbruch des Tages, mehrerer schweren Wunden, und einer gänzlichen Unordnung seines
Haufens wegen, genötigt war, den Rückweg nach Dresden einzuschlagen. Durch diesen Vorteil tollkühn gemacht, wandte er sich, ehe derselbe noch davon unterrichtet sein konnte, zu dem Landvogt zurück, fiel ihn
bei dem Dorfe Damerow, am hellen Mittag, auf freiem
Felde an, und schlug sich, unter mörderischem Verlust
zwar, aber mit gleichen Vorteilen, bis in die sinkende
Nacht mit ihm herum. Ja, er würde den Landvogt, der
sich in den Kirchhof zu Damerow geworfen hatte, am
andern Morgen unfehlbar mit dem Rest seines Haufens
wieder angegriffen haben, wenn derselbe nicht durch
Kundschafter von der Niederlage, die der Prinz bei
Mühlberg erlitten, benachrichtigt worden wäre, und
somit für ratsamer gehalten hätte, gleichfalls, bis auf
einen besseren Zeitpunkt, nach Wittenberg zurückzukehren. Fünf Tage, nach Zersprengung dieser beiden

Haufen, stand er vor Leipzig, und steckte die Stadt an drei Seiten in Brand. – Er nannte sich in dem Mandat, das er, bei dieser Gelegenheit, ausstreute, »einen Statthalter Michaels, des Erzengels, der gekommen sei, an allen, die in dieser Streitsache des Junkers Partei ergreifen würden, mit Feuer und Schwert, die Arglist, in welcher die ganze Welt versunken sei, zu bestrafen«. Dabei rief er, von dem Lützner Schloß aus, das er überrumpelt, und worin er sich festgesetzt hatte, das Volk auf, sich zur Errichtung einer besseren Ordnung der Dinge, an ihn anzuschließen; und das Mandat war, mit einer Art von Verrückung, unterzeichnet: »Gegeben auf dem Sitz unserer provisorischen Weltregierung, dem Erzschlosse zu Lützen.« Das Glück der Einwohner von Leipzig wollte, daß das Feuer, wegen eines anhaltenden Regens, der vom Himmel fiel, nicht um sich griff, dergestalt, daß bei der Schnelligkeit der bestehenden Löschanstalten, nur einige Kramläden, die um die Pleißenburg lagen, in Flammen auflodertern. Gleichwohl war die Bestürzung in der Stadt, über das Dasein des rasenden Mordbrenners, und den Wahn, in welchem derselbe stand, daß der Junker in Leipzig sei, unaussprechlich; und da ein Haufen von hundertundachtzig Reisigen, den man gegen ihn ausschickte, zersprengt in die Stadt zurückkam: so blieb dem Magistrat, der den Reichtum der Stadt nicht aussetzen wollte, nichts anderes übrig, als die Tore gänzlich zu sperren, und die Bürgerschaft Tag und Nacht, außerhalb der Mauern, wachen zu lassen. Vergebens ließ der Magistrat, auf den Dörfern der umliegenden Gegend, Deklarationen anheften, mit der bestimmten Versicherung, daß der Junker nicht in der Pleißenburg sei; der Roßkamm, in ähnlichen Blättern, bestand darauf, daß er in der Pleißenburg sei, und erklärte, daß, wenn derselbe nicht darin befindlich wäre, er mindestens verfahren würde, als ob er darin wäre, bis man ihm den Ort, mit Namen genannt, werde angezeigt haben, worin er befindlich sei. Der Kurfürst, durch einen Eilboten, von der Not, in welcher sich die Stadt Leipzig befand, benachrichtigt, erklärte, daß er bereits einen Heerhaufen von zweitausend Mann zusammenzöge, und sich selbst an dessen Spitze setzen würde, um den Kohlhaas zu fangen. Er erteilte dem Herrn Otto von Gorgas einen schweren Verweis, wegen der zweideutigen und unüberlegten List, die er angewendet, um des Mordbrenners aus der Gegend von Wittenberg loszuwerden; und niemand beschreibt die Verwirrung, die ganz Sachsen und insbesondere die Residenz ergriff, als man daselbst erfuhr, daß, auf den Dörfern bei Leipzig, man wußte nicht von wem, eine Deklaration an den Kohlhaas angeschlagen worden sei, des Inhalts: »Wenzel, der Junker, befinde sich bei seinen Vettern Hinz und Kunz, in Dresden.«

Unter diesen Umständen übernahm der Doktor Martin Luther das Geschäft, den Kohlhaas, durch die Kraft beschwichtigender Worte, von dem Ansehn, das ihm seine Stellung in der Welt gab, unterstützt, in den Damm der menschlichen Ordnung zurückzudrücken, und auf ein tüchtiges Element in der Brust des Mordbrenners bauend, erließ er ein Plakat folgenden Inhalts an ihn, das in allen Städten und Flecken des Kurfürstentums angeschlagen ward:

»Kohlhaas, der du dich gesandt zu sein vorgibst, das Schwert der Gerechtigkeit zu handhaben, was unterfängst du dich, Vermessener, im Wahnsinn stockblinder Leidenschaft, du, den Ungerechtigkeit selbst, vom Wirbel bis zur Sohle erfüllt? Weil der Landesherr dir, dem du untertan bist, dein Recht verweigert hat, dein Recht in dem Streit um ein nichtiges Gut, erhebst du dich, Heilloser, mit Feuer und Schwert, und brichst, wie der Wolf der Wüste, in die friedliche Gemeinheit, die er beschirmt. Du, der die Menschen mit dieser Angabe, voll Unwahrhaftigkeit und Arglist, verführt: meinst du, Sünder, vor Gott dereinst, an dem Tage, der in die Falten aller Herzen scheinen wird, damit auszukommen? Wie kannst du sagen, daß dir dein Recht verwei-

gert worden ist, du, dessen grimmige Brust, vom Kitzel
schnöder Selbstrache gereizt, nach den ersten, leichtfer-
tigen Versuchen, die dir gescheitert, die Bemühung
gänzlich aufgegeben hat, es dir zu verschaffen? Ist eine
Bank voll Gerichtsdienern und Schergen, die einen
Brief, der gebracht wird, unterschlagen, oder ein Erkenntnis, das sie abliefern sollen, zurückhalten, deine
Obrigkeit? Und muß ich dir sagen, Gottvergessener, daß
deine Obrigkeit von deiner Sache nichts weiß – was sag
ich? daß der Landesherr, gegen den du dich auflehnst,
auch deinen Namen nicht kennt, dergestalt, daß wenn
dereinst du vor Gottes Thron trittst, in der Meinung, ihn
anzuklagen, er, heiteren Antlitzes, wird sprechen können: diesem Mann, Herr, tat ich kein Unrecht, denn sein
Dasein ist meiner Seele fremd? Das Schwert, wisse, das
du führst, ist das Schwert des Raubes und der Mordlust,
ein Rebell bist du und kein Krieger des gerechten Gottes, und dein Ziel auf Erden ist Rad und Galgen, und
jenseits die Verdammnis, die über die Missetat und die
Gottlosigkeit verhängt ist.

Wittenberg, usw.   *Martin Luther.«*

Kohlhaas wälzte eben, auf dem Schlosse zu Lützen,
einen neuen Plan, Leipzig einzuäschern, in seiner zerrissenen Brust herum: – denn auf die, in den Dörfern
angeschlagene Nachricht, daß der Junker Wenzel in
Dresden sei, gab er nichts, weil sie von niemand, geschweige denn vom Magistrat, wie er verlangt hatte,
unterschrieben war: – als Sternbald und Waldmann das
Plakat, das, zur Nachtzeit, an den Torweg des Schlosses,
angeschlagen worden war, zu ihrer großen Bestürzung,
bemerkten. Vergebens hofften sie, durch mehrere
Tage, daß Kohlhaas, den sie nicht gern deshalb antreten
wollten, es erblicken würde; finster und in sich gekehrt,
in der Abendstunde erschien er zwar, aber bloß, um
seine kurzen Befehle zu geben, und sah nichts: dergestalt, daß sie an einem Morgen, da er ein paar Knechte,
die in der Gegend, wider seinen Willen, geplündert

hatten, aufknüpfen lassen wollte, den Entschluß faßten, ihn darauf aufmerksam zu machen. Eben kam er, während das Volk von beiden Seiten schüchtern auswich, in dem Aufzuge, der ihm, seit seinem letzten Mandat, gewöhnlich war, von dem Richtplatz zurück: ein großes Cherubsschwert, auf einem rotledernen Kissen, mit Quasten von Gold verziert, ward ihm vorangetragen, und zwölf Knechte, mit brennenden Fackeln folgten ihm: da traten die beiden Männer, ihre Schwerter unter dem Arm, so, daß es ihn befremden mußte, um den Pfeiler, an welchen das Plakat angeheftet war, herum. Kohlhaas, als er, mit auf dem Rücken zusammengelegten Händen, in Gedanken vertieft, unter das Portal kam, schlug die Augen auf und stutzte; und da die Knechte, bei seinem Anblick, ehrerbietig auswichen: so trat er, indem er sie zerstreut ansah, mit einigen raschen Schritten, an den Pfeiler heran. Aber wer beschreibt, was in seiner Seele vorging, als er das Blatt, dessen Inhalt ihn der Ungerechtigkeit zieh, daran erblickte: unterzeichnet von dem teuersten und verehrungswürdigsten Namen, den er kannte, von dem Namen Martin Luthers! Eine dunkle Röte stieg in sein Antlitz empor; er durchlas es, indem er den Helm abnahm, zweimal von Anfang bis zu Ende; wandte sich, mit ungewissen Blicken, mitten unter die Knechte zurück, als ob er etwas sagen wollte, und sagte nichts; löste das Blatt von der Wand los, durchlas es noch einmal; und rief: Waldmann! laß mir mein Pferd satteln! sodann: Sternbald! folge mir ins Schloß! und verschwand. Mehr als dieser wenigen Worte bedurfte es nicht, um ihn, in der ganzen Verderblichkeit, in der er dastand, plötzlich zu entwaffnen. Er warf sich in die Verkleidung eines thüringischen Landpächters; sagte Sternbald, daß ein Geschäft, von bedeutender Wichtigkeit, ihn nach Wittenberg zu reisen nötige; übergab ihm, in Gegenwart einiger der vorzüglichsten Knechte, die Anführung des in Lützen zurückbleibenden Haufens; und zog, unter der Versicherung, daß er in drei Tagen, binnen welcher Zeit kein Angriff zu fürchten sei, wieder zurück sein werde, nach Wittenberg ab.

Er kehrte, unter einem fremden Namen, in ein Wirtshaus ein, wo er, sobald die Nacht angebrochen war, in seinem Mantel, und mit einem Paar Pistolen versehen, die er in der Tronkenburg erbeutet hatte, zu Luthern ins Zimmer trat. Luther, der unter Schriften und Büchern an seinem Pulte saß, und den fremden, besonderen Mann die Tür öffnen und hinter sich verriegeln sah, fragte ihn: wer er sei? und was er wolle? und der Mann, der seinen Hut ehrerbietig in der Hand hielt, hatte nicht sobald, mit dem schüchternen Vorgefühl des Schreckens, den er verursachen würde, erwidert: daß er Michael Kohlhaas, der Roßhändler sei; als Luther schon: weiche fern hinweg! ausrief, und indem er, vom Pult erstehend, nach einer Klingel eilte, hinzusetzte: dein Odem ist Pest und deine Nähe Verderben! Kohlhaas, indem er, ohne sich vom Platz zu regen, sein Pistol zog, sagte: Hochwürdiger Herr, dies Pistol, wenn Ihr die Klingel rührt, streckt mich leblos zu Euren Füßen nieder! Setzt Euch und hört mich an; unter den Engeln, deren Psalmen Ihr aufschreibt, seid Ihr nicht sicherer, als bei mir. Luther, indem er sich niedersetzte, fragte: was willst du? Kohlhaas erwiderte: Eure Meinung von mir, daß ich ein ungerechter Mann sei, widerlegen! Ihr habt mir in Eurem Plakat gesagt, daß meine Obrigkeit von meiner Sache nichts weiß: wohlan, verschafft mir freies Geleit, so gehe ich nach Dresden, und lege sie ihr vor. – »Heilloser und entsetzlicher Mann!« rief Luther, durch diese Worte verwirrt zugleich und beruhigt: »wer gab dir das Recht, den Junker von Tronka, in Verfolg eigenmächtiger Rechtsschlüsse, zu überfallen, und da du ihn auf seiner Burg nicht fandst, mit Feuer und Schwert die ganze Gemeinschaft heimzusuchen, die ihn beschirmt?« Kohlhaas erwiderte: hochwürdiger Herr, niemand, fortan! Eine Nachricht, die ich aus Dresden erhielt, hat mich getäuscht, mich verführt! Der Krieg, den ich mit der Gemeinheit der Menschen führe, ist

eine Missetat, sobald ich aus ihr nicht, wie Ihr mir die
Versicherung gegeben habt, verstoßen war! Verstoßen!
rief Luther, indem er ihn ansah. Welch eine Raserei der
Gedanken ergriff dich? Wer hätte dich aus der Gemeinschaft des Staats, in welchem du lebtest, verstoßen? ja,
wo ist, so lange Staaten bestehen, ein Fall, daß jemand,
wer es auch sei, daraus verstoßen worden wäre? – Verstoßen, antwortete Kohlhaas, indem er die Hand zusam-
mendrückte, nenne ich den, dem der Schutz der Gesetze
versagt ist! Denn dieses Schutzes, zum Gedeihen meines
friedlichen Gewerbes, bedarf ich; ja, er ist es, dessenhalb
ich mich, mit dem Kreis dessen, was ich erworben, in
diese Gemeinschaft flüchte; und wer mir ihn versagt,
der stößt mich zu den Wilden der Einöde hinaus; er gibt
mir, wie wollt Ihr das leugnen, die Keule, die mich selbst
schützt, in die Hand. – Wer hat dir den Schutz der
Gesetze versagt? rief Luther. Schrieb ich dir nicht, daß
die Klage, die du eingereicht, dem Landesherrn, dem
du sie eingereicht, fremd ist? Wenn Staatsdiener hinter
seinem Rücken Prozesse unterschlagen, oder sonst seines geheiligten Namens, in seiner Unwissenheit, spot-
ten; wer anders als Gott darf ihn wegen der Wahl solcher Diener zur Rechenschaft ziehen, und bist du, gott-
verdammter und entsetzlicher Mensch, befugt, ihn deshalb zu richten? – Wohlan, versetzte Kohlhaas, wenn
mich der Landesherr nicht verstößt, so kehre ich auch
wieder in die Gemeinschaft, die er beschirmt, zurück.
Verschafft mir, ich wiederhol es, freies Geleit nach
Dresden: so lasse ich den Haufen, den ich im Schloß zu
Lützen versammelt, auseinander gehen, und bringe die
Klage, mit der ich abgewiesen worden bin, noch einmal
bei dem Tribunal des Landes vor. – Luther, mit einem
verdrießlichen Gesicht, warf die Papiere, die auf seinem
Tisch lagen, übereinander, und schwieg. Die trotzige
Stellung, die dieser seltsame Mensch im Staat einnahm,
verdroß ihn; und den Rechtsschluß, den er, von Kohl-
haasenbrück aus, an den Junker erlassen, erwägend,
fragte er: was er denn von dem Tribunal zu Dresden

verlange? Kohlhaas antwortete: Bestrafung des Junkers, den Gesetzen gemäß; Wiederherstellung der Pferde in den vorigen Stand; und Ersatz des Schadens, den ich sowohl, als mein bei Mühlberg gefallener Knecht Herse, durch die Gewalttat, die man an uns verübte, erlitten. – Luther rief: Ersatz des Schadens! Summen zu Tausenden, bei Juden und Christen, auf Wechseln und Pfändern, hast du, zur Bestreitung deiner wilden Selbstrache, aufgenommen. Wirst du den Wert auch, auf der Rechnung, wenn es zur Nachfrage kommt, ansetzen? – Gott behüte! erwiderte Kohlhaas. Haus und Hof, und den Wohlstand, den ich besessen, fordere ich nicht zurück; so wenig als die Kosten des Begräbnisses meiner Frau! Hersens alte Mutter wird eine Berechnung der Heilkosten, und eine Spezifikation dessen, was ihr Sohn in der Tronkenburg eingebüßt, beibringen; und den Schaden, den ich wegen Nichtverkaufs der Rappen erlitten, mag die Regierung durch einen Sachverständigen abschätzen lassen. – Luther sagte: rasender, unbegreiflicher und entsetzlicher Mensch! und sah ihn an. Nachdem dein Schwert sich, an dem Junker, Rache, die grimmigste, genommen, die sich erdenken läßt: was treibt dich, auf ein Erkenntnis gegen ihn zu bestehen, dessen Schärfe, wenn es zuletzt fällt, ihn mit einem Gewicht von so geringer Erheblichkeit nur trifft? – Kohlhaas erwiderte, indem ihm eine Träne über die Wangen rollte: hochwürdiger Herr! es hat mich meine Frau gekostet; Kohlhaas will der Welt zeigen, daß sie in keinem ungerechten Handel umgekommen ist. Fügt Euch in diesen Stücken meinem Willen, und laßt den Gerichtshof sprechen; in allem anderen, was sonst noch streitig sein mag, füge ich mich Euch. – Luther sagte: schau her, was du forderst, wenn anders die Umstände so sind, wie die öffentliche Stimme hören läßt, ist gerecht; und hättest du den Streit, bevor du eigenmächtig zur Selbstrache geschritten, zu des Landesherrn Entscheidung zu bringen gewußt, so wäre dir deine Forderung, zweifle ich nicht, Punkt vor Punkt bewilligt worden. Doch hättest du nicht, alles wohl erwogen, besser getan, du hättest, um deines Erlösers willen, dem Junker vergeben, die Rappen, dürre und abgehärmt, wie sie waren, bei der Hand genommen, dich aufgesetzt, und zur Dickfütterung in deinen Stall nach Kohlhaasenbrück heimgeritten? – Kohlhaas antwortete: kann sein! indem er ans Fenster trat: kann sein, auch nicht! Hätte ich gewußt, daß ich sie mit Blut aus dem Herzen meiner lieben Frau würde auf die Beine bringen müssen: kann sein, ich hätte getan, wie Ihr gesagt, hochwürdiger Herr, und einen Scheffel Hafer nicht gescheut! Doch, weil sie mir einmal so teuer zu stehen gekommen sind, so habe es denn, meine ich, seinen Lauf: laßt das Erkenntnis, wie es mir zukömmt, sprechen, und den Junker mir die Rappen auffüttern. – – Luther sagte, indem er, unter mancherlei Gedanken, wieder zu seinen Papieren griff: er wolle mit dem Kurfürsten seinethalben in Unterhandlung treten. Inzwischen möchte er sich, auf dem Schlosse zu Lützen, still halten; wenn der Herr ihm freies Geleit bewillige, so werde man es ihm auf dem Wege öffentlicher Anplackung bekannt machen. – Zwar, fuhr er fort, da Kohlhaas sich herabbog, um seine Hand zu küssen: ob der Kurfürst Gnade für Recht ergehen lassen wird, weiß ich nicht; denn einen Heerhaufen, vernehm ich, zog er zusammen, und steht im Begriff, dich im Schlosse zu Lützen aufzuheben: inzwischen, wie ich dir schon gesagt habe, an meinem Bemühen soll es nicht liegen. Und damit stand er auf, und machte Anstalt, ihn zu entlassen. Kohlhaas meinte, daß seine Fürsprache ihn über diesen Punkt völlig beruhige; worauf Luther ihn mit der Hand grüßte, jener aber plötzlich ein Knie vor ihm senkte und sprach: er habe noch eine Bitte auf seinem Herzen. Zu Pfingsten nämlich, wo er an den Tisch des Herrn zu gehen pflege, habe er die Kirche, dieser seiner kriegerischen Unternehmung wegen, versäumt; ob er die Gewogenheit haben wolle, ohne weitere Vorbereitung, seine Beichte zu empfangen, und ihm, zur Auswechselung dagegen, die

Wohltat des heiligen Sakraments zu erteilen? Luther, nach einer kurzen Besinnung, indem er ihn scharf ansah, sagte: ja, Kohlhaas, das will ich tun! Der Herr aber, dessen Leib du begehrst, vergab seinem Feind. – Willst du, setzte er, da jener ihn betreten ansah, hinzu, dem Junker, der dich beleidigt hat, gleichfalls vergeben: nach der Tronkenburg gehen, dich auf deine Rappen setzen, und sie zur Dickfütterung nach Kohlhaasenbrück heimreiten? – »Hochwürdiger Herr«, sagte Kohlhaas errötend, indem er seine Hand ergriff, – nun? – »der Herr auch vergab allen seinen Feinden nicht. Laßt mich den Kurfürsten, meinen beiden Herren, dem Schloßvogt und Verwalter, den Herren Hinz und Kunz, und wer mich sonst in dieser Sache gekränkt haben mag, vergeben: den Junker aber, wenn es sein kann, nötigen, daß er mir die Rappen wieder dick füttere.« – Bei diesen Worten kehrte ihm Luther, mit einem mißvergnügten Blick, den Rücken zu, und zog die Klingel. Kohlhaas, während, dadurch herbeigerufen, ein Famulus sich mit Licht in dem Vorsaal meldete, stand betreten, indem er sich die Augen trocknete, vom Boden auf; und da der Famulus vergebens, weil der Riegel vorgeschoben war, an der Türe wirkte, Luther aber sich wieder zu seinen Papieren niedergesetzt hatte: so machte Kohlhaas dem Mann die Türe auf. Luther, mit einem kurzen, auf den fremden Mann gerichteten Seitenblick, sagte dem Famulus: leuchte! worauf dieser, über den Besuch, den er erblickte, ein wenig befremdet, den Hausschlüssel von der Wand nahm, und sich, auf die Entfernung desselben wartend, unter die halboffene Tür des Zimmers zurückbegab. – Kohlhaas sprach, indem er seinen Hut bewegt zwischen beide Hände nahm: und so kann ich, hochwürdigster Herr, der Wohltat versöhnt zu werden, die ich mir von Euch erbat, nicht teilhaftig werden? Luther antwortete kurz: deinem Heiland, nein; dem Landesherrn, – das bleibt einem Versuch, wie ich dir versprach, vorbehalten! Und damit winkte er dem Famulus, das Geschäft, das er ihm aufgetragen, ohne wei-

teren Aufschub, abzumachen. Kohlhaas legte, mit dem
Ausdruck schmerzlicher Empfindung, seine beiden
Hände auf die Brust; folgte dem Mann, der ihm die
Treppe hinunter leuchtete, und verschwand.

Am anderen Morgen erließ Luther ein Sendschreiben an den Kurfürsten von Sachsen, worin er, nach
einem bitteren Seitenblick auf die seine Person umge-
benden Herren Hinz und Kunz, Kämmerer und Mundschenk von Tronka, welche die Klage, wie allgemein
bekannt war, unterschlagen hatten, dem Herrn, mit der
Freimütigkeit, die ihm eigen war, eröffnete, daß bei so
ärgerlichen Umständen, nichts anderes zu tun übrig sei,
als den Vorschlag des Roßhändlers anzunehmen, und
ihm des Vorgefallenen wegen, zur Erneuerung seines
Prozesses, Amnestie zu erteilen. Die öffentliche Meinung, bemerkte er, sei auf eine höchst gefährliche Weise, auf dieses Mannes Seite, dergestalt, daß selbst in dem
dreimal von ihm eingeäscherten Wittenberg, eine Stimme zu seinem Vorteil spreche; und da er sein Anerbieten, falls er damit abgewiesen werden sollte, unfehlbar,
unter gehässigen Bemerkungen, zur Wissenschaft des
Volks bringen würde, so könne dasselbe leicht in dem
Grade verführt werden, daß mit der Staatsgewalt gar
nichts mehr gegen ihn auszurichten sei. Er schloß, daß
man, in diesem außerordentlichen Fall, über die Be-
denklichkeit, mit einem Staatsbürger, der die Waffen
ergriffen, in Unterhandlung zu treten, hinweggehen
müsse; daß derselbe in der Tat durch das Verfahren, das
man gegen ihn beobachtet, auf gewisse Weise außer der
Staatsverbindung gesetzt worden sei; und kurz, daß man
ihn, um aus dem Handel zu kommen, mehr als eine
fremde, in das Land gefallene Macht, wozu er sich auch,
da er ein Ausländer sei, gewissermaßen qualifiziere, als
einen Rebellen, der sich gegen den Thron auflehne,
betrachten müsse. – Der Kurfürst erhielt diesen Brief
eben, als der Prinz Christiern von Meißen, Generalissi-
mus des Reichs, Oheim des bei Mühlberg geschlagenen
und an seinen Wunden noch daniederliegenden Prin-

zen Friedrich von Meißen; der Großkanzler des Tribunals, Graf Wrede; Graf Kallheim, Präsident der Staatskanzlei; und die beiden Herren Hinz und Kunz von Tronka, dieser Kämmerer, jener Mundschenk, die Jugendfreunde und Vertrauten des Herrn, in dem Schlosse gegenwärtig waren. Der Kämmerer, Herr Kunz, der, in der Qualität eines Geheimenrats, des Herrn geheime Korrespondenz, mit der Befugnis, sich seines Namens und Wappens zu bedienen, besorgte, nahm zuerst das Wort, und nachdem er noch einmal weitläufig auseinander gelegt hatte, daß er die Klage, die der Roßhändler gegen den Junker, seinen Vetter, bei dem Tribunal eingereicht, nimmermehr durch eine eigenmächtige Verfügung niedergeschlagen haben würde, wenn er sie nicht, durch falsche Angaben verführt, für eine völlig grundlose und nichtsnutzige Plackerei gehalten hätte, kam er auf die gegenwärtige Lage der Dinge. Er bemerkte, daß, weder nach göttlichen noch menschlichen Gesetzen, der Roßkamm, um dieses Mißgriffs willen, befugt gewesen wäre, eine so ungeheure Selbstrache, als er sich erlaubt, auszuüben; schilderte den Glanz, der durch eine Verhandlung mit demselben, als einer rechtlichen Kriegsgewalt, auf sein gottverdammtes Haupt falle; und die Schmach, die dadurch auf die geheiligte Person des Kurfürsten zurückspringe, schien ihm so unerträglich, daß er, im Feuer der Beredsamkeit, lieber das Äußerste erleben, den Rechtsschluß des rasenden Rebellen erfüllt, und den Junker, seinen Vetter, zur Dickfütterung der Rappen nach Kohlhaasenbrück abgeführt sehen, als den Vorschlag, den der Doktor Luther gemacht, angenommen wissen wollte. Der Großkanzler des Tribunals, Graf Wrede, äußerte, halb zu ihm gewandt, sein Bedauern, daß eine so zarte Sorgfalt, als er, bei der Auflösung dieser allerdings mißlichen Sache, für den Ruhm des Herrn zeige, ihn nicht, bei der ersten Veranlassung derselben, erfüllt hätte. Er stellte dem Kurfürsten sein Bedenken vor, die Staatsgewalt, zur Durchsetzung einer offenbar unrechtlichen Maßre-

Wenn, fuhr er fort, indem er den Finger an die Nase legte, bei dem Tribunal zu Dresden, gleichviel wie, das Erkenntnis der Rappen wegen gefallen ist; so hindert nichts, den Kohlhaas auf den Grund seiner Mordbrennereien und Räubereien einzustecken: eine staatskluge Wendung, die die Vorteile der Ansichten beider Staatsmänner vereinigt, und des Beifalls der Welt und Nachwelt gewiß ist. – Der Kurfürst, da der Prinz sowohl als der Großkanzler dem Mundschenk, Herrn Hinz, auf diese Rede mit einem bloßen Blick antworteten, und die Verhandlung mithin geschlossen schien, sagte: daß er die verschiedenen Meinungen, die sie ihm vorgetragen, bis zur nächsten Sitzung des Staatsrats bei sich selbst überlegen würde. – Es schien, die Präliminar-Maßregel, deren der Prinz gedacht, hatte seinem für Freundschaft sehr empfänglichen Herzen die Lust benommen, den Heereszug gegen den Kohlhaas, zu welchem schon alles vorbereitet war, auszuführen. Wenigstens behielt er den Großkanzler, Grafen Wrede, dessen Meinung ihm die zweckmäßigste schien, bei sich zurück; und da dieser ihm Briefe vorzeigte, aus welchen hervorging, daß der Roßhändler in der Tat schon zu einer Stärke von vierhundert Mann herangewachsen sei; ja, bei der allgemeinen Unzufriedenheit, die wegen der Unziemlichkeiten des Kämmerers im Lande herrschte, in kurzem auf eine doppelte und dreifache Stärke rechnen könne: so entschloß sich der Kurfürst, ohne weiteren Anstand, den Rat, den ihm der Doktor Luther erteilt, anzunehmen. Dem gemäß übergab er dem Grafen Wrede die ganze Leitung der Kohlhaasischen Sache; und schon nach wenigen Tagen erschien ein Plakat, das wir, dem Hauptinhalt nach, folgendermaßen mitteilen:

»Wir etc. etc. Kurfürst von Sachsen, erteilen, in besonders gnädiger Rücksicht auf die an Uns ergangene Fürsprache des Doktors Martin Luther, dem Michael Kohlhaas, Roßhändler aus dem Brandenburgischen, unter der Bedingung, binnen drei Tagen nach Sicht die Waffen, die er ergriffen, niederzulegen, behufs einer erneuerten Untersuchung seiner Sache, freies Geleit nach Dresden; dergestalt zwar, daß, wenn derselbe, wie nicht zu erwarten, bei dem Tribunal zu Dresden mit seiner Klage, der Rappen wegen, abgewiesen werden sollte, gegen ihn, seines eigenmächtigen Unternehmens wegen, sich selbst Recht zu verschaffen, mit der ganzen Strenge des Gesetzes verfahren werden solle; im entgegengesetzten Fall aber, ihm mit seinem ganzen Haufen, Gnade für Recht bewilligt, und völlige Amnestie, seiner in Sachsen ausgeübten Gewalttätigkeiten wegen, zugestanden sein solle.«

Kohlhaas hatte nicht sobald, durch den Doktor Luther, ein Exemplar dieses in allen Plätzen des Landes angeschlagenen Plakats erhalten, als er, so bedingungsweise auch die darin geführte Sprache war, seinen ganzen Haufen schon, mit Geschenken, Danksagungen und zweckmäßigen Ermahnungen auseinander gehen ließ. Er legte alles, was er an Geld, Waffen und Gerätschaften erbeutet haben mochte, bei den Gerichten zu Lützen, als kurfürstliches Eigentum, nieder; und nachdem er den Waldmann mit Briefen, wegen Wiederkaufs seiner Meierei, wenn es möglich sei, an den Amtmann nach Kohlhaasenbrück, und den Sternbald zur Abholung seiner Kinder, die er wieder bei sich zu haben wünschte, nach Schwerin geschickt hatte, verließ er das Schloß zu Lützen, und ging, unerkannt, mit dem Rest seines kleinen Vermögens, das er in Papieren bei sich trug, nach Dresden.

Der Tag brach eben an, und die ganze Stadt schlief noch, als er an die Tür der kleinen, in der Pirnaischen Vorstadt gelegenen Besitzung, die ihm durch die Rechtschaffenheit des Amtmanns übrig geblieben war, anklopfte, und Thomas, dem alten, die Wirtschaft führenden Hausmann, der ihm mit Erstaunen und Bestürzung aufmachte, sagte: er möchte dem Prinzen von Meißen auf dem Gubernium melden, daß er, Kohlhaas, der Roßhändler, da wäre. Der Prinz von Meißen, der auf diese Meldung für zweckmäßig hielt, augenblicklich sich selbst von dem Verhältnis, in welchem man mit diesem Mann stand, zu unterrichten, fand, als er mit einem Gefolge von Rittern und Troßknechten bald darauf erschien, in den Straßen, die zu Kohlhaasens Wohnung führten, schon eine unermeßliche Menschenmenge versammelt. Die Nachricht, daß der Würgengel da sei, der die Volksbedrücker mit Feuer und Schwert verfolge, hatte ganz Dresden, Stadt und Vorstadt, auf die Beine gebracht; man mußte die Haustür vor dem Andrang des neugierigen Haufens verriegeln, und die Jungen kletterten an den Fenstern heran, um den Mordbrenner, der darin frühstückte, in Augenschein zu nehmen. Sobald der Prinz, mit Hülfe der ihm Platz machenden Wache, ins Haus gedrungen, und in Kohlhaasens Zimmer getreten war, fragte er diesen, welcher halb entkleidet an einem Tische stand: ob er Kohlhaas, der Roßhändler, wäre? worauf Kohlhaas, indem er eine Brieftasche mit mehreren über sein Verhältnis lautenden Papieren aus seinem Gurt nahm, und ihm ehrerbietig überreichte, antwortete: ja! und hinzusetzte: er finde sich nach Auflösung seines Kriegshaufens, der ihm erteilten landesherrlichen Freiheit gemäß, in Dresden ein, um seine Klage, der Rappen wegen, gegen den Junker Wenzel von Tronka vor Gericht zu bringen. Der Prinz, nach einem flüchtigen Blick, womit er ihn von Kopf zu Fuß überschaute, durchlief die in der Brieftasche befindlichen Papiere; ließ sich von ihm erklären, was es mit einem von dem Gericht zu Lützen ausgestellten Schein, den er darin fand, über die zu Gunsten des kurfürstlichen Schatzes gemachte Deposition für eine Bewandtnis habe; und nachdem er die Art des Mannes noch, durch Fragen mancherlei Gattung, nach seinen Kindern, seinem Vermögen und der Lebensart, die er künftig zu führen denke, überprüft, und überall so, daß man wohl seinetwegen ruhig sein konnte, befunden hatte, gab er ihm die Briefschaften wieder, und sagte: daß seinem Prozeß nichts im Wege stünde, und daß er sich nur unmittelbar, um ihn einzuleiten, an den Großkanzler des Tribunals, Grafen Wrede, selbst wenden möchte. Inzwischen, sagte der Prinz, nach einer Pause, indem er ans Fenster trat, und mit großen Augen das Volk, das vor dem Hause versammelt war, überschaute: du wirst auf die ersten Tage eine Wache annehmen müssen, die dich, in deinem Hause sowohl, als wenn du ausgehst, schütze! – – Kohlhaas sah betroffen vor sich nieder, und schwieg. Der Prinz sagte: »gleichviel!« indem er das Fenster wieder verließ. »Was daraus entsteht, du hast es dir selbst beizumessen«; und damit wandte er sich wieder nach der Tür, in der Absicht, das Haus zu verlassen. Kohlhaas, der sich besonnen hatte, sprach: Gnädiger Herr! tut, was Ihr wollt! Gebt mir Euer Wort, die Wache, sobald ich es wünsche, wieder aufzuheben: so habe ich gegen diese Maßregel nichts einzuwenden! Der Prinz erwiderte: das bedürfe der Rede nicht; und nachdem er drei Landsknechten, die man ihm zu diesem Zweck vorstellte, bedeutet hatte: daß der Mann, in dessen Hause sie zurückblieben, frei wäre, und daß sie ihm bloß zu seinem Schutz, wenn er ausginge, folgen sollten, grüßte er den Roßhändler mit einer herablassenden Bewegung der Hand, und entfernte sich.

Gegen Mittag begab sich Kohlhaas, von seinen drei Landsknechten begleitet, unter dem Gefolge einer unabsehbaren Menge, die ihm aber auf keine Weise, weil sie durch die Polizei gewarnt war, etwas zu Leide tat, zu dem Großkanzler des Tribunals, Grafen Wrede. Der Großkanzler, der ihn mit Milde und Freundlichkeit in seinem Vorgemach empfing, unterhielt sich während zwei ganzer Stunden mit ihm, und nachdem er sich den ganzen Verlauf der Sache, von Anfang bis zu Ende, hatte erzählen lassen, wies er ihn, zur unmittelbaren Abfassung und Einreichung der Klage, an einen, bei dem Gericht angestellten, berühmten Advokaten der Stadt. Kohlhaas, ohne weiteren Verzug, verfügte sich in dessen Wohnung; und nachdem die Klage, ganz der ersten niedergeschlagenen gemäß, auf Bestrafung des Junkers nach den Gesetzen, Wiederherstellung der

Pferde in den vorigen Stand, und Ersatz *seines* Schadens sowohl, als auch dessen, den sein bei Mühlberg gefallener Knecht Herse erlitten hatte, zu Gunsten der alten Mutter desselben, aufgesetzt war, begab er sich wieder, unter Begleitung des ihn immer noch angaffenden Volks, nach Hause zurück, wohl entschlossen, es anders nicht, als nur wenn notwendige Geschäfte ihn riefen, zu verlassen.

Inzwischen war auch der Junker seiner Haft in Wittenberg entlassen, und nach Herstellung von einer gefährlichen Rose, die seinen Fuß entzündet hatte, von dem Landesgericht unter peremtorischen Bedingungen aufgefordert worden, sich zur Verantwortung auf die von dem Roßhändler Kohlhaas gegen ihn eingereichte Klage, wegen widerrechtlich abgenommener und zu Grunde gerichteter Rappen, in Dresden zu stellen. Die Gebrüder Kämmerer und Mundschenk von Tronka, Lehnsvettern des Junkers, in deren Hause er abtrat, empfingen ihn mit der größesten Erbitterung und Verachtung; sie nannten ihn einen Elenden und Nichtswürdigen, der Schande und Schmach über die ganze Familie bringe, kündigten ihm an, daß er seinen Prozeß nunmehr unfehlbar verlieren würde, und forderten ihn auf, nur gleich zur Herbeischaffung der Rappen, zu deren Dickfütterung er, zum Hohngelächter der Welt, verdammt werden werde, Anstalt zu machen. Der Junker sagte, mit schwacher, zitternder Stimme: er sei der bejammernswürdigste Mensch von der Welt. Er verschwor sich, daß er von dem ganzen verwünschten Handel, der ihn ins Unglück stürze, nur wenig gewußt, und daß der Schloßvogt und der Verwalter an allem schuld wären, indem sie die Pferde, ohne sein entferntestes Wissen und Wollen, bei der Ernte gebraucht, und durch unmäßige Anstrengungen, zum Teil auf ihren eigenen Feldern, zu Grunde gerichtet hätten. Er setzte sich, indem er dies sagte, und bat ihn nicht durch Kränkungen und Beleidigungen in das Übel, von dem er nur soeben erst erstanden sei, mutwillig zurückzustürzen.

Am andern Tage schrieben die Herren Hinz und Kunz,
die in der Gegend der eingeäscherten Tronkenburg
Güter besaßen, auf Ansuchen des Junkers, ihres Vetters,
weil doch nichts anders übrig blieb, an ihre dort befindlichen Verwalter und Pächter, um Nachricht über die an
jenem unglücklichen Tage abhanden gekommenen
und seitdem gänzlich verschollenen Rappen einzu-
ziehn. Aber alles, was sie bei der gänzlichen Verwüstung
des Platzes, und der Niedermetzelung fast aller Einwohner, erfahren konnten, war, daß ein Knecht sie, von den
flachen Hieben des Mordbrenners getrieben, aus dem
brennenden Schuppen, in welchem sie standen, gerettet, nachher aber auf die Frage, wo er sie hinführen,
und was er damit anfangen solle, von dem grimmigen
Wüterich einen Fußtritt zur Antwort erhalten habe. Die
alte, von der Gicht geplagte Haushälterin des Junkers,
die sich nach Meißen geflüchtet hatte, versicherte demselben, auf eine schriftliche Anfrage, daß der Knecht
sich, am Morgen jener entsetzlichen Nacht, mit den
Pferden nach der brandenburgischen Grenze gewandt
habe; doch alle Nachfragen, die man daselbst anstellte,
waren vergeblich, und es schien dieser Nachricht ein
Irrtum zum Grunde zu liegen, indem der Junker keinen
Knecht hatte, der im Brandenburgischen, oder auch
nur auf der Straße dorthin, zu Hause war. Männer aus
Dresden, die wenige Tage nach dem Brande der Tronkenburg in Wilsdruf gewesen waren, sagten aus, daß um
die benannte Zeit ein Knecht mit zwei an der Halfter
gehenden Pferden dort angekommen, und die Tiere,
weil sie sehr elend gewesen wären, und nicht weiter fort
gekonnt hätten, im Kuhstall eines Schäfers, der sie wieder hätte aufbringen wollen, stehen gelassen hätte. Es
schien mancherlei Gründe wegen sehr wahrscheinlich,
daß dies die in Untersuchung stehenden Rappen waren;
aber der Schäfer aus Wilsdruf hatte sie, wie Leute, die
dorther kamen, versicherten, schon wieder, man wußte
nicht an wen, verhandelt; und ein drittes Gerücht, dessen Urheber unentdeckt blieb, sagte gar aus, daß die

Pferde bereits in Gott verschieden, und in der Knochen-
grube zu Wilsdruf begraben wären. Die Herren Hinz
und Kunz, denen diese Wendung der Dinge, wie man
leicht begreift, die erwünschteste war, indem sie dadurch, bei des Junkers ihres Vetters Ermangelung eigener Ställe, der Notwendigkeit, die Rappen in den ihrigen aufzufüttern, überhoben waren, wünschten gleichwohl, völliger Sicherheit wegen, diesen Umstand zu
bewahrheiten. Herr Wenzel von Tronka erließ demnach, als Erb-, Lehns- und Gerichtsherr, ein Schreiben
an die Gerichte zu Wilsdruf, worin er dieselben, nach
einer weitläufigen Beschreibung der Rappen, die, wie
er sagte, ihm anvertraut und durch einen Unfall abhanden gekommen wären, dienstfreundlichst ersuchte, den
dermaligen Aufenthalt derselben zu erforschen, und
den Eigner, wer er auch sei, aufzufordern und anzuhalten, sie, gegen reichliche Wiedererstattung aller Kosten,
in den Ställen des Kämmerers, Herrn Kunz, zu Dresden
abzuliefern. Dem gemäß erschien auch wirklich, wenige
Tage darauf, der Mann, an den sie der Schäfer aus
Wilsdruf verhandelt hatte, und führte sie, dürr und
wankend, an die Runge seines Karrens gebunden, auf
den Markt der Stadt; das Unglück aber Herrn Wenzels,
und noch mehr des ehrlichen Kohlhaas wollte, daß es
der Abdecker aus Döbbeln war.

Sobald Herr Wenzel, in Gegenwart des Kämmerers,
seines Vetters, durch ein unbestimmtes Gerücht vernommen hatte, daß ein Mann mit zwei schwarzen aus
dem Brande der Tronkenburg entkommenen Pferden
in der Stadt angelangt sei, begaben sich beide, in Begleitung einiger aus dem Hause zusammengerafften
Knechte, auf den Schloßplatz, wo er stand, um sie demselben, falls es die dem Kohlhaas zugehörigen wären,
gegen Erstattung der Kosten abzunehmen, und nach
Hause zu führen. Aber wie betreten waren die Ritter,
als sie bereits einen, von Augenblick zu Augenblick sich
vergrößernden Haufen von Menschen, den das Schauspiel herbeigezogen, um den zweirädrigen Karren, an

dem die Tiere befestigt waren, erblickten; unter unend-
lichem Gelächter einander zurufend, daß die Pferde
schon, um derenthalben der Staat wanke, an den Schinder gekommen wären! Der Junker, der um den Karren
herumgegangen war, und die jämmerlichen Tiere, die
alle Augenblicke sterben zu wollen schienen, betrachtet
hatte, sagte verlegen: das wären die Pferde nicht, die er
dem Kohlhaas abgenommen; doch Herr Kunz, der
Kämmerer, einen Blick sprachlosen Grimms voll auf
ihn werfend, der, wenn er von Eisen gewesen wäre, ihn
zerschmettert hätte, trat, indem er seinen Mantel, Orden und Kette entblößend, zurückschlug, zu dem Abdecker heran, und fragte ihn: ob das die Rappen wären,
die der Schäfer von Wilsdruf an sich gebracht, und der
Junker Wenzel von Tronka, dem sie gehörten, bei den
Gerichten daselbst requiriert hätte? Der Abdecker, der,
einen Eimer Wasser in der Hand, beschäftigt war, einen
dicken, wohlbeleibten Gaul, der seinen Karren zog, zu
tränken, sagte: »die schwarzen?« – Er streifte dem Gaul,
nachdem er den Eimer niedergesetzt, das Gebiß aus
dem Maul, und sagte: »die Rappen, die an die Runge
gebunden wären, hätte ihm der Schweinehirte von Hainichen verkauft. Wo der sie her hätte, und ob sie von
dem Wilsdrufer Schäfer kämen, das wisse er nicht. Ihm
hätte«, sprach er, während er den Eimer wieder aufnahm, und zwischen Deichsel und Knie anstemmte:
»ihm hätte der Gerichtsbote aus Wilsdruf gesagt, daß er
sie nach Dresden in das Haus derer von Tronka bringen
solle; aber der Junker, an den er gewiesen sei, heiße
Kunz.« Bei diesen Worten wandte er sich mit dem Rest
des Wassers, den der Gaul im Eimer übrig gelassen
hatte, und schüttete ihn auf das Pflaster der Straße aus.
Der Kämmerer, der, von den Blicken der hohnlachen-
den Menge umstellt, den Kerl, der mit empfindungslo-
sem Eifer seine Geschäfte betrieb, nicht bewegen konnte, daß er ihn ansah, sagte: daß er der Kämmerer, Kunz
von Tronka, wäre; die Rappen aber, die er an sich
bringen solle, müßten dem Junker, seinem Vetter, ge-

hören; von einem Knecht, der bei Gelegenheit des Brandes aus der Tronkenburg entwichen, an den Schäfer zu Wilsdruf gekommen, und ursprünglich zwei dem Roßhändler Kohlhaas zugehörige Pferde sein! Er fragte den Kerl, der mit gespreizten Beinen dastand, und sich die Hosen in die Höhe zog: ob er davon nichts wisse? Und ob sie der Schweinehirte von Hainichen nicht vielleicht, auf welchen Umstand alles ankomme, von dem Wilsdrufer Schäfer, oder von einem Dritten, der sie seinerseits von demselben gekauft, erstanden hätte? – Der Abdecker, der sich an den Wagen gestellt und sein Wasser abgeschlagen hatte, sagte: »er wäre mit den Rappen nach Dresden bestellt, um in dem Hause derer von Tronka sein Geld dafür zu empfangen. Was er da vorbrächte, verstände er nicht; und ob sie, vor dem Schweinehirten aus Hainichen, Peter oder Paul besessen hätte, oder der Schäfer aus Wilsdruf, gelte ihm, da sie nicht gestohlen wären, gleich.« Und damit ging er, die Peitsche quer über seinen breiten Rücken, nach einer Kneipe, die auf dem Platze lag, in der Absicht, hungrig wie er war, ein Frühstück einzunehmen. Der Kämmerer, der auf der Welt Gottes nicht wußte, was er mit Pferden, die der Schweinehirte von Hainichen an den Schinder in Döbbeln verkauft, machen solle, falls es nicht diejenigen wären, auf welchen der Teufel durch Sachsen ritt, forderte den Junker auf, ein Wort zu sprechen; doch da dieser mit bleichen, bebenden Lippen erwiderte: das Ratsamste wäre, daß man die Rappen kaufe, sie möchten dem Kohlhaas gehören oder nicht: so trat der Kämmerer, Vater und Mutter, die ihn geboren, verfluchend, indem er sich den Mantel zurückschlug, gänzlich unwissend, was er zu tun oder zu lassen habe, aus dem Haufen des Volks zurück. Er rief den Freiherrn von Wenk, einen Bekannten, der über die Straße ritt, zu sich heran, und trotzig, den Platz nicht zu verlassen, eben weil das Gesindel höhnisch auf ihn einblickte, und, mit vor dem Mund zusammengedrückten Schnupftüchern, nur auf seine Entfernung zu warten schien, um loszuplatzen, bat er ihn, bei dem Großkanzler, Grafen Wrede, abzusteigen, und durch dessen Vermittelung den Kohlhaas zur Besichtigung der Rappen herbeizuschaffen. Es traf sich, daß Kohlhaas eben, durch einen Gerichtsboten herbeigerufen, in dem Gemach des Großkanzlers, gewisser, die Deposition in Lützen betreffenden Erläuterungen wegen, die man von ihm bedurfte, gegenwärtig war, als der Freiherr, in der eben erwähnten Absicht, zu ihm ins Zimmer trat; und während der Großkanzler sich mit einem verdrießlichen Gesicht vom Sessel erhob, und den Roßhändler, dessen Person jenem unbekannt war, mit den Papieren, die er in der Hand hielt, zur Seite stehen ließ, stellte der Freiherr ihm die Verlegenheit, in welcher sich die Herren von Tronka befanden, vor. Der Abdecker von Döbbeln sei, auf mangelhafte Requisition der Wilsdrufer Gerichte, mit Pferden erschienen, deren Zustand so heillos beschaffen wäre, daß der Junker Wenzel anstehen müsse, sie für die dem Kohlhaas gehörigen anzuerkennen; dergestalt, daß, falls man sie gleichwohl dem Abdecker abnehmen solle, um in den Ställen der Ritter, zu ihrer Wiederherstellung, einen Versuch zu machen, vorher eine Okular-Inspektion des Kohlhaas, um den besagten Umstand außer Zweifel zu setzen, notwendig sei. »Habt demnach die Güte, schloß er, den Roßhändler durch eine Wache aus seinem Hause abholen und auf den Markt, wo die Pferde stehen, hinführen zu lassen.« Der Großkanzler, indem er sich eine Brille von der Nase nahm, sagte: daß er in einem doppelten Irrtum stünde; einmal, wenn er glaube, daß der in Rede stehende Umstand anders nicht, als durch eine Okular-Inspektion des Kohlhaas auszumitteln sei; und dann, wenn er sich einbilde, er, der Kanzler, sei befugt, den Kohlhaas durch eine Wache, wohin es dem Junker beliebe, abführen zu lassen. Dabei stellte er ihm den Roßhändler, der hinter ihm stand, vor, und bat ihn, indem er sich niederließ und seine Brille wieder aufsetzte, sich in dieser Sache an ihn selbst zu wenden. – Kohlhaas, der mit keiner Miene, was in seiner Seele vorging, zu erkennen gab, sagte: daß er bereit wäre, ihm zur Besichtigung der Rappen, die der Abdecker in die Stadt gebracht, auf den Markt zu folgen. Er trat, während der Freiherr sich betroffen zu ihm umkehrte, wieder an den Tisch des Großkanzlers heran, und nachdem er demselben noch, aus den Papieren seiner Brieftasche, mehrere, die Deposition in Lützen betreffende Nachrichten gegeben hatte, beurlaubte er sich von ihm; der Freiherr, der, über das ganze Gesicht rot, ans Fenster getreten war, empfahl sich ihm gleichfalls; und beide gingen, begleitet von den drei durch den Prinzen von Meißen eingesetzten Landsknechten, unter dem Troß einer Menge von Menschen, nach dem Schloßplatz hin. Der Kämmerer, Herr Kunz, der inzwischen den Vorstellungen mehrerer Freunde, die sich um ihn eingefunden hatten, zum Trotz, seinen Platz, dem Abdecker von Döbbeln gegenüber, unter dem Volke behauptet hatte, trat, sobald der Freiherr mit dem Roßhändler erschien, an den letzteren heran, und fragte ihn, indem er sein Schwert, mit Stolz und Ansehen, unter dem Arm hielt: ob die Pferde, die hinter dem Wagen stünden, die seinigen wären? Der Roßhändler, nachdem er, mit einer bescheidenen Wendung gegen den die Frage an ihn richtenden Herrn, den er nicht kannte, den Hut gerückt hatte, trat, ohne ihm zu antworten, im Gefolge sämtlicher Ritter, an den Schinderkarren heran; und die Tiere, die, auf wankenden Beinen, die Häupter zur Erde gebeugt, dastanden, und von dem Heu, das ihnen der Abdecker vorgelegt hatte, nicht fraßen, flüchtig, aus einer Ferne von zwölf Schritt, in welcher er stehen blieb, betrachtet: gnädigster Herr! wandte er sich wieder zu dem Kämmerer zurück, der Abdecker hat ganz recht; die Pferde, die an seinen Karren gebunden sind, gehören mir! Und damit, indem er sich in dem ganzen Kreise der Herren umsah, rückte er den Hut noch einmal, und begab sich, von seiner Wache begleitet, wieder von dem Platz hinweg. Bei diesen Worten trat der Kämmerer, mit einem raschen, seinen Helmbusch erschütternden Schritt zu dem Abdecker heran, und warf ihm einen Beutel mit Geld zu; und während dieser sich, den Beutel in der Hand, mit einem bleiernen Kamm die Haare über die Stirn zurückkämmte, und das Geld betrachtete, befahl er einem Knecht, die Pferde abzulösen und nach Hause zu führen! Der Knecht, der auf den Ruf des Herrn, einen Kreis von Freunden und Verwandten, die er unter dem Volke besaß, verlassen hatte, trat auch, in der Tat, ein wenig rot im Gesicht, über eine große Mistpfütze, die sich zu ihren Füßen gebildet hatte, zu den Pferden heran; doch kaum hatte er ihre Halftern erfaßt, um sie loszubinden, als ihn Meister Himboldt, sein Vetter, schon beim Arm ergriff, und mit den Worten: du rührst die Schindmähren nicht an! von dem Karren hinwegschleuderte. Er setzte, indem er sich mit ungewissen Schritten über die Mistpfütze wieder zu dem Kämmerer, der über diesen Vorfall sprachlos dastand, zurück wandte, hinzu: daß er sich einen Schinderknecht anschaffen müsse, um ihm einen solchen Dienst zu leisten! Der Kämmerer, der, vor Wut schäumend, den Meister auf einen Augenblick betrachtet hatte, kehrte sich um, und rief über die Häupter der Ritter, die ihn umringten, hinweg, nach der Wache; und sobald, auf die Bestellung des Freiherrn von Wenk, ein Offizier mit einigen kurfürstlichen Trabanten, aus dem Schloß erschienen war, forderte er denselben unter einer kurzen Darstellung der schändlichen Aufhetzerei, die sich die Bürger der Stadt erlaubten, auf, den Rädelsführer, Meister Himboldt, in Verhaft zu nehmen. Er verklagte den Meister, indem er ihn bei der Brust faßte: daß er seinen, die Rappen auf seinen Befehl losbindenden Knecht von dem Karren hinweggeschleudert und mißhandelt hätte. Der Meister, indem er den Kämmerer mit einer geschickten Wendung, die ihn befreite, zurückwies, sagte: gnädigster Herr! einem Burschen von zwanzig Jahren bedeuten, was er zu tun hat, heißt nicht, ihn verhetzen! Befragt ihn, ob er sich gegen Herkommen und Schicklichkeit mit den Pferden, die an die Karre gebunden sind, befassen will; will er es, nach dem, was ich gesagt, tun: sei's! Meinethalb mag er sie jetzt abludern und häuten! Bei diesen Worten wandte sich der Kämmerer zu dem Knecht herum, und fragte ihn: ob er irgend Anstand nähme, seinen Befehl zu erfüllen, und die Pferde, die dem Kohlhaas gehörten, loszubinden, und nach Hause zu führen? und da dieser schüchtern, indem er sich unter die Bürger mischte, erwiderte: die Pferde müßten erst ehrlich gemacht werden, bevor man ihm das zumute; so folgte ihm der Kämmerer von hinten, riß ihm den Hut ab, der mit seinem Hauszeichen geschmückt war, zog, nachdem er den Hut mit Füßen getreten, von Leder, und jagte den Knecht mit wütenden Hieben der Klinge augenblicklich vom Platz weg und aus seinen Diensten. Meister Himboldt rief: schmeißt den Mordwüterich doch gleich zu Boden! und während die Bürger, von diesem Auftritt empört, zusammentraten, und die Wache hinwegdrängten, warf er den Kämmerer von hinten nieder, riß ihm Mantel, Kragen und Helm ab, wand ihm das Schwert aus der Hand, und schleuderte es, in einem grimmigen Wurf, weit über den Platz hinweg. Vergebens rief der Junker Wenzel, indem er sich aus dem Tumult rettete, den Rittern zu, seinem Vetter beizuspringen; ehe sie noch einen Schritt dazu getan hatten, waren sie schon von dem Andrang des Volks zerstreut, dergestalt, daß der Kämmerer, der sich den Kopf beim Fallen verletzt hatte, der ganzen Wut der Menge preis gegeben war. Nichts, als die Erscheinung eines Trupps berittener Landsknechte, die zufällig über den Platz zogen, und die der Offizier der kurfürstlichen Trabanten zu seiner Unterstützung herbeirief, konnte den Kämmerer retten. Der Offizier, nachdem er den Haufen verjagt, ergriff den wütenden Meister, und während derselbe durch einige Reuter nach dem Gefängnis gebracht ward, hoben zwei Freunde den unglücklichen mit Blut bedeckten Kämmerer vom Boden

auf, und führten ihn nach Hause. Einen so heillosen
Ausgang nahm der wohlgemeinte und redliche Versuch, dem Roßhändler wegen des Unrechts, das man
ihm zugefügt, Genugtuung zu verschaffen. Der Abdek-
ker von Döbbeln, dessen Geschäft abgemacht war, und
der sich nicht länger aufhalten wollte, band, da sich das
Volk zu zerstreuen anfing, die Pferde an einen Later-
nenpfahl, wo sie, den ganzen Tag über, ohne daß sich
jemand um sie bekümmerte, ein Spott der Straßenjun-
gen und Tagediebe, stehen blieben; dergestalt, daß in
Ermangelung aller Pflege und Wartung die Polizei sich
ihrer annehmen mußte, und gegen Einbruch der Nacht
den Abdecker von Dresden herbeirief, um sie, bis auf
weitere Verfügung, auf der Schinderei vor der Stadt zu
besorgen.

Dieser Vorfall, so wenig der Roßhändler ihn in der
Tat verschuldet hatte, erweckte gleichwohl, auch bei
den Gemäßigtern und Besseren, eine, dem Ausgang
seiner Streitsache höchst gefährliche Stimmung im Lande. Man fand das Verhältnis desselben zum Staat ganz
unerträglich, und in Privathäusern und auf öffentlichen Plätzen, erhob sich die Meinung, daß es besser sei,
ein offenbares Unrecht an ihm zu verüben, und die
ganze Sache von neuem niederzuschlagen, als ihm Gerechtigkeit, durch Gewalttaten ertrotzt, in einer so nichtigen Sache, zur bloßen Befriedigung seines rasenden
Starrsinns, zukommen zu lassen. Zum völligen Verderben des armen Kohlhaas mußte der Großkanzler selbst,
aus übergroßer Rechtlichkeit, und einem davon herrührenden Haß gegen die Familie von Tronka, beitragen,
diese Stimmung zu befestigen und zu verbreiten. Es war
höchst unwahrscheinlich, daß die Pferde, die der Abdecker von Dresden jetzt besorgte, jemals wieder in den
Stand, wie sie aus dem Stall zu Kohlhaasenbrück gekommen waren, hergestellt werden würden; doch gesetzt,
daß es durch Kunst und anhaltende Pflege möglich
gewesen wäre: die Schmach, die zufolge der bestehenden Umstände, dadurch auf die Familie des Junkers

fiel, war so groß, daß bei dem staatsbürgerlichen Gewicht, den sie, als eine der ersten und edelsten, im Lande hatte, nichts billiger und zweckmäßiger schien, als eine Vergütigung der Pferde in Geld einzuleiten. Gleichwohl, auf einen Brief, in welchem der Präsident, Graf Kallheim, im Namen des Kämmerers, den seine Krankheit abhielt, dem Großkanzler, einige Tage darauf, diesen Vorschlag machte, erließ derselbe zwar ein Schreiben an den Kohlhaas, worin er ihn ermahnte, einen solchen Antrag, wenn er an ihn ergehen sollte, nicht von der Hand zu weisen; den Präsidenten selbst aber bat er, in einer kurzen, wenig verbindlichen Antwort, ihn mit Privataufträgen in dieser Sache zu verschonen, und forderte den Kämmerer auf, sich an den Roßhändler selbst zu wenden, den er ihm als einen sehr billigen und bescheidenen Mann schilderte. Der Roßhändler, dessen Wille, durch den Vorfall, der sich auf dem Markt zugetragen, in der Tat gebrochen war, wartete auch nur, dem Rat des Großkanzlers gemäß, auf eine Eröffnung von Seiten des Junkers, oder seiner Angehörigen, um ihnen mit völliger Bereitwilligkeit und Vergebung alles Geschehenen, entgegenzukommen; doch eben diese Eröffnung war den stolzen Rittern zu tun empfindlich; und schwer erbittert über die Antwort, die sie von dem Großkanzler empfangen hatten, zeigten sie dieselbe dem Kurfürsten, der, am Morgen des nächstfolgenden Tages, den Kämmerer krank, wie er an seinen Wunden danieder lag, in seinem Zimmer besucht hatte. Der Kämmerer, mit einer, durch seinen Zustand, schwachen und rührenden Stimme, fragte ihn, ob er, nachdem er sein Leben daran gesetzt, um diese Sache, seinen Wünschen gemäß, beizulegen, auch noch seine Ehre dem Tadel der Welt aussetzen, und mit einer Bitte um Vergleich und Nachgiebigkeit, vor einem Manne erscheinen solle, der alle nur erdenkliche Schmach und Schande über ihn und seine Familie gebracht habe. Der Kurfürst, nachdem er den Brief gelesen hatte, fragte den Grafen Kallheim verlegen: ob das Tribunal nicht befugt sei, ohne weitere Rücksprache mit dem Kohlhaas, auf den Umstand, daß die Pferde nicht wieder herzustellen wären, zu fußen, und dem gemäß das Urteil, gleich, als ob sie tot wären, auf bloße Vergütigung derselben in Geld abzufassen? Der Graf antwortete: »gnädigster Herr, sie *sind* tot: sind in staatsrechtlicher Bedeutung tot, weil sie keinen Wert haben, und werden es physisch sein, bevor man sie, aus der Abdeckerei, in die Ställe der Ritter gebracht hat«; worauf der Kurfürst, indem er den Brief einsteckte, sagte, daß er mit dem Großkanzler selbst darüber sprechen wolle, den Kämmerer, der sich halb aufrichtete und seine Hand dankbar ergriff, beruhigte, und nachdem er ihm noch empfohlen hatte, für seine Gesundheit Sorge zu tragen, mit vieler Huld sich von seinem Sessel erhob, und das Zimmer verließ.

So standen die Sachen in Dresden, als sich über den armen Kohlhaas, noch ein anderes, bedeutenderes Gewitter, von Lützen her, zusammenzog, dessen Strahl die arglistigen Ritter geschickt genug waren, auf das unglückliche Haupt desselben herabzuleiten. Johann Nagelschmidt nämlich, einer von den durch den Roßhändler zusammengebrachten, und nach Erscheinung der kurfürstlichen Amnestie wieder abgedankten Knechten, hatte für gut befunden, wenige Wochen nachher, an der böhmischen Grenze, einen Teil dieses zu allen Schandtaten aufgelegten Gesindels von neuem zusammenzuraffen, und das Gewerbe, auf dessen Spur ihn Kohlhaas geführt hatte, auf seine eigne Hand fortzusetzen. Dieser nichtsnutzige Kerl nannte sich, teils um den Häschern, von denen er verfolgt ward, Furcht einzuflößen, teils um das Landvolk, auf die gewohnte Weise, zur Teilnahme an seinen Spitzbübereien zu verleiten, einen Statthalter des Kohlhaas; sprengte mit einer seinem Herrn abgelernten Klugheit aus, daß die Amnestie an mehreren, in ihre Heimat ruhig zurückgekehrten Knechten nicht gehalten, ja der Kohlhaas selbst, mit himmelschreiender Wortbrüchigkeit, bei seiner An-

kunft in Dresden eingesteckt, und einer Wache übergeben worden sei; dergestalt, daß in Plakaten, die den
Kohlhaasischen ganz ähnlich waren, sein Mordbrenner-
haufen als ein zur bloßen Ehre Gottes aufgestandener
Kriegshaufen erschien, bestimmt, über die Befolgung
der ihnen von dem Kurfürsten angelobten Amnestie zu
wachen; alles, wie schon gesagt, keineswegs zur Ehre
Gottes, noch aus Anhänglichkeit an den Kohlhaas, dessen Schicksal ihnen völlig gleichgültig war, sondern um
unter dem Schutz solcher Vorspiegelungen desto unge-
strafter und bequemer zu sengen und zu plündern. Die
Ritter, sobald die ersten Nachrichten davon nach Dresden kamen, konnten ihre Freude über diesen, dem
ganzen Handel eine andere Gestalt gebenden Vorfall
nicht unterdrücken. Sie erinnerten mit weisen und mißvergnügten Seitenblicken an den Mißgriff, den man
begangen, indem man dem Kohlhaas, ihren dringenden
und wiederholten Warnungen zum Trotz, Amnestie erteilt, gleichsam als hätte man die Absicht gehabt, Böse-
wichtern aller Art dadurch, zur Nachfolge auf seinem
Wege, das Signal zu geben; und nicht zufrieden, dem
Vorgeben des Nagelschmidt, zur bloßen Aufrechterhaltung und Sicherheit seines unterdrückten Herrn die
Waffen ergriffen zu haben, Glauben zu schenken,
äußerten sie sogar die bestimmte Meinung, daß die
ganze Erscheinung desselben nichts, als ein von dem
Kohlhaas angezetteltes Unternehmen sei, um die Regierung in Furcht zu setzen, und den Fall des Rechts-
spruchs, Punkt vor Punkt, seinem rasenden Eigensinn
gemäß, durchzusetzen und zu beschleunigen. Ja, der
Mundschenk, Herr Hinz, ging so weit, einigen Jagdjunkern und Hofherren, die sich nach der Tafel im Vorzimmer des Kurfürsten um ihn versammelt hatten, die
Auflösung des Räuberhaufens in Lützen als eine ver-
wünschte Spiegelfechterei darzustellen; und indem er
sich über die Gerechtigkeitsliebe des Großkanzlers sehr
lustig machte, erwies er aus mehreren witzig zusammen-
gestellten Umständen, daß der Haufen, nach wie vor,

noch in den Wäldern des Kurfürstentums vorhanden
sei, und nur auf den Wink des Roßhändlers warte, um
daraus von neuem mit Feuer und Schwert hervorzubre-
chen. Der Prinz Christiern von Meißen, über diese Wendung der Dinge, die seines Herrn Ruhm auf die emp-
findlichste Weise zu beflecken drohete, sehr mißvergnügt, begab sich sogleich zu demselben aufs Schloß;
und das Interesse der Ritter, den Kohlhaas, wenn es
möglich wäre, auf den Grund neuer Vergehungen zu
stürzen, wohl durchschauend, bat er sich von demselben
die Erlaubnis aus, unverzüglich ein Verhör über den
Roßhändler anstellen zu dürfen. Der Roßhändler, nicht
ohne Befremden, durch einen Häscher in das Gubernium abgeführt, erschien, den Heinrich und Leopold,
seine beiden kleinen Knaben auf dem Arm; denn Sternbald, der Knecht, war Tags zuvor mit seinen fünf Kindern aus dem Mecklenburgischen, wo sie sich aufgehalten hatten, bei ihm angekommen, und Gedanken mancherlei Art, die zu entwickeln zu weitläufig sind, bestimmten ihn, die Jungen, die ihn bei seiner Entfernung
unter dem Erguß kindischer Tränen darum baten, aufzuheben, und in das Verhör mitzunehmen. Der Prinz,
nachdem er die Kinder, die Kohlhaas neben sich niedergesetzt hatte, wohlgefällig betrachtet und auf eine
freundliche Weise nach ihrem Alter und Namen gefragt
hatte, eröffnete ihm, was der Nagelschmidt, sein ehemaliger Knecht, sich in den Tälern des Erzgebirges für
Freiheiten herausnehme; und indem er ihm die soge-
nannten Mandate desselben überreichte, forderte er ihn
auf, dagegen vorzubringen, was er zu seiner Rechtferti-
gung vorzubringen wüßte. Der Roßhändler, so schwer
er auch in der Tat über diese schändlichen und verräte-
rischen Papiere erschrak, hatte gleichwohl, einem so
rechtschaffenen Manne, als der Prinz war, gegenüber,
wenig Mühe, die Grundlosigkeit der gegen ihn auf die
Bahn gebrachten Beschuldigungen, befriedigend auseinander zu legen. Nicht nur, daß zufolge seiner Bemer-
kung er, so wie die Sachen standen, überhaupt noch zur

Entscheidung seines, im besten Fortgang begriffenen Rechtsstreits, keiner Hülfe von Seiten eines Dritten bedürfte: aus einigen Briefschaften, die er bei sich trug, und die er dem Prinzen vorzeigte, ging sogar eine Unwahrscheinlichkeit ganz eigner Art hervor, daß das Herz des Nagelschmidts gestimmt sein sollte, ihm dergleichen Hülfe zu leisten, indem er den Kerl, wegen auf dem platten Lande verübter Notzucht und anderer Schelmereien, kurz vor Auflösung des Haufens in Lützen hatte hängen lassen wollen; dergestalt, daß nur die Erscheinung der kurfürstlichen Amnestie, indem sie das ganze Verhältnis aufhob, ihn gerettet hatte, und beide Tags darauf, als Todfeinde auseinander gegangen waren. Kohlhaas, auf seinen von dem Prinzen angenommenen Vorschlag, setzte sich nieder, und erließ ein Sendschreiben an den Nagelschmidt, worin er das Vorgeben desselben zur Aufrechterhaltung der an ihm und seinen Haufen gebrochenen Amnestie aufgestanden zu sein, für eine schändliche und ruchlose Erfindung erklärte; ihm sagte, daß er bei seiner Ankunft in Dresden weder eingesteckt, noch einer Wache übergeben, auch seine Rechtssache ganz so, wie er es wünsche, im Fortgange sei; und ihn wegen der, nach Publikation der Amnestie im Erzgebirge ausgeübten Mordbrennereien, zur Warnung des um ihn versammelten Gesindels, der ganzen Rache der Gesetze preis gab. Dabei wurden einige Fragmente der Kriminalverhandlung, die der Roßhändler auf dem Schlosse zu Lützen, in Bezug auf die oben erwähnten Schändlichkeiten, über ihn hatte anstellen lassen, zur Belehrung des Volks über diesen nichtsnutzigen, schon damals dem Galgen bestimmten, und, wie schon erwähnt, nur durch das Patent, das der Kurfürst erließ, geretteten Kerl, angehängt. Dem gemäß beruhigte der Prinz den Kohlhaas über den Verdacht, den man ihm, durch die Umstände notgedrungen, in diesem Verhör habe äußern müssen; versicherte ihn, daß so lange er in Dresden wäre, die ihm erteilte Amnestie auf keine Weise gebrochen werden solle;

reichte den Knaben noch einmal, indem er sie mit Obst, das auf seinem Tische stand, beschenkte, die Hand, grüßte den Kohlhaas und entließ ihn. Der Großkanzler, der gleichwohl die Gefahr, die über dem Roßhändler schwebte, erkannte, tat sein Äußerstes, um die Sache desselben, bevor sie durch neue Ereignisse verwickelt und verworren würde, zu Ende zu bringen; das aber wünschten und bezweckten die staatsklugen Ritter eben, und statt, wie zuvor, mit stillschweigendem Eingeständnis der Schuld, ihren Widerstand auf ein bloß gemildertes Rechtserkenntnis einzuschränken, fingen sie jetzt an, in Wendungen arglistiger und rabulistischer Art, diese Schuld selbst gänzlich zu leugnen. Bald gaben sie vor, daß die Rappen des Kohlhaas, in Folge eines bloß eigenmächtigen Verfahrens des Schloßvogts und Verwalters, von welchem der Junker nichts oder nur Unvollständiges gewußt, auf der Tronkenburg zurückgehalten worden seien; bald versicherten sie, daß die Tiere schon, bei ihrer Ankunft daselbst, an einem heftigen und gefährlichen Husten krank gewesen wären, und beriefen sich deshalb auf Zeugen, die sie herbeizuschaffen sich anheischig machten; und als sie mit diesen Argumenten, nach weitläuftigen Untersuchungen und Auseinandersetzungen, aus dem Felde geschlagen waren, brachten sie gar ein kurfürstliches Edikt bei, worin, vor einem Zeitraum von zwölf Jahren, einer Viehseuche wegen, die Einführung der Pferde aus dem Brandenburgischen ins Sächsische, in der Tat verboten worden war: zum sonnenklaren Beleg nicht nur der Befugnis, sondern sogar der Verpflichtung des Junkers, die von dem Kohlhaas über die Grenze gebrachten Pferde anzuhalten. – Kohlhaas, der inzwischen von dem wackern Amtmann zu Kohlhaasenbrück seine Meierei, gegen eine geringe Vergütigung des dabei gehabten Schadens, käuflich wieder erlangt hatte, wünschte, wie es scheint wegen gerichtlicher Abmachung dieses Geschäfts, Dresden auf einige Tage zu verlassen, und in diese seine Heimat zu reisen; ein Entschluß, an welchem gleichwohl, wie wir nicht zweifeln, weniger das besagte Geschäft, so dringend es auch in der Tat, wegen Bestellung der Wintersaat, sein mochte, als die Absicht unter so sonderbaren und bedenklichen Umständen seine Lage zu prüfen, Anteil hatte: zu welchem vielleicht auch noch Gründe anderer Art mitwirkten, die wir jedem, der in seiner Brust Bescheid weiß, zu erraten überlassen wollen. Demnach verfügte er sich, mit Zurücklassung der Wache, die ihm zugeordnet war, zum Großkanzler, und eröffnete ihm, die Briefe des Amtmanns in der Hand: daß er willens sei, falls man seiner, wie es den Anschein habe, bei dem Gericht nicht notwendig bedürfe, die Stadt zu verlassen, und auf einen Zeitraum von acht oder zwölf Tagen, binnen welcher Zeit er wieder zurück zu sein versprach, nach dem Brandenburgischen zu reisen. Der Großkanzler, indem er mit einem mißvergnügten und bedenklichen Gesichte zur Erde sah, versetzte: er müsse gestehen, daß seine Anwesenheit grade jetzt notwendiger sei als jemals, indem das Gericht wegen arglistiger und winkelziehender Einwendungen der Gegenpart, seiner Aussagen und Erörterungen, in tausenderlei nicht vorherzusehenden Fällen, bedürfe; doch da Kohlhaas ihn auf seinen, von dem Rechtsfall wohl unterrichteten Advokaten verwies, und mit bescheidener Zudringlichkeit, indem er sich auf acht Tage einzuschränken versprach, auf seine Bitte beharrte, so sagte der Großkanzler nach einer Pause kurz, indem er ihn entließ: »er hoffe, daß er sich deshalb Pässe, bei dem Prinzen Christiern von Meißen, ausbitten würde.« – Kohlhaas, der sich auf das Gesicht des Großkanzlers gar wohl verstand, setzte sich, in seinem Entschluß nur bestärkt, auf der Stelle nieder, und bat, ohne irgend einen Grund anzugeben, den Prinzen von Meißen, als Chef des Guberniums, um Pässe auf acht Tage nach Kohlhaasenbrück, und zurück. Auf dieses Schreiben erhielt er eine, von dem Schloßhauptmann, Freiherrn Siegfried von Wenk, unterzeichnete Gubernial-Resolution, des Inhalts: »sein Gesuch um Pässe nach Kohlhaasenbrück werde des

Kurfürsten Durchlaucht vorgelegt werden, auf dessen höchster Bewilligung, sobald sie eingine, ihm die Pässe zugeschickt werden würden.« Auf die Erkundigung Kohlhaasens bei seinem Advokaten, wie es zuginge, daß die Gubernial-Resolution von einem Freiherrn Siegfried von Wenk, und nicht von dem Prinzen Christiern von Meißen, an den er sich gewendet, unterschrieben sei, erhielt er zur Antwort: daß der Prinz vor drei Tagen auf seine Güter gereist, und die Gubernialgeschäfte während seiner Abwesenheit dem Schloßhauptmann Freiherrn Siegfried von Wenk, einem Vetter des oben erwähnten Herren gleichen Namens, übergeben worden wären. – Kohlhaas, dem das Herz unter allen diesen Umständen unruhig zu klopfen anfing, harrte durch mehrere Tage auf die Entscheidung seiner, der Person des Landesherrn mit befremdender Weitläuftigkeit vorgelegten Bitte; doch es verging eine Woche, und es verging mehr, ohne daß weder diese Entscheidung einlief, noch auch das Rechtserkenntnis, so bestimmt man es ihm auch verkündigt hatte, bei dem Tribunal gefällt ward: dergestalt, daß er am zwölften Tage, fest entschlossen, die Gesinnung der Regierung gegen ihn, sie möge sein, welche man wolle, zur Sprache zu bringen, sich niedersetzte, und das Gubernium von neuem in einer dringenden Vorstellung um die erforderten Pässe bat. Aber wie betreten war er, als er am Abend des folgenden, gleichfalls ohne die erwartete Antwort verstrichenen Tages, mit einem Schritt, den er gedankenvoll, in Erwägung seiner Lage, und besonders der ihm von dem Doktor Luther ausgewirkten Amnestie, an das Fenster seines Hinterstübchens tat, in dem kleinen, auf dem Hofe befindlichen Nebengebäude, das er ihr zum Aufenthalte angewiesen hatte, die Wache nicht erblickte, die ihm bei seiner Ankunft der Prinz von Meißen eingesetzt hatte. Thomas, der alte Hausmann, den er herbeirief und fragte: was dies zu bedeuten habe? antwortete ihm seufzend: Herr! es ist nicht alles, wie es sein soll; die Landsknechte, deren heute mehr sind wie gewöhnlich, haben sich bei Einbruch der Nacht um das ganze Haus verteilt; zwei stehen, mit Schild und Spieß, an der vordern Tür auf der Straße; zwei an der hintern im Garten: und noch zwei andere liegen im Vorsaal auf ein Bund Stroh, und sagen, daß sie daselbst schlafen würden. Kohlhaas, der seine Farbe verlor, wandte sich und versetzte: »es wäre gleichviel, wenn sie nur da wären; und er möchte den Landsknechten, sobald er auf den Flur käme, Licht hinsetzen, damit sie sehen könnten.« Nachdem er noch, unter dem Vorwande, ein Geschirr auszugießen, den vordern Fensterladen eröffnet, und sich von der Wahrheit des Umstands, den ihm der Alte entdeckt, überzeugt hatte: denn eben ward sogar in geräuschloser Ablösung die Wache erneuert, an welche Maßregel bisher, so lange die Einrichtung bestand, noch niemand gedacht hatte: so legte er sich, wenig schlaflustig allerdings, zu Bette, und sein Entschluß war für den kommenden Tag sogleich gefaßt. Denn nichts mißgönnte er der Regierung, mit der er zu tun hatte, mehr, als den Schein der Gerechtigkeit, während sie in der Tat die Amnestie, die sie ihm angelobt hatte, an ihm brach; und falls er wirklich ein Gefangener sein sollte, wie es keinem Zweifel mehr unterworfen war, wollte er derselben auch die bestimmte und unumwundene Erklärung, daß es so sei, abnötigen. Demnach ließ er, sobald der Morgen des nächsten Tages anbrach, durch Sternbald, seinen Knecht, den Wagen anspannen und vorführen, um, wie er vorgab, zu dem Verwalter nach Lockewitz zu fahren, der ihn, als ein alter Bekannter, einige Tage zuvor in Dresden gesprochen und eingeladen hatte, ihn einmal mit seinen Kindern zu besuchen. Die Landsknechte, welche mit zusammengesteckten Köpfen, die dadurch veranlaßten Bewegungen im Hause wahrnahmen, schickten einen aus ihrer Mitte heimlich in die Stadt, worauf binnen wenigen Minuten ein Gubernial-Offiziant an der Spitze mehrerer Häscher erschien, und sich, als ob er daselbst ein Geschäft hätte, in das gegenüberliegende Haus begab. Kohlhaas, der mit der Ankleidung seiner Knaben beschäftigt, diese Bewegungen gleichfalls bemerkte, und den Wagen absichtlich länger, als eben nötig gewesen wäre, vor dem Hause halten ließ, trat, sobald er die Anstalten der Polizei vollendet sah, mit seinen Kindern, ohne darauf Rücksicht zu nehmen, vor das Haus hinaus; und während er dem Troß der Landsknechte, die unter der Tür standen, im Vorübergehen sagte, daß sie nicht nötig hätten, ihm zu folgen, hob er die Jungen in den Wagen und küßte und tröstete die kleinen weinenden Mädchen, die, seiner Anordnung gemäß, bei der Tochter des alten Hausmanns zurückbleiben sollten. Kaum hatte er selbst den Wagen bestiegen, als der Gubernial-Offiziant mit seinem Gefolge von Häschern, aus dem gegenüberliegenden Hause, zu ihm herantrat, und ihn fragte: wohin er wolle? Auf die Antwort Kohlhaasens: »daß er zu seinem Freund, dem Amtmann, nach Lockewitz fahren wolle, der ihn vor einigen Tagen mit seinen beiden Knaben zu sich aufs Land geladen«, antwortete der Gubernial-Offiziant: daß er in diesem Fall einige Augenblicke warten müsse, indem einige berittene Landsknechte, dem Befehl des Prinzen von Meißen gemäß, ihn begleiten würden. Kohlhaas fragte lächelnd von dem Wagen herab: »ob er glaube, daß seine Person in dem Hause eines Freundes, der sich erboten, ihn auf einen Tag an seiner Tafel zu bewirten, nicht sicher sei?« Der Offiziant erwiderte auf eine heitere und angenehme Art: daß die Gefahr allerdings nicht groß sei; wobei er hinzusetzte: daß ihm die Knechte auch auf keine Weise zur Last fallen sollten. Kohlhaas versetzte ernsthaft: »daß ihm der Prinz von Meißen, bei seiner Ankunft in Dresden, freigestellt, ob er sich der Wache bedienen wolle oder nicht«; und da der Offiziant sich über diesen Umstand wunderte, und sich mit vorsichtigen Wendungen auf den Gebrauch, während der ganzen Zeit seiner Anwesenheit, berief: so erzählte der Roßhändler ihm den Vorfall, der die Einsetzung der Wache in seinem Hause veranlaßt hatte. Der Offiziant versicherte ihn, daß die

Befehle des Schloßhauptmanns, Freiherrn von Wenk, der in diesem Augenblick Chef der Polizei sei, ihm die unausgesetzte Beschützung seiner Person zur Pflicht mache; und bat ihn, falls er sich die Begleitung nicht gefallen lassen wolle, selbst auf das Gubernium zu gehen, um den Irrtum, der dabei obwalten müsse, zu berichtigen. Kohlhaas, mit einem sprechenden Blick, den er auf den Offizianten warf, sagte, entschlossen, die Sache zu beugen oder zu brechen: »daß er dies tun wolle«; stieg mit klopfendem Herzen von dem Wagen, ließ die Kinder durch den Hausmann in den Flur tragen, und verfügte sich, während der Knecht mit dem Fuhrwerk vor dem Hause halten blieb, mit dem Offizianten und seiner Wache in das Gubernium. Es traf sich, daß der Schloßhauptmann, Freiherr Wenk, eben mit der Besichtigung einer Bande, am Abend zuvor eingebrachter Nagelschmidtscher Knechte, die man in der Gegend von Leipzig aufgefangen hatte, beschäftigt war, und die Kerle über manche Dinge, die man gern von ihnen gehört hätte, von den Rittern, die bei ihm waren, befragt wurden, als der Roßhändler mit seiner Begleitung zu ihm in den Saal trat. Der Freiherr, sobald er den Roßhändler erblickte, ging, während die Ritter plötzlich still wurden, und mit dem Verhör der Knechte einhielten, auf ihn zu, und fragte ihn: was er wolle? und da der Roßkamm ihm auf ehrerbietige Weise sein Vorhaben, bei dem Verwalter in Lockewitz zu Mittag zu speisen, und den Wunsch, die Landsknechte, deren er dabei nicht bedürfe, zurücklassen zu dürfen, vorgetragen hatte, antwortete der Freiherr, die Farbe im Gesicht wechselnd, indem er eine andere Rede zu verschlucken schien: »er würde wohl tun, wenn er sich still in seinem Hause hielte, und den Schmaus bei dem Lockewitzer Amtmann vor der Hand noch aussetzte.« – Dabei wandte er sich, das ganze Gespräch zerschneidend, dem Offizianten zu, und sagte ihm: »daß es mit dem Befehl, den er ihm, in Bezug auf den Mann gegeben, sein Bewenden hätte, und daß derselbe anders nicht, als in Begleitung sechs berittener Landsknechte die Stadt verlassen dürfe.« – Kohlhaas fragte: ob er ein Gefangener wäre, und ob er glauben solle, daß die ihm feierlich, vor den Augen der ganzen Welt angelobte Amnestie gebrochen sei? worauf der Freiherr sich plötzlich glutrot im Gesichte zu ihm wandte, und, indem er dicht vor ihn trat, und ihm in das Auge sah, antwortete: ja! ja! ja! – ihm den Rücken zukehrte, ihn stehen ließ, und wieder zu den Nagelschmidtschen Knechten ging. Hierauf verließ Kohlhaas den Saal, und ob er schon einsah, daß er sich das einzige Rettungsmittel, das ihm übrig blieb, die Flucht, durch die Schritte, die er getan, sehr erschwert hatte, so lobte er sein Verfahren gleichwohl, weil er sich nunmehr auch seinerseits von der Verbindlichkeit, den Artikeln der Amnestie nachzukommen, befreit sah. Er ließ, da er zu Hause kam, die Pferde ausspannen, und begab sich, in Begleitung des Gubernial-Offizianten, sehr traurig und erschüttert in sein Zimmer; und während dieser Mann auf eine dem Roßhändler Ekel erregende Weise versicherte, daß alles nur auf einem Mißverständnis beruhen müsse, das sich in Kurzem lösen würde, verriegelten die Häscher, auf seinen Wink, alle Ausgänge der Wohnung, die auf den Hof führten; wobei der Offiziant ihm versicherte, daß ihm der vordere Haupteingang nach wie vor zu seinem beliebigen Gebrauch offen stehe.

Inzwischen war der Nagelschmidt in den Wäldern des Erzgebirgs durch Häscher und Landsknechte von allen Seiten so gedrängt worden, daß er bei dem gänzlichen Mangel an Hülfsmitteln, eine Rolle der Art, wie er sie übernommen, durchzuführen, auf den Gedanken verfiel, den Kohlhaas in der Tat ins Interesse zu ziehen; und da er von der Lage seines Rechtsstreits in Dresden durch einen Reisenden, der die Straße zog, mit ziemlicher Genauigkeit unterrichtet war: so glaubte er, der offenbaren Feindschaft, die unter ihnen bestand, zum Trotz, den Roßhändler bewegen zu können, eine neue Verbindung mit ihm einzugehen. Demnach schickte er

einen Knecht, mit einem, in kaum leserlichem Deutsch
abgefaßten Schreiben an ihn ab, des Inhalts: »Wenn er
nach dem Altenburgischen kommen, und die Anführung des Haufens, der sich daselbst, aus Resten des
aufgelösten zusammengefunden, wieder übernehmen
wolle, so sei er erbötig, ihm zur Flucht aus seiner Haft in
Dresden mit Pferden, Leuten und Geld an die Hand zu
gehen; wobei er ihm versprach, künftig gehorsamer und
überhaupt ordentlicher und besser zu sein, als vorher,
und sich zum Beweis seiner Treue und Anhänglichkeit
anheischig machte, selbst in die Gegend von Dresden zu
kommen, um seine Befreiung aus seinem Kerker zu
bewirken.« Nun hatte der, mit diesem Brief beauftragte
Kerl das Unglück, in einem Dorf dicht vor Dresden, in
Krämpfen häßlicher Art, denen er von Jugend auf unterworfen war, niederzusinken; bei welcher Gelegenheit
der Brief, den er im Brustlatz trug, von Leuten, die ihm
zu Hülfe kamen, gefunden, er selbst aber, sobald er sich
erholt, arretiert, und durch eine Wache unter Begleitung vielen Volks, auf das Gubernium transportiert
ward. Sobald der Schloßhauptmann von Wenk diesen
Brief gelesen hatte, verfügte er sich unverzüglich zum
Kurfürsten aufs Schloß, wo er die Herren Kunz und
Hinz, welcher ersterer von seinen Wunden wieder hergestellt war, und den Präsidenten der Staatskanzlei, Grafen Kallheim, gegenwärtig fand. Die Herren waren der
Meinung, daß der Kohlhaas ohne weiteres arretiert, und
ihm, auf den Grund geheimer Einverständnisse mit
dem Nagelschmidt, der Prozeß gemacht werden müsse;
indem sie bewiesen, daß ein solcher Brief nicht, ohne
daß frühere auch von Seiten des Roßhändlers vorangegangen, und ohne daß überhaupt eine frevelhafte und
verbrecherische Verbindung, zu Schmiedung neuer
Greuel, unter ihnen statt finden sollte, geschrieben sein
könne. Der Kurfürst weigerte sich standhaft, auf den
Grund bloß dieses Briefes, dem Kohlhaas das freie Geleit, das er ihm angelobt, zu brechen; er war vielmehr
der Meinung, daß eine Art von Wahrscheinlichkeit aus

dem Briefe des Nagelschmidt hervorgehe, daß keine
frühere Verbindung zwischen ihnen statt gefunden
habe; und alles, wozu er sich, um hierüber aufs Reine zu
kommen, auf den Vorschlag des Präsidenten, obschon
nach großer Zögerung entschloß, war, den Brief durch
den von dem Nagelschmidt abgeschickten Knecht,
gleichsam, als ob derselbe nach wie vor frei sei, an ihn
abgeben zu lassen, und zu prüfen, ob er ihn beantwor-
ten würde. Dem gemäß ward der Knecht, den man in
ein Gefängnis gesteckt hatte, am andern Morgen auf das
Gubernium geführt, wo der Schloßhauptmann ihm den
Brief wieder zustellte, und ihn unter dem Versprechen,
daß er frei sein, und die Strafe, die er verwirkt, ihm
erlassen sein solle, aufforderte, das Schreiben, als sei
nichts vorgefallen, dem Roßhändler zu übergeben; zu
welcher List schlechter Art sich dieser Kerl auch ohne
weiteres gebrauchen ließ, und auf scheinbar geheimnisvolle Weise, unter dem Vorwand, daß er Krebse zu
verkaufen habe, womit ihn der Gubernial-Offiziant, auf
dem Markte, versorgt hatte, zu Kohlhaas ins Zimmer
trat. Kohlhaas, der den Brief, während die Kinder mit
den Krebsen spielten, las, würde den Gauner gewiß
unter andern Umständen beim Kragen genommen, und
den Landsknechten, die vor seiner Tür standen, überliefert haben; doch da bei der Stimmung der Gemüter
auch selbst dieser Schritt noch einer gleichgültigen Aus-
legung fähig war, und er sich vollkommen überzeugt
hatte, daß nichts auf der Welt ihn aus dem Handel, in
dem er verwickelt war, retten konnte: so sah er dem
Kerl, mit einem traurigen Blick, in sein ihm wohlbe-
kanntes Gesicht, fragte ihn, wo er wohnte, und beschied
ihn, in einigen Stunden, wieder zu sich, wo er ihm, in
Bezug auf seinen Herrn, seinen Beschluß eröffnen wolle. Er hieß dem Sternbald, der zufällig in die Tür trat,
dem Mann, der im Zimmer war, etliche Krebse abkau-
fen; und nachdem dies Geschäft abgemacht war, und
beide sich, ohne einander zu kennen, entfernt hatten,
setzte er sich nieder und schrieb einen Brief folgenden

Inhalts an den Nagelschmidt: »Zuvörderst daß er seinen Vorschlag, die Oberanführung seines Haufens im Altenburgischen betreffend, annähme; daß er dem gemäß, zur Befreiung aus der vorläufigen Haft, in welcher er, mit seinen fünf Kindern gehalten werde, ihm einen Wagen mit zwei Pferden nach der Neustadt bei Dresden schicken solle; daß er auch, rascheren Fortkommens wegen, noch eines Gespannes von zwei Pferden auf der Straße nach Wittenberg bedürfe, auf welchem Umweg er allein, aus Gründen, die anzugeben zu weitläufig wären, zu ihm kommen könne; daß er die Landsknechte, die ihn bewachten, zwar durch Bestechung gewinnen zu können glaube, für den Fall aber, daß Gewalt nötig sei, ein paar beherzte, gescheute und wohlbewaffnete Knechte, in der Neustadt bei Dresden gegenwärtig wissen wolle; daß er ihm zur Bestreitung der mit allen diesen Anstalten verbundenen Kosten, eine Rolle von zwanzig Goldkronen durch den Knecht zuschicke, über deren Verwendung er sich, nach abgemachter Sache, mit ihm berechnen wolle; daß er sich übrigens, weil sie unnötig sei, seine eigne Anwesenheit bei seiner Befreiung in Dresden verbitte, ja ihm vielmehr den bestimmten Befehl erteile, zur einstweiligen Anführung der Bande, die nicht ohne Oberhaupt sein könne, im Altenburgischen zurückzubleiben.« – Diesen Brief, als der Knecht gegen Abend kam, überlieferte er ihm; beschenkte ihn selbst reichlich, und schärfte ihm ein, denselben wohl in acht zu nehmen. – Seine Absicht war, mit seinen fünf Kindern nach Hamburg zu gehen, und sich von dort nach der Levante oder nach Ostindien, oder so weit der Himmel über andere Menschen, als die er kannte, blau war, einzuschiffen: denn die Dickfütterung der Rappen hatte seine, von Gram sehr gebeugte Seele auch unabhängig von dem Widerwillen, mit dem Nagelschmidt deshalb gemeinschaftliche Sache zu machen, aufgegeben. – – Kaum hatte der Kerl diese Antwort dem Schloßhauptmann überbracht, als der Großkanzler abgesetzt, der Präsident, Graf Kallheim, an

dessen Stelle, zum Chef des Tribunals ernannt, und
Kohlhaas, durch einen Kabinettsbefehl des Kurfürsten
arretiert, und schwer mit Ketten beladen in die Stadttürme gebracht ward. Man machte ihm auf den Grund
dieses Briefes, der an alle Ecken der Stadt angeschlagen
ward, den Prozeß; und da er vor den Schranken des
Tribunals auf die Frage, ob er die Handschrift anerkenne, dem Rat, der sie ihm vorhielt, antwortete: »ja!« zur
Antwort aber auf die Frage, ob er zu seiner Verteidigung etwas vorzubringen wisse, indem er den Blick zur
Erde schlug, erwiderte, »nein!« so ward er verurteilt, mit
glühenden Zangen von Schinderknechten gekniffen,
geviertelt, und sein Körper, zwischen Rad und Galgen,
verbrannt zu werden.

So standen die Sachen für den armen Kohlhaas in
Dresden, als der Kurfürst von Brandenburg zu seiner
Rettung aus den Händen der Übermacht und Willkür
auftrat, und ihn, in einer bei der kurfürstlichen Staatskanzlei daselbst eingereichten Note, als brandenburgischen Untertan reklamierte. Denn der wackere Stadthauptmann, Herr Heinrich von Geusau, hatte ihn, auf
einem Spaziergange an den Ufern der Spree, von der
Geschichte dieses sonderbaren und nicht verwerflichen
Mannes unterrichtet, bei welcher Gelegenheit er von
den Fragen des erstaunten Herrn gedrängt, nicht umhin konnte, der Schuld zu erwähnen, die durch die
Unziemlichkeiten seines Erzkanzlers, des Grafen Siegfried von Kallheim, seine eigene Person drückte: worüber der Kurfürst schwer entrüstet, den Erzkanzler,
nachdem er ihn zur Rede gestellt und befunden, daß die
Verwandtschaft desselben mit dem Hause derer von
Tronka an allem schuld sei, ohne weiteres, mit mehreren Zeichen seiner Ungnade entsetzte, und den Herrn
Heinrich von Geusau zum Erzkanzler ernannte.

Es traf sich aber, daß die Krone Polen grade damals,
indem sie mit dem Hause Sachsen, um welchen Gegenstandes willen wissen wir nicht, im Streit lag, den Kurfürsten von Brandenburg, in wiederholten und drin-

genden Vorstellungen anging, sich mit ihr in gemein-
schaftlicher Sache gegen das Haus Sachsen zu verbinden; dergestalt, daß der Erzkanzler, Herr Geusau, der
in solchen Dingen nicht ungeschickt war, wohl hoffen
durfte, den Wunsch seines Herrn, dem Kohlhaas, es
koste, was es wolle, Gerechtigkeit zu verschaffen, zu
erfüllen, ohne die Ruhe des Ganzen auf eine mißlichere
Art, als die Rücksicht auf einen einzelnen erlaubt, aufs
Spiel zu setzen. Demnach forderte der Erzkanzler nicht
nur wegen gänzlich willkürlichen, Gott und Menschen
mißgefälligen Verfahrens, die unbedingte und ungesäumte Auslieferung des Kohlhaas, um denselben, falls
ihn eine Schuld drücke, nach brandenburgischen Gesetzen, auf Klageartikel, die der Dresdner Hof deshalb
durch einen Anwalt in Berlin anhängig machen könne,
zu richten; sondern er begehrte sogar selbst Pässe für
einen Anwalt, den der Kurfürst nach Dresden zu schik-
ken willens sei, um dem Kohlhaas, wegen der ihm auf
sächsischem Grund und Boden abgenommenen Rappen und anderer himmelschreienden Mißhandlungen
und Gewalttaten halber, gegen den Junker Wenzel von
Tronka, Recht zu verschaffen. Der Kämmerer, Herr
Kunz, der bei der Veränderung der Staatsämter in Sachsen zum Präsidenten der Staatskanzlei ernannt worden
war, und der aus mancherlei Gründen den Berliner
Hof, in der Bedrängnis, in der er sich befand, nicht
verletzen wollte, antwortete im Namen seines über die
eingegangene Note sehr niedergeschlagenen Herrn:
»daß man sich über die Unfreundschaftlichkeit und
Unbilligkeit wundere, mit welcher man dem Hofe zu
Dresden das Recht abspräche, den Kohlhaas wegen Verbrechen, die er im Lande begangen, den Gesetzen gemäß zu richten, da doch weltbekannt sei, daß derselbe
ein beträchtliches Grundstück in der Hauptstadt besitze, und sich selbst in der Qualität als sächsischen Bürger
gar nicht verleugne.« Doch da die Krone Polen bereits
zur Ausfechtung ihrer Ansprüche einen Heerhaufen
von fünftausend Mann an der Grenze von Sachsen zu-

sammenzog, und der Erzkanzler, Herr Heinrich von Geusau, erklärte: »daß Kohlhaasenbrück, der Ort, nach welchem der Roßhändler heiße, im Brandenburgischen liege, und daß man die Vollstreckung des über ihn ausgesprochenen Todesurteils für eine Verletzung des Völkerrechts halten würde«: so rief der Kurfürst, auf den Rat des Kämmerers, Herrn Kunz selbst, der sich aus diesem Handel zurückzuziehen wünschte, den Prinzen Christiern von Meißen von seinen Gütern herbei, und entschloß sich, auf wenige Worte dieses verständigen Herrn, den Kohlhaas, der Forderung gemäß, an den Berliner Hof auszuliefern. Der Prinz, der, obschon mit den Unziemlichkeiten, die vorgefallen waren, wenig zufrieden, die Leitung der Kohlhaasischen Sache auf den Wunsch seines bedrängten Herrn, übernehmen mußte, fragte ihn, auf welchen Grund er nunmehr den Roßhändler bei dem Kammergericht zu Berlin verklagt wissen wolle; und da man sich auf den leidigen Brief desselben an den Nagelschmidt, wegen der zweideutigen und unklaren Umstände, unter welchen er geschrieben war, nicht berufen konnte, der früheren Plünderungen und Einäscherungen aber, wegen des Plakats, worin sie ihm vergeben worden waren, nicht erwähnen durfte: so beschloß der Kurfürst, der Majestät des Kaisers zu Wien einen Bericht über den bewaffneten Einfall des Kohlhaas in Sachsen vorzulegen, sich über den Bruch des von ihm eingesetzten öffentlichen Landfriedens zu beschweren, und sie, die allerdings durch keine Amnestie gebunden war, anzuliegen, den Kohlhaas bei dem Hofgericht zu Berlin deshalb durch einen Reichsankläger zur Rechenschaft zu ziehen. Acht Tage darauf ward der Roßkamm durch den Ritter Friedrich von Malzahn, den der Kurfürst von Brandenburg mit sechs Reutern nach Dresden geschickt hatte, geschlossen, wie er war, auf einen Wagen geladen, und mit seinen fünf Kindern, die man auf seine Bitte aus Findel- und Waisenhäusern wieder zusammengesucht hatte, nach Berlin transportiert. Es traf sich, daß der

Kurfürst von Sachsen auf die Einladung des Landdrosts, Grafen Aloysius von Kallheim, der damals an
der Grenze von Sachsen beträchtliche Besitzungen hatte, in Gesellschaft des Kämmerers, Herrn Kunz, und
seiner Gemahlin, der Dame Heloise, Tochter des Landdrosts und Schwester des Präsidenten, andrer glänzenden Herren und Damen, Jagdjunker und Hofherren,
die dabei waren, nicht zu erwähnen, zu einem großen
Hirschjagen, das man, um ihn zu erheitern, angestellt
hatte, nach Dahme gereist war; dergestalt, daß unter
dem Dach bewimpelter Zelte, die quer über die Straße
auf einem Hügel erbaut waren, die ganze Gesellschaft,
vom Staub der Jagd noch bedeckt, unter dem Schall
einer heitern vom Stamm einer Eiche herschallenden
Musik, von Pagen bedient und Edelknaben, an der Tafel saß, als der Roßhändler langsam mit seiner Reuter-
bedeckung die Straße von Dresden daher gezogen kam.
Denn die Erkrankung eines der kleinen, zarten Kinder
des Kohlhaas, hatte den Ritter von Malzahn, der ihn
begleitete, genötigt, drei Tage lang in Herzberg zurückzubleiben; von welcher Maßregel er, dem Fürsten, dem
er diente, deshalb allein verantwortlich, nicht nötig befunden hatte, der Regierung zu Dresden weitere Kenntnis zu geben. Der Kurfürst, der mit halboffener Brust,
den Federhut, nach Art der Jäger, mit Tannenzweigen
geschmückt, neben der Dame Heloise saß, die, in Zeiten
früherer Jugend, seine erste Liebe gewesen war, sagte
von der Anmut des Festes, das ihn umgaukelte, heiter
gestimmt: »Lasset uns hingehen, und dem Unglücklichen, wer es auch sei, diesen Becher mit Wein reichen!«
Die Dame Heloise, mit einem herzlichen Blick auf ihn,
stand sogleich auf, und füllte, die ganze Tafel plün-
dernd, ein silbernes Geschirr, das ihr ein Page reichte,
mit Früchten, Kuchen und Brot an; und schon hatte,
mit Erquickungen jeglicher Art, die ganze Gesellschaft
wimmelnd das Zelt verlassen, als der Landdrost ihnen
mit einem verlegenen Gesicht entgegen kam, und sie
bat zurückzubleiben. Auf die betretene Frage des Kur-

fürsten, was vorgefallen wäre, daß er so bestürzt sei?
antwortete der Landdrost stotternd, gegen den Kämmerer gewandt, daß der Kohlhaas im Wagen sei; auf welche jedermann unbegreifliche Nachricht, indem weltbekannt war, daß derselbe bereits vor sechs Tagen abgereist war, der Kämmerer, Herr Kunz, seinen Becher mit Wein nahm, und ihn, mit einer Rückwendung gegen das Zelt, in den Sand schüttete. Der Kurfürst setzte, über und über rot, den seinigen auf einen Teller, den ihm ein Edelknabe auf den Wink des Kämmerers zu diesem Zweck vorhielt; und während der Ritter Friedrich von Malzahn, unter ehrfurchtsvoller Begrüßung der Gesellschaft, die er nicht kannte, langsam durch die Zeltleinen, die über die Straße liefen, nach Dahme weiter zog, begaben sich die Herrschaften, auf die Einladung des Landdrosts, ohne weiter davon Notiz zu nehmen, ins Zelt zurück. Der Landdrost, sobald sich der Kurfürst niedergelassen hatte, schickte unter der Hand nach Dahme, um bei dem Magistrat daselbst die unmittelbare Weiterschaffung des Roßhändlers bewirken zu lassen; doch da der Ritter, wegen bereits zu weit vorgerückter Tageszeit, bestimmt in dem Ort übernachten zu wollen erklärte, so mußte man sich begnügen, ihn in einer dem Magistrat zugehörigen Meierei, die, in Gebüschen versteckt, auf der Seite lag, geräuschlos unterzubringen. Nun begab es sich, daß gegen Abend, da die Herrschaften vom Wein und dem Genuß eines üppigen Nachtisches zerstreut, den ganzen Vorfall wieder vergessen hatten, der Landdrost den Gedanken auf die Bahn brachte, sich noch einmal, eines Rudels Hirsche wegen, der sich hatte blicken lassen, auf den Anstand zu stellen; welchen Vorschlag die ganze Gesellschaft mit Freuden ergriff, und paarweise, nachdem sie sich mit Büchsen versorgt, über Gräben und Hecken in die nahe Forst eilte: dergestalt, daß der Kurfürst und die Dame Heloise, die sich, um dem Schauspiel beizuwohnen, an seinen Arm hing, von einem Boten, den man ihnen zugeordnet hatte, unmittelbar, zu ihrem Erstaunen,

durch den Hof des Hauses geführt wurden, in welchem
Kohlhaas mit den brandenburgischen Reutern befindlich war. Die Dame, als sie dies hörte, sagte: »kommt,
gnädigster Herr, kommt!« und versteckte die Kette, die
ihm vom Halse herabhing, schäkernd in seinen seidenen Brustlatz: »laßt uns, ehe der Troß nachkömmt, in
die Meierei schleichen, und den wunderlichen Mann,
der darin übernachtet, betrachten!« Der Kurfürst, indem er errötend ihre Hand ergriff, sagte: Heloise! was
fällt Euch ein? Doch da sie, indem sie ihn betreten
ansah, versetzte: »daß ihn ja in der Jägertracht, die ihn
decke, kein Mensch erkenne!« und ihn fortzog; und in
eben diesem Augenblick ein paar Jagdjunker, die ihre
Neugierde schon befriedigt hatten, aus dem Hause her-
austraten, versichernd, daß in der Tat, vermöge einer
Veranstaltung, die der Landdrost getroffen, weder der
Ritter noch der Roßhändler wisse, welche Gesellschaft
in der Gegend von Dahme versammelt sei; so drückte
der Kurfürst sich den Hut lächelnd in die Augen, und
sagte: »Torheit, du regierst die Welt, und dein Sitz ist
ein schöner weiblicher Mund!« – Es traf sich, daß Kohlhaas eben mit dem Rücken gegen die Wand auf einem
Bund Stroh saß, und sein, ihm in Herzberg erkranktes
Kind mit Semmel und Milch fütterte, als die Herrschaften, um ihn zu besuchen, in die Meierei traten; und da
die Dame ihn, um ein Gespräch einzuleiten, fragte: wer
er sei? und was dem Kinde fehle? auch was er verbrochen und wohin man ihn unter solcher Bedeckung ab-
führe? so rückte er seine lederne Mütze vor ihr, und gab
ihr auf alle ihre Fragen, indem er sein Geschäft fortsetzte, unreichliche, aber befriedigende Antwort. Der Kurfürst, der hinter den Jagdjunkern stand, und eine kleine
bleierne Kapsel, die ihm an einem seidenen Faden vom
Hals herabhing, bemerkte, fragte ihn, da sich grade
nichts Besseres zur Unterhaltung darbot: was diese zu
bedeuten hätte und was darin befindlich wäre? Kohlhaas erwiderte: »ja, gestrenger Herr, diese Kapsel!« –
und damit streifte er sie vom Nacken ab, öffnete sie und

nahm einen kleinen mit Mundlack versiegelten Zettel
heraus – »mit dieser Kapsel hat es eine wunderliche
Bewandtnis! Sieben Monden mögen es etwa sein, genau
am Tage nach dem Begräbnis meiner Frau; und von
Kohlhaasenbrück, wie Euch vielleicht bekannt sein
wird, war ich aufgebrochen, um des Junkers von Tronka, der mir viel Unrecht zugefügt, habhaft zu werden,
als um einer Verhandlung willen, die mir unbekannt ist,
der Kurfürst von Sachsen und der Kurfürst von Brandenburg in Jüterbock, einem Marktflecken, durch den
der Streifzug mich führte, eine Zusammenkunft hielten; und da sie sich gegen Abend ihren Wünschen gemäß vereinigt hatten, so gingen sie, in freundschaftli-
chem Gespräch, durch die Straßen der Stadt, um den
Jahrmarkt, der eben darin fröhlich abgehalten ward, in
Augenschein zu nehmen. Da trafen sie auf eine Zigeunerin, die, auf einem Schemel sitzend, dem Volk, das sie
umringte, aus dem Kalender wahrsagte, und fragten sie
scherzhafter Weise: ob sie ihnen nicht auch etwas, das
ihnen lieb wäre, zu eröffnen hätte? Ich, der mit meinem
Haufen eben in einem Wirtshause abgestiegen, und auf
dem Platz, wo dieser Vorfall sich zutrug, gegenwärtig
war, konnte hinter allem Volk, am Eingang einer Kirche, wo ich stand, nicht vernehmen, was die wunderliche Frau den Herren sagte; dergestalt, daß, da die Leute
lachend einander zuflüsterten, sie teile nicht jedermann
ihre Wissenschaft mit, und sich des Schauspiels wegen,
das sich bereitete, sehr bedrängten, ich, weniger neugierig, in der Tat, als um den Neugierigen Platz zu machen, auf eine Bank stieg, die hinter mir im Kirchenein-
gange ausgehauen war. Kaum hatte ich von diesem
Standpunkt aus, mit völliger Freiheit der Aussicht, die
Herrschaften und das Weib, das auf dem Schemel vor
ihnen saß und etwas aufzukritzeln schien, erblickt: da
steht sie plötzlich, auf ihre Krücken gelehnt, indem sie
sich im Volk umsieht, auf; faßt mich, der nie ein Wort
mit ihr wechselte, noch ihrer Wissenschaft Zeit seines
Lebens begehrte, ins Auge; drängt sich durch den gan-

zen dichten Auflauf der Menschen zu mir herab und spricht: 'da! wenn es der Herr wissen will, so mag er dich danach fragen!' Und damit, gestrenger Herr, reichte sie mir mit ihren dürren knöchernen Händen diesen Zettel dar. Und da ich betreten, während sich alles Volk zu mir umwendet, spreche: Mütterchen, was auch verehrst du mir da? antwortet sie, nach vielem unvernehmlichen Zeug, worunter ich jedoch zu meinem großen Befremden meinen Namen höre: 'ein Amulett, Kohlhaas, der Roßhändler; verwahr es wohl, es wird dir dereinst das Leben retten!' und verschwindet. – Nun!« fuhr Kohlhaas gutmütig fort: »die Wahrheit zu gestehen, hats mir in Dresden, so scharf es herging, das Leben nicht gekostet; und wie es mir in Berlin gehen wird, und ob ich auch dort damit bestehen werde, soll die Zukunft lehren.« – Bei diesen Worten setzte sich der Kurfürst auf eine Bank; und ob er schon auf die betretne Frage der Dame: was ihm fehle? antwortete: nichts, gar nichts! so fiel er doch schon ohnmächtig auf den Boden nieder, ehe sie noch Zeit hatte, ihm beizuspringen, und in ihre Arme aufzunehmen. Der Ritter von Malzahn, der in eben diesem Augenblick, eines Geschäfts halber, ins Zimmer trat, sprach: heiliger Gott! was fehlt dem Herrn? Die Dame rief: schafft Wasser her! Die Jagdjunker hoben ihn auf und trugen ihn auf ein im Nebenzimmer befindliches Bett; und die Bestürzung erreichte ihren Gipfel, als der Kämmerer, den ein Page herbeirief, nach mehreren vergeblichen Bemühungen, ihn ins Leben zurückzubringen, erklärte: er gebe alle Zeichen von sich, als ob ihn der Schlag gerührt! Der Landdrost, während der Mundschenk einen reitenden Boten nach Luckau schickte, um einen Arzt herbeizuholen, ließ ihn, da er die Augen aufschlug, in einen Wagen bringen, und Schritt vor Schritt nach seinem in der Gegend befindlichen Jagdschloß abführen; aber diese Reise zog ihm, nach seiner Ankunft daselbst, zwei neue Ohnmachten zu: dergestalt, daß er sich erst spät am andern Morgen, bei der

Ankunft des Arztes aus Luckau, unter gleichwohl entscheidenden Symptomen eines herannahenden Nervenfiebers, einigermaßen erholte. Sobald er seiner Sinne mächtig geworden war, richtete er sich halb im Bette auf, und seine erste Frage war gleich: wo der Kohlhaas sei? Der Kämmerer, der seine Frage mißverstand, sagte, indem er seine Hand ergriff: daß er sich dieses entsetzlichen Menschen wegen beruhigen möchte, indem derselbe, seiner Bestimmung gemäß, nach jenem sonderbaren und unbegreiflichen Vorfall, in der Meierei zu Dahme, unter brandenburgischer Bedeckung, zurückgeblieben wäre. Er fragte ihn, unter der Versicherung seiner lebhaftesten Teilnahme und der Beteurung, daß er seiner Frau, wegen des unverantwortlichen Leichtsinns, ihn mit diesem Mann zusammenzubringen, die bittersten Vorwürfe gemacht hätte: was ihn denn so wunderbar und ungeheuer in der Unterredung mit demselben ergriffen hätte? Der Kurfürst sagte: er müsse ihm nur gestehen, daß der Anblick eines nichtigen Zettels, den der Mann in einer bleiernen Kapsel mit sich führe, schuld an dem ganzen unangenehmen Zufall sei, der ihm zugestoßen. Er setzte noch mancherlei zur Erklärung dieses Umstands, das der Kämmerer nicht verstand, hinzu; versicherte ihn plötzlich, indem er seine Hand zwischen die seinigen drückte, daß ihm der Besitz dieses Zettels von der äußersten Wichtigkeit sei; und bat ihn, unverzüglich aufzusitzen, nach Dahme zu reiten, und ihm den Zettel, um welchen Preis es immer sei, von demselben zu erhandeln. Der Kämmerer, der Mühe hatte, seine Verlegenheit zu verbergen, versicherte ihn: daß, falls dieser Zettel einigen Wert für ihn hätte, nichts auf der Welt notwendiger wäre, als dem Kohlhaas diesen Umstand zu verschweigen; indem, sobald derselbe durch eine unvorsichtige Äußerung Kenntnis davon nähme, alle Reichtümer, die er besäße, nicht hinreichen würden, ihn aus den Händen dieses grimmigen, in seiner Rachsucht unersättlichen Kerls zu erkaufen. Er fügte, um ihn zu beruhigen, hinzu, daß man auf ein ande-

res Mittel denken müsse, und daß es vielleicht durch
List, vermöge eines Dritten ganz Unbefangenen, indem
der Bösewicht wahrscheinlich, an und für sich, nicht
sehr daran hänge, möglich sein würde, sich den Besitz
des Zettels, an dem ihm so viel gelegen sei, zu verschaffen. Der Kurfürst, indem er sich den Schweiß abtrocknete, fragte: ob man nicht unmittelbar zu diesem Zweck
nach Dahme schicken, und den weiteren Transport des
Roßhändlers, vorläufig, bis man des Blattes, auf welche
Weise es sei, habhaft geworden, einstellen könne? Der
Kämmerer, der seinen Sinnen nicht traute, versetzte:
daß leider allen wahrscheinlichen Berechnungen zufolge, der Roßhändler Dahme bereits verlassen haben, und
sich jenseits der Grenze, auf brandenburgischem Grund
und Boden befinden müsse, wo das Unternehmen, die
Fortschaffung desselben zu hemmen, oder wohl gar
rückgängig zu machen, die unangenehmsten und weit-
läuftigsten, ja solche Schwierigkeiten, die vielleicht gar
nicht zu beseitigen wären, veranlassen würde. Er fragte
ihn, da der Kurfürst sich schweigend, mit der Gebärde
eines ganz Hoffnungslosen, auf das Kissen zurücklegte:
was denn der Zettel enthalte? und durch welchen Zufall
befremdlicher und unerklärlicher Art ihm, daß der Inhalt ihn betreffe, bekannt sei? Hierauf aber, unter zweideutigen Blicken auf den Kämmerer, dessen Willfäh-
rigkeit er in diesem Falle mißtraute, antwortete der
Kurfürst nicht: starr, mit unruhig klopfendem Herzen
lag er da, und sah auf die Spitze des Schnupftuchs
nieder, das er gedankenvoll zwischen den Händen hielt;
und bat ihn plötzlich, den Jagdjunker vom Stein, einen
jungen, rüstigen und gewandten Herrn, dessen er sich
öfter schon zu geheimen Geschäften bedient hatte, unter dem Vorwand, daß er ein anderweitiges Geschäft
mit ihm abzumachen habe, ins Zimmer zu rufen. Den
Jagdjunker, nachdem er ihm die Sache auseinanderge-
legt, und von der Wichtigkeit des Zettels, in dessen
Besitz der Kohlhaas war, unterrichtet hatte, fragte er, ob
er sich ein ewiges Recht auf seine Freundschaft erwer-

ben, und ihm den Zettel, noch ehe derselbe Berlin erreicht, verschaffen wolle? und da der Junker, sobald er das Verhältnis nur, sonderbar wie es war, einigermaßen überschaute, versicherte, daß er ihm mit allen seinen Kräften zu Diensten stehe: so trug ihm der Kurfürst auf, dem Kohlhaas nachzureiten, und ihm, da demselben mit Geld wahrscheinlich nicht beizukommen sei, in einer mit Klugheit angeordneten Unterredung, Freiheit und Leben dafür anzubieten, ja ihm, wenn er darauf bestehe, unmittelbar, obschon mit Vorsicht, zur Flucht aus den Händen der brandenburgischen Reuter, die ihn transportierten, mit Pferden, Leuten und Geld an die Hand zu gehen. Der Jagdjunker, nachdem er sich ein Blatt von der Hand des Kurfürsten zur Beglaubigung ausgebeten, brach auch sogleich mit einigen Knechten auf, und hatte, da er den Odem der Pferde nicht sparte, das Glück, den Kohlhaas auf einem Grenzdorf zu treffen, wo derselbe mit dem Ritter von Malzahn und seinen fünf Kindern ein Mittagsmahl, das im Freien vor der Tür eines Hauses angerichtet war, zu sich nahm. Der Ritter von Malzahn, dem der Junker sich als einen Fremden, der bei seiner Durchreise den seltsamen Mann, den er mit sich führe, in Augenschein zu nehmen wünsche, vorstellte, nötigte ihn sogleich auf zuvorkommende Art, indem er ihn mit dem Kohlhaas bekannt machte, an der Tafel nieder; und da der Ritter in Geschäften der Abreise ab und zuging, die Reuter aber an einem, auf des Hauses anderer Seite befindlichen Tisch, ihre Mahlzeit hielten: so traf sich die Gelegenheit bald, wo der Junker dem Roßhändler eröffnen konnte, wer er sei, und in welchen besonderen Aufträgen er zu ihm komme. Der Roßhändler, der bereits Rang und Namen dessen, der beim Anblick der in Rede stehenden Kapsel, in der Meierei zu Dahme in Ohnmacht gefallen war, kannte, und der zur Krönung des Taumels, in welchen ihn diese Entdeckung versetzt hatte, nichts bedurfte, als Einsicht in die Geheimnisse des Zettels, den er, um mancherlei Gründe willen, entschlossen war, aus bloßer Neugierde nicht zu eröffnen: der Roßhändler sagte, eingedenk der unedelmütigen und unfürstlichen Behandlung, die er in Dresden, bei seiner gänzlichen Bereitwilligkeit, alle nur möglichen Opfer zu bringen, hatte erfahren müssen: »daß er den Zettel behalten wolle.« Auf die Frage des Jagdjunkers: was ihn zu dieser sonderbaren Weigerung, da man ihm doch nichts Minderes, als Freiheit und Leben dafür anbiete, veranlasse? antwortete Kohlhaas: »Edler Herr! Wenn Euer Landesherr käme, und spräche, ich will mich, mit dem ganzen Troß derer, die mir das Szepter führen helfen, vernichten – vernichten, versteht Ihr, welches allerdings der größeste Wunsch ist, den meine Seele hegt: so würde ich ihm doch den Zettel noch, der ihm mehr wert ist, als das Dasein, verweigern und sprechen: du kannst mich auf das Schafott bringen, ich aber kann dir weh tun, und ich wills!« Und damit, im Antlitz den Tod, rief er einen Reuter herbei, unter der Aufforderung, ein gutes Stück Essen, das in der Schüssel übrig geblieben war, zu sich zu nehmen; und für den ganzen Rest der Stunde, die er im Flecken zubrachte, für den Junker, der an der Tafel saß, wie nicht vorhanden, wandte er sich erst wieder, als er den Wagen bestieg, mit einem Blick, der ihn abschiedlich grüßte, zu ihm zurück. – Der Zustand des Kurfürsten, als er diese Nachricht bekam, verschlimmerte sich in dem Grade, daß der Arzt, während drei verhängnisvoller Tage, seines Lebens wegen, das zu gleicher Zeit, von so vielen Seiten angegriffen ward, in der größesten Besorgnis war. Gleichwohl stellte er sich, durch die Kraft seiner natürlichen Gesundheit, nach dem Krankenlager einiger peinlich zugebrachten Wochen wieder her; dergestalt wenigstens, daß man ihn in einen Wagen bringen, und mit Kissen und Decken wohl versehen, nach Dresden zu seinen Regierungsgeschäften wieder zurückführen konnte. Sobald er in dieser Stadt angekommen war, ließ er den Prinzen Christiern von Meißen rufen, und fragte denselben: wie es mit der Abfertigung des Gerichtsrats Eibenmayer stünde, den

man, als Anwalt in der Sache des Kohlhaas, nach Wien
zu schicken gesonnen gewesen wäre, um kaiserlicher
Majestät daselbst die Beschwerde wegen gebrochenen,
kaiserlichen Landfriedens, vorzulegen? Der Prinz antwortete ihm: daß derselbe, dem, bei seiner Abreise nach
Dahme hinterlassenen Befehl gemäß, gleich nach Ankunft des Rechtsgelehrten Zäuner, den der Kurfürst
von Brandenburg als Anwalt nach Dresden geschickt
hätte, um die Klage desselben, gegen den Junker Wenzel von Tronka, der Rappen wegen, vor Gericht zu
bringen, nach Wien abgegangen wäre. Der Kurfürst,
indem er errötend an seinen Arbeitstisch trat, wunderte
sich über diese Eilfertigkeit, indem er seines Wissens
erklärt hätte, die definitive Abreise des Eibenmayer,
wegen vorher notwendiger Rücksprache mit dem Doktor Luther, der dem Kohlhaas die Amnestie ausgewirkt,
einem näheren und bestimmteren Befehl vorbehalten
zu wollen. Dabei warf er einige Briefschaften und Akten, die auf dem Tisch lagen, mit dem Ausdruck zu-
rückgehaltenen Unwillens, über einander. Der Prinz,
nach einer Pause, in welcher er ihn mit großen Augen
ansah, versetzte, daß es ihm leid täte, wenn er seine
Zufriedenheit in dieser Sache verfehlt habe; inzwischen
könne er ihm den Beschluß des Staatsrats vorzeigen,
worin ihm die Abschickung des Rechtsanwalts, zu dem
besagten Zeitpunkt, zur Pflicht gemacht worden wäre.
Er setzte hinzu, daß im Staatsrat von einer Rücksprache
mit dem Doktor Luther, auf keine Weise die Rede gewesen wäre; daß es früherhin vielleicht zweckmäßig gewesen sein möchte, diesen geistlichen Herrn, wegen der
Verwendung, die er dem Kohlhaas angedeihen lassen,
zu berücksichtigen, nicht aber jetzt mehr, nachdem man
demselben die Amnestie vor den Augen der ganzen
Welt gebrochen, ihn arretiert, und zur Verurteilung
und Hinrichtung an die brandenburgischen Gerichte
ausgeliefert hätte. Der Kurfürst sagte: das Versehen,
den Eibenmayer abgeschickt zu haben, wäre auch in der
Tat nicht groß; inzwischen wünsche er, daß derselbe

vorläufig, bis auf weiteren Befehl, in seiner Eigenschaft als Ankläger zu Wien nicht aufträte, und bat den Prinzen, deshalb das Erforderliche unverzüglich durch einen Expressen, an ihn zu erlassen. Der Prinz antwortete: daß dieser Befehl leider um einen Tag zu spät käme, indem der Eibenmayer bereits nach einem Berichte der eben heute eingelaufen, in seiner Qualität als Anwalt aufgetreten, und mit Einreichung der Klage bei der Wiener Staatskanzlei vorgegangen wäre. Er setzte auf die betroffene Frage des Kurfürsten: wie dies überall in so kurzer Zeit möglich sei? hinzu: daß bereits, seit der Abreise dieses Mannes drei Wochen verstrichen wären, und daß die Instruktion, die er erhalten, ihm eine ungesäumte Abmachung dieses Geschäfts, gleich nach seiner Ankunft in Wien zur Pflicht gemacht hätte. Eine Verzögerung, bemerkte der Prinz, würde in diesem Fall um so unschicklicher gewesen sein, da der brandenburgische Anwalt Zäuner, gegen den Junker Wenzel von Tronka mit dem trotzigsten Nachdruck verfahre, und bereits auf eine vorläufige Zurückziehung der Rappen, aus den Händen des Abdeckers, behufs ihrer künftigen Wiederherstellung, bei dem Gerichtshof angetragen, und auch aller Einwendungen der Gegenpart ungeachtet, durchgesetzt habe. Der Kurfürst, indem er die Klingel zog, sagte: »gleichviel! es hätte nichts zu bedeuten!« und nachdem er sich mit gleichgültigen Fragen: wie es sonst in Dresden stehe? und was in seiner Abwesenheit vorgefallen sei? zu dem Prinzen zurückgewandt hatte: grüßte er ihn, unfähig seinen innersten Zustand zu verbergen, mit der Hand, und entließ ihn. Er forderte ihm noch an demselben Tage schriftlich, unter dem Vorwande, daß er die Sache, einer politischen Wichtigkeit wegen, selbst bearbeiten wolle, die sämtlichen Kohlhaasischen Akten ab; und da ihm der Gedanke, denjenigen zu verderben, von dem er allein über die Geheimnisse des Zettels Auskunft erhalten konnte, unerträglich war: so verfaßte er einen eigenhändigen Brief an den Kaiser, worin er ihn auf herzliche und dringende Weise bat, aus wichti-

gen Gründen, die er ihm vielleicht in kurzer Zeit be-
stimmter auseinander legen würde, die Klage, die der
Eibenmayer gegen den Kohlhaas eingereicht, vorläufig
bis auf einen weiteren Beschluß, zurücknehmen zu dürfen. Der Kaiser, in einer durch die Staatskanzelei ausge-
fertigten Note, antwortete ihm: »daß der Wechsel, der
plötzlich in seiner Brust vorgegangen zu sein scheine,
ihn aufs äußerste befremde; daß der sächsischerseits an
ihn erlassene Bericht, die Sache des Kohlhaas zu einer
Angelegenheit gesamten heiligen römischen Reichs gemacht hätte; daß demgemäß er, der Kaiser, als Oberhaupt desselben, sich verpflichtet gesehen hätte, als Ankläger in dieser Sache bei dem Hause Brandenburg
aufzutreten; dergestalt, daß da bereits der Hof-Assessor
Franz Müller, in der Eigenschaft als Anwalt nach Berlin
gegangen wäre, um den Kohlhaas daselbst, wegen Verletzung des öffentlichen Landfriedens, zur Rechenschaft zu ziehen, die Beschwerde nunmehr auf keine
Weise zurückgenommen werden könne, und die Sache
den Gesetzen gemäß, ihren weiteren Fortgang nehmen
müsse.« Dieser Brief schlug den Kurfürsten völlig nieder; und da, zu seiner äußersten Betrübnis, in einiger
Zeit Privatschreiben aus Berlin einliefen, in welchen die
Einleitung des Prozesses bei dem Kammergericht ge-
meldet, und bemerkt ward, daß der Kohlhaas wahrscheinlich, allen Bemühungen des ihm zugeordneten
Advokaten ungeachtet, auf dem Schafott enden werde:
so beschloß dieser unglückliche Herr noch einen Versuch zu machen, und bat den Kurfürsten von Brandenburg, in einer eigenhändigen Zuschrift, um des Roßhändlers Leben. Er schützte vor, daß die Amnestie, die
man diesem Manne angelobt, die Vollstreckung eines
Todesurteils an demselben, füglicher Weise, nicht zulasse; versicherte ihn, daß es, trotz der scheinbaren
Strenge, mit welcher man gegen ihn verfahren, nie
seine Absicht gewesen wäre, ihn sterben zu lassen; und
beschrieb ihm, wie trostlos er sein würde, wenn der
Schutz, den man vorgegeben hätte, ihm von Berlin aus

angedeihen lassen zu wollen, zuletzt, in einer unerwarteten Wendung, zu seinem größeren Nachteile aus-
schlüge, als wenn er in Dresden geblieben, und seine
Sache nach sächsischen Gesetzen entschieden worden
wäre. Der Kurfürst von Brandenburg, dem in dieser
Angabe mancherlei zweideutig und unklar schien, antwortete ihm: »daß der Nachdruck, mit welchem der
Anwalt kaiserlicher Majestät verführe, platterdings
nicht erlaube, dem Wunsch, den er ihm geäußert, gemäß, von der strengen Vorschrift der Gesetze abzuwei-
chen. Er bemerkte, daß die ihm vorgelegte Besorgnis in
der Tat zu weit ginge, indem die Beschwerde, wegen
der dem Kohlhaas in der Amnestie verziehenen Verbrechen ja nicht von ihm, der demselben die Amnestie
erteilt, sondern von dem Reichsoberhaupt, das daran
auf keine Weise gebunden sei, bei dem Kammergericht
zu Berlin anhängig gemacht worden wäre. Dabei stellte
er ihm vor, wie notwendig bei den fortdauernden Gewalttätigkeiten des Nagelschmidt, die sich sogar schon,
mit unerhörter Dreistigkeit, bis aufs brandenburgische
Gebiet erstreckten, die Statuierung eines abschrecken-
den Beispiels wäre, und bat ihn, falls er dies alles nicht
berücksichtigen wolle, sich an des Kaisers Majestät
selbst zu wenden, indem, wenn dem Kohlhaas zu Gunsten ein Machtspruch fallen sollte, dies allein auf eine
Erklärung von dieser Seite her geschehen könne.« Der
Kurfürst, aus Gram und Ärger über alle diese miß-
glückten Versuche, verfiel in eine neue Krankheit; und
da der Kämmerer ihn an einem Morgen besuchte, zeigte er ihm die Briefe, die er, um dem Kohlhaas das
Leben zu fristen, und somit wenigstens Zeit zu gewinnen, des Zettels, den er besäße, habhaft zu werden, an
den Wiener und Berliner Hof erlassen. Der Kämmerer
warf sich auf Knieen vor ihm nieder, und bat ihn, um
alles was ihm heilig und teuer sei, ihm zu sagen, was
dieser Zettel enthalte? Der Kurfürst sprach, er möchte
das Zimmer verriegeln, und sich auf das Bett niedersetzen; und nachdem er seine Hand ergriffen, und mit

einem Seufzer an sein Herz gedrückt hatte, begann er
folgendergestalt: »Deine Frau hat dir, wie ich höre,
schon erzählt, daß der Kurfürst von Brandenburg und
ich, am dritten Tage der Zusammenkunft, die wir in
Jüterbock hielten, auf eine Zigeunerin trafen; und da
der Kurfürst, aufgeweckt wie er von Natur ist, beschloß,
den Ruf dieser abenteuerlichen Frau, von deren Kunst,
eben bei der Tafel, auf ungebührliche Weise die Rede
gewesen war, durch einen Scherz im Angesicht alles
Volks zu nichte zu machen: so trat er mit verschränkten
Armen vor ihren Tisch, und forderte, der Weissagung
wegen, die sie ihm machen sollte, ein Zeichen von ihr,
das sich noch heute erproben ließe, vorschützend, daß
er sonst nicht, und wäre sie auch die römische Sybille
selbst, an ihre Worte glauben könne. Die Frau, indem
sie uns flüchtig von Kopf zu Fuß maß, sagte: das Zeichen würde sein, daß uns der große, gehörnte Rehbock,
den der Sohn des Gärtners im Park erzog, auf dem
Markt, worauf wir uns befanden, bevor wir ihn noch
verlassen, entgegenkommen würde. Nun mußt du wissen, daß dieser, für die Dresdner Küche bestimmte Rehbock, in einem mit Latten hoch verzäunten Verschlage,
den die Eichen des Parks beschatteten, hinter Schloß
und Riegel aufbewahrt ward, dergestalt, daß, da überdies anderen kleineren Wildes und Geflügels wegen,
der Park überhaupt und obenein der Garten, der zu
ihm führte, in sorgfältigem Beschluß gehalten ward,
schlechterdings nicht abzusehen war, wie uns das Tier,
diesem sonderbaren Vorgeben gemäß, bis auf dem
Platz, wo wir standen, entgegen kommen würde; gleichwohl schickte der Kurfürst aus Besorgnis vor einer da-
hinter steckenden Schelmerei, nach einer kurzen Abre-
de mit mir, entschlossen, auf unabänderliche Weise,
alles, was sie noch vorbringen würde, des Spaßes wegen,
zu Schanden zu machen, ins Schloß, und befahl, daß
der Rehbock augenblicklich getötet, und für die Tafel,
an einem der nächsten Tage, zubereitet werden solle.
Hierauf wandte er sich zu der Frau, vor welcher diese

Sache laut verhandelt worden war, zurück, und sagte:
nun, wohlan! was hast du mir für die Zukunft zu entdecken? Die Frau, indem sie in seine Hand sah, sprach:
Heil meinem Kurfürsten und Herrn! Deine Gnaden
wird lange regieren, das Haus, aus dem du stammst,
lange bestehen, und deine Nachkommen groß und
herrlich werden und zu Macht gelangen, vor allen Fürsten und Herren der Welt! Der Kurfürst, nach einer
Pause, in welcher er die Frau gedankenvoll ansah, sagte
halblaut, mit einem Schritte, den er zu mir tat, daß es
ihm jetzo fast leid täte, einen Boten abgeschickt zu
haben, um die Weissagung zu nichte zu machen; und
während das Geld aus den Händen der Ritter, die ihm
folgten, der Frau haufenweis, unter vielem Jubel, in
den Schoß regnete, fragte er sie, indem er selbst in die
Tasche griff, und ein Goldstück dazu legte: ob der
Gruß, den sie mir zu eröffnen hätte, auch von so silber-
nem Klang wäre, als der seinige? Die Frau, nachdem sie
einen Kasten, der ihr zur Seite stand, aufgemacht, und
das Geld, nach Sorte und Menge, weitläufig und umständlich darin geordnet, und den Kasten wieder verschlossen hatte, schützte ihre Hand vor die Sonne,
gleichsam als ob sie ihr lästig wäre, und sah mich an;
und da ich die Frage an sie wiederholte, und, auf
scherzhafte Weise, während sie meine Hand prüfte,
zum Kurfürsten sagte: *mir*, scheint es, hat sie nichts, das
eben angenehm wäre, zu verkündigen: so ergriff sie
ihre Krücken, hob sich langsam daran vom Schemel
empor, und indem sie sich, mit geheimnisvoll vorgehal-
tenen Händen, dicht zu mir heran drängte, flüsterte sie
mir vernehmlich ins Ohr: nein! – So! sagt ich verwirrt,
und trat einen Schritt vor der Gestalt zurück, die sich,
mit einem Blick, kalt und leblos, wie aus marmornen
Augen, auf den Schemel, der hinter ihr stand, zurück-
setzte: von welcher Seite her droht meinem Hause Gefahr? Die Frau, indem sie eine Kohle und ein Papier zur
Hand nahm und ihre Kniee kreuzte, fragte: ob sie es
mir aufschreiben solle? und da ich, verlegen in der Tat,

bloß weil mir, unter den bestehenden Umständen, nichts anders übrig blieb, antwortete: ja! das tu! so versetzte sie: Wohlan! dreierlei schreib ich dir auf: den Namen des letzten Regenten deines Hauses, die Jahrszahl, da er sein Reich verlieren, und den Namen dessen, der es, durch die Gewalt der Waffen, an sich reißen wird. Dies, vor den Augen allen Volks abgemacht, erhebt sie sich, verklebt den Zettel mit Lack, den sie in ihrem welken Munde befeuchtet, und drückt einen bleiernen, an ihrem Mittelfinger befindlichen Siegelring darauf. Und da ich den Zettel, neugierig, wie du leicht begreifst, mehr als Worte sagen können, erfassen will, spricht sie: 'mit nichten, Hoheit!' und wendet sich und hebt ihrer Krücken eine empor: 'von jenem Mann dort, der, mit dem Federhut, auf der Bank steht, hinter allem Volk, am Kircheneingang, lösest du, wenn es dir beliebt, den Zettel ein!' Und damit, ehe ich noch recht begriffen, was sie sagt, auf dem Platz, vor Erstaunen sprachlos, läßt sie mich stehen; und während sie den Kasten, der hinter ihr stand, zusammenschlug, und über den Rücken warf, mischt sie sich, ohne daß ich weiter bemerken konnte, was sie tut, unter den Haufen des uns umringenden Volks. Nun trat, zu meinem in der Tat herzlichen Trost, in eben diesem Augenblick der Ritter auf, den der Kurfürst ins Schloß geschickt hatte, und meldete ihm, mit lachendem Munde, daß der Rehbock getötet, und durch zwei Jäger, vor seinen Augen, in die Küche geschleppt worden sei. Der Kurfürst, indem er seinen Arm munter in den meinigen legte, in der Absicht, mich von dem Platz hinwegzuführen, sagte: nun, wohlan! so war die Prophezeiung eine alltägliche Gaunerei, und Zeit und Gold, die sie uns gekostet nicht wert! Aber wie groß war unser Erstaunen, da sich, noch während dieser Worte, ein Geschrei rings auf dem Platze erhob, und aller Augen sich einem großen, vom Schloßhof herantrabenden Schlächterhund zuwandten, der in der Küche den Rehbock als gute Beute beim Nacken erfaßt, und das Tier drei Schritte von uns,

verfolgt von Knechten und Mägden, auf den Boden
fallen ließ: dergestalt, daß in der Tat die Prophezeiung
des Weibes, zum Unterpfand alles dessen, was sie vorgebracht, erfüllt, und der Rehbock uns bis auf den Markt,
obschon allerdings tot, entgegen gekommen war. Der
Blitz, der an einem Wintertag vom Himmel fällt, kann
nicht vernichtender treffen, als mich dieser Anblick,
und meine erste Bemühung, sobald ich der Gesellschaft
in der ich mich befand, überhoben, war gleich, den
Mann mit dem Federhut, den mir das Weib bezeichnet
hatte, auszumitteln; doch keiner meiner Leute, unaus-
gesetzt während drei Tage auf Kundschaft geschickt,
war im Stande mir auch nur auf die entfernteste Weise
Nachricht davon zu geben: und jetzt, Freund Kunz, vor
wenig Wochen, in der Meierei zu Dahme, habe ich den
Mann mit meinen eigenen Augen gesehn.« – Und damit
ließ er die Hand des Kämmerers fahren; und während
er sich den Schweiß abtrocknete, sank er wieder auf das
Lager zurück. Der Kämmerer, der es für vergebliche
Mühe hielt, mit seiner Ansicht von diesem Vorfall die
Ansicht, die der Kurfürst davon hatte, zu durchkreuzen
und zu berichtigen, bat ihn, doch irgend ein Mittel zu
versuchen, des Zettels habhaft zu werden, und den Kerl
nachher seinem Schicksal zu überlassen; doch der Kurfürst antwortete, daß er platterdings kein Mittel dazu
sähe, obschon der Gedanke, ihn entbehren zu müssen,
oder wohl gar die Wissenschaft davon mit diesem Menschen untergehen zu sehen, ihn dem Jammer und der
Verzweiflung nahe brächte. Auf die Frage des Freundes: ob er denn Versuche gemacht, die Person der Zigeunerin selbst auszuforschen? erwiderte der Kurfürst,
daß das Gubernium, auf einen Befehl, den er unter
einem falschen Vorwand an dasselbe erlassen, diesem
Weibe vergebens, bis auf den heutigen Tag, in allen
Plätzen des Kurfürstentums nachspüre: wobei er, aus
Gründen, die er jedoch näher zu entwickeln sich weigerte, überhaupt zweifelte, daß sie in Sachsen auszumitteln sei. Nun traf es sich, daß der Kämmerer, mehrerer

beträchtlicher Güter wegen, die seiner Frau aus der Hinterlassenschaft des abgesetzten und bald darauf verstorbenen Erzkanzlers, Grafen Kallheim, in der Neumark zugefallen waren, nach Berlin reisen wollte; dergestalt, daß, da er den Kurfürsten in der Tat liebte, er ihn nach einer kurzen Überlegung fragte: ob er ihm in dieser Sache freie Hand lassen wolle? und da dieser, indem er seine Hand herzlich an seine Brust drückte, antwortete: »denke, du seist ich, und schaff mir den Zettel!« so beschleunigte der Kämmerer, nachdem er seine Geschäfte abgegeben, um einige Tage seine Abreise, und fuhr, mit Zurücklassung seiner Frau, bloß von einigen Bedienten begleitet, nach Berlin ab.

Kohlhaas, der inzwischen, wie schon gesagt, in Berlin angekommen, und, auf einen Spezialbefehl des Kurfürsten, in ein ritterliches Gefängnis gebracht worden war, das ihn mit seinen fünf Kindern, so bequem als es sich tun ließ, empfing, war gleich nach Erscheinung des kaiserlichen Anwalts aus Wien, auf den Grund wegen Verletzung des öffentlichen, kaiserlichen Landfriedens, vor den Schranken des Kammergerichts zur Rechenschaft gezogen worden; und ob er schon in seiner Verantwortung einwandte, daß er wegen seines bewaffneten Einfalls in Sachsen, und der dabei verübten Gewalttätigkeiten, kraft des mit dem Kurfürsten von Sachsen zu Lützen abgeschlossenen Vergleichs, nicht belangt werden könne: so erfuhr er doch, zu seiner Belehrung, daß des Kaisers Majestät, deren Anwalt hier die Beschwerde führe, darauf keine Rücksicht nehmen könne: ließ sich auch sehr bald, da man ihm die Sache auseinander setzte und erklärte, wie ihm dagegen von Dresden her, in seiner Sache gegen den Junker Wenzel von Tronka, völlige Genugtuung widerfahren werde, die Sache gefallen. Demnach traf es sich, daß grade am Tage der Ankunft des Kämmerers, das Gesetz über ihn sprach, und er verurteilt ward mit dem Schwerte vom Leben zum Tode gebracht zu werden; ein Urteil, an dessen Vollstreckung gleichwohl, bei der verwickelten

Lage der Dinge, seiner Milde ungeachtet, niemand glaubte, ja, das die ganze Stadt, bei dem Wohlwollen, das der Kurfürst für den Kohlhaas trug, unfehlbar durch ein Machtwort desselben, in eine bloße, vielleicht beschwerliche und langwierige Gefängnisstrafe verwandelt zu sehen hoffte. Der Kämmerer, der gleichwohl einsah, daß keine Zeit zu verlieren sein möchte, falls der Auftrag, den ihm sein Herr gegeben, in Erfüllung gehen sollte, fing sein Geschäft damit an, sich dem Kohlhaas, am Morgen eines Tages, da derselbe in harmloser Betrachtung der Vorübergehenden, am Fenster seines Gefängnisses stand, in seiner gewöhnlichen Hoftracht, genau und umständlich zu zeigen; und da er, aus einer plötzlichen Bewegung seines Kopfes, schloß, daß der Roßhändler ihn bemerkt hatte, und besonders, mit großem Vergnügen, einen unwillkürlichen Griff desselben mit der Hand auf die Gegend der Brust, wo die Kapsel lag, wahrnahm: so hielt er das, was in der Seele desselben in diesem Augenblick vorgegangen war, für eine hinlängliche Vorbereitung, um in dem Versuch, des Zettels habhaft zu werden, einen Schritt weiter vorzurücken. Er bestellte ein altes, auf Krücken herumwandelndes Trödelweib zu sich, das er in den Straßen von Berlin, unter einem Troß andern, mit Lumpen handelnden Gesindels bemerkt hatte, und das ihm, dem Alter und der Tracht nach, ziemlich mit dem, das ihm der Kurfürst beschrieben hatte, übereinzustimmen schien; und in der Voraussetzung, der Kohlhaas werde sich die Züge derjenigen, die ihm in einer flüchtigen Erscheinung den Zettel überreicht hatte, nicht eben tief eingeprägt haben, beschloß er, das gedachte Weib statt ihrer unterzuschieben, und bei Kohlhaas, wenn es sich tun ließe, die Rolle, als ob sie die Zigeunerin wäre, spielen zu lassen. Dem gemäß, um sie dazu in Stand zu setzen, unterrichtete er sie umständlich von allem, was zwischen dem Kurfürsten und der gedachten Zigeunerin in Jüterbock vorgefallen war, wobei er, weil er nicht wußte, wie weit das Weib in ihren Eröffnungen gegen den Kohlhaas gegangen war, nicht vergaß, ihr besonders die drei geheimnisvollen, in dem Zettel enthaltenen Artikel einzuschärfen; und nachdem er ihr auseinandergesetzt hatte, was sie, auf abgerissene und unverständliche Weise, fallen lassen müsse, gewisser Anstalten wegen, die man getroffen, sei es durch List oder durch Gewalt, des Zettels, der dem sächsischen Hofe von der äußersten Wichtigkeit sei, habhaft zu werden, trug er ihr auf, dem Kohlhaas den Zettel, unter dem Vorwand, daß derselbe bei ihm nicht mehr sicher sei, zur Aufbewahrung während einiger verhängnisvoller Tage, abzufordern. Das Trödelweib übernahm auch sogleich gegen die Verheißung einer beträchtlichen Belohnung, wovon der Kämmerer ihr auf ihre Forderung einen Teil im voraus bezahlen mußte, die Ausführung des besagten Geschäfts; und da die Mutter des bei Mühlberg gefallenen Knechts Herse, den Kohlhaas, mit Erlaubnis der Regierung, zuweilen besuchte, diese Frau ihr aber seit einigen Monden her, bekannt war: so gelang es ihr, an einem der nächsten Tage, vermittelst einer kleinen Gabe an den Kerkermeister, sich bei dem Roßkamm Eingang zu verschaffen. – Kohlhaas aber, als diese Frau zu ihm eintrat, meinte, an einem Siegelring, den sie an der Hand trug, und einer ihr vom Hals herabhängenden Korallenkette, die bekannte alte Zigeunerin selbst wieder zu erkennen, die ihm in Jüterbock den Zettel überreicht hatte; und wie denn die Wahrscheinlichkeit nicht immer auf Seiten der Wahrheit ist, so traf es sich, daß hier etwas geschehen war, das wir zwar berichten: die Freiheit aber, daran zu zweifeln, demjenigen, dem es wohlgefällt, zugestehen müssen: der Kämmerer hatte den ungeheuersten Mißgriff begangen, und in dem alten Trödelweib, das er in den Straßen von Berlin aufgriff, um die Zigeunerin nachzuahmen, die geheimnisreiche Zigeunerin selbst getroffen, die er nachgeahmt wissen wollte. Wenigstens berichtete das Weib, indem sie, auf ihre Krücken gestützt, die Wangen der Kinder streichelte, die sich, betroffen von ihrem wunderlichen Anblick, an den Vater lehnten: daß sie schon seit geraumer Zeit aus dem Sächsischen ins Brandenburgische zurückgekehrt sei, und sich, auf eine, in den Straßen von Berlin unvorsichtig gewagte Frage des Kämmerers, nach der Zigeunerin, die im Frühjahr des verflossenen Jahres, in Jüterbock gewesen, sogleich an ihn gedrängt, und, unter einem falschen Namen, zu dem Geschäfte, das er besorgt wissen wollte, angetragen habe. Der Roßhändler, der eine sonderbare Ähnlichkeit zwischen ihr und seinem verstorbenen Weibe Lisbeth bemerkte, dergestalt, daß er sie hätte fragen können, ob sie ihre Großmutter sei: denn nicht nur, daß die Züge ihres Gesichts, ihre Hände, auch in ihrem knöchernen Bau noch schön, und besonders der Gebrauch, den sie davon im Reden machte, ihn aufs lebhafteste an sie erinnerten: auch ein Mal, womit seiner Frauen Hals bezeichnet war, bemerkte er an dem ihrigen – der Roßhändler nötigte sie, unter Gedanken, die sich seltsam in ihm kreuzten, auf einen Stuhl nieder, und fragte, was sie in aller Welt in Geschäften des Kämmerers zu ihm führe? Die Frau, während der alte Hund des Kohlhaas ihre Kniee umschnüffelte, und von ihrer Hand gekraut, mit dem Schwanz wedelte, antwortete: »der Auftrag, den ihr der Kämmerer gegeben, wäre, ihm zu eröffnen, auf welche drei dem sächsischen Hofe wichtigen Fragen der Zettel geheimnisvolle Antwort enthalte; ihn vor einem Abgesandten, der sich in Berlin befinde, um seiner habhaft zu werden, zu warnen: und ihm den Zettel, unter dem Vorwande, daß er an seiner Brust, wo er ihn trage, nicht mehr sicher sei, abzufordern. Die Absicht aber, in der sie komme, sei, ihm zu sagen, daß die Drohung ihn durch Arglist oder Gewalttätigkeit um den Zettel zu bringen, abgeschmackt, und ein leeres Trugbild sei; daß er unter dem Schutz des Kurfürsten von Brandenburg, in dessen Verwahrsam er sich befinde, nicht das Mindeste für denselben zu befürchten habe; ja, daß das Blatt bei ihm weit sicherer sei, als bei ihr, und daß er sich wohl hüten möchte, sich durch Ablieferung desselben, an wen und unter welchem Vorwand es auch sei, darum bringen zu lassen. – Gleichwohl schloß sie, daß sie es für klug hielte, von dem Zettel den Gebrauch zu machen, zu welchem sie ihm denselben auf dem Jahrmarkt zu Jüterbock eingehändigt, dem Antrag, den man ihm auf der Grenze durch den Junker vom Stein gemacht, Gehör zu geben, und den Zettel, der ihm selbst weiter nichts nutzen könne, für Freiheit und Leben an den Kurfürsten von Sachsen auszuliefern.« Kohlhaas, der über die Macht jauchzte, die ihm gegeben war, seines Feindes Ferse, in dem Augenblick, da sie ihn in den Staub trat, tödlich zu verwunden, antwortete: nicht um die Welt, Mütterchen, nicht um die Welt! und drückte der Alten Hand, und wollte nur wissen, was für Antworten auf die ungeheuren Fragen im Zettel enthalten wären? Die Frau, inzwischen sie das Jüngste, das sich zu ihren Füßen niedergekauert hatte, auf den Schoß nahm, sprach: »nicht um die Welt, Kohlhaas, der Roßhändler; aber um diesen hübschen, kleinen, blonden Jungen!« und damit lachte sie ihn an, herzte und küßte ihn, der sie mit großen Augen ansah, und reichte ihm, mit ihren dürren Händen, einen Apfel, den sie in ihrer Tasche trug, dar. Kohlhaas sagte verwirrt: daß die Kinder selbst, wenn sie groß wären, ihn, um seines Verfahrens loben würden, und daß er, für sie und ihre Enkel nichts Heilsameres tun könne, als den Zettel behalten. Zudem fragte er, wer ihn, nach der Erfahrung, die er gemacht, vor einem neuen Betrug sicher stelle, und ob er nicht zuletzt, unnützer Weise, den Zettel, wie jüngst den Kriegshaufen, den er in Lützen zusammengebracht, an den Kurfürsten aufopfern würde? »Wer mir sein Wort einmal gebrochen«, sprach er, »mit dem wechsle ich keins mehr; und nur deine Forderung, bestimmt und unzweideutig, trennt mich, gutes Mütterchen, von dem Blatt, durch welches mir für alles, was ich erlitten, auf so wunderbare Weise Genugtuung geworden ist.« Die Frau, indem sie das Kind auf den Boden setzte, sagte:

daß er in mancherlei Hinsicht recht hätte, und daß er
tun und lassen könnte, was er wollte! Und damit nahm
sie ihre Krücken wieder zur Hand, und wollte gehn.
Kohlhaas wiederholte seine Frage, den Inhalt des wunderbaren Zettels betreffend; er wünschte, da sie flüchtig
antwortete: »daß er ihn ja eröffnen könne, obschon es
eine bloße Neugierde wäre« noch über tausend andere
Dinge, bevor sie ihn verließ, Aufschluß zu erhalten; wer
sie eigentlich sei, woher sie zu der Wissenschaft, die ihr
inwohne, komme, warum sie dem Kurfürsten, für den
er doch geschrieben, den Zettel verweigert, und grade
ihm, unter so vielen tausend Menschen, der ihrer Wissenschaft nie begehrt, das Wunderblatt überreicht
habe? – – Nun traf es sich, daß in eben diesem Augenblick ein Geräusch hörbar ward, das einige Polizei-Offi-
zianten, die die Treppe heraufstiegen, verursachten;
dergestalt, daß das Weib, von plötzlicher Besorgnis, in
diesen Gemächern von ihnen betroffen zu werden, ergriffen, antwortete: »auf Wiedersehen Kohlhaas, auf
Wiedersehn! Es soll dir, wenn wir uns wiedertreffen, an
Kenntnis über dies alles nicht fehlen!« Und damit, indem sie sich gegen die Tür wandte, rief sie: »lebt wohl,
Kinderchen, lebt wohl!« küßte das kleine Geschlecht
nach der Reihe, und ging ab.
   Inzwischen hatte der Kurfürst von Sachsen, seinen
jammervollen Gedanken preisgegeben, zwei Astrolo-
gen, namens Oldenholm und Olearius, welche damals
in Sachsen in großem Ansehen standen, herbeigerufen,
und wegen des Inhalts des geheimnisvollen, ihm und
dem ganzen Geschlecht seiner Nachkommen so wichtigen Zettels zu Rate gezogen; und da die Männer, nach
einer, mehrere Tage lang im Schloßturm zu Dresden
fortgesetzten, tiefsinnigen Untersuchung, nicht einig
werden konnten, ob die Prophezeiung sich auf späte
Jahrhunderte oder aber auf die jetzige Zeit beziehe, und
vielleicht die Krone Polen, mit welcher die Verhältnisse
immer noch sehr kriegerisch waren, damit gemeint sei:
so wurde durch solchen gelehrten Streit, statt sie zu

zerstreuen, die Unruhe, um nicht zu sagen, Verzweiflung, in welcher sich dieser unglückliche Herr befand, nur geschärft, und zuletzt bis auf einen Grad, der seiner Seele ganz unerträglich war, vermehrt. Dazu kam, daß der Kämmerer um diese Zeit seiner Frau, die im Begriff stand, ihm nach Berlin zu folgen, auftrug, dem Kurfürsten, bevor sie abreiste, auf eine geschickte Art beizubringen, wie mißlich es nach einem verunglückten Versuch, den er mit einem Weibe gemacht, das sich seitdem nicht wieder habe blicken lassen, mit der Hoffnung aussehe, des Zettels in dessen Besitz der Kohlhaas sei, habhaft zu werden, indem das über ihn gefällte Todesurteil, nunmehr, nach einer umständlichen Prüfung der Akten, von dem Kurfürsten von Brandenburg unterzeichnet, und der Hinrichtungstag bereits auf den Montag nach Palmarum festgesetzt sei; auf welche Nachricht der Kurfürst sich, das Herz von Kummer und Reue zerrissen, gleich einem ganz Verlorenen, in seinem Zimmer verschloß, während zwei Tage, des Lebens satt, keine Speise zu sich nahm, und am dritten plötzlich, unter der kurzen Anzeige an das Gubernium, daß er zu dem Fürsten von Dessau auf die Jagd reise, aus Dresden verschwand. Wohin er eigentlich ging, und ob er sich nach Dessau wandte, lassen wir dahin gestellt sein, indem die Chroniken, aus deren Vergleichung wir Bericht erstatten, an dieser Stelle, auf befremdende Weise, einander widersprechen und aufheben. Gewiß ist, daß der Fürst von Dessau, unfähig zu jagen, um diese Zeit krank in Braunschweig, bei seinem Oheim, dem Herzog Heinrich, lag, und daß die Dame Heloise, am Abend des folgenden Tages, in Gesellschaft eines Grafen von Königstein, den sie für ihren Vetter ausgab, bei dem Kämmerer Herrn Kunz, ihrem Gemahl, in Berlin eintraf. – Inzwischen war dem Kohlhaas, auf Befehl des Kurfürsten, das Todesurteil vorgelesen, die Ketten abgenommen, und die über sein Vermögen lautenden Papiere, die ihm in Dresden abgesprochen worden waren, wieder zugestellt worden; und da die Räte, die das Gericht an ihn abgeordnet hatte, ihn fragten, wie er es mit dem, was er besitze, nach seinem Tode gehalten wissen wolle: so verfertigte er, mit Hülfe eines Notars, zu seiner Kinder Gunsten ein Testament, und setzte den Amtmann zu Kohlhaasenbrück, seinen wackern Freund, zum Vormund derselben ein. Demnach glich nichts der Ruhe und Zufriedenheit seiner letzten Tage; denn auf eine sonderbare Spezial-Verordnung des Kurfürsten war bald darauf auch noch der Zwinger, in welchem er sich befand, eröffnet, und allen seinen Freunden, deren er sehr viele in der Stadt besaß, bei Tag und Nacht freier Zutritt zu ihm verstattet worden. Ja, er hatte noch die Genugtuung, den Theologen Jakob Freising, als einen Abgesandten Doktor Luthers, mit einem eigenhändigen, ohne Zweifel sehr merkwürdigen Brief, der aber verloren gegangen ist, in sein Gefängnis treten zu sehen, und von diesem geistlichen Herrn in Gegenwart zweier brandenburgischen Dechanten, die ihm an die Hand gingen, die Wohltat der heiligen Kommunion zu empfangen. Hierauf erschien nun, unter einer allgemeinen Bewegung der Stadt, die sich immer noch nicht entwöhnen konnte, auf ein Machtwort, das ihn rettete, zu hoffen, der verhängnisvolle Montag nach Palmarum, an welchem er die Welt, wegen des allzuraschen Versuchs, sich selbst in ihr Recht verschaffen zu wollen, versöhnen sollte. Eben trat er, in Begleitung einer starken Wache, seine beiden Knaben auf dem Arm (denn diese Vergünstigung hatte er sich ausdrücklich vor den Schranken des Gerichts ausgebeten), von dem Theologen Jakob Freising geführt, aus dem Tor seines Gefängnisses, als unter einem wehmütigen Gewimmel von Bekannten, die ihm die Hände drückten, und von ihm Abschied nahmen, der Kastellan des kurfürstlichen Schlosses, verstört im Gesicht, zu ihm herantrat, und ihm ein Blatt gab, das ihm, wie er sagte, ein altes Weib für ihn eingehändigt. Kohlhaas, während er den Mann, der ihm nur wenig bekannt war, befremdet ansah, eröffnete das Blatt, dessen Siegelring ihn, im Mundlack ausgedrückt, sogleich an die bekannte Zigeunerin erinnerte. Aber wer beschreibt das Erstaunen, das ihn ergriff, als er folgende Nachricht darin fand: »Kohlhaas, der Kurfürst von Sachsen ist in Berlin; auf den Richtplatz schon ist er vorangegangen, und wird, wenn dir daran liegt, an einem Hut, mit blauen und weißen Federbüschen kenntlich sein. Die Absicht, in der er kömmt, brauche ich dir nicht zu sagen; er will die Kapsel, sobald du verscharrt bist, ausgraben, und den Zettel, der darin befindlich ist, eröffnen lassen. – Deine Elisabeth.« – Kohlhaas, indem er sich auf das äußerste bestürzt zu dem Kastellan umwandte, fragte ihn: ob er das wunderbare Weib, das ihm den Zettel übergeben, kenne? Doch da der Kastellan antwortete: »Kohlhaas, das Weib« – – und in Mitten der Rede auf sonderbare Weise stockte, so konnte er, von dem Zuge, der in diesem Augenblick wieder antrat, fortgerissen, nicht vernehmen, was der Mann, der an allen Gliedern zu zittern schien, vorbrachte. – Als er auf dem Richtplatz ankam, fand er den Kurfürsten von Brandenburg mit seinem Gefolge, worunter sich auch der Erzkanzler, Herr Heinrich von Geusau befand, unter einer unermeßlichen Menschenmenge, daselbst zu Pferde halten: ihm zur Rechten der kaiserliche Anwalt Franz Müller, eine Abschrift des Todesurteils in der Hand; ihm zur Linken, mit dem Konklusum des Dresdner Hofgerichts, sein eigener Anwalt, der Rechtsgelehrte Anton Zäuner; ein Herold in der Mitte des halboffenen Kreises, den das Volk schloß, mit einem Bündel Sachen, und den beiden, von Wohlsein glänzenden, die Erde mit ihren Hufen stampfenden Rappen. Denn der Erzkanzler, Herr Heinrich, hatte die Klage, die er, im Namen seines Herrn, in Dresden anhängig gemacht, Punkt für Punkt, und ohne die mindeste Einschränkung gegen den Junker Wenzel von Tronka, durchgesetzt; dergestalt, daß die Pferde, nachdem man sie durch Schwingung einer Fahne über ihre Häupter, ehrlich gemacht, und aus den Händen des Abdeckers, der sie ernährte, zurückgezogen hatte, von den Leuten des Junkers dickgefüttert, und in Gegenwart einer eigens dazu niedergesetzten Kommission, dem Anwalt, auf dem Markt zu Dresden, übergeben worden waren. Demnach sprach der Kurfürst, als Kohlhaas, von der Wache begleitet, auf den Hügel zu ihm heranschritt: Nun, Kohlhaas, heut ist der Tag, an dem dir dein Recht geschieht! Schau her, hier liefere ich dir alles, was du auf der Tronkenburg gewaltsamer Weise eingebüßt, und was ich, als dein Landesherr, dir wieder zu verschaffen, schuldig war, zurück: Rappen, Halstuch, Reichsgulden, Wäsche, bis auf die Kurkosten sogar für deinen bei Mühlberg gefallenen Knecht Herse. Bist du mit mir zufrieden? – Kohlhaas, während er das, ihm auf den Wink des Erzkanzlers eingehändigte Konklusum, mit großen, funkelnden Augen überlas, setzte die beiden Kinder, die er auf dem Arm trug, neben sich auf den Boden nieder; und da er auch einen Artikel darin fand, in welchem der Junker Wenzel zu zweijähriger Gefängnisstrafe verurteilt ward: so ließ er sich, aus der Ferne, ganz überwältigt von Gefühlen, mit kreuzweis auf die Brust gelegten Händen, vor dem Kurfürsten nieder. Er versicherte freudig dem Erzkanzler, indem er aufstand, und die Hand auf seinen Schoß legte, daß sein höchster Wunsch auf Erden erfüllt sei; trat an die Pferde heran, musterte sie, und klopfte ihren feisten Hals; und erklärte dem Kanzler, indem er wieder zu ihm zurückkam, heiter: »daß er sie seinen beiden Söhnen Heinrich und Leopold schenke!« Der Kanzler, Herr Heinrich von Geusau, vom Pferde herab mild zu ihm gewandt, versprach ihm, in des Kurfürsten Namen, daß sein letzter Wille heilig gehalten werden solle: und forderte ihn auf, auch über die übrigen im Bündel befindlichen Sachen, nach seinem Gutdünken zu schalten. Hierauf rief Kohlhaas die alte Mutter Hersens, die er auf dem Platz wahrgenommen hatte, aus dem Haufen des Volks hervor, und indem er ihr die Sachen übergab, sprach er: »da, Mütterchen; das gehört dir!« – die Summe, die, als Schadenersatz für ihn, bei dem im

Bündel liegenden Gelde befindlich war, als ein Geschenk noch, zur Pflege und Erquickung ihrer alten Tage, hinzufügend. – – Der Kurfürst rief: »nun, Kohlhaas, der Roßhändler, du, dem solchergestalt Genugtuung geworden, mache dich bereit, kaiserlicher Majestät, deren Anwalt hier steht, wegen des Bruchs ihres Landfriedens, deinerseits Genugtuung zu geben!« Kohlhaas, indem er seinen Hut abnahm, und auf die Erde warf, sagte: daß er bereit dazu wäre! übergab die Kinder, nachdem er sie noch einmal vom Boden erhoben, und an seine Brust gedrückt hatte, dem Amtmann von Kohlhaasenbrück, und trat, während dieser sie unter stillen Tränen, vom Platz wegführte, an den Block. Eben knüpfte er sich das Tuch vom Hals ab und öffnete seinen Brustlatz: als er, mit einem flüchtigen Blick auf den Kreis, den das Volk bildete, in geringer Entfernung von sich, zwischen zwei Rittern, die ihn mit ihren Leibern halb deckten, den wohlbekannten Mann mit blauen und weißen Federbüschen wahrnahm. Kohlhaas löste sich, indem er mit einem plötzlichen, die Wache, die ihn umringte, befremdenden Schritt, dicht vor ihn trat, die Kapsel von der Brust; er nahm den Zettel heraus, entsiegelte ihn, und überlas ihn: und das Auge unverwandt auf den Mann mit blauen und weißen Federbüschen gerichtet, der bereits süßen Hoffnungen Raum zu geben anfing, steckte er ihn in den Mund und verschlang ihn. Der Mann mit blauen und weißen Federbüschen sank, bei diesem Anblick, ohnmächtig, in Krämpfen nieder. Kohlhaas aber, während die bestürzten Begleiter desselben sich herabbeugten, und ihn vom Boden aufhoben, wandte sich zu dem Schafott, wo sein Haupt unter dem Beil des Scharfrichters fiel. Hier endigt die Geschichte vom Kohlhaas. Man legte die Leiche unter einer allgemeinen Klage des Volks in einen Sarg; und während die Träger sie aufhoben, um sie anständig auf den Kirchhof der Vorstadt zu begraben, rief der Kurfürst die Söhne des Abgeschiedenen herbei und schlug sie, mit der Erklärung an den Erzkanzler, daß sie in seiner Pagenschule erzogen werden sollten, zu Rittern. Der Kurfürst von Sachsen kam bald darauf, zerrissen an Leib und Seele, nach Dresden zurück, wo man das Weitere in der Geschichte nachlesen muß. Vom Kohlhaas aber haben noch im vergangenen Jahrhundert, im Mecklenburgischen, einige frohe und rüstige Nachkommen gelebt.

Die Verlobung in St. Domingo

Zu Port au Prince, auf dem französischen Anteil der Insel St. Domingo, lebte, zu Anfange dieses Jahrhunderts, als die Schwarzen die Weißen ermordeten, auf der Pflanzung des Herrn Guillaume von Villeneuve, ein fürchterlicher alter Neger, namens Congo Hoango. Dieser von der Goldküste von Afrika herstammende Mensch, der in seiner Jugend von treuer und rechtschaffener Gemütsart schien, war von seinem Herrn, weil er ihm einst auf einer Überfahrt nach Cuba das Leben gerettet hatte, mit unendlichen Wohltaten überhäuft worden. Nicht nur, daß Herr Guillaume ihm auf der Stelle seine Freiheit schenkte, und ihm, bei seiner Rückkehr nach St. Domingo, Haus und Hof anwies; er machte ihn sogar, einige Jahre darauf, gegen die Gewohnheit des Landes, zum Aufseher seiner beträchtlichen Besitzung, und legte ihm, weil er nicht wieder heiraten wollte, an Weibes Statt eine alte Mulattin, namens Babekan, aus seiner Pflanzung bei, mit welcher er durch seine erste verstorbene Frau weitläuftig verwandt war. Ja, als der Neger sein sechzigstes Jahr erreicht hatte, setzte er ihn mit einem ansehnlichen Gehalt in den Ruhestand und krönte seine Wohltaten noch damit, daß er ihm in seinem Vermächtnis sogar ein Legat auswarf; und doch konnten alle diese Beweise von Dankbarkeit Herrn Villeneuve vor der Wut dieses grimmigen Menschen nicht schützen. Congo Hoango war, bei dem allgemeinen Taumel der Rache, der auf die

unbesonnenen Schritte des National-Konvents in diesen
Pflanzungen aufloderte, einer der ersten, der die Büchse ergriff, und eingedenk der Tyrannei, die ihn seinem
Vaterlande entrissen hatte, seinem Herrn die Kugel
durch den Kopf jagte. Er steckte das Haus, worein die
Gemahlin desselben mit ihren drei Kindern und den
übrigen Weißen der Niederlassung sich geflüchtet hatte, in Brand, verwüstete die ganze Pflanzung, worauf
die Erben, die in Port au Prince wohnten, hätten Anspruch machen können, und zog, als sämtliche zur Besitzung gehörige Etablissements der Erde gleich gemacht waren, mit den Negern, die er versammelt und
bewaffnet hatte, in der Nachbarschaft umher, um seinen Mitbrüdern in dem Kampfe gegen die Weißen
beizustehen. Bald lauerte er den Reisenden auf, die in
bewaffneten Haufen das Land durchkreuzten; bald fiel
er am hellen Tage die in ihren Niederlassungen ver-
schanzten Pflanzer selbst an, und ließ alles, was er darin
vorfand, über die Klinge springen. Ja, er forderte, in
seiner unmenschlichen Rachsucht, sogar die alte Babekan mit ihrer Tochter, einer jungen funfzehnjährigen
Mestize, namens Toni, auf, an diesem grimmigen Kriege, bei dem er sich ganz verjüngte, Anteil zu nehmen;
und weil das Hauptgebäude der Pflanzung, das er jetzt
bewohnte, einsam an der Landstraße lag und sich häufig, während seiner Abwesenheit, weiße oder kreolische
Flüchtlinge einfanden, welche darin Nahrung oder ein
Unterkommen suchten, so unterrichtete er die Weiber,
diese weißen Hunde, wie er sie nannte, mit Unterstüt-
zungen und Gefälligkeiten bis zu seiner Wiederkehr
hinzuhalten. Babekan, welche in Folge einer grausamen
Strafe, die sie in ihrer Jugend erhalten hatte, an der
Schwindsucht litt, pflegte in solchen Fällen die junge
Toni, die, wegen ihrer ins Gelbliche gehenden Gesichtsfarbe, zu dieser gräßlichen List besonders brauchbar
war, mit ihren besten Kleidern auszuputzen; sie ermunterte dieselbe, den Fremden keine Liebkosung zu versa-
gen, bis auf die letzte, die ihr bei Todesstrafe verboten

war: und wenn Congo Hoango mit seinem Negertrupp
von den Streifereien, die er in der Gegend gemacht
hatte, wiederkehrte, war unmittelbarer Tod das Los der
Armen, die sich durch diese Künste hatten täuschen
lassen.

Nun weiß jedermann, daß im Jahr 1803, als der
General Dessalines mit 30 000 Negern gegen Port au
Prince vorrückte, alles, was die weiße Farbe trug, sich in
diesen Platz warf, um ihn zu verteidigen. Denn er war
der letzte Stützpunkt der französischen Macht auf dieser Insel, und wenn er fiel, waren alle Weißen, die sich
darauf befanden, sämtlich ohne Rettung verloren.
Demnach traf es sich, daß gerade in der Abwesenheit
des alten Hoango, der mit den Schwarzen, die er um
sich hatte, aufgebrochen war, um dem General Dessalines mitten durch die französischen Posten einen Transport von Pulver und Blei zuzuführen, in der Finsternis
einer stürmischen und regnigten Nacht, jemand an die
hintere Türe seines Hauses klopfte. Die alte Babekan,
welche schon im Bette lag, erhob sich, öffnete, einen
bloßen Rock um die Hüften geworfen, das Fenster, und
fragte, wer da sei? »Bei Maria und allen Heiligen«, sagte
der Fremde leise, indem er sich unter das Fenster stellte:
»beantwortet mir, ehe ich Euch dies entdecke, eine Frage!« Und damit streckte er, durch die Dunkelheit der
Nacht, seine Hand aus, um die Hand der Alten zu
ergreifen, und fragte: »seid Ihr eine Negerin?« Babekan
sagte: nun, Ihr seid gewiß ein Weißer, daß Ihr dieser
stockfinstern Nacht lieber ins Antlitz schaut, als einer
Negerin! Kommt herein, setzte sie hinzu, und fürchtet
nichts; hier wohnt eine Mulattin, und die einzige, die
sich außer mir noch im Hause befindet, ist meine Tochter, eine Mestize! Und damit machte sie das Fenster zu,
als wollte sie hinabsteigen und ihm die Tür öffnen;
schlich aber, unter dem Vorwand, daß sie den Schlüssel
nicht sogleich finden könne, mit einigen Kleidern, die
sie schnell aus dem Schrank zusammenraffte, in die
Kammer hinauf und weckte ihre Tochter. »Toni!«

sprach sie: »Toni!« – Was gibts, Mutter? – »Geschwind!«
sprach sie. »Aufgestanden und dich angezogen! Hier
sind Kleider, weiße Wäsche und Strümpfe! Ein Weißer,
der verfolgt wird, ist vor der Tür und begehrt eingelassen zu werden!« – Toni fragte: ein Weißer? indem sie
sich halb im Bett aufrichtete. Sie nahm die Kleider,
welche die Alte in der Hand hielt, und sprach: ist er
auch allein, Mutter? Und haben wir, wenn wir ihn ein-
lassen, nichts zu befürchten? – »Nichts, nichts!« versetzte die Alte, indem sie Licht anmachte: »er ist ohne
Waffen und allein, und Furcht, daß wir über ihn herfallen möchten, zittert in allen seinen Gebeinen!« Und
damit, während Toni aufstand und sich Rock und
Strümpfe anzog, zündete sie die große Laterne an, die
in dem Winkel des Zimmers stand, band dem Mädchen
geschwind das Haar, nach der Landesart, über dem
Kopf zusammen, bedeckte sie, nachdem sie ihr den Latz
zugeschnürt hatte, mit einem Hut, gab ihr die Laterne
in die Hand und befahl ihr, auf den Hof hinab zu gehen
und den Fremden herein zu holen.

Inzwischen war auf das Gebell einiger Hofhunde ein
Knabe, namens Nanky, den Hoango auf unehelichem
Wege mit einer Negerin erzeugt hatte, und der mit
seinem Bruder Seppy in den Nebengebäuden schlief,
erwacht; und da er beim Schein des Mondes einen einzelnen Mann auf der hinteren Treppe des Hauses stehen sah: so eilte er sogleich, wie er in solchen Fällen
angewiesen war, nach dem Hoftor, durch welches derselbe hereingekommen war, um es zu verschließen. Der
Fremde, der nicht begriff, was diese Anstalten zu bedeuten hatten, fragte den Knaben, den er mit Entsetzen, als
er ihm nahe stand, für einen Negerknaben erkannte:
wer in dieser Niederlassung wohne? und schon war er
auf die Antwort desselben: »daß die Besitzung, seit dem
Tode Herrn Villeneuves dem Neger Hoango anheim
gefallen« im Begriff, den Jungen niederzuwerfen, ihm
den Schlüssel der Hofpforte, den er in der Hand hielt,
zu entreißen und das weite Feld zu suchen, als Toni, die

Laterne in der Hand, vor das Haus hinaus trat. »Geschwind!« sprach sie, indem sie seine Hand ergriff und ihn nach der Tür zog: »hier herein!« Sie trug Sorge, indem sie dies sagte, das Licht so zu stellen, daß der volle Strahl davon auf ihr Gesicht fiel. – Wer bist du? rief der Fremde sträubend, indem er, um mehr als einer Ursache willen betroffen, ihre junge liebliche Gestalt betrachtete. Wer wohnt in diesem Hause, in welchem ich, wie du vorgibst, meine. Rettung finden soll? – »Niemand, bei dem Licht der Sonne«, sprach das Mädchen, »als meine Mutter und ich!« und bestrebte und beeiferte sich, ihn mit sich fortzureißen. Was, niemand! rief der Fremde, indem er, mit einem Schritt rückwärts, seine Hand losriß: hat mir dieser Knabe nicht eben gesagt, daß ein Neger, namens Hoango, darin befindlich sei? – »Ich sage, nein!« sprach das Mädchen, indem sie, mit einem Ausdruck von Unwillen, mit dem Fuß stampfte; »und wenn gleich einem Wüterich, der diesen Namen führt, das Haus gehört: abwesend ist er in diesem Augenblick und auf zehn Meilen davon entfernt!« Und damit zog sie den Fremden mit ihren beiden Händen in das Haus hinein, befal dem Knaben, keinem Menschen zu sagen, wer angekommen sei, ergriff, nachdem sie die Tür erreicht, des Fremden Hand und führte ihn die Treppe hinauf, nach dem Zimmer ihrer Mutter.

»Nun«, sagte die Alte, welche das ganze Gespräch, von dem Fenster herab, mit angehört und bei dem Schein des Lichts bemerkt hatte, daß er ein Offizier war: »was bedeutet der Degen, den Ihr so schlagfertig unter Eurem Arme tragt? Wir haben Euch«, setzte sie hinzu, indem sie sich die Brille aufdrückte, »mit Gefahr unseres Lebens eine Zuflucht in unserm Hause gestattet; seid Ihr herein gekommen, um diese Wohltat, nach der Sitte Eurer Landsleute, mit Verräterei zu vergelten?« – Behüte der Himmel! erwiderte der Fremde, der dicht vor ihren Sessel getreten war. Er ergriff die Hand der Alten, drückte sie an sein Herz, und indem er, nach einigen im Zimmer schüchtern umhergeworfenen Blicken, den

Degen, den er an der Hüfte trug, abschnallte, sprach er:
Ihr seht den elendesten der Menschen, aber keinen
undankbaren und schlechten vor Euch! – »Wer seid
Ihr?« fragte die Alte; und damit schob sie ihm mit dem
Fuß einen Stuhl hin, und befahl dem Mädchen, in die
Küche zu gehen, und ihm, so gut es sich in der Eil tun
ließ, ein Abendbrot zu bereiten. Der Fremde erwiderte:
ich bin ein Offizier von der französischen Macht, obschon, wie Ihr wohl selbst urteilt, kein Franzose; mein
Vaterland ist die Schweiz und mein Name Gustav von
der Ried. Ach, hätte ich es niemals verlassen und gegen
dies unselige Eiland vertauscht! Ich komme von Fort
Dauphin, wo, wie Ihr wißt, alle Weißen ermordet worden sind, und meine Absicht ist, Port au Prince zu
erreichen, bevor es dem General Dessalines noch gelungen ist, es mit den Truppen, die er anführt, einzuschlie-
ßen und zu belagern. – »Von Fort Dauphin!« rief die
Alte. »Und es ist Euch mit Eurer Gesichtsfarbe geglückt,
diesen ungeheuren Weg, mitten durch ein in Empörung
begriffenes Mohrenland, zurückzulegen?« Gott und alle
Heiligen, erwiderte der Fremde, haben mich beschützt!
– Und ich bin nicht allein, gutes Mütterchen; in meinem
Gefolge, das ich zurückgelassen, befindet sich ein ehr-
würdiger alter Greis, mein Oheim, mit seiner Gemahlin
und fünf Kindern; mehrere Bediente und Mägde, die
zur Familie gehören, nicht zu erwähnen; ein Troß von
zwölf Menschen, den ich, mit Hülfe zweier elenden
Maulesel, in unsäglich mühevollen Nachtwanderungen,
da wir uns bei Tage auf der Heerstraße nicht zeigen
dürfen, mit mir fortführen muß. »Ei, mein Himmel!«
rief die Alte, indem sie, unter mitleidigem Kopfschüt-
teln, eine Prise Tabak nahm. »Wo befindet sich denn in
diesem Augenblick Eure Reisegesellschaft?« – Euch,
versetzte der Fremde, nachdem er sich ein wenig besonnen hatte: Euch kann ich mich anvertrauen; aus der
Farbe Eures Gesichts schimmert mir ein Strahl von der
meinigen entgegen. Die Familie befindet sich, daß Ihr es
wißt, eine Meile von hier, zunächst dem Möwenweiher,

in der Wildnis der angrenzenden Gebirgswaldung: Hunger und Durst zwangen uns vorgestern, diese Zuflucht aufzusuchen. Vergebens schickten wir in der verflossenen Nacht unsere Bedienten aus, um ein wenig Brot und Wein bei den Einwohnern des Landes aufzutreiben; Furcht, ergriffen und getötet zu werden, hielt sie ab, die entscheidenden Schritte deshalb zu tun, dergestalt, daß ich mich selbst heute mit Gefahr meines Lebens habe aufmachen müssen, um mein Glück zu versuchen. Der Himmel, wenn mich nicht alles trügt, fuhr er fort, indem er die Hand der Alten drückte, hat mich mitleidigen Menschen zugeführt, die jene grausame und unerhörte Erbitterung, welche alle Einwohner dieser Insel ergriffen hat, nicht teilen. Habt die Gefälligkeit, mir für reichlichen Lohn einige Körbe mit Lebensmitteln und Erfrischungen anzufüllen; wir haben nur noch fünf Tagereisen bis Port au Prince, und wenn ihr uns die Mittel verschafft, diese Stadt zu erreichen, so werden wir euch ewig als die Retter unseres Lebens ansehen. – »Ja, diese rasende Erbitterung«, heuchelte die Alte. »Ist es nicht, als ob die Hände *eines* Körpers, oder die Zähne *eines* Mundes gegen einander wüten wollten, weil das *eine* Glied nicht geschaffen ist, wie das andere? Was kann ich, deren Vater aus St. Jago, von der Insel Cuba war, für den Schimmer von Licht, der auf meinem Antlitz, wenn es Tag wird, erdämmert? Und was kann meine Tochter, die in Europa empfangen und geboren ist, dafür, daß der volle Tag jenes Weltteils von dem ihrigen widerscheint?« – Wie? rief der Fremde. Ihr, die Ihr nach Eurer ganzen Gesichtsbildung eine Mulattin, und mithin afrikanischen Ursprungs seid, Ihr wäret samt der lieblichen jungen Mestize, die mir das Haus aufmachte, mit uns Europäern in *einer* Verdammnis? – »Beim Himmel!« erwiderte die Alte, indem sie die Brille von der Nase nahm; »meint Ihr, daß das kleine Eigentum, das wir uns in mühseligen und jammervollen Jahren durch die Arbeit unserer Hände erworben haben, dies grimmige, aus der Hölle stammende Räubergesindel nicht reizt? Wenn wir uns nicht durch List und den ganzen Inbegriff jener Künste, die die Notwehr dem Schwachen in die Hände gibt, vor ihrer Verfolgung zu sichern wüßten: der Schatten von Verwandtschaft, der über unsere Gesichter ausgebreitet ist, der, könnt Ihr sicher glauben, tut es nicht!« – Es ist nicht möglich! rief der Fremde; und wer auf dieser Insel verfolgt euch? »Der Besitzer dieses Hauses«, antwortete die Alte: »der Neger Congo Hoango! Seit dem Tode Herrn Guillaumes, des vormaligen Eigentümers dieser Pflanzung, der durch seine grimmige Hand beim Ausbruch der Empörung fiel, sind wir, die wir ihm als Verwandte die Wirtschaft führen, seiner ganzen Willkür und Gewalttätigkeit preis gegeben. Jedes Stück Brot, jeden Labetrunk den wir aus Menschlichkeit einem oder dem andern der weißen Flüchtlinge, die hier zuweilen die Straße vorüberziehen, gewähren, rechnet er uns mit Schimpfwörtern und Mißhandlungen an; und nichts wünscht er mehr, als die Rache der Schwarzen über uns weiße und kreolische Halbhunde, wie er uns nennt, hereinhetzen zu können, teils um unserer überhaupt, die wir seine Wildheit gegen die Weißen tadeln, los zu werden, teils um das kleine Eigentum, das wir hinterlassen würden, in Besitz zu nehmen.« – Ihr Unglücklichen! sagte der Fremde; ihr Bejammernswürdigen! – Und wo befindet sich in diesem Augenblick dieser Wüterich? »Bei dem Heere des Generals Dessalines«, antwortete die Alte, »dem er, mit den übrigen Schwarzen, die zu dieser Pflanzung gehören, einen Transport von Pulver und Blei zuführt, dessen der General bedürftig war. Wir erwarten ihn, falls er nicht auf neue Unternehmungen auszieht, in zehn oder zwölf Tagen zurück; und wenn er alsdann, was Gott verhüten wolle, erführe, daß wir einem Weißen, der nach Port au Prince wandert, Schutz und Obdach gegeben, während er aus allen Kräften an dem Geschäft Teil nimmt, das ganze Geschlecht derselben von der Insel zu vertilgen, wir wären alle, das könnt Ihr glauben, Kinder des Todes.« Der Himmel, der

Menschlichkeit und Mitleiden liebt, antwortete der Fremde, wird Euch in dem, was Ihr einem Unglücklichen tut, beschützen! – Und weil Ihr Euch, setzte er, indem er der Alten näher rückte, hinzu, einmal in diesem Falle des Negers Unwillen zugezogen haben würdet, und der Gehorsam, wenn Ihr auch dazu zurückkehren wolltet, Euch fürderhin zu nichts helfen würde; könnt Ihr Euch wohl, für jede Belohnung, die Ihr nur verlangen mögt, entschließen, meinem Oheim und seiner Familie, die durch die Reise aufs äußerste angegriffen sind, auf einen oder zwei Tage in Eurem Hause Obdach zu geben, damit sie sich ein wenig erholten? – »Junger Herr!« sprach die Alte betroffen, »was verlangt Ihr da? Wie ist es, in einem Hause, das an der Landstraße liegt, möglich, einen Troß von solcher Größe, als der Eurige ist, zu beherbergen, ohne daß er den Einwohnern des Landes verraten würde?« – Warum nicht? versetzte der Fremde dringend: wenn ich sogleich selbst an den Möwenweiher hinausginge, und die Gesellschaft, noch vor Anbruch des Tages, in die Niederlassung einführte; wenn man alles, Herrschaft und Dienerschaft, in einem und demselben Gemach des Hauses unterbrächte, und, für den schlimmsten Fall, etwa noch die Vorsicht gebrauchte, Türen und Fenster desselben sorgfältig zu verschließen? – Die Alte erwiderte, nachdem sie den Vorschlag während einiger Zeit erwogen hatte: »daß, wenn er, in der heutigen Nacht, unternehmen wollte, den Troß aus seiner Bergschlucht in die Niederlassung einzuführen, er, bei der Rückkehr von dort, unfehlbar auf einen Trupp bewaffneter Neger stoßen würde, der, durch einige vorangeschickte Schützen, auf der Heerstraße angesagt worden wäre.« – Wohlan! versetzte der Fremde: so begnügen wir uns, für diesen Augenblick, den Unglücklichen einen Korb mit Lebensmitteln zuzusenden, und sparen das Geschäft, sie in die Niederlassung einzuführen, für die nächstfolgende Nacht auf. Wollt Ihr, gutes Mütterchen, das tun? – »Nun«, sprach die Alte, unter vielfachen Küssen, die

von den Lippen des Fremden auf ihre knöcherne Hand
niederregneten: »um des Europäers, meiner Tochter
Vater willen, will ich euch, seinen bedrängten Landsleu-
ten, diese Gefälligkeit erweisen. Setzt Euch beim Anbruch des morgenden Tages hin, und ladet die Eurigen
in einern Schreiben ein, sich zu mir in die Niederlassung
zu verfügen; der Knabe, den Ihr im Hofe gesehen, mag
ihnen das Schreiben mit einigem Mundvorrat überbringen, die Nacht über zu ihrer Sicherheit in den Bergen
verweilen, und dem Trosse beim Anbruch des nächstfolgenden Tages, wenn die Einladung angenommen wird,
auf seinem Wege hierher zum Führer dienen.«

Inzwischen war Toni mit einem Mahl, das sie in der
Küche bereitet hatte, wiedergekehrt, und fragte die Alte
mit einem Blick auf den Fremden, schäkernd, indem sie
den Tisch deckte: Nun, Mutter, sagt an! Hat sich der
Herr von dem Schreck, der ihn vor der Tür ergriff,
erholt? Hat er sich überzeugt, daß weder Gift noch
Dolch auf ihn warten, und daß der Neger Hoango nicht
zu Hause ist? Die Mutter sagte mit einem Seufzer: »mein
Kind, der Gebrannte scheut, nach dem Sprichwort, das
Feuer. Der Herr würde töricht gehandelt haben, wenn
er sich früher in das Haus hineingewagt hätte, als bis er
sich von dem Volksstamm, zu welchem seine Bewohner
gehören, überzeugt hatte.« Das Mädchen stellte sich vor
die Mutter, und erzählte ihr: wie sie die Laterne so
gehalten, daß ihr der volle Strahl davon ins Gesicht
gefallen wäre. Aber seine Einbildung, sprach sie, war
ganz von Mohren und Negern erfüllt; und wenn ihm
eine Dame von Paris oder Marseille die Türe geöffnet
hätte, er würde sie für eine Negerin gehalten haben. Der
Fremde, indem er den Arm sanft um ihren Leib schlug,
sagte verlegen: daß der Hut, den sie aufgehabt, ihn
verhindert hätte, ihr ins Gesicht zu schaun. Hätte ich
dir, fuhr er fort, indem er sie lebhaft an seine Brust
drückte, ins Auge sehen können, so wie ich es jetzt kann:
so hätte ich, auch wenn alles Übrige an dir schwarz
gewesen wäre, aus einem vergifteten Becher mit dir

trinken wollen. Die Mutter nötigte ihn, der bei diesen
Worten rot geworden war, sich zu setzen, worauf Toni
sich neben ihm an der Tafel niederließ, und mit aufge-
stützten Armen, während der Fremde aß, in sein Antlitz
sah. Der Fremde fragte sie: wie alt sie wäre? und wie ihre
Vaterstadt hieße? worauf die Mutter das Wort nahm
und ihm sagte: »daß Toni vor funfzehn Jahren auf einer
Reise, welche sie mit der Frau des Herrn Villeneuve,
ihres vormaligen Prinzipals, nach Europa gemacht hätte, in Paris von ihr empfangen und geboren worden
wäre. Sie setzte hinzu, daß der Neger Komar, den sie
nachher geheiratet, sie zwar an Kindes Statt angenommen hätte, daß ihr Vater aber eigentlich ein reicher
Marseiller Kaufmann, namens Bertrand wäre, von dem
sie auch Toni Bertrand hieße.« – Toni fragte ihn: ob er
einen solchen Herrn in Frankreich kenne? Der Fremde
erwiderte: nein! das Land wäre groß, und während des
kurzen Aufenthalts, den er bei seiner Einschiffung nach
Westindien darin genommen, sei ihm keine Person dieses Namens vorgekommen. Die Alte versetzte daß Herr
Bertrand auch, nach ziemlich sicheren Nachrichten, die
sie eingezogen, nicht mehr in Frankreich befindlich sei.
Sein ehrgeiziges und aufstrebendes Gemüt, sprach sie,
gefiel sich in dem Kreis bürgerlicher Tätigkeit nicht; er
mischte sich beim Ausbruch der Revolution in die öffentlichen Geschäfte, und ging im Jahr 1795 mit einer
französischen Gesandtschaft an den türkischen Hof,
von wo er, meines Wissens, bis diesen Augenblick noch
nicht zurückgekehrt ist. Der Fremde sagte lächelnd zu
Toni, indem er ihre Hand faßte: daß sie ja in diesem
Falle ein vornehmes und reiches Mädchen wäre. Er
munterte sie auf, diese Vorteile geltend zu machen, und
meinte, daß sie Hoffnung hätte, noch einmal an der
Hand ihres Vaters in glänzendere Verhältnisse, als in
denen sie jetzt lebte, eingeführt zu werden! »Schwerlich«, versetzte die Alte mit unterdrückter Empfindlichkeit. »Herr Bertrand leugnete mir, während meiner
Schwangerschaft zu Paris, aus Scham vor einer jungen

reichen Braut, die er heiraten wollte, die Vaterschaft zu
diesem Kinde vor Gericht ab. Ich werde den Eidschwur,
den er die Frechheit hatte, mir ins Gesicht zu leisten,
niemals vergessen, ein Gallenfieber war die Folge davon, und bald darauf noch sechzig Peitschenhiebe, die
mir Herr Villeneuve geben ließ, und in deren Folge ich
noch bis auf diesen Tag an der Schwindsucht leide.« - -
Toni, welche den Kopf gedankenvoll auf ihre Hand
gelegt hatte, fragte den Fremden: wer er denn wäre? wo
er herkäme und wo er hinginge? worauf dieser nach
einer kurzen Verlegenheit, worin ihn die erbitterte
Rede der Alten versetzt hatte, erwiderte: daß er mit
Herrn Strömlis, seines Oheims Familie, die er, unter
dem Schutze zweier junger Vettern, in der Bergwaldung
am Möwenweiher zurückgelassen, vom Fort Dauphin
käme. Er erzählte, auf des Mädchens Bitte, mehrere
Züge der in dieser Stadt ausgebrochenen Empörung;
wie zur Zeit der Mitternacht, da alles geschlafen, auf ein
verräterisch gegebenes Zeichen, das Gemetzel der
Schwarzen gegen die Weißen losgegangen wäre; wie der
Chef der Negern, ein Sergeant bei dem französischen
Pionierkorps, die Bosheit gehabt, sogleich alle Schiffe
im Hafen in Brand zu stecken, um den Weißen die
Flucht nach Europa abzuschneiden; wie die Familie
kaum Zeit gehabt, sich mit einigen Habseligkeiten vor
die Tore der Stadt zu retten, und wie ihr, bei dem
gleichzeitigen Auflodern der Empörung in allen Kü-
stenplätzen, nichts übrig geblieben wäre, als mit Hülfe
zweier Maulesel, die sie aufgetrieben, den Weg quer
durch das ganze Land nach Port au Prince einzuschlagen, das allein noch, von einem starken französischen
Heere beschützt, der überhand nehmenden Macht der
Negern in diesem Augenblick Widerstand leiste. – Toni
fragte: wodurch sich denn die Weißen daselbst so verhaßt gemacht hätten? – Der Fremde erwiderte betroffen: durch das allgemeine Verhältnis, das sie, als Herren
der Insel, zu den Schwarzen hatten, und das ich, die
Wahrheit zu gestehen, mich nicht unterfangen will, in

Schutz zu nehmen; das aber schon seit vielen Jahrhunderten auf diese Weise bestand! Der Wahnsinn der Freiheit, der alle diese Pflanzungen ergriffen hat, trieb die Negern und Kreolen, die Ketten, die sie drückten, zu brechen, und an den Weißen wegen vielfacher und tadelnswürdiger Mißhandlungen, die sie von einigen schlechten Mitgliedern derselben erlitten, Rache zu nehmen. – Besonders, fuhr er nach einem kurzen Stillschweigen fort, war mir die Tat eines jungen Mädchens schauderhaft und merkwürdig. Dieses Mädchen, vom Stamm der Negern, lag gerade zur Zeit, da die Empörung aufloderte, an dem gelben Fieber krank, das zur Verdoppelung des Elends in der Stadt ausgebrochen war. Sie hatte drei Jahre zuvor einem Pflanzer vom Geschlecht der Weißen als Sklavin gedient, der sie aus Empfindlichkeit, weil sie sich seinen Wünschen nicht willfährig gezeigt hatte, hart behandelt und nachher an einen kreolischen Pflanzer verkauft hatte. Da nun das Mädchen an dem Tage des allgemeinen Aufruhrs erfuhr, daß sich der Pflanzer, ihr ehemaliger Herr, vor der Wut der Negern, die ihn verfolgten, in einen nahegelegenen Holzstall geflüchtet hatte: so schickte sie, jener Mißhandlungen eingedenk, beim Anbruch der Dämmerung, ihren Bruder zu ihm, mit der Einladung, bei ihr zu übernachten. Der Unglückliche, der weder wußte, daß das Mädchen unpäßlich war, noch an welcher Krankheit sie litt, kam und schloß sie voll Dankbarkeit, da er sich gerettet glaubte, in seine Arme: doch kaum hatte er eine halbe Stunde unter Liebkosungen und Zärtlichkeiten in ihrem Bette zugebracht, als sie sich plötzlich mit dem Ausdruck wilder und kalter Wut, darin erhob und sprach: eine Pestkranke, die den Tod in der Brust trägt, hast du geküßt: geh und gib das gelbe Fieber allen denen, die dir gleichen! – Der Offizier, während die Alte mit lauten Worten ihren Abscheu hierüber zu erkennen gab, fragte Toni: ob *sie* wohl einer solchen Tat fähig wäre? Nein! sagte Toni, indem sie verwirrt vor sich niedersah. Der Fremde, indem er das

Tuch auf dem Tische legte, versetzte: daß, nach dem Gefühl seiner Seele, keine Tyrannei, die die Weißen je verübt, einen Verrat, so niederträchtig und abscheulich, rechtfertigen könnte. Die Rache des Himmels, meinte er, indem er sich mit einem leidenschaftlichen Ausdruck erhob, würde dadurch entwaffnet: die Engel selbst, dadurch empört, stellten sich auf Seiten derer, die Unrecht hätten, und nähmen, zur Aufrechthaltung menschlicher und göttlicher Ordnung, ihre Sache! Er trat bei diesen Worten auf einen Augenblick an das Fenster, und sah in die Nacht hinaus, die mit stürmischen Wolken über den Mond und die Sterne vorüber zog; und da es ihm schien, als ob Mutter und Tochter einander ansähen, obschon er auf keine Weise merkte, daß sie sich Winke zugeworfen hätten: so übernahm ihn ein widerwärtiges und verdrießliches Gefühl; er wandte sich und bat, daß man ihm das Zimmer anweisen möchte, wo er schlafen könne.

Die Mutter bemerkte, indem sie nach der Wanduhr sah, daß es überdies nahe an Mitternacht sei, nahm ein Licht in die Hand, und forderte den Fremden auf, ihr zu folgen. Sie führte ihn durch einen langen Gang in das für ihn bestimmte Zimmer; Toni trug den Überrock des Fremden und mehrere andere Sachen, die er abgelegt hatte; die Mutter zeigte ihm ein von Polstern bequem aufgestapeltes Bett, worin er schlafen sollte, und nachdem sie Toni noch befohlen hatte, dem Herrn ein Fußbad zu bereiten, wünschte sie ihm eine gute Nacht und empfahl sich. Der Fremde stellte seinen Degen in den Winkel und legte ein Paar Pistolen, die er im Gürtel trug, auf den Tisch. Er sah sich, während Toni das Bett vorschob und ein weißes Tuch darüber breitete, im Zimmer um; und da er gar bald, aus der Pracht und dem Geschmack, die darin herrschten, schloß, daß es dem vormaligen Besitzer der Pflanzung angehört haben müsse: so legte sich ein Gefühl der Unruhe wie ein Geier um sein Herz, und er wünschte sich, hungrig und durstig, wie er gekommen war, wieder in die Waldung zu den Seinigen zurück. Das Mädchen hatte mittlerweile, aus der nahbelegenen Küche, ein Gefäß mit warmem Wasser, von wohlriechenden Kräutern duftend, hereingeholt, und forderte den Offizier, der sich in das Fenster gelehnt hatte, auf, sich darin zu erquicken. Der Offizier ließ sich, während er sich schweigend von der Halsbinde und der Weste befreite, auf den Stuhl nieder; er schickte sich an, sich die Füße zu entblößen, und während das Mädchen, auf ihre Kniee vor ihm hingekauert, die kleinen Vorkehrungen zum Bade besorgte, betrachtete er ihre einnehmende Gestalt. Ihr Haar, in dunkeln Locken schwellend, war ihr, als sie niederknieete, auf ihre jungen Brüste herabgerollt; ein Zug von ausnehmender Anmut spielte um ihre Lippen und über ihre langen, über die gesenkten Augen hervorragenden Augenwimpern; er hätte, bis auf die Farbe, die ihm anstößig war, schwören mögen, daß er nie etwas Schöneres gesehen. Dabei fiel ihm eine entfernte Ähnlichkeit, er wußte noch selbst nicht recht mit wem, auf, die er schon bei seinem Eintritt in das Haus bemerkt hatte, und die seine ganze Seele für sie in Anspruch nahm. Er ergriff sie, als sie in den Geschäften, die sie betrieb, aufstand, bei der Hand, und da er gar richtig schloß, daß es nur ein Mittel gab, zu erprüfen, ob das Mädchen ein Herz habe oder nicht, so zog er sie auf seinen Schoß nieder und fragte sie: »ob sie schon einem Bräutigam verlobt wäre?« Nein! lispelte das Mädchen, indem sie ihre großen schwarzen Augen in lieblicher Verschämtheit zur Erde schlug. Sie setzte, ohne sich auf seinem Schoß zu rühren, hinzu: Konelly, der junge Neger aus der Nachbarschaft, hätte zwar vor drei Monaten um sie angehalten; sie hätte ihn aber, weil sie noch zu jung wäre, ausgeschlagen. Der Fremde, der, mit seinen beiden Händen, ihren schlanken Leib umfaßt hielt, sagte: »in seinem Vaterlande wäre, nach einem daselbst herrschenden Sprichwort, ein Mädchen von vierzehn Jahren und sieben Wochen bejahrt genug, um zu heiraten.« Er fragte, während sie ein kleines, goldenes Kreuz, das er

auf der Brust trug, betrachtete: »wie alt sie wäre?« –
Funfzehn Jahre, erwiderte Toni. »Nun also!« sprach der
Fremde. – »Fehlt es ihm denn an Vermögen, um sich
häuslich, wie du es wünschest, mit dir niederzulassen?«
Toni, ohne die Augen zu ihm aufzuschlagen, erwiderte:
o nein! – Vielmehr, sprach sie, indem sie das Kreuz, das
sie in der Hand hielt, fahren ließ: Konelly ist, seit der
letzten Wendung der Dinge, ein reicher Mann geworden; seinem Vater ist die ganze Niederlassung, die sonst
dem Pflanzer, seinem Herrn, gehörte, zugefallen. –
»Warum lehntest du denn seinen Antrag ab?« fragte der
Fremde. Er streichelte ihr freundlich das Haar von der
Stirn und sprach: »gefiel er dir etwa nicht?« Das Mädchen, indem sie kurz mit dem Kopf schüttelte, lachte;
und auf die Frage des Fremden, ihr scherzend ins Ohr
geflüstert: ob es vielleicht ein Weißer sein müsse, der
ihre Gunst davon tragen solle? legte sie sich plötzlich,
nach einem flüchtigen, träumerischen Bedenken, unter
einem überaus reizenden Erröten, das über ihr ver-
branntes Gesicht auflöderte, an seine Brust. Der Fremde, von ihrer Anmut und Lieblichkeit gerührt, nannte
sie sein liebes Mädchen, und schloß sie, wie durch göttliche Hand von jeder Sorge erlöst, in seine Arme. Es war
ihm unmöglich zu glauben, daß alle diese Bewegungen,
die er an ihr wahrnahm, der bloße elende Ausdruck
einer kalten und gräßlichen Verräterei sein sollten. Die
Gedanken, die ihn beunruhigt hatten, wichen, wie ein
Heer schauerlicher Vögel, von ihm; er schalt sich, ihr
Herz nur einen Augenblick verkannt zu haben, und
während er sie auf seinen Knieen schaukelte, und den
süßen Atem einsog, den sie ihm heraufsandte, drückte
er, gleichsam zum Zeichen der Aussöhnung und Vergebung, einen Kuß auf ihre Stirn. Inzwischen hatte sich
das Mädchen, unter einem sonderbar plötzlichen Auf-
horchen, als ob jemand von dem Gange her der Tür
nahte, emporgerichtet; sie rückte sich gedankenvoll und
träumerisch das Tuch, das sich über ihrer Brust verscho-
ben hatte, zurecht; und erst als sie sah, daß sie von einem

Irrtum getäuscht worden war, wandte sie sich mit einigem Ausdruck von Heiterkeit wieder zu dem Fremden zurück und erinnerte ihn: daß sich das Wasser, wenn er nicht bald Gebrauch davon machte, abkälten würde. – Nun? sagte sie betreten, da der Fremde schwieg und sie gedankenvoll betrachtete: was seht Ihr mich so aufmerksam an? Sie suchte, indem sie sich mit ihrem Latz beschäftigte, die Verlegenheit, die sie ergriffen, zu verbergen, und rief lachend: wunderlicher Herr, was fällt Euch in meinem Anblick so auf? Der Fremde, der sich mit der Hand über die Stirn gefahren war, sagte, einen Seufzer unterdrückend, indem er sie von seinem Schoß herunterhob: »eine wunderbare Ähnlichkeit zwischen dir und einer Freundin!« – Toni, welche sichtbar bemerkte, daß sich seine Heiterkeit zerstreut hatte, nahm ihn freundlich und teilnehmend bei der Hand, und fragte: mit welcher? worauf jener, nach einer kurzen Besinnung das Wort nahm und sprach: »Ihr Name war Mariane Congreve und ihre Vaterstadt Straßburg. Ich hatte sie in dieser Stadt, wo ihr Vater Kaufmann war, kurz vor dem Ausbruch der Revolution kennen gelernt, und war glücklich genug gewesen, ihr Jawort und vorläufig auch ihrer Mutter Zustimmung zu erhalten. Ach, es war die treuste Seele unter der Sonne; und die schrecklichen und rührenden Umstände, unter denen ich sie verlor, werden mir, wenn ich dich ansehe, so gegenwärtig, daß ich mich vor Wehmut der Tränen nicht enthalten kann.« Wie? sagte Toni, indem sie sich herzlich und innig an ihn drückte: sie lebt nicht mehr? – »Sie starb«, antwortete der Fremde, »und ich lernte den Inbegriff aller Güte und Vortrefflichkeit erst mit ihrem Tode kennen. Gott weiß«, fuhr er fort, indem er sein Haupt schmerzlich an ihre Schulter lehnte, »wie ich die Unbesonnenheit so weit treiben konnte, mir eines Abends an einem öffentlichen Ort Äußerungen über das eben errichtete furchtbare Revolutionstribunal zu erlauben. Man verklagte, man suchte mich; ja, in Ermangelung meiner, der glücklich genug gewesen war, sich in die Vorstadt zu retten, lief die Rotte meiner rasenden Verfolger, die ein Opfer haben mußte, nach der Wohnung meiner Braut, und durch ihre wahrhaftige Versicherung, daß sie nicht wisse, wo ich sei, erbittert, schleppte man dieselbe, unter dem Vorwand, daß sie mit mir im Einverständnis sei, mit unerhörter Leichtfertigkeit statt meiner auf den Richtplatz. Kaum war mir diese entsetzliche Nachricht hinterbracht worden, als ich sogleich aus dem Schlupfwinkel, in welchen ich mich geflüchtet hatte, hervortrat, und indem ich, die Menge durchbrechend, nach dem Richtplatz eilte, laut ausrief: Hier, ihr Unmenschlichen, hier bin ich! Doch sie, die schon auf dem Gerüste der Guillotine stand, antwortete auf die Frage einiger Richter, denen ich unglücklicher Weise fremd sein mußte, indem sie sich mit einem Blick, der mir unauslöschlich in die Seele geprägt ist, von mir abwandte: diesen Menschen kenne ich nicht! – worauf unter Trommeln und Lärmen, von den ungeduldigen Blutmenschen angezettelt, das Eisen, wenige Augenblicke nachher, herabfiel, und ihr Haupt von seinem Rumpfe trennte. – Wie ich gerettet worden bin, das weiß ich nicht; ich befand mich, eine Viertelstunde darauf, in der Wohnung eines Freundes, wo ich aus einer Ohnmacht in die andere fiel, und halbwahnwitzig gegen Abend auf einen Wagen geladen und über den Rhein geschafft wurde.« – Bei diesen Worten trat der Fremde, indem er das Mädchen losließ, an das Fenster; und da diese sah, daß er sein Gesicht sehr gerührt in ein Tuch drückte: so übernahm sie, von manchen Seiten geweckt, ein menschliches Gefühl; sie folgte ihm mit einer plötzlichen Bewegung, fiel ihm um den Hals, und mischte ihre Tränen mit den seinigen.

Was weiter erfolgte, brauchen wir nicht zu melden, weil es jeder, der an diese Stelle kommt, von selbst liest. Der Fremde, als er sich wieder gesammlet hatte, wußte nicht, wohin ihn die Tat, die er begangen, führen würde; inzwischen sah er so viel ein, daß er gerettet, und in dem Hause, in welchem er sich befand, für ihn nichts von dem Mädchen zu befürchten war. Er versuchte, da er sie mit verschränkten Armen auf dem Bett weinen sah, alles nur Mögliche, um sie zu beruhigen. Er nahm sich das kleine goldene Kreuz, ein Geschenk der treuen Mariane, seiner abgeschiedenen Braut, von der Brust; und, indem er sich unter unendlichen Liebkosungen über sie neigte, hing er es ihr als ein Brautgeschenk, wie er es nannte, um den Hals. Er setzte sich, da sie in Tränen zerfloß und auf seine Worte nicht hörte, auf den Rand des Bettes nieder, und sagte ihr, indem er ihre Hand bald streichelte, bald küßte: daß er bei ihrer Mutter am Morgen des nächsten Tages um sie anhalten wolle. Er beschrieb ihr, welch ein kleines Eigentum, frei und unabhängig, er an den Ufern der Aar besitze; eine Wohnung, bequem und geräumig genug, sie und auch ihre Mutter, wenn ihr Alter die Reise zulasse, darin aufzunehmen; Felder, Gärten, Wiesen und Weinberge; und einen alten ehrwürdigen Vater, der sie dankbar und liebreich daselbst, weil sie seinen Sohn gerettet, empfangen würde. Er schloß sie, da ihre Tränen in unendlichen Ergießungen auf das Bettkissen niederflossen, in seine Arme, und fragte sie, von Rührung selber ergriffen: was er ihr zu Leide getan und ob sie ihm nicht vergeben könne? Er schwor ihr, daß die Liebe für sie nie aus seinem Herzen weichen würde, und daß nur, im Taumel wunderbar verwirrter Sinne, eine Mischung von Begierde und Angst, die sie ihm eingeflößt, ihn zu einer solchen Tat habe verführen können. Er erinnerte sie zuletzt, daß die Morgensterne funkelten, und daß, wenn sie länger im Bette verweilte, die Mutter kommen und sie darin überraschen würde; er forderte sie, ihrer Gesundheit wegen, auf, sich zu erheben und noch einige Stunden auf ihrem eignen Lager auszuruhen; er fragte sie, durch ihren Zustand in die entsetzlichsten Besorgnisse gestürzt, ob er sie vielleicht in seinen Armen aufheben und in ihre Kammer tragen solle; doch da sie auf alles, was er vorbrachte, nicht antwortete, und, ihr Haupt stilljammernd, ohne sich zu rühren, in ihre Arme gedrückt, auf den verwirrten Kissen des Bettes dalag: so blieb ihm zuletzt, hell wie der Tag schon durch beide Fenster schimmerte, nichts übrig, als sie, ohne weitere Rücksprache, aufzuheben; er trug sie, die wie eine Leblose von seiner Schulter niederhing, die Treppe hinauf in ihre Kammer, und nachdem er sie auf ihr Bette niedergelegt, und ihr unter tausend Liebkosungen noch einmal alles, was er ihr schon gesagt, wiederholt hatte, nannte er sie noch einmal seine liebe Braut, drückte einen Kuß auf ihre Wangen, und eilte in sein Zimmer zurück.

Sobald der Tag völlig angebrochen war, begab sich die alte Babekan zu ihrer Tochter hinauf, und eröffnete ihr, indem sie sich an ihr Bett niedersetzte, welch einen Plan sie mit dem Fremden sowohl, als seiner Reisegesellschaft vorhabe. Sie meinte, daß, da der Neger Congo Hoango erst in zwei Tagen wiederkehre, alles darauf ankäme, den Fremden während dieser Zeit in dem Hause hinzuhalten, ohne die Familie seiner Angehörigen, deren Gegenwart, ihrer Menge wegen, gefährlich werden könnte, darin zuzulassen. Zu diesem Zweck, sprach sie, habe sie erdacht, dem Fremden vorzuspiegeln, daß, einer soeben eingelaufenen Nachricht zufolge, der General Dessalines sich mit seinem Heer in diese Gegend wenden werde, und daß man mithin, wegen allzugroßer Gefahr, erst am dritten Tage, wenn er vorüber wäre, würde möglich machen können, die Familie, seinem Wunsche gemäß, in dem Hause aufzunehmen. Die Gesellschaft selbst, schloß sie, müsse inzwischen, damit sie nicht weiter reise, mit Lebensmitteln versorgt, und gleichfalls, um sich ihrer späterhin zu bemächtigen, in dem Wahn, daß sie eine Zuflucht in dem Hause finden werde, hingehalten werden. Sie bemerkte, daß die Sache wichtig sei, indem die Familie wahrscheinlich beträchtliche Habseligkeiten mit sich führe; und forderte die Tochter auf, sie aus allen Kräften in dem Vorhaben, das sie ihr angegeben, zu unterstützen. Toni, halb im Bette aufgerichtet, indem die Röte des Unwillens ihr Gesicht überflog, versetzte: »daß es schändlich und niederträchtig wäre, das Gastrecht an Personen, die man in das Haus gelockt, also zu verletzen. Sie meinte, daß ein Verfolgter, der sich ihrem Schutz anvertraut, doppelt sicher bei ihnen sein sollte; und versicherte, daß, wenn sie den blutigen Anschlag, den sie ihr geäußert, nicht aufgäbe, sie auf der Stelle hingehen und dem Fremden anzeigen würde, welch eine Mördergrube das Haus sei, in welchem er geglaubt habe, seine Rettung zu finden.« Toni! sagte die Mutter, indem sie die Arme in die Seite stemmte, und dieselbe mit großen Augen ansah. – »Gewiß!« erwiderte Toni, indem sie die Stimme senkte. »Was hat uns dieser Jüngling, der von Geburt gar nicht einmal Franzose, sondern, wie wir gesehen haben, ein Schweizer ist, zu Leide getan, daß wir, nach Art der Räuber, über ihn herfallen, ihn töten und ausplündern wollen? Gelten die Beschwerden, die man hier gegen die Pflanzer führt, auch in der Gegend der Insel, aus welcher er herkömmt? Zeigt nicht vielmehr alles, daß er der edelste und vortrefflichste Mensch ist, und gewiß das Unrecht, das die Schwarzen seiner Gattung vorwerfen mögen, auf keine Weise teilt?« – Die Alte, während sie den sonderbaren Ausdruck des Mädchens betrachtete, sagte bloß mit bebenden Lippen: daß sie erstaune. Sie fragte, was der junge Portugiese verschuldet, den man unter dem Torweg kürzlich mit Keulen zu Boden geworfen habe? Sie fragte, was die beiden Holländer verbrochen, die vor drei Wochen durch die Kugeln der Neger im Hofe gefallen wären? Sie wollte wissen, was man den drei Franzosen und so vielen andern einzelnen Flüchtlingen, vom Geschlecht der Weißen, zur Last gelegt habe, die mit Büchsen, Spießen und Dolchen, seit dem Ausbruch der Empörung, im Hause hingerichtet worden wären? »Beim Licht der Sonne«, sagte die Tochter, indem sie wild aufstand, »du hast sehr Unrecht, mich an diese Greueltaten zu erinnern! Die Unmenschlichkeiten, an denen ihr mich Teil zu nehmen zwingt, empörten längst mein innerstes Gefühl; und um mir

Gottes Rache wegen alles, was vorgefallen, zu versöhnen, so schwöre ich dir, daß ich eher zehnfachen Todes sterben, als zugeben werde, daß diesem Jüngling, so lange er sich in unserm Hause befindet, auch nur ein Haar gekrümmt werde.« – Wohlan, sagte die Alte, mit einem plötzlichen Ausdruck von Nachgiebigkeit: so mag der Fremde reisen! Aber wenn Congo Hoango zurückkömmt, setzte sie hinzu, indem sie um das Zimmer zu verlassen, aufstand, und erfährt, daß ein Weißer in unserm Hause übernachtet hat, so magst du das Mitleiden, das dich bewog, ihn gegen das ausdrückliche Gebot wieder abziehen zu lassen, verantworten.

Auf diese Äußerung, bei welcher, trotz aller scheinbaren Milde, der Ingrimm der Alten heimlich hervorbrach, blieb das Mädchen in nicht geringer Bestürzung im Zimmer zurück. Sie kannte den Haß der Alten gegen die Weißen zu gut, als daß sie hätte glauben können, sie werde eine solche Gelegenheit, ihn zu sättigen, ungenutzt vorüber gehen lassen. Furcht, daß sie sogleich in die benachbarten Pflanzungen schicken und die Neger zur Überwältigung des Fremden herbeirufen möchte, bewog sie, sich anzukleiden und ihr unverzüglich in das untere Wohnzimmer zu folgen. Sie stellte sich, während diese verstört den Speiseschrank, bei welchem sie ein Geschäft zu haben schien, verließ, und sich an einen Spinnrocken niedersetzte, vor das an die Tür geschlagene Mandat, in welchem allen Schwarzen bei Lebensstrafe verboten war, den Weißen Schutz und Obdach zu geben; und gleichsam als ob sie, von Schrecken ergriffen, das Unrecht, das sie begangen, einsähe, wandte sie sich plötzlich, und fiel der Mutter, die sie, wie sie wohl wußte, von hinten beobachtet hatte, zu Füßen. Sie bat, die Kniee derselben umklammernd, ihr die rasenden Äußerungen, die sie sich zu Gunsten des Fremden erlaubt, zu vergeben; entschuldigte sich mit dem Zustand, halb träumend, halb wachend, in welchem sie von ihr mit den Vorschlägen zu seiner Überlistung, da sie noch im Bette gelegen, überrascht worden sei, und meinte, daß sie ihn ganz und gar der Rache der bestehenden Landesgesetze, die seine Vernichtung einmal beschlossen, preis gäbe. Die Alte, nach einer Pause, in der sie das Mädchen unverwandt betrachtete, sagte: »Beim Himmel, diese deine Erklärung rettet ihm für heute das Leben! Denn die Speise, da du ihn in deinen Schutz zu nehmen drohtest, war schon vergiftet, die ihn der Gewalt Congo Hoangos, seinem Befehl gemäß, wenigstens tot überliefert haben würde.« Und damit stand sie auf und schüttete einen Topf mit Milch, der auf dem Tisch stand, aus dem Fenster. Toni, welche ihren Sinnen nicht traute, starrte, von Entsetzen ergriffen, die Mutter an. Die Alte, während sie sich wieder niedersetzte, und das Mädchen, das noch immer auf den Knieen dalag, vom Boden aufhob, fragte: »was denn im Lauf einer einzigen Nacht ihre Gedanken so plötzlich umgewandelt hätte? Ob sie gestern, nachdem sie ihm das Bad bereitet, noch lange bei ihm gewesen wäre? Und ob sie viel mit dem Fremden gesprochen hätte?« Doch Toni, deren Brust flog, antwortete hierauf nicht, oder nichts Bestimmtes; das Auge zu Boden geschlagen, stand sie, indem sie sich den Kopf hielt, und berief sich auf einen Traum; ein Blick jedoch auf die Brust ihrer unglücklichen Mutter, sprach sie, indem sie sich rasch bückte und ihre Hand küßte, rufe ihr die ganze Unmenschlichkeit der Gattung, zu der dieser Fremde gehöre, wieder ins Gedächtnis zurück: und beteuerte, indem sie sich umkehrte und das Gesicht in ihre Schürze drückte, daß, sobald der Neger Hoango eingetroffen wäre, sie sehen würde, was sie an ihr für eine Tochter habe.

Babekan saß noch in Gedanken versenkt, und erwog, woher wohl die sonderbare Leidenschaftlichkeit des Mädchens entspringe: als der Fremde mit einem in seinem Schlafgemach geschriebenen Zettel, worin er die Familie einlud, einige Tage in der Pflanzung des Negers Hoango zuzubringen, in das Zimmer trat. Er grüßte sehr heiter und freundlich die Mutter und die Tochter, und bat, indem er der Alten den Zettel übergab: daß man sogleich in die Waldung schicken und für die Gesellschaft, dem ihm gegebenen Versprechen gemäß, Sorge tragen möchte. Babekan stand auf und sagte, mit einem Ausdruck von Unruhe, indem sie den Zettel in den Wandschrank legte: »Herr, wir müssen Euch bitten, Euch sogleich in Euer Schlafzimmer zurück zu verfügen. Die Straße ist voll von einzelnen Negertrupps, die vorüberziehen und uns anmelden, daß sich der General Dessalines mit seinem Heer in diese Gegend wenden werde. Dies Haus, das jedem offen steht, gewährt Euch keine Sicherheit, falls Ihr Euch nicht in Eurem, auf den Hof hinausgehenden, Schlafgemach verbergt, und die Türen sowohl, als auch die Fensterladen, auf das sorgfältigste verschließt.« – Wie? sagte der Fremde betroffen: der General Dessalines – »Fragt nicht!« unterbrach ihn die Alte, indem sie mit einem Stock dreimal auf den Fußboden klopfte: »in Eurem Schlafgemach, wohin ich Euch folgen werde, will ich Euch alles erklären.« Der Fremde von der Alten mit ängstlichen Gebärden aus dem Zimmer gedrängt, wandte sich noch einmal unter der Tür und rief: aber wird man der Familie, die meiner harrt, nicht wenigstens einen Boten zusenden müssen, der sie –? »Es wird alles besorgt werden«, fiel ihm die Alte ein, während, durch ihr Klopfen gerufen, der Bastardknabe, den wir schon kennen, hereinkam; und damit befahl sie Toni, die, dem Fremden den Rücken zukehrend, vor den Spiegel getreten war, einen Korb mit Lebensmitteln, der in dem Winkel stand, aufzunehmen; und Mutter, Tochter, der Fremde und der Knabe begaben sich in das Schlafzimmer hinauf.

Hier erzählte die Alte, indem sie sich auf gemächliche Weise auf den Sessel niederließ, wie man die ganze Nacht über auf den, den Horizont abschneidenden Bergen, die Feuer des Generals Dessalines schimmern gesehen: ein Umstand, der in der Tat gegründet war, obschon sich bis diesen Augenblick noch kein einziger Neger von seinem Heer, das südwestlich gegen Port au Prince anrückte, in dieser Gegend gezeigt hatte. Es ge-

lang ihr, den Fremden dadurch in einen Wirbel von
Unruhe zu stürzen, den sie jedoch nachher wieder
durch die Versicherung, daß sie alles Mögliche, selbst in
dem schlimmen Fall, daß sie Einquartierung bekäme, zu
seiner Rettung beitragen würde, zu stillen wußte. Sie
nahm, auf die wiederholte inständige Erinnerung desselben, unter diesen Umständen seiner Familie wenigstens mit Lebensmitteln beizuspringen, der Tochter den
Korb aus der Hand, und indem sie ihn dem Knaben
gab, sagte sie ihm: er solle an den Möwenweiher, in die
nahgelegnen Waldberge hinaus gehen, und ihn der
daselbst befindlichen Familie des fremden Offiziers
überbringen. »Der Offizier selbst«, solle er hinzusetzen,
»befinde sich wohl; Freunde der Weißen, die selbst viel
der Partei wegen, die sie ergriffen, von den Schwarzen
leiden müßten, hätten ihn in ihrem Hause mitleidig
aufgenommen.« Sie schloß, daß sobald die Landstraße
nur von den bewaffneten Negerhaufen, die man erwartete, befreit wäre, man sogleich Anstalten treffen würde, auch ihr, der Familie, ein Unterkommen in diesem
Hause zu verschaffen. – Hast du verstanden? fragte sie,
da sie geendet hatte. Der Knabe, indem er den Korb auf
seinen Kopf setzte, antwortete: daß er den ihm beschrie-
benen Möwenweiher, an dem er zuweilen mit seinen
Kameraden zu fischen pflege, gar wohl kenne, und daß
er alles, wie man es ihm aufgetragen, an die daselbst
übernachtende Familie des fremden Herrn bestellen
würde. Der Fremde zog sich, auf die Frage der Alten: ob
er noch etwas hinzuzusetzen hätte? noch einen Ring
vom Finger, und händigte ihn dem Knaben ein, mit
dem Auftrag, ihn zum Zeichen, daß es mit den über-
brachten Meldungen seine Richtigkeit habe, dem Oberhaupt der Familie, Herrn Strömli, zu übergeben. Hierauf traf die Mutter mehrere, die Sicherheit des Fremden, wie sie sagte, abzweckende Veranstaltungen; befahl Toni, die Fensterladen zu verschließen, und zündete selbst, um die Nacht, die dadurch in dem Zimmer
herrschend geworden war, zu zerstreuen, an einem auf

dem Kaminsims befindlichen Feuerzeug, nicht ohne
Mühseligkeit, indem der Zunder nicht fangen wollte,
ein Licht an. Der Fremde benutzte diesen Augenblick,
um den Arm sanft um Tonis Leib zu legen, und ihr ins
Ohr zu flüstern: wie sie geschlafen? und: ob er die
Mutter nicht von dem, was vorgefallen, unterrichten
solle? doch auf die erste Frage antwortete Toni nicht,
und auf die andere versetzte sie, indem sie sich aus
seinen Armen loswand: nein, wenn Ihr mich liebt, kein
Wort! Sie unterdrückte die Angst, die alle diese lügen-
haften Anstalten in ihr erweckten; und unter dem Vorwand, dem Fremden ein Frühstück zu bereiten, stürzte
sie eilig in das untere Wohnzimmer herab.

Sie nahm aus dem Schrank der Mutter den Brief,
worin der Fremde in seiner Unschuld die Familie eingeladen hatte, dem Knaben in die Niederlassung zu folgen: und auf gut Glück hin, ob die Mutter ihn vermissen
würde, entschlossen, im schlimmsten Falle den Tod mit
ihm zu leiden, flog sie damit dem schon auf der Landstraße wandernden Knaben nach. Denn sie sah den
Jüngling, vor Gott und ihrem Herzen, nicht mehr als
einen bloßen Gast, dem sie Schutz und Obdach gegeben, sondern als ihren Verlobten und Gemahl an, und
war willens, sobald nur seine Partei im Hause stark
genug sein würde, dies der Mutter, auf deren Bestürzung sie unter diesen Umständen rechnete, ohne Rückhalt zu erklären. »Nanky«, sprach sie, da sie den Knaben
atemlos und eilfertig auf der Landstraße erreicht hatte:
»die Mutter hat ihren Plan, die Familie Herrn Strömlis
anbetreffend, umgeändert. Nimm diesen Brief! Er lau-
tet an Herrn Strömli, das alte Oberhaupt der Familie,
und enthält die Einladung, einige Tage mit allem, was
zu ihm gehört, in unserer Niederlassung zu verweilen. –
Sei klug und trage selbst alles Mögliche dazu bei, diesen
Entschluß zur Reife zu bringen; Congo Hoango, der
Neger, wird, wenn er wiederkömmt, es dir lohnen!«
Gut, gut, Base Toni, antwortete der Knabe. Er fragte
indem er den Brief sorgsam eingewickelt in seine Ta-

sche steckte: und ich soll dem Zuge, auf seinem Wege hierher, zum Führer dienen »Allerdings« versetzte Toni; »das versteht sich, weil sie die Gegend nicht kennen, von selbst. Doch wirst du, möglicher Truppenmärsche wegen, die auf der Landstraße statt finden könnten, die Wanderung eher nicht, als um Mitternacht antreten; aber dann dieselbe auch so beschleunigen, daß du vor der Dämmerung des Tages hier eintriffst. – Kann man sich auf dich verlassen?« fragte sie. Verlaßt euch auf Nanky! antwortete der Knabe; ich weiß, warum ihr diese weißen Flüchtlinge in die Pflanzung lockt, und der Neger Hoango soll mit mir zufrieden sein!

Hierauf trug Toni dem Fremden das Frühstück auf; und nachdem es wieder abgenommen war, begaben sich Mutter und Tochter, ihrer häuslichen Geschäfte wegen, in das vordere Wohnzimmer zurück. Es konnte nicht fehlen, daß die Mutter einige Zeit darauf an den Schrank trat, und, wie es natürlich war, den Brief vermißte. Sie legte die Hand, ungläubig gegen ihr Gedächtnis, einen Augenblick an den Kopf, und fragte Toni: wo sie den Brief, den ihr der Fremde gegeben, wohl hingelegt haben könne? Toni antwortete nach einer kurzen Pause, in der sie auf den Boden niedersah: daß ihn der Fremde ja, ihres Wissens, wieder eingesteckt und oben im Zimmer, in ihrer beider Gegenwart, zerrissen habe! Die Mutter schaute das Mädchen mit großen Augen an; sie meinte, sich bestimmt zu erinnern, daß sie den Brief aus seiner Hand empfangen und in den Schrank gelegt habe; doch da sie ihn nach vielem vergeblichen Suchen darin nicht fand, und ihrem Gedächtnis, mehrerer ähnlicher Vorfälle wegen, mißtraute: so blieb ihr zuletzt nichts übrig, als der Meinung, die ihr die Tochter geäußert, Glauben zu schenken. Inzwischen konnte sie ihr lebhaftes Mißvergnügen über diesen Umstand nicht unterdrücken, und meinte, daß der Brief dem Neger Hoango, um die Familie in die Pflanzung hereinzubringen, von der größten Wichtigkeit gewesen sein würde. Am Mittag und Abend, da Toni den Fremden mit Spei-

sen bediente, nahm sie, zu seiner Unterhaltung an der
Tischecke sitzend, mehreremal Gelegenheit, ihn nach
dem Briefe zu fragen; doch Toni war geschickt genug,
das Gespräch, so oft es auf diesen gefährlichen Punkt
kam, abzulenken oder zu verwirren; dergestalt, daß die
Mutter durch die Erklärungen des Fremden über das
eigentliche Schicksal des Briefes auf keine Weise ins
Reine kam. So verfloß der Tag; die Mutter verschloß
nach dem Abendessen aus Vorsicht, wie sie sagte, des
Fremden Zimmer; und nachdem sie noch mit Toni
überlegt hatte, durch welche List sie sich von neuem, am
folgenden Tage, in den Besitz eines solchen Briefes
setzen könne, begab sie sich zur Ruhe, und befahl dem
Mädchen gleichfalls, zu Bette zu gehen.

Sobald Toni, die diesen Augenblick mit Sehnsucht
erwartet hatte, ihre Schlafkammer erreicht und sich
überzeugt hatte, daß die Mutter entschlummert war,
stellte sie das Bildnis der heiligen Jungfrau, das neben
ihrem Bette hing, auf einen Sessel, und ließ sich mit
verschränkten Händen auf Knieen davor nieder. Sie
flehte den Erlöser, ihren göttlichen Sohn, in einem
Gebet voll unendlicher Inbrunst, um Mut und Standhaftigkeit an, dem Jüngling, dem sie sich zu eigen gegeben, das Geständnis der Verbrechen, die ihren jungen
Busen beschwerten, abzulegen. Sie gelobte, diesem, was
es ihrem Herzen auch kosten würde, nichts, auch nicht
die Absicht, erbarmungslos und entsetzlich, in der sie
ihn gestern in das Haus gelockt, zu verbergen; doch um
der Schritte willen, die sie bereits zu seiner Rettung
getan, wünschte sie, daß er ihr vergeben, und sie als sein
treues Weib mit sich nach Europa führen möchte.
Durch dies Gebet wunderbar gestärkt, ergriff sie, indem
sie aufstand, den Hauptschlüssel, der alle Gemächer des
Hauses schloß, und schritt damit langsam, ohne Licht,
über den schmalen Gang, der das Gebäude durchschnitt, dem Schlafgemach des Fremden zu. Sie öffnete
das Zimmer leise und trat vor sein Bett, wo er in tiefen
Schlaf versenkt ruhte. Der Mond beschien sein blühen-

des Antlitz, und der Nachtwind, der durch die geöffneten Fenster eindrang, spielte mit dem Haar auf seiner Stirn. Sie neigte sich sanft über ihn und rief ihn, seinen süßen Atem einsaugend, beim Namen; aber ein tiefer Traum, von dem sie der Gegenstand zu sein schien, beschäftigte ihn; wenigstens hörte sie, zu wiederholten Malen, von seinen glühenden, zitternden Lippen das geflüsterte Wort: Toni! Wehmut, die nicht zu beschreiben ist, ergriff sie; sie konnte sich nicht entschließen, ihn aus den Himmeln lieblicher Einbildung in die Tiefe einer gemeinen und elenden Wirklichkeit herabzureißen; und in der Gewißheit, daß er ja früh oder spät von selbst erwachen müsse, kniete sie an seinem Bette nieder und überdeckte seine teure Hand mit Küssen.

Aber wer beschreibt das Entsetzen, das wenige Augenblicke darauf ihren Busen ergriff, als sie plötzlich, im Innern des Hofraums, ein Geräusch von Menschen, Pferden und Waffen hörte, und darunter ganz deutlich die Stimme des Negers Congo Hoango erkannte, der unvermuteter Weise mit seinem ganzen Troß aus dem Lager des Generals Dessalines zurückgekehrt war. Sie stürzte, den Mondschein, der sie zu verraten drohte, sorgsam vermeidend, hinter die Vorhänge des Fensters, und hörte auch schon die Mutter, welche dem Neger von allem, was während dessen vorgefallen war, auch von der Anwesenheit des europäischen Flüchtlings im Hause, Nachricht gab. Der Neger befahl den Seinigen, mit gedämpfter Stimme, im Hofe still zu sein. Er fragte die Alte, wo der Fremde in diesem Augenblick befindlich sei? worauf diese ihm das Zimmer bezeichnete, und sogleich auch Gelegenheit nahm, ihn von dem sonderbaren und auffallenden Gespräch, das sie, den Flüchtling betreffend, mit der Tochter gehabt hatte, zu unterrichten. Sie versicherte dem Neger, daß das Mädchen eine Verräterin, und der ganze Anschlag, desselben habhaft zu werden, in Gefahr sei, zu scheitern. Wenigstens sei die Spitzbübin, wie sie bemerkt, heimlich beim Einbruch der Nacht in sein Bette geschlichen, wo sie noch bis diesen Augenblick in guter Ruhe befindlich sei; und wahrscheinlich, wenn der Fremde nicht schon entflohen sei, werde derselbe eben jetzt gewarnt, und die Mittel, wie seine Flucht zu bewerkstelligen sei, mit ihm verabredet. Der Neger, der die Treue des Mädchens schon in ähnlichen Fällen erprobt hatte, antwortete: es wäre wohl nicht möglich? Und: Kelly! rief er wütend, und: Omra! Nehmt eure Büchsen! Und damit, ohne weiter ein Wort zu sagen, stieg er, im Gefolge aller seiner Neger, die Treppe hinauf, und begab sich in das Zimmer des Fremden.

Toni, vor deren Augen sich, während weniger Minuten, dieser ganze Auftritt abgespielt hatte, stand, gelähmt an allen Gliedern, als ob sie ein Wetterstrahl getroffen hätte, da. Sie dachte einen Augenblick daran, den Fremden zu wecken; doch teils war, wegen Besetzung des Hofraums, keine Flucht für ihn möglich, teils auch sah sie voraus, daß er zu den Waffen greifen, und somit bei der Überlegenheit der Neger, Zubodenstreckung unmittelbar sein Los sein würde. Ja, die entsetzlichste Rücksicht, die sie zu nehmen genötigt war, war diese, daß der Unglückliche sie selbst, wenn er sie in dieser Stunde bei seinem Bette fände, für eine Verräterin halten, und, statt auf ihren Rat zu hören, in der Raserei eines so heillosen Wahns, dem Neger Hoango völlig besinnungslos in die Arme laufen würde. In dieser unaussprechlichen Angst fiel ihr ein Strick in die Augen, welcher, der Himmel weiß durch welchen Zufall, an dem Riegel der Wand hing. Gott selbst, meinte sie, indem sie ihn herabriß, hätte ihn zu ihrer und des Freundes Rettung dahin geführt. Sie umschlang den Jüngling, vielfache Knoten schürzend, an Händen und Füßen damit; und nachdem sie, ohne darauf zu achten, daß er sich rührte und sträubte, die Enden angezogen und an das Gestell des Bettes festgebunden hatte: drückte sie, froh, des Augenblicks mächtig geworden zu sein, einen Kuß auf seine Lippen, und eilte dem Neger Hoango, der schon auf der Treppe klirrte, entgegen.

Der Neger, der dem Bericht der Alten, Toni anbetreffend, immer noch keinen Glauben schenkte, stand,
als er sie aus dem bezeichneten Zimmer hervortreten
sah, bestürzt und verwirrt, im Korridor mit seinem Troß
von Fackeln und Bewaffneten still. Er rief: »die Treulo-
se! die Bundbrüchige!« und indem er sich zu Babekan
wandte, welche einige Schritte vorwärts gegen die Tür
des Fremden getan hatte, fragte er: »ist der Fremde
entflohn?« Babekan, welche die Tür, ohne hineinzuse-
hen, offen gefunden hatte, rief, indem sie als eine Wütende zurückkehrte: Die Gaunerin! Sie hat ihn entwi-
schen lassen! Eilt, und besetzt die Ausgänge, ehe er das
weite Feld erreicht! »Was gibts?« fragte Toni, indem sie
mit dem Ausdruck des Erstaunens den Alten und die
Neger, die ihn umringten, ansah. Was es gibt? erwiderte
Hoango; und damit ergriff er sie bei der Brust und
schleppte sie nach dem Zimmer hin. »Seid ihr rasend?«
rief Toni, indem sie den Alten, der bei dem sich ihm
darbietenden Anblick erstarrte, von sich stieß: »da liegt
der Fremde, von mir in seinem Bette festgebunden;
und, beim Himmel, es ist nicht die schlechteste Tat, die
ich in meinem Leben getan!« Bei diesen Worten kehrte
sie ihm den Rücken zu, und setzte sich, als ob sie weinte,
an einen Tisch nieder. Der Alte wandte sich gegen die in
Verwirrung zur Seite stehende Mutter und sprach: o
Babekan, mit welchem Märchen hast du mich
getäuscht? »Dem Himmel sei Dank«, antwortete die Mutter, indem sie die Stricke, mit welchen der Fremde
gebunden war, verlegen untersuchte; »der Fremde ist
da, obschon ich von dem Zusammenhang nichts begreife.« Der Neger trat, das Schwert in die Scheide steckend,
an das Bett und fragte den Fremden: wer er sei? woher
er komme und wohin er reise? Doch da dieser, unter
krampfhaften Anstrengungen sich loszuwinden, nichts
hervorbrachte, als, auf jämmerlich schmerzhafte Weise:
o Toni! o Toni! – so nahm die Mutter das Wort und
bedeutete ihm, daß er ein Schweizer sei, namens Gustav
von der Ried, und daß er mit seiner ganzen Familie

europäischer Hunde, welche in diesem Augenblick in den Berghöhlen am Möwenweiher versteckt sei, von dem Küstenplatz Fort Dauphin komme. Hoango, der das Mädchen, den Kopf schwermütig auf ihre Hände gestützt, dasitzen sah, trat zu ihr und nannte sie sein liebes Mädchen; klopfte ihr die Wangen, und forderte sie auf, ihm den übereilten Verdacht, den er ihr geäußert, zu vergeben. Die Alte, die gleichfalls vor das Mädchen hingetreten war, stemmte die Arme kopfschüttelnd in die Seite und fragte: weshalb sie denn den Fremden, der doch von der Gefahr, in der er sich befunden, gar nichts gewußt, mit Stricken in dem Bette festgebunden habe? Toni, vor Schmerz und Wut in der Tat weinend, antwortete, plötzlich zur Mutter gekehrt: »weil du keine Augen und Ohren hast! Weil er die Gefahr, in der er schwebte, gar wohl begriff! Weil er entfliehen wollte; weil er mich gebeten hatte, ihm zu seiner Flucht behülflich zu sein; weil er einen Anschlag auf dein eignes Leben gemacht hatte, und sein Vorhaben bei Anbruch des Tages ohne Zweifel, wenn ich ihn nicht schlafend gebunden hätte, in Ausführung gebracht haben würde.« Der Alte liebkoste und beruhigte das Mädchen, und befahl Babekan, von dieser Sache zu schweigen. Er rief ein paar Schützen mit Büchsen vor, um das Gesetz, dem der Fremdling verfallen war, augenblicklich an demselben zu vollstrecken; aber Babekan flüsterte ihm heimlich zu: »nein, ums Himmels willen, Hoango!« – Sie nahm ihn auf die Seite und bedeutete ihm: »Der Fremde müsse, bevor er hingerichtet werde, eine Einladung aufsetzen, um vermittelst derselben die Familie, deren Bekämpfung im Walde manchen Gefahren ausgesetzt sei, in die Pflanzung zu locken.« – Hoango, in Erwägung, daß die Familie wahrscheinlich nicht unbewaffnet sein werde, gab diesem Vorschlage seinen Beifall; er stellte, weil es zu spät war, den Brief verabredetermaßen schreiben zu lassen, zwei Wachen bei dem weißen Flüchtling aus; und nachdem er noch, der Sicherheit wegen, die Stricke untersucht, auch, weil er sie

zu locker befand, ein paar Leute herbeigerufen hatte,
um sie noch enger zusammenzuziehen, verließ er mit
seinem ganzen Troß das Zimmer, und alles nach und
nach begab sich zur Ruh.

Aber Toni, welche nur scheinbar dem Alten, der ihr
noch einmal die Hand gereicht, gute Nacht gesagt und
sich zu Bette gelegt hatte, stand, sobald sie alles im
Hause still sah, wieder auf, schlich sich durch eine
Hinterpforte des Hauses auf das freie Feld hinaus, und
lief, die wildeste Verzweiflung im Herzen, auf dem, die
Landstraße durchkreuzenden, Wege der Gegend zu,
von welcher die Familie Herrn Strömlis herankommen
mußte. Denn die Blicke voll Verachtung, die der Fremde von seinem Bette aus auf sie geworfen hatte, waren
ihr empfindlich, wie Messerstiche, durchs Herz gegangen; es mischte sich ein Gefühl heißer Bitterkeit in ihre
Liebe zu ihm, und sie frohlockte bei dem Gedanken, in
dieser zu seiner Rettung angeordneten Unternehmung
zu sterben. Sie stellte sich, in der Besorgnis, die Familie
zu verfehlen, an den Stamm einer Pinie, bei welcher,
falls die Einladung angenommen worden war, die Gesellschaft vorüberziehen mußte, und kaum war auch,
der Verabredung gemäß, der erste Strahl der Dämmerung am Horizont angebrochen, als Nankys, des Knaben, Stimme, der dem Trosse zum Führer diente, schon
fernher unter den Bäumen des Waldes hörbar ward.

Der Zug bestand aus Herrn Strömli und seiner Gemahlin, welche letztere auf einem Maulesel ritt; fünf
Kindern desselben, deren zwei, Adelbert und Gottfried,
Jünglinge von 18 und 17 Jahren, neben dem Maulesel
hergingen; drei Dienern und zwei Mägden, wovon die
eine, einen Säugling an der Brust, auf dem andern
Maulesel ritt; in allem aus zwölf Personen. Er bewegte
sich langsam über die den Weg durchflechtenden Kien-
wurzeln, dem Stamm der Pinie zu: wo Toni, so geräuschlos, als niemand zu erschrecken nötig war, aus
dem Schatten des Baums hervortrat, und dem Zuge
zurief: Halt! Der Knabe kannte sie sogleich; und auf

ihre Frage: wo Herr Strömli sei? während Männer, Weiber und Kinder sie umringten, stellte dieser sie freudig dem alten Oberhaupt der Familie, Herrn Strömli, vor. »Edler Herr!« sagte Toni, indem sie die Begrüßungen desselben mit fester Stimme unterbrach: »der Neger Hoango ist, auf überraschende Weise, mit seinem ganzen Troß in die Niederlassung zurückgekommen. Ihr könnt jetzt, ohne die größeste Lebensgefahr, nicht darin einkehren: ja, euer Vetter, der zu seinem Unglück eine Aufnahme darin fand, ist verloren, wenn ihr nicht zu den Waffen greift, und mir, zu seiner Befreiung aus der Haft, in welcher ihn der Neger Hoango gefangen hält, in die Pflanzung folgt!« Gott im Himmel! riefen, von Schrecken erfaßt, alle Mitglieder der Familie; und die Mutter, die krank und von der Reise erschöpft war, fiel von dem Maultier ohnmächtig auf den Boden nieder. Toni, während, auf den Ruf Herrn Strömlis die Mägde herbeieilten, um ihrer Frau zu helfen, führte, von den Jünglingen mit Fragen bestürmt, Herrn Strömli und die übrigen Männer, aus Furcht vor dem Knaben Nanky, auf die Seite. Sie erzählte den Männern, ihre Tränen vor Scham und Reue nicht zurückhaltend, alles, was vorgefallen; wie die Verhältnisse, in dem Augenblick, da der Jüngling eingetroffen, im Hause bestanden; wie das Gespräch, das sie unter vier Augen mit ihm gehabt, dieselben auf ganz unbegreifliche Weise verändert; was sie bei der Ankunft des Negers, fast wahnsinnig vor Angst, getan, und wie sie nun Tod und Leben daran setzen wolle, ihn aus der Gefangenschaft, worin sie ihn selbst gestürzt, wieder zu befreien. Meine Waffen! rief Herr Strömli, indem er zu dem Maultier seiner Frau eilte und seine Büchse herabnahm. Er sagte, während auch Adelbert und Gottfried, seine rüstigen Söhne, und die drei wackern Diener sich bewaffneten: Vetter Gustav hat mehr als einem von uns das Leben gerettet; jetzt ist es an uns, ihm den gleichen Dienst zu tun; und damit hob er seine Frau, welche sich erholt hatte, wieder auf das Maultier, ließ dem Knaben Nanky, aus Vorsicht, als

eine Art von Geisel, die Hände binden; schickte den
ganzen Troß, Weiber und Kinder, unter dem bloßen
Schutz seines dreizehnjährigen, gleichfalls bewaffneten
Sohnes, Ferdinand, an den Möwenweiher zurück; und
nachdem er noch Toni, welche selbst einen Helm und
einen Spieß genommen hatte, über die Stärke der Neger
und ihre Verteilung im Hofraume ausgefragt und ihr
versprochen hatte, Hoangos sowohl, als ihrer Mutter, so
viel es sich tun ließ, bei dieser Unternehmung zu scho-
nen: stellte er sich mutig, und auf Gott vertrauend, an
die Spitze seines kleinen Haufens, und brach, von Toni
geführt, in die Niederlassung auf.

Toni, sobald der Haufen durch die hintere Pforte
eingeschlichen war, zeigte Herrn Strömli das Zimmer,
in welchem Hoango und Babekan ruhten; und während
Herr Strömli geräuschlos mit seinen Leuten in das offne
Haus eintrat, und sich sämtlicher zusammengesetzter
Gewehre der Neger bemächtigte, schlich sie zur Seite ab
in den Stall, in welchem der fünfjährige Halbbruder des
Nanky, Seppy, schlief. Denn Nanky und Seppy, Ba-
stardkinder des alten Hoango, waren diesem, besonders
der letzte, dessen Mutter kürzlich gestorben war, sehr
teuer; und da, selbst in dem Fall, daß man den gefangenen Jüngling befreite, der Rückzug an den Möwenweiher und die Flucht von dort nach Port au Prince, der sie
sich anzuschließen gedachte, noch mancherlei Schwierigkeiten ausgesetzt war: so schloß sie nicht unrichtig,
daß der Besitz beider Knaben, als einer Art von Unterpfand, dem Zuge, bei etwaniger Verfolgung der Negern, von großem Vorteil sein würde. Es gelang ihr, den
Knaben ungesehen aus seinem Bette zu heben, und in
ihren Armen, halb schlafend, halb wachend, in das
Hauptgebäude hinüberzutragen. Inzwischen war Herr
Strömli, so heimlich, als es sich tun ließ, mit seinem
Haufen in Hoangos Stubentüre eingetreten; aber statt
ihn und Babekan, wie er glaubte, im Bette zu finden,
standen, durch das Geräusch geweckt, beide, obschon
halbnackt und hülflos, in der Mitte des Zimmers da.

Herr Strömli, indem er seine Büchse in die Hand nahm, rief: sie sollten sich ergeben, oder sie wären des Todes! doch Hoango, statt aller Antwort, riß ein Pistol von der Wand und platzte es, Herrn Strömli am Kopf streifend, unter die Menge los. Herrn Strömlis Haufen, auf dies Signal, fiel wütend über ihn her; Hoango, nach einem zweiten Schuß, der einem Diener die Schulter durchbohrte, ward durch einen Säbelhieb an der Hand verwundet, und beide, Babekan und er, wurden niedergeworfen und mit Stricken am Gestell eines großen Tisches fest gebunden. Mittlerweile waren, durch die Schüsse geweckt, die Neger des Hoango, zwanzig und mehr an der Zahl, aus ihren Ställen hervorgestürzt, und drangen, da sie die alte Babekan im Hause schreien hörten, wütend gegen dasselbe vor, um ihre Waffen wieder zu erobern. Vergebens postierte Herr Strömli, dessen Wunde von keiner Bedeutung war, seine Leute an die Fenster des Hauses, und ließ, um die Kerle im Zaum zu halten, mit Büchsen unter sie feuern; sie achteten zweier Toten nicht, die schon auf dem Hofe umher lagen, und waren im Begriff, Äxte und Brechstangen zu holen, um die Haustür, welche Herr Strömli verriegelt hatte, einzusprengen, als Toni, zitternd und bebend, den Knaben Seppy auf dem Arm, in Hoangos Zimmer trat. Herr Strömli, dem diese Erscheinung äußerst erwünscht war, riß ihr den Knaben vom Arm; er wandte sich, indem er seinen Hirschfänger zog, zu Hoango, und schwor, daß er den Jungen augenblicklich töten würde, wenn er den Negern nicht zuriefe, von ihrem Vorhaben abzustehen. Hoango, dessen Kraft durch den Hieb über die drei Finger der Hand gebrochen war, und der sein eignes Leben, im Fall einer Weigerung, ausgesetzt haben würde, erwiderte nach einigen Bedenken, indem er sich vom Boden aufheben ließ: »daß er dies tun wolle«; er stellte sich, von Herrn Strömli geführt, an das Fenster, und mit einem Schnupftuch, das er in die linke Hand nahm, über den Hof hinauswinkend, rief er den Negern zu: »daß sie die Tür, indem es, sein Leben

zu retten, keiner Hülfe bedürfe, unberührt lassen sollten und in ihre Ställe zurückkehren möchten!« Hierauf
beruhigte sich der Kampf ein wenig; Hoango schickte,
auf Verlangen Herrn Strömlis, einen im Hause einge-
fangenen Neger, mit der Wiederholung dieses Befehls,
zu dem im Hofe noch verweilenden und sich beratschla-
genden Haufen hinab; und da die Schwarzen, so wenig
sie auch von der Sache begriffen, den Worten dieses
förmlichen Botschafters Folge leisten mußten, so gaben
sie ihren Anschlag, zu dessen Ausführung schon alles in
Bereitschaft war, auf, und verfügten sich nach und
nach, obschon murrend und schimpfend, in ihre Ställe
zurück. Herr Strömli, indem er dem Knaben Seppy vor
den Augen Hoangos die Hände binden ließ, sagte diesem: »daß seine Absicht keine andere sei, als den Offizier, seinen Vetter aus der in der Pflanzung über ihn
verhängten Haft zu befreien, und daß, wenn seiner
Flucht nach Port au Prince keine Hindernisse in den
Weg gelegt würden, weder für sein, Hoangos, noch für
seiner Kinder Leben, die er ihm wiedergeben würde,
etwas zu befürchten sein würde.« Babekan, welcher
Toni sich näherte und zum Abschied in einer Rührung,
die sie nicht unterdrücken konnte, die Hand geben
wollte, stieß diese heftig von sich. Sie nannte sie eine
Niederträchtige und Verräterin, und meinte, indem sie
sich am Gestell des Tisches, an dem sie lag, umdrehte:
die Rache Gottes würde sie, noch ehe sie ihrer Schandtat
froh geworden, ereilen. Toni antwortete:»ich habe euch
nicht verraten; ich bin eine Weiße, und dem Jüngling,
den ihr gefangen habt, verlobt; ich gehöre zu dem Geschlecht derer, mit denen ihr im offenen Kriege liegt,
und werde vor Gott, daß ich mich auf ihre Seite stellte,
zu verantworten wissen.« Hierauf gab Herr Strömli dem
Neger Hoango, den er zur Sicherheit wieder hatte fes-
seln und an die Pfosten der Tür festbinden lassen, eine
Wache; er ließ den Diener, der, mit zersplittertem Schul-
terknochen, ohnmächtig am Boden lag, aufheben und
wegtragen; und nachdem er dem Hoango noch gesagt

hatte, daß er beide Kinder, den Nanky sowohl als den Seppy, nach Verlauf einiger Tage, in Sainte Lüze, wo die ersten französischen Vorposten stünden, abholen lassen könne, nahm er Toni, die, von mancherlei Gefühlen bestürmt, sich nicht enthalten konnte zu weinen, bei der Hand, und führte sie, unter den Flüchen Babekans und des alten Hoango, aus dem Schlafzimmer fort.

Inzwischen waren Adelbert und Gottfried, Herrn Strömlis Söhne, schon nach Beendigung des ersten, an den Fenstern gefochtenen Hauptkampfs, auf Befehl des Vaters, in das Zimmer ihres Vetters Gustav geeilt, und waren glücklich genug gewesen, die beiden Schwarzen, die diesen bewachten, nach einem hartnäckigen Widerstand zu überwältigen. Der eine lag tot im Zimmer; der andere hatte sich mit einer schweren Schußwunde bis auf den Korridor hinausgeschleppt. Die Brüder, deren einer, der Ältere, dabei selbst, obschon nur leicht, am Schenkel verwundet worden war, banden den teuren lieben Vetter los: sie umarmten und küßten ihn, und forderten ihn jauchzend, indem sie ihm Gewehr und Waffen gaben, auf, ihnen nach dem vorderen Zimmer, in welchem, da der Sieg entschieden, Herr Strömli wahrscheinlich alles schon zum Rückzug anordne, zu folgen. Aber Vetter Gustav, halb im Bette aufgerichtet, drückte ihnen freundlich die Hand; im übrigen war er still und zerstreut, und statt die Pistolen, die sie ihm darreichten, zu ergreifen, hob er die Rechte, und strich sich, mit einem unaussprechlichen Ausdruck von Gram, damit über die Stirn. Die Jünglinge, die sich bei ihm niedergesetzt hatten, fragten: was ihm fehle? und schon, da er sie mit seinem Arm umschloß, und sich mit dem Kopf schweigend an die Schulter des Jüngern lehnte, wollte Adelbert sich erheben, um ihm im Wahn, daß ihn eine Ohnmacht anwandle, einen Trunk Wasser herbeizuholen: als Toni, den Knaben Seppy auf dem Arm, an der Hand Herrn Strömlis, in das Zimmer trat. Gustav wechselte bei diesem Anblick die Farbe; er hielt sich, indem er aufstand, als ob er umsinken wollte, an den

Leibern der Freunde fest; und ehe die Jünglinge noch
wußten, was er mit dem Pistol, das er ihnen jetzt aus der
Hand nahm, anfangen wollte: drückte er dasselbe
schon, knirschend vor Wut, gegen Toni ab. Der Schuß
war ihr mitten durch die Brust gegangen; und da sie, mit
einem gebrochenen Laut des Schmerzes, noch einige
Schritte gegen ihn tat, und sodann, indem sie den Knaben an Herrn Strömli gab, vor ihm niedersank: schleuderte er das Pistol über sie, stieß sie mit dem Fuß von
sich, und warf sich, indem er sie eine Hure nannte,
wieder auf das Bette nieder. »Du ungeheurer Mensch!«
riefen Herr Strömli und seine beiden Söhne. Die Jünglinge warfen sich über das Mädchen, und riefen, indem
sie es aufhoben, einen der alten Diener herbei, der dem
Zuge schon in manchen ähnlichen, verzweiflungsvollen
Fällen die Hülfe eines Arztes geleistet hatte; aber das
Mädchen, das sich mit der Hand krampfhaft die Wunde
hielt, drückte die Freunde hinweg, und: »sagt ihm –!«
stammelte sie röchelnd, auf ihn, der sie erschossen,
hindeutend, und wiederholte: »sagt ihm – –!« Was sollen
wir ihm sagen? fragte Herr Strömli, da der Tod ihr die
Sprache raubte. Adelbert und Gottfried standen auf
und riefen dem unbegreiflich gräßlichen Mörder zu: ob
er wisse, daß das Mädchen seine Retterin sei; daß sie ihn
liebe und daß es ihre Absicht gewesen sei, mit ihm, dem
sie alles, Eltern und Eigentum, aufgeopfert, nach Port
au Prince zu entfliehen? – Sie donnerten ihm: Gustav! in
die Ohren, und fragten ihn: ob er nichts höre? und
schüttelten ihn und griffen ihm in die Haare, da er
unempfindlich, und ohne auf sie zu achten, auf dem
Bette lag. Gustav richtete sich auf. Er warf einen Blick
auf das in seinem Blut sich wälzende Mädchen; und die
Wut, die diese Tat veranlaßt hatte, machte, auf natürliche Weise, einem Gefühl gemeinen Mitleidens Platz.
Herr Strömli, heiße Tränen auf sein Schnupftuch nie-
derweinend, fragte: warum, Elender, hast du das getan?
Vetter Gustav, der von dem Bette aufgestanden war,
und das Mädchen, indem er sich den Schweiß von der

Stirn abwischte, betrachtete, antwortete: daß sie ihn
schändlicher Weise zur Nachtzeit gebunden, und dem
Neger Hoango übergeben habe. »Ach!« rief Toni, und
streckte, mit einem unbeschreiblichen Blick, ihre Hand
nach ihm aus: »dich, liebsten Freund, band ich, weil – –«
Aber sie konnte nicht reden und ihn auch mit der Hand
nicht erreichen; sie fiel, mit einer plötzlichen Erschlaf-
fung der Kraft, wieder auf den Schoß Herrn Strömlis
zurück. Weshalb? fragte Gustav blaß, indem er zu ihr
niederkniete. Herr Strömli, nach einer langen, nur
durch das Röcheln Tonis unterbrochenen Pause, in welcher man vergebens auf eine Antwort von ihr gehofft
hatte, nahm das Wort und sprach: weil, nach der Ankunft Hoangos, dich, Unglücklichen, zu retten, kein
anderes Mittel war; weil sie den Kampf, den du unfehlbar eingegangen wärest, vermeiden, weil sie Zeit gewinnen wollte, bis wir, die wir schon vermöge ihrer Veranstaltung herbeieilten, deine Befreiung mit den Waffen
in der Hand erzwingen konnten. Gustav legte die Hände vor sein Gesicht. Oh! rief er, ohne aufzusehen, und
meinte, die Erde versänke unter seinen Füßen: ist das,
was ihr mir sagt, wahr? Er legte seine Arme um ihren
Leib und sah ihr mit jammervoll zerrissenem Herzen ins
Gesicht. »Ach«, rief Toni, und dies waren ihre letzten
Worte: »du hättest mir nicht mißtrauen sollen!« Und
damit hauchte sie ihre schöne Seele aus. Gustav raufte
sich die Haare. Gewiß! sagte er, da ihn die Vettern von
der Leiche wegrissen: ich hätte dir nicht mißtrauen
sollen; denn du warst mir durch einen Eidschwur verlobt, obschon wir keine Worte darüber gewechselt hatten! Herr Strömli drückte jammernd den Latz, der des
Mädchens Brust umschloß, nieder. Er ermunterte den
Diener, der mit einigen unvollkommenen Rettungs-
werkzeugen neben ihm stand, die Kugel, die, wie er
meinte, in dem Brustknochen stecken müsse, auszuzie-
hen; aber alle Bemühungen, wie gesagt, waren vergebens, sie war von dem Blei ganz durchbohrt, und ihre
Seele schon zu besseren Sternen entflohn. – Inzwischen

war Gustav ans Fenster getreten; und während Herr
Strömli und seine Söhne unter stillen Tränen berat-
schlagten, was mit der Leiche anzufangen sei, und ob
man nicht die Mutter herbeirufen solle: jagte Gustav
sich die Kugel, womit das andere Pistol geladen war,
durchs Hirn. Diese neue Schreckenstat raubte den Verwandten völlig alle Besinnung. Die Hülfe wandte sich
jetzt auf ihn; aber des Ärmsten Schädel war ganz zerschmettert, und hing, da er sich das Pistol in den Mund
gesetzt hatte, zum Teil an den Wänden umher. Herr
Strömli war der erste, der sich wieder sammelte. Denn
da der Tag schon ganz hell durch die Fenster schien,
und auch Nachrichten einliefen, daß die Neger sich
schon wieder auf dem Hofe zeigten: so blieb nichts
übrig, als ungesäumt an den Rückzug zu denken. Man
legte die beiden Leichen, die man nicht der mutwilligen
Gewalt der Neger überlassen wollte, auf ein Brett, und
nachdem die Büchsen von neuem geladen waren, brach
der traurige Zug nach dem Möwenweiher auf. Herr
Strömli, den Knaben Seppy auf dem Arm, ging voran;
ihm folgten die beiden stärksten Diener, welche auf
ihren Schultern die Leichen trugen; der Verwundete
schwankte an einem Stabe hinterher; und Adelbert und
Gottfried gingen mit gespannten Büchsen dem langsam
fortschreitenden Leichenzuge zur Seite. Die Neger, da
sie den Haufen so schwach erblickten, traten mit Spießen und Gabeln aus ihren Wohnungen hervor, und
schienen Miene zu machen, angreifen zu wollen; aber
Hoango, den man die Vorsicht beobachtet hatte, loszubinden, trat auf die Treppe des Hauses hinaus, und
winkte den Negern, zu ruhen. »In Sainte Lüze!« rief er
Herrn Strömli zu, der schon mit den Leichen unter dem
Torweg war. »In Sainte Lüze!« antwortete dieser: worauf der Zug, ohne verfolgt zu werden, auf das Feld
hinauskam und die Waldung erreichte. Am Möwenweiher, wo man die Familie fand, grub man, unter vielen
Tränen, den Leichen ein Grab; und nachdem man noch
die Ringe, die sie an der Hand trugen, gewechselt hatte,

senkte man sie unter stillen Gebeten in die Wohnungen
des ewigen Friedens ein. Herr Strömli war glücklich
genug, mit seiner Frau und seinen Kindern, fünf Tage
darauf, Sainte Lüze zu erreichen, wo er die beiden
Negerknaben, seinem Versprechen gemäß, zurückließ.
Er traf kurz vor Anfang der Belagerung in Port au
Prince ein, wo er noch auf den Wällen für die Sache der
Weißen focht; und als die Stadt nach einer hartnäckigen
Gegenwehr an den General Dessalines überging, rettete
er sich mit dem französischen Heer auf die englische
Flotte, von wo die Familie nach Europa überschiffte,
und ohne weitere Unfälle ihr Vaterland, die Schweiz,
erreichte. Herr Strömli kaufte sich daselbst mit dem
Rest seines kleinen Vermögens, in der Gegend des Rigi,
an; und noch im Jahr 1807 war unter den Büschen
seines Gartens das Denkmal zu sehen, das er Gustav,
seinem Vetter, und der Verlobten desselben, der treuen
Toni, hatte setzen lassen.

DAS BETTELWEIB VON LOCARNO

Am Fuße der Alpen, bei Locarno im oberen Italien, befand sich ein altes, einem Marchese gehöriges Schloß, das man jetzt, wenn man vom St. Gotthard kommt, in Schutt und Trümmern liegen sieht: ein Schloß mit hohen und weitläufigen Zimmern, in deren einem einst, auf Stroh, das man ihr unterschüttete, eine alte kranke Frau, die sich bettelnd vor der Tür eingefunden hatte, von der Hausfrau aus Mitleiden gebettet worden war. Der Marchese, der, bei der Rückkehr von der Jagd, zufällig in das Zimmer trat, wo er seine Büchse abzusetzen pflegte, befahl der Frau unwillig, aus dem Winkel, in welchem sie lag, aufzustehen, und sich hinter den Ofen zu verfügen. Die Frau, da sie sich erhob, glitschte mit der Krücke auf dem glatten Boden aus, und beschädigte sich, auf eine gefährliche Weise, das Kreuz; dergestalt, daß sie zwar noch mit unsäglicher Mühe aufstand und quer, wie es vorgeschrieben war, über das Zimmer ging, hinter den Ofen aber, unter Stöhnen und Ächzen, niedersank und verschied.

Mehrere Jahre nachher, da der Marchese, durch Krieg und Mißwachs, in bedenkliche Vermögensumstände geraten war, fand sich ein florentinischer Ritter bei ihm ein, der das Schloß, seiner schönen Lage wegen, von ihm kaufen wollte. Der Marchese, dem viel an dem Handel gelegen war, gab seiner Frau auf, den Fremden in dem obenerwähnten, leerstehenden Zimmer, das sehr schön und prächtig eingerichtet war, unterzubrin-

218

gen. Aber wie betreten war das Ehepaar, als der Ritter mitten in der Nacht, verstört und bleich, zu ihnen herunter kam, hoch und teuer versichernd, daß es in dem Zimmer spuke, indem etwas, das dem Blick unsichtbar gewesen, mit einem Geräusch, als ob es auf Stroh gelegen, im Zimmerwinkel aufgestanden, mit vernehmlichen Schritten, langsam und gebrechlich, quer über das Zimmer gegangen, und hinter dem Ofen, unter Stöhnen und Ächzen, niedergesunken sei.

Der Marchese erschrocken, er wußte selbst nicht recht warum, lachte den Ritter mit erkünstelter Heiterkeit aus, und sagte, er wolle sogleich aufstehen, und die Nacht zu seiner Beruhigung, mit ihm in dem Zimmer zubringen. Doch der Ritter bat um die Gefälligkeit, ihm zu erlauben, daß er auf einem Lehnstuhl, in seinem Schlafzimmer übernachte, und als der Morgen kam, ließ er anspannen, empfahl sich und reiste ab.

Dieser Vorfall, der außerordentliches Aufsehen machte, schreckte auf eine dem Marchese höchst unangenehme Weise, mehrere Käufer ab; dergestalt, daß, da sich unter seinem eigenen Hausgesinde, befremdend und unbegreiflich, das Gerücht erhob, daß es in dem Zimmer, zur Mitternachtsstunde, umgehe, er, um es mit einem entscheidenden Verfahren niederzuschlagen, beschloß, die Sache in der nächsten Nacht selbst zu untersuchen. Demnach ließ er, beim Einbruch der Dämmerung, sein Bett in dem besagten Zimmer aufschlagen, und erharrte, ohne zu schlafen, die Mitternacht. Aber wie erschüttert war er, als er in der Tat, mit dem Schlage der Geisterstunde, das unbegreifliche Geräusch wahrnahm; es war, als ob ein Mensch sich von Stroh, das unter ihm knisterte, erhob, quer über das Zimmer ging, und hinter dem Ofen, unter Geseufz und Geröchel niedersank. Die Marquise, am andern Morgen, da er herunter kam, fragte ihn, wie die Untersuchung abgelaufen; und da er sich, mit scheuen und ungewissen Blicken, umsah, und, nachdem er die Tür verriegelt, versicherte, daß es mit dem Spuk seine Richtigkeit habe:

so erschrak sie, wie sie in ihrem Leben nicht getan, und bat ihn, bevor er die Sache verlauten ließe, sie noch einmal, in ihrer Gesellschaft, einer kaltblütigen Prüfung zu unterwerfen. Sie hörten aber, samt einem treuen Bedienten, den sie mitgenommen hatten, in der Tat, in der nächsten Nacht, dasselbe unbegreifliche, gespensterartige Geräusch; und nur der dringende Wunsch, das Schloß, es koste was es wolle, los zu werden, vermochte sie, das Entsetzen, das sie ergriff, in Gegenwart ihres Dieners zu unterdrücken, und dem Vorfall irgend eine gleichgültige und zufällige Ursache, die sich entdecken lassen müsse, unterzuschieben. Am Abend des dritten Tages, da beide, um der Sache auf den Grund zu kommen, mit Herzklopfen wieder die Treppe zu dem Fremdenzimmer bestiegen, fand sich zufällig der Haushund, den man von der Kette losgelassen hatte, vor der Tür desselben ein; dergestalt, daß beide, ohne sich bestimmt zu erklären, vielleicht in der unwillkürlichen Absicht, außer sich selbst noch etwas Drittes, Lebendiges, bei sich zu haben, den Hund mit sich in das Zimmer nahmen. Das Ehepaar, zwei Lichter auf dem Tisch, die Marquise unausgezogen, der Marchese Degen und Pistolen, die er aus dem Schrank genommen, neben sich, setzen sich, gegen eilf Uhr, jeder auf sein Bett; und während sie sich mit Gesprächen, so gut sie vermögen, zu unterhalten suchen, legt sich der Hund, Kopf und Beine zusammen gekauert, in der Mitte des Zimmers nieder und schläft ein. Drauf, in dem Augenblick der Mitternacht, läßt sich das entsetzliche Geräusch wieder hören; jemand, den kein Mensch mit Augen sehen kann, hebt sich, auf Krücken, im Zimmerwinkel empor; man hört das Stroh, das unter ihm rauscht; und mit dem ersten Schritt: tapp! tapp! erwacht der Hund, hebt sich plötzlich, die Ohren spitzend, vom Boden empor, und knurrend und bellend, grad als ob ein Mensch auf ihn eingeschritten käme, rückwärts gegen den Ofen weicht er aus. Bei diesem Anblick stürzt die Marquise, mit sträubenden Haaren, aus dem Zimmer; und während der Marquis, der den Degen ergriffen: wer da? ruft, und da ihm niemand antwortet, gleich einem Rasenden, nach allen Richtungen die Luft durchhaut, läßt sie anspannen, entschlossen, augenblicklich, nach der Stadt abzufahren. Aber ehe sie noch einige Sachen zusammengepackt und aus dem Tore herausgerasselt, sieht sie schon das Schloß ringsum in Flammen aufgehen. Der Marchese, von Entsetzen überreizt, hatte eine Kerze genommen, und dasselbe, überall mit Holz getäfelt wie es war, an allen vier Ecken, müde seines Lebens, angesteckt. Vergebens schickte sie Leute hinein, den Unglücklichen zu retten; er war auf die elendiglichste Weise bereits umgekommen, und noch jetzt liegen, von den Landleuten zusammengetragen, seine weißen Gebeine in dem Winkel des Zimmers, von welchem er das Bettelweib von Locarno hatte aufstehen heißen.

DIE HEILIGE CÄCILIE

oder

DIE GEWALT DER MUSIK

(Eine Legende)

Um das Ende des sechzehnten Jahrhunderts, als die Bilderstürmerei in den Niederlanden wütete, trafen drei Brüder, junge in Wittenberg studierende Leute, mit einem vierten, der in Antwerpen als Prädikant angestellt war, in der Stadt Aachen zusammen. Sie wollten daselbst eine Erbschaft erheben, die ihnen von seiten eines alten, ihnen allen unbekannten Oheims zugefallen war, und kehrten, weil niemand in dem Ort war, an den sie sich hätten wenden können, in einem Gasthof ein. Nach Verlauf einiger Tage, die sie damit zugebracht hatten, den Prädikanten über die merkwürdigen Auftritte, die in den Niederlanden vorgefallen waren, anzuhören, traf es sich, daß von den Nonnen im Kloster der heiligen Cäcilie, das damals vor den Toren dieser Stadt lag, der Fronleichnamstag festlich begangen werden sollte, dergestalt, daß die vier Brüder, von Schwärmerei, Jugend und dem Beispiel der Niederländer erhitzt, beschlossen, auch der Stadt Aachen das Schauspiel einer Bilderstürmerei zu geben. Der Prädikant, der dergleichen Unternehmungen mehr als einmal schon geleitet hatte, versammelte am Abend zuvor eine Anzahl junger, der neuen Lehre ergebener Kaufmannssöhne und Studenten, welche in dem Gasthofe bei Wein und Speisen, unter Verwünschungen des Papsttums, die Nacht zubrachten, und da der Tag über die Zinnen der Stadt aufgegangen, versahen sie sich mit Äxten und Zerstörungswerkzeugen aller Art, um ihr ausgelassenes

Geschäft zu beginnen. Sie verabredeten frohlockend ein Zeichen, auf welches sie damit anfangen wollten, die Fensterscheiben, mit biblischen Geschichten bemalt, einzuwerfen, und eines großen Anhangs, den sie unter dem Volk finden würden, gewiß, verfügten sie sich, entschlossen, keinen Stein auf dem andern zu lassen, in der Stunde, da die Glocken läuteten, in den Dom. Die Äbtissin, die schon beim Anbruch des Tages durch einen Freund von der Gefahr, in welcher das Kloster schwebte, benachrichtigt worden war, schickte vergebens zu wiederholten Malen zu dem kaiserlichen Offizier, der in der Stadt kommandierte, und bat sich zum Schutz des Klosters eine Wache aus; der Offizier, der selbst ein Feind des Papsttums und als solcher, wenigstens unter der Hand, der neuen Lehre zugetan war, wußte ihr unter dem staatsklugen Vorgeben, daß sie Geister sähe und für ihr Kloster auch nicht der Schatten einer Gefahr vorhanden sei, die Wache zu verweigern. Inzwischen brach die Stunde an, da die Feierlichkeiten beginnen sollten, und die Nonnen schickten sich unter Angst und Beten und jammervoller Erwartung der Dinge, die da kommen sollten, zur Messe an. Niemand beschützte sie, als ein alter, siebenzigjähriger Klostervogt, der sich mit einigen bewaffneten Troßknechten am Eingang der Kirche aufstellte. In den Nonnenklöstern führen, auf das Spiel jeder Art der Instrumente geübt, die Nonnen wie bekannt ihre Musiken selber auf, oft mit einer Präzision, einem Verstand und einer Empfindung, die man in männlichen Orchestern (vielleicht wegen der weiblichen Geschlechtsart dieser geheimnisvollen Kunst) vermißt. Nun fügte es sich zur Verdoppelung der Bedrängnis, daß die Kapellmeisterin, Schwester Antonia, welche die Musik auf dem Orchester zu dirigieren pflegte, wenige Tage zuvor an einem Nervenfieber heftig erkrankte, dergestalt, daß abgesehen von den vier gotteslästerlichen Brüdern, die man bereits, in Mänteln gehüllt, unter den Pfeilern der Kirche erblickte, das Kloster auch wegen Aufführung eines schicklichen Musikwerks in der lebhaftesten Verlegenheit war. Die Äbtissin, die am Abend des vorhergehenden Tages befohlen hatte, daß eine uralte, von einem unbekannten Meister herrührende italienische Messe aufgeführt werden möchte, mit welcher die Kapelle mehrmals schon, einer besondern Heiligkeit und Herrlichkeit wegen, mit welcher sie gedichtet war, die größten Wirkungen hervorgebracht hatte, schickte, mehr als jemals auf ihrem Willen beharrend, noch einmal zur Schwester Antonia herab, um zu hören, wie sich dieselbe befinde; die Nonne aber, die das Geschäft übernahm, kam mit der Nachricht zurück, daß die Schwester in gänzlich bewußtlosem Zustande darniederliege und daß an ihre Direktionsführung bei der vorhabenden Musik auf keine Weise zu denken sei. Inzwischen waren in dem Dom, in welchem sich nach und nach mehr denn hundert mit Beilen und Brechstangen versehene Frevler von allen Ständen und Altern eingefunden hatten, bereits die bedenklichsten Auftritte vorgefallen; man hatte einige Troßknechte, die an den Portalen standen, auf die unanständigste Weise geneckt und sich die frechsten und unverschämtesten Äußerungen gegen die Nonnen erlaubt, die sich hin und wieder in frommen Geschäften einzeln in den Hallen blicken ließen: dergestalt, daß der Klostervogt sich in die Sakristei verfügte und die Äbtissin auf Knien beschwor, das Fest einzustellen und sich in die Stadt unter den Schutz des Kommandanten zu begeben. Aber die Äbtissin bestand unerschütterlich darauf, daß das zur Ehre des höchsten Gottes angeordnete Fest begangen werden müsse, sie erinnerte den Klostervogt an seine Pflicht, die Messe und den feierlichen Umgang, der in dem Dom gehalten werden würde, mit Leib und Leben zu beschirmen, und befahl, weil eben die Glocke schlug, den Nonnen, die sie unter Zittern und Beben umringten, ein Oratorium, gleichviel welches und von welchem Wert es sei, zu nehmen und mit dessen Aufführung sofort den Anfang zu machen.

Eben schickten sich die Nonnen auf dem Altan der Orgel dazu an; die Partitur eines Musikwerks, das man schon häufig gegeben hatte, ward verteilt, Geigen, Hoboen und Bässe geprüft und gestimmt: als Schwester Antonia plötzlich, frisch und gesund, ein wenig bleich im Gesicht, von der Treppe her erschien; sie trug die Partitur der uralten, italienischen Messe, auf deren Aufführung die Äbtissin so dringend bestanden hatte, unter dem Arm. Auf die erstaunte Frage der Nonnen: »wo sie herkomme? und wie sie sich plötzlich so erholt habe?« antwortete sie: gleichviel, Freundinnen, gleichviel! verteilte die Partitur, die sie bei sich trug, und setzte sich selbst, von Begeisterung glühend, an die Orgel, um die Direktion des vortrefflichen Musikstücks zu übernehmen. Demnach kam es wie ein wunderbarer, himmlischer Trost in die Herzen der frommen Frauen; sie stellten sich augenblicklich mit ihren Instrumenten an die Pulte; die Beklemmung selbst, in der sie sich befanden, kam hinzu, um ihre Seelen wie auf Schwingen durch alle Himmel des Wohlklangs zu führen; das Oratorium ward mit der höchsten und herrlichsten musikalischen Pracht ausgeführt; es regte sich während der ganzen Darstellung kein Odem in den Hallen und Bänken; besonders bei dem salve regina und noch mehr bei dem gloria in excelsis war es, als ob die ganze Bevölkerung der Kirche tot sei: dergestalt, daß den vier gottverdammten Brüdern und ihrem Anhang zum Trotz auch der Staub auf dem Estrich nicht verweht ward und das Kloster noch bis an den Schluß des dreißigjährigen Krieges bestanden hat, wo man es vermöge eines Artikels im westfälischen Frieden gleichwohl säkularisierte.

Sechs Jahre darauf, da diese Begebenheit längst vergessen war, kam die Mutter dieser vier Jünglinge aus dem Haag an und stellte unter dem betrübten Vorgeben, daß dieselben gänzlich verschollen wären, bei dem Magistrat zu Aachen wegen der Straße, die sie von hier aus genommen haben mochten, gerichtliche Untersuchungen an. Die letzten Nachrichten, die man von ihnen in den Niederlanden, wo sie eigentlich zu Hause gehörten, gehabt hatte, waren, wie sie meldete, ein vor dem angegebenen Zeitraum am Vorabend eines Fronleichnamsfestes geschriebener Brief des Prädikanten an seinen Freund, einen Schullehrer in Antwerpen, worin er demselben mit vieler Heiterkeit oder vielmehr Ausgelassenheit von einer gegen das Kloster der heiligen Cäcilie entworfenen Unternehmung, über welche sich die Mutter jedoch nicht näher auslassen wollte, auf vier dichtgedrängten Seiten vorläufige Anzeige machte. Nach mancherlei vergeblichen Bemühungen, die Personen, welche diese bekümmerte Frau suchte, auszumitteln, erinnerte man sich endlich, daß sich schon seit einer Reihe von Jahren, welche ungefähr auf die Angabe paßte, vier junge Leute, deren Vaterland und Herkunft unbekannt sei, in dem durch des Kaisers Vorsorge unlängst gestifteten Irrenhause der Stadt befanden. Da dieselben jedoch an der Ausschweifung einer religiösen Idee krank lagen und ihre Aufführung, wie das Gericht dunkel gehört zu haben meinte, äußerst trübselig und melancholisch war, so paßte dies zu wenig auf den der Mutter nur leider zu wohl bekannten Gemütszustand ihrer Söhne, als daß sie auf diese Anzeige, besonders da es fast herauskam, als ob die Leute katholisch wären, viel hätte geben sollen. Gleichwohl durch mancherlei Kennzeichen, womit man sie beschrieb, seltsam getroffen, begab sie sich eines Tages in Begleitung eines Gerichtsboten in das Irrenhaus und bat den Vorsteher um die Gefälligkeit, ihr zu den vier unglücklichen, sinnverwirrten Männern, die man daselbst aufbewahre, einen prüfenden Zutritt zu gestatten. Aber wer beschreibt das Entsetzen der armen Frau, als sie gleich auf den ersten Blick, sowie sie in die Türe trat, ihre Söhne erkannte: sie saßen in langen, schwarzen Talaren um einen Tisch, auf welchem ein Kruzifix stand, und schienen, mit gefalteten Händen schweigend auf die Platte gestützt, dasselbe anzubeten. Auf die Frage der Frau, die ihrer Kräfte beraubt auf einen Stuhl niedergesun-

ken war: was sie daselbst machten? antworteten ihr die
Vorsteher: »daß sie bloß in der Verherrlichung des Hei-
lands begriffen wären, von dem sie nach ihrem Vorgeben besser als andre einzusehen glaubten, daß er der
wahrhaftige Sohn des alleinigen Gottes sei.« Sie setzten
hinzu: »daß die Jünglinge seit nun schon sechs Jahren
dies geisterartige Leben führten, daß sie wenig schliefen
und wenig genössen, daß kein Laut über ihre Lippen
käme, daß sie sich bloß in der Stunde der Mitternacht
einmal von ihren Sitzen erhöben und daß sie alsdann,
mit einer Stimme, welche die Fenster des Hauses ber-
sten machte, das gloria in excelsis intonierten.« Die
Vorsteher schlossen mit der Versicherung: daß die jungen Männer dabei körperlich vollkommen gesund wären, daß man ihnen sogar eine gewisse, obschon sehr
ernste und feierliche Heiterkeit nicht absprechen könnte daß sie, wenn man sie für verrückt erklärte, mitleidig
die Achseln zuckten und daß sie schon mehr als einmal
geäußert hätten: »wenn die gute Stadt Aachen wüßte,
was sie, so würde dieselbe ihre Geschäfte beiseite legen
und sich gleichfalls zur Absingung des gloria um das
Kruzifix des Herrn niederlassen.«

Die Frau, die den schauderhaften Anblick dieser
Unglücklichen nicht ertragen konnte und sich bald darauf auf wankenden Knieen wieder hatte zu Hause führen lassen, begab sich, um über die Veranlassung dieser
ungeheuren Begebenheit Auskunft zu erhalten, am
Morgen des folgenden Tages zu Herrn Veit Gotthelf,
berühmten Tuchhändler der Stadt; denn dieses Mannes
erwähnte der von dem Prädikanten geschriebene Brief,
und es ging daraus hervor, daß derselbe an dem Projekt,
das Kloster der heiligen Cäcilie am Tage des Fronleichnamsfestes zu zerstören, eifrigen Anteil genommen habe. Veit Gotthelf, der Tuchhändler, der sich
inzwischen verheiratet, mehrere Kinder gezeugt und
die beträchtliche Handlung seines Vaters übernommen
hatte, empfing die Fremde sehr liebreich: und da er
erfuhr, welch ein Anliegen sie zu ihm führe, so verrie-

gelte er die Tür und ließ sich, nachdem er sie auf einen Stuhl niedergenötigt hatte, folgendermaßen vernehmen: »Meine liebe Frau! Wenn Ihr mich, der mit Euren Söhnen vor sechs Jahren in genauer Verbindung gestanden, in keine Untersuchung deshalb verwickeln wollt, so will ich Euch offenherzig und ohne Rückhalt gestehen: ja, wir haben den Vorsatz gehabt, dessen der Brief erwähnt! Wodurch diese Tat, zu deren Ausführung alles auf das genaueste mit wahrhaft gottlosem Scharfsinn angeordnet war, gescheitert ist, ist mir unbegreiflich; der Himmel selbst scheint das Kloster der frommen Frauen in seinen heiligen Schutz genommen zu haben. Denn wißt, daß sich Eure Söhne bereits zur Einleitung entscheidender Auftritte mehrere mutwillige, den Gottesdienst störende Possen erlaubt hatten: mehr denn dreihundert, mit Beilen und Pechkränzen versehene Bösewichter aus den Mauern unserer damals irregeleiteten Stadt erwarteten nichts als das Zeichen, das der Prädikant geben sollte, um den Dom der Erde gleichzumachen. Dagegen, bei Anhebung der Musik, nehmen Eure Söhne plötzlich, in gleichzeitiger Bewegung und auf eine uns auffallende Weise die Hüte ab; sie legen nach und nach wie in tiefer unaussprechlicher Rührung, die Hände vor ihr herabgebeugtes Gesicht, und der Prädikant, indem er sich, nach einer erschütternden Pause plötzlich umwendet, ruft uns allen mit lauter fürchterlicher Stimme zu: gleichfalls unsere Häupter zu entblößen! Vergebens fordern ihn einige Genossen flüsternd, indem sie ihn mit ihren Armen leichtfertig anstoßen, auf, das zur Bilderstürmerei verabredete Zeichen zu geben: der Prädikant, statt zu antworten, läßt sich mit kreuzweis auf die Brust gelegten Händen auf Knieen nieder und murmelt samt den Brüdern, die Stirn inbrünstig in den Staub herabgedrückt, die ganze Reihe noch kurz vorher von ihm verspotteter Gebete ab. Durch diesen Anblick tief im Innersten verwirrt, steht der Haufen der jämmerlichen Schwärmer, seiner Anführer beraubt, in Unschlüssigkeit und Untä-

tigkeit bis an den Schluß des vom Altan wunderbar
herabrauschenden Oratoriums da, und da auf Befehl
des Kommandanten in eben diesem Augenblick mehrere Arretierungen verfügt und einige Frevler, die sich
Unordnungen erlaubt hatten, von einer Wache aufge-
griffen und abgeführt wurden, so bleibt der elenden
Schar nichts übrig, als sich schleunigst unter dem Schutz
der gedrängt aufbrechenden Volksmenge aus dem Got-
teshause zu entfernen. Am Abend, da ich in dem Gasthofe vergebens mehreremal nach Euren Söhnen, welche nicht wiedergekehrt waren, gefragt hatte, gehe ich
in der entsetzlichsten Unruhe mit einigen Freunden
wieder nach dem Kloster hinaus, um mich bei den
Türstehern, welche der kaiserlichen Wache hilfreich an
die Hand gegangen waren, nach ihnen zu erkundigen.
Aber wie schildere ich Euch mein Entsetzen, edle Frau,
da ich diese vier Männer nach wie vor mit gefalteten
Händen, den Boden mit Brust und Scheiteln küssend,
als ob sie zu Stein erstarrt wären, heißer Inbrunst voll
vor dem Altar der Kirche daniedergestreckt liegen sehe!
Umsonst fordert sie der Klostervogt, der in eben diesem
Augenblick herbeikommt, indem er sie am Mantel zupft
und an den Armen rüttelt, auf, den Dom, in welchem es
schon ganz finster werde und kein Mensch mehr gegenwärtig sei, zu verlassen: sie hören, auf träumerische
Weise halb aufstehend, nicht eher auf ihn, als bis er sie
durch seine Knechte unter den Arm nehmen und vor
das Portal hinausführen läßt: wo sie uns endlich, obschon unter Seufzern und häufigem herzzerreißenden
Umsehen nach der Kathedrale, die hinter uns im Glanz
der Sonne prächtig funkelte, nach der Stadt folgen. Die
Freunde und ich, wir fragen sie zu wiederholten Malen
zärtlich und liebreich auf dem Rückwege, was ihnen in
aller Welt Schreckliches, fähig, ihr innerstes Gemüt dergestalt umzukehren, zugestoßen sei; sie drücken uns,
indem sie uns freundlich ansehen, die Hände, schauen
gedankenvoll auf den Boden nieder und wischen sich –
ach! – von Zeit zu Zeit mit einem Ausdruck, der mir

noch jetzt das Herz spaltet, die Tränen aus den Augen. Drauf, in ihre Wohnungen angekommen, binden sie sich ein Kreuz sinnreich und zierlich von Birkenreisern zusammen und setzen es einem kleinen Hügel von Wachs eingedrückt zwischen zwei Lichtern, womit die Magd erscheint, auf dem großen Tisch in des Zimmers Mitte nieder, und während die Freunde, deren Schar sich von Stunde zu Stunde vergrößert, händeringend zur Seite stehen und in zerstreuten Gruppen sprachlos vor Jammer ihrem stillen, gespensterartigen Treiben zusehen: lassen sie sich, gleich als ob ihre Sinne vor jeder andern Erscheinung verschlossen wären, um den Tisch nieder und schicken sich still, mit gefalteten Händen, zur Anbetung an. Weder des Essens begehren sie, das ihnen zur Bewirtung der Genossen ihrem am Morgen gegebenen Befehl gemäß die Magd bringt, noch späterhin, da die Nacht sinkt, des Lagers, das sie ihnen, weil sie müde scheinen, im Nebengemach aufgestapelt hat; die Freunde, um die Entrüstung des Wirts, den diese Aufführung befremdet, nicht zu reizen, müssen sich an einen zur Seite üppig gedeckten Tisch niederlassen und die für eine zahlreiche Gesellschaft zubereiteten Speisen mit dem Salz ihrer bitterlichen Tränen gebeizt einnehmen. Jetzt plötzlich schlägt die Stunde der Mitternacht; Eure vier Söhne, nachdem sie einen Augenblick gegen den dumpfen Klang der Glocke aufgehorcht, heben sich plötzlich in gleichzeitiger Bewegung von ihren Sitzen empor, und während wir mit niedergelegten Tischtüchern zu ihnen hinüberschauen, ängstlicher Erwartung voll, was auf so seltsames und befremdendes Beginnen erfolgen werde: fangen sie mit einer entsetzlichen und gräßlichen Stimme das gloria in excelsis zu intonieren an. So mögen sich Leoparden und Wölfe anhören lassen, wenn sie zur eisigen Winterzeit das Firmament anbrüllen: die Pfeiler des Hauses, versichere ich Euch, erschütterten, und die Fenster, von ihrer Lungen sichtbarem Atem getroffen, drohten klirrend, als ob man Hände voll schweren Sandes gegen ihre Flächen würfe, zusammenzubrechen. Bei diesem grausenhaften Auftritt stürzen wir besinnungslos mit sträubenden Haaren auseinander; wir zerstreuen uns, Mäntel und Hüte zurücklassend, durch die umliegenden Straßen, welche in kurzer Zeit statt unsrer von mehr denn hundert aus dem Schlaf geschreckter Menschen angefüllt waren; das Volk drängt sich, die Haustüre sprengend, über die Stiege dem Saale zu, um die Quelle dieses schauderhaften und empörenden Gebrülls, das wie von den Lippen ewig verdammter Sünder aus dem tiefsten Grund der flammenvollen Hölle jammervoll um Erbarmung zu Gottes Ohren heraufdrang, aufzusuchen. Endlich mit dem Schlage der Glocke Eins, ohne auf das Zürnen des Wirts, noch auf die erschütterten Ausrufungen des sie umringenden Volks gehört zu haben, schließen sie den Mund; sie wischen sich mit einem Tuch den Schweiß von der Stirn, der ihnen in großen Tropfen auf Kinn und Brust niederträuft, und breiten ihre Mäntel aus und legen sich, um eine Stunde von so qualvollen Geschäften auszuruhen, auf das Getäfel des Bodens nieder. Der Wirt, der sie gewähren läßt, schlägt, sobald er sie schlummern sieht, ein Kreuz über sie, und froh, des Elends für den Augenblick erledigt zu sein, bewegt er, unter der Versicherung, der Morgen werde eine heilsame Veränderung herbeiführen, den Männerhaufen, der gegenwärtig ist und der geheimnisvoll miteinander murmelt, das Zimmer zu verlassen. Aber leider! schon mit dem ersten Schrei des Hahns stehen die Unglücklichen wieder auf, um dem auf dem Tisch befindlichen Kreuz gegenüber dasselbe öde, gespensterartige Klosterleben, das nur Erschöpfung sie auf einen Augenblick auszusetzen zwang, wieder anzufangen. Sie nehmen von dem Wirt, dessen Herz ihr jammervoller Anblick schmelzt, keine Ermahnung, keine Hilfe an; sie bitten ihn, die Freunde lieblich abzuweisen, die sich sonst regelmäßig am Morgen jedes Tages bei ihnen zu versammeln pflegten; sie begehren nichts von ihm als Wasser und Brot und eine Streu, wenn es sein kann, für

die Nacht: dergestalt, daß dieser Mann, der sonst viel
Geld von ihrer Heiterkeit zog, sich genötigt sah, den
ganzen Vorfall den Gerichten anzuzeigen und sie zu
bitten, ihm diese vier Menschen, in welchen ohne Zweifel der böse Geist walten müsse, aus dem Hause zu
schaffen, worauf sie auf Befehl des Magistrats, in ärztli-
che Untersuchung genommen und, da man sie verrückt
befand, wie Ihr wißt, in die Gemächer des Irrenhauses
untergebracht wurden, das die Milde des letztverstorbe-
nen Kaisers zum Besten der Unglücklichen dieser Art
innerhalb der Mauern unserer Stadt gegründet hat.«
Dies und noch mehreres sagte Veit Gotthelf, der Tuchhändler, das wir hier, weil wir zur Einsicht in den inneren Zusammenhang der Sache genug gesagt zu haben
meinen, unterdrücken, und forderte die Frau nochmals
auf, ihn auf keine Weise, falls es zu gerichtlichen Nachforschungen über diese Begebenheit kommen sollte,
darin zu verstricken.

Drei Tage darauf, da die Frau, durch diesen Bericht
tief im Innersten erschüttert, am Arm einer Freundin
nach dem Kloster hinausgegangen war, in der wehmütigen Absicht, auf einem Spaziergang, weil eben das Wetter schön war, den entsetzlichen Schauplatz in Augenschein zu nehmen, auf welchem Gott ihre Söhne wie
durch unsichtbare Blitze zugrunde gerichtet hatte: fanden die Weiber den Dom, weil eben gebaut wurde, am
Eingang durch Planken versperrt und konnten, wenn
sie sich mühsam erhoben, durch die Öffnungen der
Bretter hindurch von dem Inneren nichts als die prächtig funkelnde Rose im Hintergrund der Kirche wahr-
nehmen. Viele hundert Arbeiter, welche fröhliche Lie-
der sangen, waren auf schlanken, vielfach verschlunge-
nen Gerüsten beschäftigt, die Türme noch um ein gutes
Dritteil zu erhöhen und die Dächer und Zinnen derselben, welche bis jetzt nur mit Schiefer bedeckt gewesen
waren, mit starkem, hellen, im Strahl der Sonne glänzi-
gen Kupfer zu belegen. Dabei stand ein Gewitter, dun-
kelschwarz, mit vergoldeten Rändern, im Hintergrund

des Baus; dasselbe hatte schon über die Gegend von
Aachen ausgedonnert, und nachdem es noch einige
kraftlose Blitze gegen die Richtung, wo der Dom stand,
geschleudert hatte, sank es, zu Dünsten aufgelöst, mißvergnügt murmelnd in Osten herab. Es traf sich, daß, da
die Frauen von der Treppe des weitläufigen klösterli-
chen Wohngebäudes herab, in mancherlei Gedanken
vertieft, dies doppelte Schauspiel betrachteten, eine
Klosterschwester, welche vorüberging, zufällig erfuhr,
wer die unter dem Portal stehende Frau sei, dergestalt,
daß die Äbtissin, die von einem den Fronleichnamstag
betreffenden Brief, den dieselbe bei sich trug, gehört
hatte, unmittelbar darauf die Schwester zu ihr herab-
schickte und die niederländische Frau ersuchen ließ,
zu ihr heraufzukommen. Die Niederländerin, obschon
einen Augenblick dadurch betroffen, schickte sich
nichtsdestoweniger ehrfurchtsvoll an, dem Befehl, den
man ihr angekündigt hatte, zu gehorchen, und während
die Freundin auf die Einladung der Nonne in ein dicht
an dem Eingang befindliches Nebenzimmer abtrat, öffnete man der Fremden, welche die Treppe hinaufsteigen mußte, die Flügeltüren des schön gebildeten Söllers
selbst. Daselbst fand sie die Äbtissin, welches eine edle
Frau von stillem königlichen Ansehn war, auf einem
Sessel sitzen, den Fuß auf einem Schemel gestützt, der
auf Drachenklauen ruhte; ihr zur Seite, auf einem Pulte,
lag die Partitur einer Musik. Die Äbtissin, nachdem sie
befohlen hatte, der Fremden einen Stuhl hinzusetzen,
entdeckte ihr, daß sie bereits durch den Bürgermeister
von ihrer Ankunft in der Stadt gehört, und nachdem sie
sich, auf menschenfreundliche Weise nach dem Befinden ihrer unglücklichen Söhne erkundigt, auch sie er-
muntert hatte, sich über das Schicksal, das dieselben
betroffen, weil es einmal nicht zu ändern sei, möglichst
zu fassen: eröffnete sie ihr den Wunsch, den Brief zu
sehen, den der Prädikant an seinen Freund, den Schullehrer in Antwerpen, geschrieben hatte. Die Frau, welche Erfahrung genug besaß, einzusehen, von welchen

Folgen dieser Schritt sein konnte, fühlte sich dadurch
auf einen Augenblick in Verlegenheit gestürzt; da jedoch das ehrwürdige Antlitz der Dame unbedingtes
Vertrauen erforderte und auf keine Weise schicklich
war, zu glauben, daß ihre Absicht sein könne, von dem
Inhalt desselben einen öffentlichen Gebrauch zu machen, so nahm sie nach einer kurzen Besinnung den
Brief aus ihrem Busen und reichte ihn unter einem
heißen Kuß auf ihre Hand der fürstlichen Dame dar.
Die Frau, während die Äbtissin den Brief überlas, warf
nunmehr einen Blick auf die nachlässig über dem Pult
aufgeschlagene Partitur, und da sie durch den Bericht
des Tuchhändlers auf den Gedanken gekommen war, es
könne wohl die Gewalt der Töne gewesen sein, die an
jenem schauerlichen Tage das Gemüt ihrer armen Söhne zerstört und verwirrt habe: so fragte sie die Klosterschwester, die hinter ihrem Stuhle stand, indem sie sich
zu ihr umkehrte, schüchtern: »ob dies das Musikwerk
wäre, das vor sechs Jahren am Morgen jenes merkwürdigen Fronleichnamsfestes in der Kathedrale aufgeführt
worden sei?« Auf die Antwort der jungen Klosterschwester: ja! sie erinnere sich, davon gehört zu haben, und es
pflege seitdem, wenn man es nicht brauche, im Zimmer
der hochwürdigsten Frau zu liegen: stand, lebhaft erschüttert, die Frau auf und stellte sich, von mancherlei
Gedanken durchkreuzt, vor den Pult. Sie betrachtete die
unbekannten zauberischen Zeichen, womit sich ein
fürchterlicher Geist geheimnisvoll den Kreis abzustek-
ken schien, und meinte in die Erde zu sinken, da sie
gerade das gloria in excelsis aufgeschlagen fand. Es war
ihr, als ob das ganze Schrecken der Tonkunst, das ihre
Söhne verderbt hatte, über ihrem Haupte rauschend
daherzöge; sie glaubte bei dem bloßen Anblick ihre
Sinne zu verlieren, und nachdem sie schnell, mit einer
unendlichen Regung von Demut und Unterwerfung
unter die göttliche Allmacht, das Blatt an ihre Lippen
gedrückt hatte, setzte sie sich wieder auf ihren Stuhl
zurück. Inzwischen hatte die Äbtissin den Brief ausgele-

sen und sagte, indem sie ihn zusammenfaltete: »Gott selbst hat das Kloster an jenem wunderbaren Tage gegen den Übermut Eurer schwer verirrten Söhne beschirmt. Welcher Mittel er sich dabei bedient, kann Euch, die Ihr eine Protestantin seid, gleichgültig sein: Ihr würdet auch das, was ich Euch darüber sagen könnte, schwerlich begreifen. Dann vernehmt, daß schlechterdings niemand weiß, wer eigentlich das Werk, das Ihr dort aufgeschlagen findet, im Drang der schreckenvollen Stunde, da die Bilderstürmerei über uns hereinbrechen sollte, ruhig auf dem Sitz der Orgel dirigiert habe. Durch ein Zeugnis, das am Morgen des folgenden Tages in Gegenwart des Klostervogts und mehrerer anderer Männern aufgenommen und im Archiv niedergelegt ward, ist erwiesen, daß Schwester Antonia, die einzige, die das Werk dirigieren konnte, während des ganzen Zeitraums seiner Aufführung krank, bewußtlos, ihrer Glieder schlechthin unmächtig, im Winkel ihrer Klosterzelle darniedergelegen habe; eine Klosterschwester, die ihr als leibliche Verwandte zur Pflege ihres Körpers beigeordnet war, ist während des ganzen Vormittags, da das Fronleichnamsfest in der Kathedrale gefeiert worden, nicht von ihrem Bette gewichen. Ja Schwester Antonia würde ohnfehlbar selbst den Umstand, daß sie es nicht gewesen sei, die auf so seltsame und befremdende Weise auf dem Altan der Orgel erschien, bestätigt und bewahrheitet haben: wenn ihr gänzlich sinnberaubter Zustand erlaubt hätte, sie darum zu befragen, und die Kranke nicht noch am Abend desselben Tages an dem Nervenfieber, an dem sie daniederlag und welches früherhin gar nicht lebensgefährlich schien, verschieden wäre. Auch hat der Erzbischof von Trier, an den dieser Vorfall berichtet ward, bereits das Wort ausgesprochen, das ihn allein erklärt nämlich daß die heilige Cäcilie selbst dieses zu gleicher Zeit schreckliche und herrliche Wunder vollbracht habe, und von dem Papst habe ich soeben ein Breve erhalten, wodurch er dies bestätigt.« Und damit gab sie der Frau den Brief, den sie sich bloß von ihr erbeten hatte, um über das, was sie schon wußte, nähere Auskunft zu erhalten, unter dem Versprechen, daß sie davon keinen Gebrauch machen würde, zurück; und nachdem sie dieselbe noch gefragt hatte, ob zur Wiederherstellung ihrer Söhne Hoffnung sei und ob sie ihr vielleicht mit irgend etwas, Geld oder eine andere Unterstützung, zu diesem Zweck dienen könne, welches die Frau, indem sie ihr den Rock küßte, weinend verneinte: grüßte sie dieselbe freundlich mit der Hand und entließ sie.

Hier endigt die Legende. Die Frau, deren Anwesenheit in Aachen gänzlich nutzlos war, ging mit Zurücklassung eines kleinen Kapitals, das sie zum Besten ihrer armen Söhne bei den Gerichten niederlegte, nach dem Haag zurück, wo sie ein Jahr darauf, durch diesen Vorfall tief bewegt, in den Schoß der katholischen Kirche zurückkehrte: die Söhne aber starben im späten Alter eines heitern und vergnügten Todes, nachdem sie noch einmal, ihrer Gewohnheit gemäß, das gloria in excelsis abgesungen hatten.

DER ZWEIKAMPF

Herzog Wilhelm von Breysach, der, seit seiner heimlichen Verbindung mit einer Gräfin, namens Katharina von Heersbruck, aus dem Hause Alt-Hüningen, die unter seinem Range zu sein schien, mit seinem Halbbruder, dem Grafen Jakob dem Rotbart, in Feindschaft lebte, kam gegen das Ende des vierzehnten Jahrhunderts, da die Nacht des heiligen Remigius zu dämmern begann, von einer in Worms mit dem deutschen Kaiser abgehaltenen Zusammenkunft zurück, worin er sich von diesem Herrn, in Ermangelung ehelicher Kinder, die ihm gestorben waren, die Legitimation eines, mit seiner Gemahlin vor der Ehe erzeugten, natürlichen Sohnes, des Grafen Philipp von Hüningen, ausgewirkt hatte. Freudiger, als während des ganzen Laufs seiner Regierung in die Zukunft blickend, hatte er schon den Park, der hinter seinem Schlosse lag, erreicht: als plötzlich ein Pfeilschuß aus dem Dunkel der Gebüsche hervorbrach, und ihm, dicht unter dem Brustknochen, den Leib durchbohrte. Herr Friedrich von Trota, sein Kämmerer, brachte ihn, über diesen Vorfall äußerst betroffen, mit Hülfe einiger andern Ritter, in das Schloß, wo er nur noch, in den Armen seiner bestürzten Gemahlin, die Kraft hatte, einer Versammlung von Reichsvasallen, die schleunigst, auf Veranstaltung der letztern, zusammenberufen worden war, die kaiserliche Legitimationsakte vorzulesen; und nachdem, nicht ohne lebhaften Widerstand, indem, in Folge des Gesetzes, die Krone an seinen Halbbruder, den Grafen Jakob den Rotbart, fiel, die Vasallen seinen letzten bestimmten Willen erfüllt, und unter dem Vorbehalt, die Genehmigung des Kaisers einzuholen, den Grafen Philipp als Thronerben, die Mutter aber, wegen Minderjährigkeit desselben, als Vormünderin und Regentin anerkannt hatten: legte er sich nieder und starb.

Die Herzogin bestieg nun, ohne weiteres, unter einer bloßen Anzeige, die sie, durch einige Abgeordnete, an ihren Schwager, den Grafen Jakob den Rotbart, tun ließ, den Thron; und was mehrere Ritter des Hofes, welche die abgeschlossene Gemütsart des letzteren zu durchschauen meinten, vorausgesagt hatten, das traf, wenigstens dem äußeren Anschein nach, ein: Jakob der Rotbart verschmerzte, in kluger Erwägung der obwaltenden Umstände, das Unrecht, das ihm sein Bruder zugefügt hatte; zum mindesten enthielt er sich aller und jeder Schritte, den letzten Willen des Herzogs umzustoßen, und wünschte seinem jungen Neffen zu dem Thron, den er erlangt hatte, von Herzen Glück. Er beschrieb den Abgeordneten, die er sehr heiter und freundlich an seine Tafel zog, wie er seit dem Tode seiner Gemahlin, die ihm ein königliches Vermögen hinterlassen, frei und unabhängig auf seiner Burg lebe; wie er die Weiber der angrenzenden Edelleute, seinen eignen Wein, und, in Gesellschaft munterer Freunde, die Jagd liebe, und wie ein Kreuzzug nach Palästina, auf welchem er die Sünden einer raschen Jugend, auch leider, wie er zugab, im Alter noch wachsend, abzubüßen dachte, die ganze Unternehmung sei, auf die er noch, am Schluß seines Lebens, hinaussehe. Vergebens machten ihm seine beiden Söhne, welche in der bestimmten Hoffnung der Thronfolge erzogen worden waren, wegen der Unempfindlichkeit und Gleichgültigkeit mit welcher er, auf ganz unerwartete Weise, in diese unheilbare Kränkung ihrer Ansprüche willigte, die bittersten Vorwürfe: er wies sie, die noch unbärtig waren, mit kurzen und spöttischen Machtsprüchen zur Ruhe,

nötigte sie, ihm am Tage des feierlichen Leichenbe-
gängnisses, in die Stadt zu folgen, und daselbst, an
seiner Seite, den alten Herzog, ihren Oheim, wie es sich
gebühre, zur Gruft zu bestatten; und nachdem er im
Thronsaal des herzoglichen Palastes, dem jungen Prinzen, seinem Neffen, in Gegenwart der Regentin Mutter,
gleich allen andern Großen des Hofes, die Huldigung
geleistet hatte, kehrte er unter Ablehnung aller Ämter
und Würden, welche die letztere ihm antrug, begleitet
von den Segnungen des, ihn um seine Großmut und
Mäßigung doppelt verehrenden Volks, wieder auf seine
Burg zurück.

Die Herzogin schritt nun, nach dieser unverhofft
glücklichen Beseitigung der ersten Interessen, zur Erfüllung ihrer zweiten Regentenpflicht, nämlich, wegen
der Mörder ihres Gemahls, deren man im Park eine
ganze Schar wahrgenommen haben wollte, Untersuchungen anzustellen, und prüfte zu diesem Zweck
selbst, mit Herrn Godwin von Herrthal, ihrem Kanzler,
den Pfeil, der seinem Leben ein Ende gemacht hatte.
Inzwischen fand man an demselben nichts, das den
Eigentümer hätte verraten können, außer etwa, daß er,
auf befremdende Weise, zierlich und prächtig gearbeitet war. Starke, krause und glänzende Federn steckten in
einem Stiel, der, schlank und kräftig, von dunkelm
Nußbaumholz, gedrechselt war; die Bekleidung des vorderen Endes war von glänzendem Messing, und nur die
äußerste Spitze selbst, scharf wie die Gräte eines Fisches,
war von Stahl. Der Pfeil schien für die Rüstkammer
eines vornehmen und reichen Mannes verfertigt zu
sein, der entweder in Fehden verwickelt, oder ein großer Liebhaber von der Jagd war; und da man aus einer,
dem Knopf eingegrabenen, Jahrszahl ersah, daß dies
erst vor kurzem geschehen sein konnte: so schickte die
Herzogin, auf Anraten des Kanzlers, den Pfeil, mit dem
Kronsiegel versehen, in alle Werkstätten von Deutschland umher, um den Meister, der ihn gedrechselt hatte,
aufzufinden, und, falls dies gelang, von demselben den

Namen dessen zu erfahren, auf dessen Bestellung er
gedrechselt worden war.

Fünf Monden darauf lief an Herrn Godwin, den
Kanzler, dem die Herzogin die ganze Untersuchung der
Sache übergeben hatte, die Erklärung von einem Pfeil-
macher aus Straßburg ein, daß er ein Schock solcher
Pfeile, samt dem dazu gehörigen Köcher, vor drei Jahren für den Grafen Jakob den Rotbart verfertigt habe.
Der Kanzler, über diese Erklärung äußerst betroffen,
hielt dieselbe mehrere Wochen lang in seinem Geheim-
schrank zurück; zum Teil kannte er, wie er meinte, trotz
der freien und ausschweifenden Lebensweise des Grafen, den Edelmut desselben zu gut, als daß er ihn einer
so abscheulichen Tat, als die Ermordung eines Bruders
war, hätte für fähig halten sollen; zum Teil auch, trotz
vieler andern guten Eigenschaften, die Gerechtigkeit
der Regentin zu wenig, als daß er, in einer Sache, die das
Leben ihres schlimmsten Feindes galt, nicht mit der
größten Vorsicht hätte verfahren sollen. Inzwischen
stellte er, unter der Hand, in der Richtung dieser sonderbaren Anzeige, Untersuchungen an, und da er
durch die Beamten der Stadtvogtei zufällig ausmittelte,
daß der Graf, der seine Burg sonst nie oder nur höchst
selten zu verlassen pflegte, in der Nacht der Ermordung
des Herzogs daraus abwesend gewesen war: so hielt er es
für seine Pflicht, das Geheimnis fallen zu lassen, und
die Herzogin, in einer der nächsten Sitzungen des
Staatsrats, von dem befremdenden und seltsamen Verdacht, der durch diese beiden Klagepunkte auf ihren
Schwager, den Grafen Jakob den Rotbart fiel, umständlich zu unterrichten.

Die Herzogin, die sich glücklich pries, mit dem Grafen, ihrem Schwager, auf einem so freundschaftlichen
Fuß zu stehen, und nichts mehr fürchtete, als seine
Empfindlichkeit durch unüberlegte Schritte zu reizen,
gab inzwischen, zum Befremden des Kanzlers, bei dieser zweideutigen Eröffnung nicht das mindeste Zeichen
der Freude von sich; vielmehr, als sie die Papiere zwei-

mal mit Aufmerksamkeit überlesen hatte, äußerte sie
lebhaft ihr Mißfallen, daß man eine Sache, die so ungewiß und bedenklich sei, öffentlich im Staatsrat zur Sprache bringe. Sie war der Meinung, daß ein Irrtum oder
eine Verleumdung dabei statt finden müsse, und befahl, von der Anzeige schlechthin bei den Gerichten
keinen Gebrauch zu machen. Ja, bei der außerordentlichen, fast schwärmerischen Volksverehrung, deren der
Graf, nach einer natürlichen Wendung der Dinge, seit
seiner Ausschließung vom Throne genoß, schien ihr
auch schon dieser bloße Vortrag im Staatsrat äußerst
gefährlich; und da sie voraus sah, daß ein Stadtge-
schwätz darüber zu seinen Ohren kommen würde, so
schickte sie, von einem wahrhaft edelmütigen Schreiben
begleitet, die beiden Klagpunkte, die sie das Spiel eines
sonderbaren Mißverständnisses nannte, samt dem, worauf sie sich stützen sollten, zu ihm hinaus, mit der
bestimmten Bitte, sie, die im voraus von seiner Unschuld überzeugt sei, mit aller Widerlegung derselben
zu verschonen.

Der Graf der eben mit einer Gesellschaft von Freunden bei der Tafel saß, stand, als der Ritter mit der
Botschaft der Herzogin, zu ihm eintrat, verbindlich von
seinem Sessel auf; aber kaum, während die Freunde den
feierlichen Mann, der sich nicht niederlassen wollte,
betrachteten, hatte er in der Wölbung des Fensters den
Brief überlesen: als er die Farbe wechselte, und die
Papiere mit den Worten den Freunden übergab: Brüder, seht! welch eine schändliche Anklage, auf den
Mord meines Bruders, wider mich zusammengeschmie-
det worden ist! Er nahm dem Ritter, mit einem funkelnden Blick, den Pfeil aus der Hand, und setzte, die
Vernichtung seiner Seele verbergend, inzwischen die
Freunde sich unruhig um ihn versammelten, hinzu: daß
in der Tat das Geschoß sein gehöre und auch der Umstand, daß er in der Nacht des heiligen Remigius aus
seinem Schloß abwesend gewesen sei, gegründet sei! Die
Freunde fluchten über diese hämische und niederträch-

tige Arglistigkeit; sie schoben den Verdacht des Mordes auf die verruchten Ankläger selbst zurück, und schon waren sie im Begriff, gegen den Abgeordneten, der die Herzogin, seine Frau, in Schutz nahm, beleidigend zu werden: als der Graf, der die Papiere noch einmal überlesen hatte, indem er plötzlich unter sie trat, ausrief: ruhig, meine Freunde! – und damit nahm er sein Schwert, das im Winkel stand, und übergab es dem Ritter mit den Worten: daß er sein Gefangener sei! Auf die betroffene Frage des Ritters: ob er recht gehört, und ob er in der Tat die beiden Klagpunkte, die der Kanzler aufgesetzt, anerkenne? antwortete der Graf: ja! ja! ja! – Inzwischen hoffe er der Notwendigkeit überhoben zu sein, den Beweis wegen seiner Unschuld anders, als vor den Schranken eines förmlich von der Herzogin niedergesetzten Gerichts zu führen. Vergebens bewiesen die Ritter, mit dieser Äußerung höchst unzufrieden, daß er in diesem Fall wenigstens keinem andern, als dem Kaiser, von dem Zusammenhang der Sache Rechenschaft zu geben brauche; der Graf, der sich in einer sonderbar plötzlichen Wendung der Gesinnung, auf die Gerechtigkeit der Regentin berief, bestand darauf, sich vor dem Landestribunal zu stellen, und schon, indem er sich aus ihren Armen losriß, rief er, aus dem Fenster hinaus, nach seinen Pferden, willens, wie er sagte, dem Abgeordneten unmittelbar in die Ritterschaft zu folgen: als die Waffengefährten ihm gewaltsam, mit einem Vorschlag, den er endlich annehmen mußte, in den Weg traten. Sie setzten in ihrer Gesamtzahl ein Schreiben an die Herzogin auf, forderten als ein Recht, das jedem Ritter in solchem Fall zustehe, freies Geleit für ihn, und boten ihr zur Sicherheit, daß er sich dem von ihr errichteten Tribunal stellen, auch allem, was dasselbe über ihn verhängen möchte, unterwerfen würde, eine Bürgschaft von 20 000 Mark Silbers an.

Die Herzogin, auf diese unerwartete und ihr unbegreifliche Erklärung, hielt es, bei den abscheulichen Gerüchten, die bereits über die Veranlassung der Klage, im Volk herrschten, für das Ratsamste, mit gänzlichem Zurücktreten ihrer eignen Person, dem Kaiser die ganze Streitsache vorzulegen. Sie schickte ihm, auf den Rat des Kanzlers, sämtliche über den Vorfall lautende Aktenstücke zu, und bat, in seiner Eigenschaft als Reichsoberhaupt ihr die Untersuchung in einer Sache abzunehmen, in der sie selber als Partei befangen sei. Der Kaiser, der sich wegen Verhandlungen mit der Eidgenossenschaft grade damals in Basel aufhielt, willigte in diesen Wunsch; er setzte daselbst ein Gericht von drei Grafen, zwölf Rittern und zwei Gerichtsassessoren nieder; und nachdem er dem Grafen Jakob dem Rotbart, dem Antrag seiner Freunde gemäß, gegen die dargebotene Bürgschaft von 20 000 Mark Silbers freies Geleit zugestanden hatte, forderte er ihn auf, sich dem erwähnten Gericht zu stellen, und demselben über die beiden Punkte: wie der Pfeil, der, nach seinem eignen Geständnis, sein gehöre, in die Hände des Mörders gekommen? auch: an welchem dritten Ort er sich in der Nacht des heiligen Remigius aufgehalten habe, Red und Antwort zu geben.

Es war am Montag nach Trinitatis, als der Graf Jakob der Rotbart, mit einem glänzenden Gefolge von Rittern, der an ihn ergangenen Aufforderung gemäß, in Basel vor den Schranken des Gerichts erschien, und sich daselbst, mit Übergehung der ersten, ihm, wie er vorgab, gänzlich unauflöslichen Frage, in Bezug auf die zweite, welche für den Streitpunkt entscheidend war, folgendermaßen faßte: »Edle Herren!« und damit stützte er seine Hände auf das Geländer, und schaute aus seinen kleinen blitzenden Augen, von rötlichen Augenwimpern überschattet, die Versammlung an. »Ihr beschuldigt mich, der von seiner Gleichgültigkeit gegen Krone und Szepter Proben genug gegeben hat, der abscheulichsten Handlung, die begangen werden kann, der Ermordung meines, mir in der Tat wenig geneigten, aber darum nicht minder teuren Bruders; und als einen der Gründe, worauf ihr eure Anklage stützt, führt ihr an,

daß ich in der Nacht des heiligen Remigius, da jener
Frevel verübt ward, gegen eine durch viele Jahre beobachtete Gewohnheit, aus meinem Schlosse abwesend
war. Nun ist mir gar wohl bekannt, was ein Ritter, der
Ehre solcher Damen, deren Gunst ihm heimlich zuteil
wird, schuldig ist; und wahrlich! hätte der Himmel nicht,
aus heiterer Luft, dies sonderbare Verhängnis über
mein Haupt zusammengeführt: so würde das Geheimnis, das in meiner Brust schläft, mit mir gestorben, zu
Staub verwest, und erst auf den Posaunenruf des Engels,
der die Gräber sprengt, vor Gott mit mir erstanden sein.
Die Frage aber, die kaiserliche Majestät durch euren
Mund an mein Gewissen richtet, macht, wie ihr wohl
selbst einseht, alle Rücksichten und alle Bedenklichkei-
ten zu Schanden; und weil ihr denn wissen wollt, warum
es weder wahrscheinlich, noch auch selbst möglich sei,
daß ich an dem Mord meines Bruders, es sei nun persönlich oder mittelbar, Teil genommen, so vernehmt, daß
ich in der Nacht des heiligen Remigius, also zur Zeit, da
er verübt worden, heimlich bei der schönen, in Liebe mir
ergebenen Tochter des Landdrosts Winfried von Breda,
Frau Wittib Littegarde von Auerstein war.«

Nun muß man wissen, daß Frau Wittib Littegarde von
Auerstein, so wie die schönste, so auch, bis auf den
Augenblick dieser schmählichen Anklage, die unbe-
scholtenste und makelloseste Frau des Landes war. Sie
lebte, seit dem Tode des Schloßhauptmanns von Auerstein, ihres Gemahls, den sie wenige Monden nach ihrer
Vermählung an einem ansteckenden Fieber verloren
hatte, still und eingezogen auf der Burg ihres Vaters;
und nur auf den Wunsch dieses alten Herrn, der sie gern
wieder vermählt zu sehen wünschte, ergab sie sich darin,
dann und wann bei den Jagdfesten und Banketten zu
erscheinen, welche von der Ritterschaft der umliegenden Gegend, und hauptsächlich von Herrn Jakob dem
Rotbart, angestellt wurden. Viele Grafen und Herren,
aus den edelsten und begütertsten Geschlechtern des
Landes, fanden sich mit ihren Werbungen, bei solchen

Gelegenheiten um sie ein, und unter diesen war ihr Herr Friedrich von Trota, der Kämmerer, der ihr einst auf der Jagd gegen den Anlauf eines verwundeten Ebers tüchtiger Weise das Leben gerettet hatte, der Teuerste und Liebste; inzwischen hatte sie sich aus Besorgnis, ihren beiden, auf die Hinterlassenschaft ihres Vermögens rechnenden Brüdern dadurch zu mißfallen, aller Ermahnungen ihres Vaters ungeachtet, noch nicht entschließen können, ihm ihre Hand zu geben. Ja, als Rudolf, der Ältere von beiden sich mit einem reichen Fräulein aus der Nachbarschaft vermählte, und ihm, nach einer dreijährigen kinderlosen Ehe, zur großen Freude der Familie, ein Stammhalter geboren ward: so nahm sie, durch manche deutliche und undeutliche Erklärung bewogen, von Herrn Friedrich, ihrem Freunde, in einem unter vielen Tränen abgefaßten Schreiben, förmlich Abschied, und willigte, um die Einigkeit des Hauses zu erhalten, in den Vorschlag ihres Bruders, den Platz als Äbtissin in einem Frauenstift einzunehmen, das unfern ihrer väterlichen Burg an den Ufern des Rheins lag.

Grade um die Zeit, da bei dem Erzbischof von Straßburg dieser Plan betrieben ward, und die Sache im Begriff war zur Ausführung zu kommen, war es, als der Landdrost, Herr Winfried von Breda, durch das von dem Kaiser eingesetzte Gericht, die Anzeige von der Schande seiner Tochter Littegarde, und die Aufforderung erhielt, dieselbe zur Verantwortung gegen die von dem Grafen Jakob wider sie angebrachte Beschuldigung nach Basel zu befördern. Man bezeichnete ihm, im Verlauf des Schreibens, genau die Stunde und den Ort, in welchem der Graf, seinem Vorgeben gemäß, bei Frau Littegarde seinen Besuch heimlich abgestattet haben wollte, und schickte ihm sogar einen, von ihrem verstorbenen Gemahl herrührenden Ring mit, den er beim Abschied, zum Andenken an die verflossene Nacht, aus ihrer Hand empfangen zu haben versicherte. Nun litt Herr Winfried eben, am Tage der Ankunft dieses

Schreibens, an einer schweren und schmerzvollen Unpäßlichkeit des Alters; er wankte, in einem äußerst ge-
reizten Zustande, an der Hand seiner Tochter im Zimmer umher, das Ziel schon ins Auge fassend, das allem
was Leben atmet gesteckt ist; dergestalt, daß ihn, bei
Überlesung dieser fürchterlichen Anzeige, der Schlag
augenblicklich rührte, und er, indem er das Blatt fallen
ließ, mit gelähmten Gliedern auf den Fußboden nieder-
schlug. Die Brüder, die gegenwärtig waren, hoben ihn
bestürzt vom Boden auf, und riefen einen Arzt herbei,
der zu seiner Pflege, in den Nebengebäuden wohnte;
aber alle Mühe, ihn wieder ins Leben zurück zu bringen,
war umsonst: er gab, während Frau Littegarde besinnungslos in dem Schoß ihrer Frauen lag, seinen Geist
auf, und diese, da sie erwachte, hatte auch nicht den
letzten bittersüßen Trost, ihm ein Wort zur Verteidigung ihrer Ehre in die Ewigkeit mitgegeben zu haben.
Das Schrecken der beiden Brüder über diesen heillosen
Vorfall, und ihre Wut über die der Schwester ange-
schuldigte und leider nur zu wahrscheinliche Schandtat,
die ihn veranlaßt hatte, war unbeschreiblich. Denn sie
wußten nur zu wohl, daß Graf Jakob der Rotbart ihr in
der Tat, während des ganzen vergangenen Sommers,
angelegentlich den Hof gemacht hatte; mehrere Tur-
niere und Bankette waren bloß ihr zu Ehren von ihm
angestellt, und sie, auf eine schon damals sehr anstößige
Weise, vor allen andern Frauen, die er zur Gesellschaft
zog, von ihm ausgezeichnet worden. Ja, sie erinnerten
sich, daß Littegarde, grade um die Zeit des besagten
Remigiustages, eben diesen von ihrem Gemahl herstam-
menden Ring, der sich jetzt, auf sonderbare Weise in
den Händen des Grafen Jakob wieder fand, auf einem
Spaziergang verloren zu haben vorgegeben hatte; dergestalt, daß sie nicht einen Augenblick an der Wahrhaftigkeit der Aussage, die der Graf vor Gericht gegen sie
abgeleistet hatte, zweifelten. Vergebens – inzwischen
unter den Klagen des Hofgesindes die väterliche Leiche
weggetragen ward – umklammerte sie, nur um einen

Augenblick Gehör bittend, die Kniee ihrer Brüder; Rudolf, vor Entrüstung flammend, fragte sie, indem er sich zu ihr wandte: ob sie einen Zeugen für die Nichtigkeit der Beschuldigung für sich aufstellen könne? und da sie unter Zittern und Beben erwiderte: daß sie sich leider auf nichts, als die Unsträflichkeit ihres Lebenswandels berufen könne, indem ihre Zofe grade wegen eines Besuchs, den sie in der bewußten Nacht bei ihren Eltern abgestattet, aus ihrem Schlafzimmer abwesend gewesen sei: so stieß Rudolf sie mit Füßen von sich, riß ein Schwert das an der Wand hing, aus der Scheide, und befahl ihr, in mißgeschaffner Leidenschaft tobend, indem er Hunde und Knechte herbeirief, augenblicklich das Haus und die Burg zu verlassen. Littegarde stand bleich wie Kreide, vom Boden auf; sie bat, indem sie seinen Mißhandlungen schweigend auswich, ihr wenigstens zur Anordnung der erforderten Abreise die nötige Zeit zu lassen; doch Rudolf antwortete weiter nichts, als, vor Wut schäumend: hinaus, aus dem Schloß! dergestalt, daß da er auf seine eigne Frau, die ihm mit der Bitte um Schonung und Menschlichkeit, in den Weg trat, nicht hörte, und sie, durch einen Stoß mit dem Griff des Schwerts, der ihr das Blut fließen machte, rasend auf die Seite warf, die unglückliche Littegarde, mehr tot als lebendig, das Zimmer verließ: sie wankte, von den Blicken der gemeinen Menge umstellt, über den Hofraum der Schloßpforte zu, wo Rudolf ihr ein Bündel mit Wäsche, wozu er einiges Geld legte, hinausreichen ließ, und selbst hinter ihr, unter Flüchen und Verwünschungen, die Torflügel verschloß.

Dieser plötzliche Sturz, von der Höhe eines heiteren und fast ungetrübten Glücks, in die Tiefe eines unabsehbaren und gänzlich hülflosen Elends, war mehr als das arme Weib ertragen konnte. Unwissend, wohin sie sich wenden solle, wankte sie, gestützt am Geländer, den Felsenpfad hinab, um sich wenigstens für die einbrechende Nacht ein Unterkommen zu verschaffen; doch ehe sie noch den Eingang des Dörfchens, das verstreut

im Tale lag, erreicht hatte, sank sie schon ihrer Kräfte
beraubt, auf den Fußboden nieder. Sie mochte, allen
Erdenleiden entrückt, wohl eine Stunde so gelegen haben, und völlige Finsternis deckte schon die Gegend, als
sie, umringt von mehreren mitleidigen Einwohnern des
Orts, erwachte. Denn ein Knabe, der am Felsenabhang
spielte, hatte sie daselbst bemerkt, und in dem Hause
seiner Eltern von einer so sonderbaren und auffallenden Erscheinung Bericht abgestattet; worauf diese, die
von Littegarden mancherlei Wohltaten empfangen hatten, äußerst bestürzt sie in einer so trostlosen Lage zu
wissen, sogleich aufbrachen, um ihr mit Hülfe, so gut es
in ihren Kräften stand, beizuspringen. Sie erholte sich
durch die Bemühungen dieser Leute gar bald, und
gewann auch, bei dem Anblick der Burg, die hinter ihr
verschlossen war, ihre Besinnung wieder; sie weigerte
sich aber das Anerbieten zweier Weiber, sie wieder auf
das Schloß hinauf zu führen, anzunehmen, und bat nur
um die Gefälligkeit, ihr sogleich einen Führer herbei zu
schaffen, um ihre Wanderung fortzusetzen. Vergebens
stellten ihr die Leute vor, daß sie in ihrem Zustande
keine Reise antreten könne; Littegarde bestand unter
dem Vorwand, daß ihr Leben in Gefahr sei, darauf,
augenblicklich die Grenzen des Burggebiets zu verlassen; ja, sie machte, da sich der Haufen um sie, ohne ihr
zu helfen, immer vergrößerte, Anstalten, sich mit Gewalt los zu reißen, und sich allein, trotz der Dunkelheit
der hereinbrechenden Nacht, auf den Weg zu begeben;
dergestalt daß die Leute notgedrungen, aus Furcht, von
der Herrschaft, falls ihr ein Unglück zustieße, dafür in
Anspruch genommen zu werden, in ihren Wunsch wil-
ligten, und ihr ein Fuhrwerk herbeischafften, das mit
ihr, auf die wiederholt an sie gerichtete Frage, wohin sie
sich denn eigentlich wenden wolle, nach Basel abfuhr.

Aber schon vor dem Dorfe änderte sie, nach einer
aufmerksamern Erwägung der Umstände, ihren Entschluß, und befahl ihrem Führer umzukehren, und sie
nach der, nur wenige Meilen entfernten Trotenburg zu

fahren. Denn sie fühlte wohl, daß sie ohne Beistand, gegen einen solchen Gegner, als der Graf Jakob der Rotbart war, vor dem Gericht zu Basel nichts ausrichten würde; und niemand schien ihr des Vertrauens, zur Verteidigung ihrer Ehre aufgerufen zu werden, würdiger, als ihr wackerer, ihr in Liebe, wie sie wohl wußte, immer noch ergebener Freund, der treffliche Kämmerer Herr Friedrich von Trota. Es mochte ohngefähr Mitternacht sein, und die Lichter im Schlosse schimmerten noch, als sie äußerst ermüdet von der Reise, mit ihrem Fuhrwerk daselbst ankam. Sie schickte einen Diener des Hauses, der ihr entgegen kam, hinauf, um der Familie ihre Ankunft anmelden zu lassen; doch ehe dieser noch seinen Auftrag vollführt hatte, traten auch schon Fräulein Bertha und Kunigunde, Herrn Friedrichs Schwestern, vor die Tür hinaus, die zufällig, in Geschäften des Haushalts, im untern Vorsaal waren. Die Freundinnen hoben Littgarden, die ihnen gar wohl bekannt war, unter freudigen Begrüßungen vom Wagen, und führten sie, obschon nicht ohne einige Beklemmung, zu ihrem Bruder hinauf, der in Akten, womit ihn ein Prozeß überschüttete, versenkt, an einem Tische saß. Aber wer beschreibt das Erstaunen Herrn Friedrichs, als er auf das Geräusch, das sich hinter ihm erhob, sein Antlitz wandte, und Frau Littegarden, bleich und entstellt, ein wahres Bild der Verzweiflung, vor ihm auf Knieen nieder sinken sah. »Meine teuerste Littegarde!« rief er, indem er aufstand, und sie vom Fußboden erhob: »was ist Euch widerfahren?« Littegarde, nachdem sie sich auf einen Sessel niedergelassen hatte, erzählte ihm, was vorgefallen; welch eine verruchte Anzeige der Graf Jakob der Rotbart, um sich von dem Verdacht, wegen Ermordung des Herzogs, zu reinigen, vor dem Gericht zu Basel in Bezug auf sie, vorgebracht habe; wie die Nachricht davon ihrem alten, eben an einer Unpäßlichkeit leidenden Vater augenblicklich den Nervenschlag zugezogen, an welchem er auch, wenige Minuten darauf, in den Armen seiner Söhne verschieden

sei; und wie diese in Entrüstung darüber rasend, ohne
auf das, was sie zu ihrer Verteidigung vorbringen könne, zu hören, sie mit den entsetzlichsten Mißhandlungen
überhäuft, und zuletzt, gleich einer Verbrecherin, aus
dem Hause gejagt hatten. Sie bat Herrn Friedrich, sie
unter einer schicklichen Begleitung nach Basel zu befördern, und ihr daselbst einen Rechtsgehülfen anzuwei-
sen, der ihr, bei ihrer Erscheinung vor dem von dem
Kaiser eingesetzten Gericht, mit klugem und besonne-
nen Rat, gegen jene schändliche Beschuldigung, zur
Seite stehen könne. Sie versicherte, daß ihr aus dem
Munde eines Parthers oder Persers, den sie nie mit
Augen gesehen, eine solche Behauptung nicht hätte
unerwarteter kommen können, als aus dem Munde des
Grafen Jakobs des Rotbarts, indem ihr derselbe seines
schlechten Rufs sowohl, als seiner äußeren Bildung wegen, immer in der tiefsten Seele verhaßt gewesen sei,
und sie die Artigkeiten, die er sich, bei den Festgelagen
des vergangenen Sommers, zuweilen die Freiheit genommen ihr zu sagen, stets mit der größten Kälte und
Verachtung abgewiesen habe. »Genug, meine teuerste
Littegarde!« rief Herr Friedrich, indem er mit edlem
Eifer ihre Hand nahm, und an seine Lippen drückte:
»verliert kein Wort zur Verteidigung und Rechtferti-
gung Eurer Unschuld! In meiner Brust spricht eine
Stimme für Euch, weit lebhafter und überzeugender, als
alle Versicherungen, ja selbst als alle Rechtsgründe und
Beweise, die Ihr vielleicht aus der Verbindung der Umstände und Begebenheiten, vor dem Gericht zu Basel
für Euch aufzubringen vermögt. Nehmt mich, weil Eure
ungerechten und ungroßmütigen Brüder Euch verlassen, als Euren Freund und Bruder an, und gönnt mir
den Ruhm, Euer Anwalt in dieser Sache zu sein; ich will
den Glanz Eurer Ehre vor dem Gericht zu Basel und vor
dem Urteil der ganzen Welt wiederherstellen!« Damit
führte er Littegarden, deren Tränen vor Dankbarkeit
und Rührung, bei so edelmütigen Äußerungen heftig
flossen, zu Frau Helenen, seiner Mutter hinauf, die sich

bereits in ihr Schlafzimmer zurückgezogen hatte; er
stellte sie dieser würdigen alten Dame, die ihr mit besonderer Liebe zugetan war, als eine Gastfreundin vor, die
sich, wegen eines Zwistes, der in ihrer Familie ausgebrochen, entschlossen habe, ihren Aufenthalt während einiger Zeit auf seiner Burg zu nehmen; man räumte ihr
noch in derselben Nacht einen ganzen Flügel des weitläufigen Schlosses ein, erfüllte, aus dem Vorrat der
Schwestern, die Schränke, die sich darin befanden,
reichlich mit Kleidern und Wäsche für sie, wies ihr auch,
ganz ihrem Range gemäß, eine anständige ja prächtige
Dienerschaft an: und schon am dritten Tage befand sich
Herr Friedrich von Trota, ohne sich über die Art und
Weise, wie er seinen Beweis vor Gericht zu führen gedachte, auszulassen, mit einem zahlreichen Gefolge von
Reisigen und Knappen auf der Straße nach Basel.

Inzwischen war, von den Herren von Breda, Littegardens Brüdern, ein Schreiben, den auf der Burg statt
gehabten Vorfall anbetreffend, bei dem Gericht zu Basel eingelaufen, worin sie das arme Weib, sei es nun, daß
sie dieselbe wirklich für schuldig hielten, oder daß sie
sonst Gründe haben mochten, sie zu verderben, ganz
und gar, als eine überwiesene Verbrecherin, der Verfolgung der Gesetze preis gaben. Wenigstens nannten sie
die Verstoßung derselben aus der Burg, unedelmütiger
und unwahrhaftiger Weise, eine freiwillige Entweichung; sie beschrieben, wie sie sogleich, ohne irgend
etwas zur Verteidigung ihrer Unschuld aufbringen zu
können, auf einige entrüstete Äußerungen, die ihnen
entfahren wären, das Schloß verlassen habe; und waren,
bei der Vergeblichkeit aller Nachforschungen, die sie
beteuerten, ihrethalben angestellt zu haben, der Meinung, daß sie jetzt wahrscheinlich, an der Seite eines
dritten Abenteurers, in der Welt umirre, um das Maß
ihrer Schande zu erfüllen. Dabei trugen sie, zur Ehrenrettung der durch sie beleidigten Familie, darauf an,
ihren Namen aus der Geschlechtstafel des Bredaschen
Hauses auszustreichen, und begehrten, unter weitläufi-

gen Rechtsdeduktionen, sie, zur Strafe wegen so unerhörter Vergehungen, aller Ansprüche auf die Verlas-
senschaft des edlen Vaters, den ihre Schande ins Grab
gestürzt, für verlustig zu erklären. Nun waren die Richter zu Basel zwar weit entfernt, diesem Antrag, der
ohnehin gar nicht vor ihr Forum gehörte, zu willfahren;
da inzwischen der Graf Jakob, beim Empfang dieser
Nachricht, von seiner Teilnahme an dem Schicksal Littegardens die unzweideutigsten und entscheidendsten
Beweise gab, und heimlich, wie man erfuhr, Reuter
ausschickte, um sie aufzusuchen und ihr einen Aufenthalt auf seiner Burg anzubieten: so setzte das Gericht in
die Wahrhaftigkeit seiner Aussage keinen Zweifel mehr,
und beschloß die Klage die wegen Ermordung des Herzogs über ihn schwebte, sofort aufzuheben. Ja, diese
Teilnahme, die er der Unglücklichen in diesem Augenblick der Not schenkte, wirkte selbst höchst vorteilhaft
auf die Meinung des in seinem Wohlwollen für ihn sehr
wankenden Volks; man entschuldigte jetzt, was man
früherhin schwer gemißbilligt hatte, die Preisgebung
einer ihm in Liebe ergebenen Frau, vor der Verachtung
aller Welt, und fand, daß ihm unter so außerordentlichen und ungeheuren Umständen, da es ihm nichts
Geringeres, als Leben und Ehre galt, nichts übrig geblieben sei, als rücksichtslose Aufdeckung des Abenteuers,
das sich in der Nacht des heiligen Remigius zugetragen
hatte. Demnach ward, auf ausdrücklichen Befehl des
Kaisers, der Graf Jakob der Rotbart von neuem vor
Gericht geladen, um feierlich, bei offnen Türen, von
dem Verdacht, zur Ermordung des Herzogs mitgewirkt
zu haben, freigesprochen zu werden. Eben hatte der
Herold, unter den Hallen des weitläufigen Gerichts-
saals, das Schreiben der Herren von Breda abgelesen,
und das Gericht machte sich bereit, dem Schluß des
Kaisers gemäß, in Bezug auf den ihm zur Seite stehenden Angeklagten, zu einer förmlichen Ehrenerklärung
zu schreiten: als Herr Friedrich von Trota vor die
Schranken trat, und sich, auf das allgemeine Recht jedes

unparteiischen Zuschauers gestützt, den Brief auf einen
Augenblick zur Durchsicht ausbat. Man willigte, während die Augen alles Volks auf ihn gerichtet waren, in
seinen Wunsch; aber kaum hatte Herr Friedrich aus den
Händen des Herolds das Schreiben erhalten, als er es,
nach einem flüchtig hinein geworfenen Blick, von oben
bis unten zerriß, und die Stücken, samt seinem Handschuh, die er zusammen wickelte, mit der Erklärung
dem Grafen Jakob dem Rotbart ins Gesicht warf: daß er
ein schändlicher und niederträchtiger Verleumder, und
er entschlossen sei, die Schuldlosigkeit Frau Littegardens an dem Frevel, den er ihr vorgeworfen, auf Tod
und Leben, vor aller Welt, im Gottesurteil zu beweisen!
– Graf Jakob der Rotbart, nachdem er, blaß im Gesicht,
den Handschuh aufgenommen, sagte: »so gewiß als
Gott gerecht, im Urteil der Waffen, entscheidet, so gewiß werde ich dir die Wahrhaftigkeit dessen, was ich,
Frau Littegarden betreffend, notgedrungen verlaut-
bart, im ehrlichen ritterlichen Zweikampf beweisen! Erstattet, edle Herren«, sprach er, indem er sich zu den
Richtern wandte, »kaiserlicher Majestät Bericht von
dem Einspruch, welchen Herr Friedrich getan, und er-
sucht sie, uns Stunde und Ort zu bestimmen, wo wir uns,
mit dem Schwert in der Hand, zur Entscheidung dieser
Streitsache begegnen können!« Dem gemäß schickten
die Richter, unter Aufhebung der Session, eine Deputation, mit dem Bericht über diesen Vorfall an den Kaiser
ab; und da dieser durch das Auftreten Herrn Friedrichs,
als Verteidiger Littegardens, nicht wenig in seinem
Glauben an die Unschuld des Grafen irre geworden
war: so rief er, wie es die Ehrengesetze erforderten, Frau
Littegarden, zur Beiwohnung des Zweikampfs, nach
Basel, und setzte zur Aufklärung des sonderbaren Geheimnisses, das über dieser Sache schwebte, den Tag
der heiligen Margarethe als die Zeit, und den Schloßplatz zu Basel als den Ort an, wo beide, Herr Friedrich
von Trota und der Graf Jakob der Rotbart, in Gegenwart Frau Littegardens einander treffen sollten.

Eben ging, diesem Schluß gemäß, die Mittagssonne des Margarethentages über die Türme der Stadt Basel, und eine unermeßliche Menschenmenge, für welche man Bänke und Gerüste zusammen gezimmert hatte, war auf dem Schloßplatz versammelt, als auf den dreifachen Ruf des vor dem Altan der Kampfrichter stehenden Herolds, beide, von Kopf zu Fuß in schimmerndes Erz gerüstet, Herr Friedrich und der Graf Jakob, zur Ausfechtung ihrer Sache, in die Schranken traten. Fast die ganze Ritterschaft von Schwaben und der Schweiz war auf der Rampe des im Hintergrund befindlichen Schlosses gegenwärtig; und auf dem Balkon desselben saß, von seinem Hofgesinde umgeben, der Kaiser selbst, nebst seiner Gemahlin, und den Prinzen und Prinzessinnen, seinen Söhnen und Töchtern. Kurz vor Beginn des Kampfes, während die Richter Licht und Schatten zwischen den Kämpfern teilten, traten Frau Helena und ihre beiden Töchter Bertha und Kunigunde, welche Littegarden nach Basel begleitet hatten, noch einmal an die Pforten des Platzes, und baten die Wächter, die daselbst standen, um die Erlaubnis, eintreten, und mit Frau Littegarden, welche, einem uralten Gebrauch gemäß, auf einem Gerüst innerhalb der Schranken saß, ein Wort sprechen zu dürfen. Denn obschon der Lebenswandel dieser Dame die vollkommenste Achtung und ein ganz uneingeschränktes Vertrauen in die Wahrhaftigkeit ihrer Versicherungen zu erfordern schien, so stürzte doch der Ring, den der Graf Jakob aufzuweisen hatte, und noch mehr der Umstand, daß Littegarde ihre Kammerzofe, die einzige, die ihr hätte zum Zeugnis dienen können, in der Nacht des heiligen Remigius beurlaubt hatte, ihre Gemüter in die lebhafteste Besorgnis; sie beschlossen die Sicherheit des Bewußtseins, das der Angeklagten inwohnte, im Drang dieses entscheidenden Augenblicks, noch einmal zu prüfen, und ihr die Vergeblichkeit, ja Gotteslästerlichkeit des Unternehmens, falls wirklich eine Schuld ihre Seele drückte, auseinander zu setzen, sich durch den heiligen Aus-

spruch der Waffen, der die Wahrheit unfehlbar ans
Licht bringen würde, davon reinigen zu wollen. Und in
der Tat hatte Littegarde alle Ursache, den Schritt, den
Herr Friedrich jetzt für sie tat, wohl zu überlegen; der
Scheiterhaufen wartete ihrer sowohl, als ihres Freundes,
des Ritters von Trota, falls Gott sich im eisernen Urteil
nicht für ihn, sondern für den Grafen Jakob den Rotbart, und für die Wahrheit der Aussage entschied, die
derselbe vor Gericht gegen sie abgeleistet hatte. Frau
Littegarde, als sie Herrn Friedrichs Mutter und Schwestern zur Seite eintreten sah, stand, mit dem ihr eigenen
Ausdruck von Würde, der durch den Schmerz, welcher
über ihr Wesen verbreitet war, noch rührender ward,
von ihrem Sessel auf, und fragte sie, indem sie ihnen
entgegen ging: was sie in einem so verhängnisvollen
Augenblick zu ihr führe? »Mein liebes Töchterchen«,
sprach Frau Helena, indem sie dieselbe auf die Seite
führte: »wollt Ihr einer Mutter, die keinen Trost im
öden Alter, als den Besitz ihres Sohnes hat, den Kummer ersparen, ihn an seinem Grabe beweinen zu müssen; Euch, ehe noch der Zweikampf beginnt, reichlich
beschenkt und ausgestattet, auf einen Wagen setzen,
und eins von unsern Gütern, das jenseits des Rheins
liegt, und Euch anständig und freundlich empfangen
wird, von uns zum Geschenk annehmen?« Littegarde,
nachdem sie ihr, mit einer Blässe, die ihr über das
Antlitz flog, einen Augenblick starr ins Gesicht gesehen
hatte, bog, sobald sie die Bedeutung dieser Worte in
ihrem ganzen Umfang verstanden hatte, ein Knie vor
ihr. Verehrungswürdigste und vortreffliche Frau!
sprach sie; kommt die Besorgnis, daß Gott sich, in dieser
entscheidenden Stunde, gegen die Unschuld meiner
Brust erklären werde, aus dem Herzen Eures edlen
Sohnes? – »Weshalb?« fragte Frau Helena. – Weil ich
ihn in diesem Falle beschwöre das Schwert, das keine
vertrauensvolle Hand führt, lieber nicht zu zücken, und
die Schranken, unter welchem schicklichen Vorwand es
sei, seinem Gegner zu räumen: mich aber, ohne dem

Gefühl des Mitleids, von dem ich nichts annehmen kann, ein unzeitiges Gehör zu geben, meinem Schicksal, das ich in Gottes Hand stelle, zu überlassen! – »Nein!« sagte Frau Helena verwirrt; »mein Sohn weiß von nichts! Es würde ihm, der vor Gericht sein Wort gegeben hat, Eure Sache zu verfechten, wenig anstehen, Euch jetzt, da die Stunde der Entscheidung schlägt, einen solchen Antrag zu machen. Im festen Glauben an Eure Unschuld steht er, wie Ihr seht, bereits zum Kampf gerüstet, dem Grafen Eurem Gegner gegenüber; es war ein Vorschlag, den wir uns, meine Töchter und ich, in der Bedrängnis des Augenblicks, zur Berücksichtigung aller Vorteile und Vermeidung alles Unglücks ausgedacht haben.« – Nun, sagte Frau Littegarde, indem sie die Hand der alten Dame, unter einem heißen Kuß, mit ihren Tränen befeuchtete: so laßt ihn sein Wort lösen! Keine Schuld befleckt mein Gewissen; und ginge er ohne Helm und Harnisch in den Kampf, Gott und alle seine Engel beschirmen ihn! Und damit stand sie vom Boden auf, und führte Frau Helena und ihre Töchter auf einige, innerhalb des Gerüstes befindliche Sitze, die hinter dem, mit rotem Buch beschlagenen Sessel, auf dem sie sich selbst niederließ, aufgestellt waren.

Hierauf blies der Herold, auf den Wink des Kaisers, zum Kampf, und beide Ritter, Schild und Schwert in der Hand, gingen auf einander los. Herr Friedrich verwundete gleich auf den ersten Hieb den Grafen; er verletzte ihn mit der Spitze seines, nicht eben langen Schwertes da, wo zwischen Arm und Hand die Gelenke der Rüstung in einander griffen; aber der Graf, der, durch die Empfindung geschreckt, zurücksprang, und die Wunde untersuchte, fand, daß, obschon das Blut heftig floß, doch nur die Haut obenhin geritzt war: dergestalt, daß er auf das Murren der auf der Rampe befindlichen Ritter, über die Unschicklichkeit dieser Aufführung, wieder vordrang, und den Kampf, mit erneuerten Kräften, einem völlig Gesunden gleich, wieder fortsetzte. Jetzt wogte zwischen beiden Kämpfern der Streit, wie

zwei Sturmwinde einander begegnen, wie zwei Gewit-
terwolken, ihre Blitze einander zusendend, sich treffen,
und, ohne sich zu vermischen, unter dem Gekrach häu-
figer Donner, getürmt um einander herumschweben.
Herr Friedrich stand, Schild und Schwert vorstreckend,
auf dem Boden, als ob er darin Wurzel fassen wollte, da;
bis an die Sporen grub er sich, bis an die Knöchel und
Waden, in dem, von seinem Pflaster befreiten, absichtlich aufgelockerten, Erdreich ein, die tückischen Stöße
des Grafen, der, klein und behend, gleichsam von allen
Seiten zugleich angriff, von seiner Brust und seinem
Haupt abwehrend. Schon hatte der Kampf, die Augenblicke der Ruhe, zu welcher Entatmung beide Parteien
zwang, mitgerechnet, fast eine Stunde gedauert: als sich
von neuem ein Murren unter den auf dem Gerüst befindlichen Zuschauern erhob. Es schien, es galt diesmal
nicht den Grafen Jakob, der es an Eifer, den Kampf zu
Ende zu bringen, nicht fehlen ließ, sondern Herrn
Friedrichs Einpfählung auf einem und demselben
Fleck, und seine seltsame, dem Anschein nach fast ein-
geschüchterte, wenigstens starrsinnige Enthaltung alles
eignen Angriffs. Herr Friedrich, obschon sein Verfahren auf guten Gründen beruhen mochte, fühlte den-
noch zu leise, als daß er es nicht sogleich gegen die
Forderung derer, die in diesem Augenblick über seine
Ehre entschieden, hätte aufopfern sollen; er trat mit
einem mutigen Schritt aus dem, sich von Anfang herein
gewählten Standpunkt, und der Art natürlicher Ver-
schanzung, die sich um seinen Fußtritt gebildet hatte,
hervor, über das Haupt seines Gegners, dessen Kräfte
schon zu sinken anfingen, mehrere derbe und unge-
schwächte Streiche, die derselbe jedoch unter geschickten Seitenbewegungen mit seinem Schild aufzufangen
wußte, danieder schmetternd. Aber schon in den ersten
Momenten dieses dergestalt veränderten Kampfs, hatte
Herr Friedrich ein Unglück, das die Anwesenheit höhe-
rer, über den Kampf waltender Mächte nicht eben anzu-
deuten schien; er stürzte, den Fußtritt in seinen Sporen

verwickelnd, stolpernd abwärts, und während er, unter
der Last des Helms und des Harnisches, die seine oberen Teile beschwerten, mit in dem Staub vorgestützter
Hand, in die Kniee sank, stieß ihm Graf Jakob der
Rotbart, nicht eben auf die edelmütigste und ritterlich-
ste Weise, das Schwert in die dadurch bloßgegebene
Seite. Herr Friedrich sprang, mit einem Laut des augen-
blicklichen Schmerzes, von der Erde empor. Er drückte
sich zwar den Helm in die Augen, und machte, das
Antlitz rasch seinem Gegner wieder zuwendend, Anstalten, den Kampf fortzusetzen: aber während er sich, mit
vor Schmerz krummgebeugtem Leibe auf seinen Degen
stützte, und Dunkelheit seine Augen umfloß: stieß ihm
der Graf seinen Flammberg noch zweimal, dicht unter
dem Herzen, in die Brust; worauf er, von seiner Rüstung umrasselt, zu Boden schmetterte, und Schwert
und Schild neben sich niederfallen ließ. Der Graf setzte
ihm, nachdem er die Waffen über die Seite geschleudert, unter einem dreifachen Tusch der Trompeten,
den Fuß auf die Brust; und inzwischen alle Zuschauer,
der Kaiser selbst an der Spitze, unter dumpfen Ausrufungen des Schreckens und Mitleidens, von ihren Sitzen
aufstanden: stürzte sich Frau Helena, im Gefolge ihrer
beiden Töchter, über ihren teuern, sich in Staub und
Blut wälzenden Sohn. »O mein Friedrich!« rief sie, an
seinem Haupt jammernd niederknieend; während Frau
Littegarde ohnmächtig und besinnungslos, durch zwei
Häscher, von dem Boden des Gerüstes, auf welchen sie
herab gesunken war, aufgehoben und in ein Gefängnis
getragen ward. »Und o die Verruchte«, setzte sie hinzu,
»die Verworfene, die, das Bewußtsein der Schuld im
Busen, hierher zu treten, und den Arm des treusten und
edelmütigsten Freundes zu bewaffnen wagt, um ihr ein
Gottesurteil, in einem ungerechten Zweikampf zu er-
streiten!« Und damit hob sie den geliebten Sohn, inzwischen die Töchter ihn von seinem Harnisch befreiten,
wehklagend vom Boden auf, und suchte ihm das Blut,
das aus seiner edlen Brust vordrang, zu stillen. Aber

Häscher traten auf Befehl des Kaisers herbei, die auch ihn, als einen dem Gesetz Verfallenen, in Verwahrsam nahmen; man legte ihn, unter Beihülfe einiger Ärzte, auf eine Bahre, und trug ihn, unter der Begleitung einer großen Volksmenge gleichfalls in ein Gefängnis, wohin Frau Helena jedoch und ihre Töchter, die Erlaubnis bekamen, ihm, bis an seinen Tod, an dem niemand zweifelte, folgen zu dürfen.

Es zeigte sich aber gar bald, daß Herrn Friedrichs Wunden, so lebensgefährliche und zarte Teile sie auch berührten, durch eine besondere Fügung des Himmels nicht tödlich waren; vielmehr konnten die Ärzte, die man ihm zugeordnet hatte, schon wenige Tage darauf die bestimmte Versicherung an die Familie geben, daß er am Leben erhalten werden würde, ja, daß er, bei der Stärke seiner Natur, binnen wenigen Wochen, ohne irgend eine Verstümmlung an seinem Körper zu erleiden, wieder hergestellt sein würde. Sobald ihm seine Besinnung, deren ihn der Schmerz während langer Zeit beraubte, wiederkehrte, war seine an die Mutter gerichtete Frage unaufhörlich: was Frau Littegarde mache? Er konnte sich der Tränen nicht enthalten, wenn er sich dieselbe in der Öde des Gefängnisses, der entsetzlichsten Verzweiflung zum Raube hingegeben dachte, und forderte die Schwestern, indem er ihnen liebkosend das Kinn streichelte, auf, sie zu besuchen und sie zu trösten. Frau Helena, über diese Äußerung betroffen, bat ihn, diese Schändliche und Niederträchtige zu vergessen; sie meinte, daß das Verbrechen, dessen der Graf Jakob vor Gericht Erwähnung getan, und das nun durch den Ausgang des Zweikampfs ans Tageslicht gekommen, verziehen werden könne, nicht aber die Schamlosigkeit und Frechheit, mit dem Bewußtsein dieser Schuld, ohne Rücksicht auf den edelsten Freund, den sie dadurch ins Verderben stürze, das geheiligte Urteil Gottes, gleich einer Unschuldigen, für sich aufzurufen. Ach, meine Mutter, sprach der Kämmerer, wo ist der Sterbliche, und wäre die Weisheit aller Zeiten sein, der es wagen darf, den geheimnisvollen Spruch, den Gott in diesem Zweikampf getan hat, auszulegen? »Wie?« rief Frau Helena: »blieb der Sinn dieses göttlichen Spruchs dir dunkel? Hast du nicht, auf eine nur leider zu bestimmte und unzweideutige Weise, dem Schwert deines Gegners im Kampf unterlegen?« – Sei es! versetzte Herr Friedrich: auf einen Augenblick unterlag ich ihm. Aber ward ich durch den Grafen überwunden? Leb ich nicht? Blühe ich nicht, wie unter dem Hauch des Himmels, wunderbar wieder empor, vielleicht in wenig Tagen schon mit der Kraft doppelt und dreifach ausgerüstet, den Kampf, in dem ich durch einen nichtigen Zufall gestört ward, von neuem wieder aufzunehmen? – »Törichter Mensch!« rief die Mutter. »Und weißt du nicht, daß ein Gesetz besteht, nach welchem ein Kampf, der einmal nach dem Ausspruch der Kampfrichter abgeschlossen ist, nicht wieder zur Ausfechtung derselben Sache vor den Schranken des göttlichen Gerichts aufgenommen werden darf?« – Gleichviel! versetzte der Kämmerer unwillig. Was kümmern mich diese willkürlichen Gesetze der Menschen? Kann ein Kampf, der nicht bis an den Tod eines der beiden Kämpfer fortgeführt worden ist, nach jeder vernünftigen Schätzung der Verhältnisse für abgeschlossen gehalten werden? und dürfte ich nicht, falls mir ihn wieder aufzunehmen gestattet wäre, hoffen, den Unfall, der mich betroffen, wieder herzustellen, und mir mit dem Schwert einen ganz andern Spruch Gottes zu erkämpfen, als den, der jetzt beschränkter und kurzsichtiger Weise dafür angenommen wird? »Gleichwohl«, entgegnete die Mutter bedenklich, »sind diese Gesetze, um welche du dich nicht zu bekümmern vorgibst, die waltenden und herrschenden; sie üben, verständig oder nicht, die Kraft göttlicher Satzungen aus, und überliefern dich und sie, wie ein verabscheuungswürdiges Frevelpaar, der ganzen Strenge der peinlichen Gerichtsbarkeit.« – Ach, rief Herr Friedrich; das eben ist es, was mich Jammervollen in Verzweiflung stürzt! Der Stab ist, einer Überwiesenen gleich, über sie

gebrochen; und ich, der ihre Tugend und Unschuld vor
der Welt erweisen wollte, bin es, der dies Elend über sie
gebracht: ein heilloser Fehltritt in die Riemen meiner
Sporen, durch den Gott mich vielleicht, ganz unabhängig von ihrer Sache, der Sünden meiner eignen Brust
wegen, strafen wollte, gibt ihre blühenden Glieder der
Flamme und ihr Andenken ewiger Schande preis! – –
Bei diesen Worten stieg ihm die Träne heißen männlichen Schmerzes ins Auge; er kehrte sich, indem er sein
Tuch ergriff, der Wand zu, und Frau Helena und ihre
Töchter knieten in stiller Rührung an seinem Bett nieder, und mischten, indem sie seine Hand küßten, ihre
Tränen mit den seinigen. Inzwischen war der Turmwächter, mit Speisen für ihn und die Seinigen, in sein
Zimmer getreten, und da Herr Friedrich ihn fragte, wie
sich Frau Littegarde befinde: vernahm er in abgerisse-
nen und nachlässigen Worten desselben, daß sie auf
einem Bündel Stroh liege, und noch seit dem Tage, da
sie eingesetzt worden, kein Wort von sich gegeben habe.
Herr Friedrich ward durch diese Nachricht in die äußerste Besorgnis gestürzt; er trug ihm auf, der Dame, zu
ihrer Beruhigung zu sagen, daß er, durch eine sonderbare Schickung des Himmels, in seiner völligen Besse-
rung begriffen sei, und bat sich von ihr die Erlaubnis
aus, sie nach Wiederherstellung seiner Gesundheit, mit
Genehmigung des Schloßvogts, einmal in ihrem Gefängnis besuchen zu dürfen. Doch die Antwort, die der
Turmwächter von ihr, nach mehrmaligem Rütteln derselben am Arm, da sie wie eine Wahnsinnige, ohne zu
hören und zu sehen, auf dem Stroh lag, empfangen zu
haben, vorgab, war: nein, sie wolle, so lange sie auf
Erden sei, keinen Menschen mehr sehen; – ja, man
erfuhr, daß sie noch an demselben Tage dem Schloßvogt, in einer eigenhändigen Zuschrift, befohlen hatte,
niemanden, wer es auch sei, den Kämmerer von Trota
aber am allerwenigsten, zu ihr zu lassen; dergestalt, daß
Herr Friedrich, von der heftigsten Bekümmernis über
ihren Zustand getrieben, an einem Tage, an welchem er

seine Kraft besonders lebhaft wiederkehren fühlte, mit
Erlaubnis des Schloßvogts aufbrach, und sich, ihrer
Verzeihung gewiß, ohne bei ihr angemeldet worden zu
sein, in Begleitung seiner Mutter und beiden Schwestern, nach ihrem Zimmer verfügte.

Aber wer beschreibt das Entsetzen der unglücklichen
Littegarde, als sie sich, bei dem an der Tür entstehenden
Geräusch, mit halb offner Brust und aufgelöstem Haar,
von dem Stroh, das ihr untergeschüttet war, erhob und
statt des Turmwächters, den sie erwartete, den Kämmerer, ihren edlen und vortrefflichen Freund, mit manchen Spuren der ausgestandenen Leiden, eine wehmüti-
ge und rührende Erscheinung, an Berthas und Kuni-
gundens Arm bei sich eintreten sah. »Hinweg!« rief sie,
indem sie sich mit dem Ausdruck der Verzweiflung
rückwärts auf die Decken ihres Lagers zurückwarf, und
die Hände vor ihr Antlitz drückte: »wenn dir ein Funken
von Mitleid im Busen glimmt, hinweg!« – Wie, meine
teuerste Littegarde? versetzte Herr Friedrich. Er stellte
sich ihr, gestützt auf seine Mutter, zur Seite und neigte
sich in unaussprechlicher Rührung über sie, um ihre
Hand zu ergreifen. »Hinweg!« rief sie, mehrere Schritt
weit auf Knien vor ihm auf dem Stroh zurückbebend:
»wenn ich nicht wahnsinnig werden soll, so berühre
mich nicht! Du bist mir ein Greuel; loderndes Feuer ist
mir minder schrecklich, als du!« – Ich dir ein Greuel?
versetzte Herr Friedrich betroffen. Womit, meine edelmütige Littegarde, hat dein Friedrich diesen Empfang
verdient? – Bei diesen Worten setzte ihm Kunigunde,
auf den Wink der Mutter, einen Stuhl hin, und lud ihn,
schwach wie er war, ein, sich darauf zu setzen. »O Jesus!«
rief jene, indem sie sich, in der entsetzlichsten Angst, das
Antlitz ganz auf den Boden gestreckt, vor ihm niederwarf: »räume das Zimmer, mein Geliebter, und verlaß
mich! Ich umfasse in heißer Inbrunst deine Kniee, ich
wasche deine Füße mit meinen Tränen, ich flehe dich,
wie ein Wurm vor dir im Staube gekrümmt, um die
einzige Erbarmung an: räume, mein Herr und Gebieter,

räume mir das Zimmer, räume es augenblicklich und
verlaß mich!« – Herr Friedrich stand durch und durch
erschüttert vor ihr da. Ist dir mein Anblick so unerfreu-
lich, Littegarde? fragte er, indem er ernst auf sie nieder-
schaute. »Entsetzlich, unerträglich, vernichtend!« antwortete Littegarde, ihr Gesicht mit verzweiflungsvoll
vorgestützten Händen, ganz zwischen die Sohlen seiner
Füße bergend. »Die Hölle, mit allen Schauern und
Schrecknissen, ist süßer mir und anzuschauen lieblicher,
als der Frühling deines mir in Huld und Liebe zuge-
kehrten Angesichts!« – Gott im Himmel! rief der Kämmerer; was soll ich von dieser Zerknirschung deiner
Seele denken? Sprach das Gottesurteil, Unglückliche,
die Wahrheit, und bist du des Verbrechens, dessen dich
der Graf vor Gericht geziehen hat, bist du dessen schuldig? – »Schuldig, überwiesen, verworfen, in Zeitlichkeit
und Ewigkeit verdammt und verurteilt!« rief Littegarde,
indem sie sich den Busen, wie eine Rasende zerschlug:
»Gott ist wahrhaftig und untrüglich; geh, meine Sinne
reißen, und meine Kraft bricht. Laß mich mit meinem
Jammer und meiner Verzweiflung allein!« – Bei diesen
Worten fiel Herr Friedrich in Ohnmacht; und während
Littegarde sich mit einem Schleier das Haupt verhüllte,
und sich, wie in gänzlicher Verabschiedung von der
Welt, auf ihr Lager zurücklegte, stürzten Bertha und
Kunigunde jammernd über ihren entseelten Bruder,
um ihn wieder ins Leben zurück zu rufen. »O sei verflucht!« rief Frau Helena, da der Kämmerer wieder die
Augen aufschlug: »verflucht zu ewiger Reue diesseits
des Grabes, und jenseits desselben zu ewiger Verdammnis: nicht wegen der Schuld, die du jetzt eingestehst,
sondern wegen der Unbarmherzigkeit und Unmenschlichkeit, sie eher nicht, als bis du meinen schuldlosen
Sohn mit dir ins Verderben herabgerissen, einzuge-
stehn! Ich Törin!« fuhr sie fort, indem sie sich verach-
tungsvoll von ihr abwandte, »hätte ich doch einem Wort,
das mir, noch kurz vor Eröffnung des Gottesgerichts,
der Prior des hiesigen Augustinerklosters anvertraut,

bei dem der Graf, in frommer Vorbereitung zu der entscheidenden Stunde, die ihm bevorstand, zur Beichte gewesen, Glauben geschenkt! Ihm hat er, auf die heilige Hostie, die Wahrhaftigkeit der Angabe, die er vor Gericht in Bezug auf die Elende, niedergelegt, beschworen; die Gartenpforte hat er ihm bezeichnet, an welcher sie ihn, der Verabredung gemäß, beim Einbruch der Nacht erwartet und empfangen, das Zimmer ihm, ein Seitengemach des unbewohnten Schloßturms, beschrieben, worin sie ihn, von den Wächtern unbemerkt, eingeführt, das Lager, von Polstern bequem und prächtig unter einem Thronhimmel aufgestapelt, worauf sie sich, in schamloser Schwelgerei, heimlich mit ihm gebettet! Ein Eidschwur in einer solchen Stunde getan, enthält keine Lüge: und hätte ich, Verblendete, meinem Sohn, auch nur noch in dem Augenblick des ausbrechenden Zweikampfs, eine Anzeige davon gemacht: so würde ich ihm die Augen geöffnet haben, und er vor dem Abgrund an welchem er stand, zurückgebebt sein. – Aber komm!« rief Helena, indem sie Herrn Friedrich sanft umschloß, und ihm einen Kuß auf die Stirne drückte: »Entrüstung, die sie der Worte würdigt, ehrt sie; unsern Rücken mag sie erschaun, und vernichtet durch die Vorwürfe, womit wir sie verschonen, verzweifeln!« – Der Elende! versetzte Littegarde, indem sie sich gereizt durch diese Worte emporrichtete. Sie stützte ihr Haupt schmerzvoll auf ihre Kniee, und indem sie heiße Tränen auf ihr Tuch niederweinte, sprach sie: Ich erinnere mich, daß meine Brüder und ich, drei Tage vor jener Nacht des heiligen Remigius, auf seinem Schlosse waren; er hatte, wie er oft zu tun pflegte, ein Fest mir zu Ehren veranstaltet, und mein Vater, der den Reiz meiner aufblühenden Jugend gern gefeiert sah, mich bewogen, die Einladung, in Begleitung meiner Brüder, anzunehmen. Spät, nach Beendigung des Tanzes, da ich mein Schlafzimmer besteige, finde ich einen Zettel auf meinem Tisch liegen, der, von unbekannter Hand geschrieben und ohne Namensunterschrift, eine förmliche Liebeserklärung enthielt. Es traf sich, daß meine beiden Brüder grade wegen Verabredung unserer Abreise, die auf den kommenden Tag festgesetzt war, in dem Zimmer gegenwärtig waren; und da ich keine Art des Geheimnisses vor ihnen zu haben gewohnt war, so zeigte ich ihnen, von sprachlosem Erstaunen ergriffen, den sonderbaren Fund, den ich soeben gemacht hatte. Diese, welche sogleich des Grafen Hand erkannten, schäumten vor Wut, und der ältere war willens, sich augenblicks mit dem Papier in sein Gemach zu verfügen; doch der jüngere stellte ihm vor, wie bedenklich dieser Schritt sei, da der Graf die Klugheit gehabt, den Zettel nicht zu unterschreiben; worauf beide in der tiefsten Entwürdigung über eine so beleidigende Aufführung, sich noch in derselben Nacht mit mir in den Wagen setzten, und mit dem Entschluß, seine Burg nie wieder mit ihrer Gegenwart zu beehren, auf das Schloß ihres Vaters zurück kehrten. – Dies ist die einzige Gemeinschaft, setzte sie hinzu, die ich jemals mit diesem Nichtswürdigen und Niederträchtigen gehabt! – »Wie?« sagte der Kämmerer, indem er ihr sein tränenvolles Gesicht zukehrte: »diese Worte waren Musik meinem Ohr! – Wiederhole sie mir!« sprach er nach einer Pause, indem er sich auf Knieen vor ihr niederließ, und seine Hände faltete: »Hast du mich, um jenes Elenden willen, nicht verraten, und bist du rein von der Schuld, deren er dich vor Gericht geziehen?« Lieber! flüsterte Littegarde, indem sie seine Hand an ihre Lippen drückte. – »Bist dus?« rief der Kämmerer: »bist dus?« – Wie die Brust eines neugebornen Kindes, wie das Gewissen eines aus der Beichte kommenden Menschen, wie die Leiche einer, in der Sakristei, unter der Einkleidung, verschiedenen Nonne! – »O Gott, der Allmächtige!« rief Herr Friedrich, ihre Kniee umfassend: »habe Dank! Deine Worte geben mir das Leben wieder; der Tod schreckt mich nicht mehr, und die Ewigkeit, soeben noch wie ein Meer unabsehbaren Elends vor mir ausgebreitet, geht wieder, wie ein Reich voll tausend glänziger Sonnen, vor mir auf!« – Du Unglücklicher, sagte Littegarde, indem sie sich zurück zog: wie kannst du dem, was dir mein Mund sagt, Glauben schenken? – »Warum nicht?« fragte Herr Friedrich glühend. – Wahnsinniger! Rasender! rief Littegarde; hat das geheiligte Urteil Gottes nicht gegen mich entschieden? Hast du dem Grafen nicht in jenem verhängnisvollen Zweikampf unterlegen, und er nicht die Wahrhaftigkeit dessen, was er vor Gericht gegen mich angebracht, ausgekämpft? – »O meine teuerste Littegarde«, rief der Kämmerer: »bewahre deine Sinne vor Verzweiflung! türme das Gefühl, das in deiner Brust lebt, wie einen Felsen empor: halte dich daran und wanke nicht, und wenn Erd und Himmel unter dir und über dir zu Grunde gingen! Laß uns, von zwei Gedanken, die die Sinne verwirren, den verständlicheren und begreiflicheren denken, und ehe du dich schuldig glaubst, lieber glauben, daß ich in dem Zweikampf den ich für dich gefochten, siegte! – Gott, Herr meines Lebens«, setzte er in diesem Augenblick hinzu, indem er seine Hände vor sein Antlitz legte, »bewahre meine Seele selbst vor Verwirrung! Ich meine, so wahr ich selig werden will, vom Schwert meines Gegners nicht überwunden worden zu sein, da ich schon unter den Staub seines Fußtritts hingeworfen, wieder ins Dasein erstanden bin. Wo liegt die Verpflichtung der höchsten göttlichen Weisheit, die Wahrheit im Augenblick der glaubensvollen Anrufung selbst, anzuzeigen und auszusprechen? O Littegarde«, beschloß er, indem er ihre Hand zwischen die seinigen drückte: »im Leben laß uns auf den Tod, und im Tode auf die Ewigkeit hinaus sehen, und des festen, unerschütterlichen Glaubens sein: deine Unschuld wird, und wird durch den Zweikampf, den ich für dich gefochten, zum heitern, hellen Licht der Sonne gebracht werden!« – Bei diesen Worten trat der Schloßvogt ein; und da er Frau Helena, welche weinend an einem Tisch saß, erinnerte, daß so viele Gemütsbewegungen ihrem Sohne schädlich werden könnten: so kehrte Herr Friedrich, auf das Zureden der Seinigen, nicht ohne das Bewußtsein, einigen Trost gegeben und empfangen zu haben, wieder in sein Gefängnis zurück.

Inzwischen war, vor dem zu Basel von dem Kaiser eingesetzten Tribunal, gegen Herrn Friedrich von Trota sowohl, als seine Freundin, Frau Littegarde von Auerstein, die Klage wegen sündhaft angerufenen göttlichen Schiedsurteils eingeleitet, und beide, dem bestehenden Gesetz gemäß, verurteilt worden, auf dem Platz des Zweikampfs selbst, den schmählichen Tod der Flammen zu erleiden. Man schickte eine Deputation von Räten ab, um es den Gefangenen anzukündigen, und das Urteil würde auch, gleich nach Wiederherstellung des Kämmerers an ihnen vollstreckt worden sein, wenn es des Kaisers geheime Absicht nicht gewesen wäre, den Grafen Jakob den Rotbart, gegen den er eine Art von Mißtrauen nicht unterdrücken konnte, dabei gegenwärtig zu sehen. Aber dieser lag, auf eine in der Tat sonderbare und merkwürdige Weise, an der kleinen, dem Anschein nach unbedeutenden Wunde, die er, zu Anfang des Zweikampfs, von Herrn Friedrich erhalten hatte, noch immer krank; ein äußerst verderbter Zustand seiner Säfte verhinderte, von Tage zu Tage, und von Woche zu Woche, die Heilung derselben, und die ganze Kunst der Ärzte, die man nach und nach aus Schwaben und der Schweiz herbeirief, vermochte nicht, sie zu schließen. Ja, ein ätzender der ganzen damaligen Heilkunst unbekannter Eiter, fraß auf eine krebsartige Weise, bis auf den Knochen herab im ganzen System seiner Hand um sich, dergestalt, daß man zum Entsetzen aller seiner Freunde genötigt gewesen war, ihm die ganze schadhafte Hand, und späterhin, da auch hierdurch dem Eiterfraß kein Ziel gesetzt ward, den Arm selbst abzunehmen. Aber auch dies, als eine Radikalkur gepriesene Heilmittel vergrößerte nur, wie man heutzutage leicht eingesehen haben würde, statt ihm abzuhelfen, das Übel; und die Ärzte, da sich sein ganzer Körper nach und nach in Eiterung und Fäulnis auflöste, erklärten, daß keine Rettung für ihn sei, und er noch, vor

Abschluß der laufenden Woche, sterben müsse. Vergebens forderte ihn der Prior des Augustinerklosters, der in dieser unerwarteten Wendung der Dinge die furchtbare Hand Gottes zu erblicken glaubte, auf, im Bezug auf den zwischen ihm und der Herzogin Regentin bestehenden Streit, die Wahrheit einzugestehen; der Graf nahm, durch und durch erschüttert, noch einmal das heilige Sakrament auf die Wahrhaftigkeit seiner Aussage, und gab, unter allen Zeichen der entsetzlichsten Angst, falls er Frau Littegarden verleumderischer Weise angeklagt hätte, seine Seele der ewigen Verdammnis preis. Nun hatte man, trotz der Sittenlosigkeit seines Lebenswandels, doppelte Gründe, an die innerliche Redlichkeit dieser Versicherung zu glauben: einmal, weil der Kranke in der Tat von einer gewissen Frömmigkeit war, die einen falschen Eidschwur, in solchem Augenblick getan, nicht zu gestatten schien, und dann, weil sich aus einem Verhör, das über den Turmwächter des Schlosses derer von Breda angestellt worden war, welchen er, behufs eines heimlichen Eintritts in die Burg, bestochen zu haben vorgegeben hatte, bestimmt ergab, daß dieser Umstand gegründet, und der Graf wirklich in der Nacht des heiligen Remigius, im Innern des Bredaschen Schlosses gewesen war. Demnach blieb dem Prior fast nichts übrig, als an eine Täuschung des Grafen selbst, durch eine dritte ihm unbekannte Person zu glauben; und noch hatte der Unglückliche, der, bei der Nachricht von der wunderbaren Wiederherstellung des Kämmerers, selbst auf diesen schrecklichen Gedanken geriet, das Ende seines Lebens nicht erreicht, als sich dieser Glaube schon zu seiner Verzweiflung vollkommen bestätigte. Man muß nämlich wissen, daß der Graf schon lange, ehe seine Begierde sich auf Frau Littegarden stellte, mit Rosalien, ihrer Kammerzofe, auf einem nichtswürdigen Fuß lebte; fast bei jedem Besuch, den ihre Herrschaft auf seinem Schlosse abstattete, pflegte er dies Mädchen, welches ein leichtfertiges und sittenloses Geschöpf war, zur Nachtzeit auf sein

Zimmer zu ziehen. Da nun Littegarde, bei dem letzten Aufenthalt, den sie mit ihren Brüdern auf seiner Burg nahm, jenen zärtlichen Brief, worin er ihr seine Leidenschaft erklärte, von ihm empfing: so erweckte dies die Empfindlichkeit und Eifersucht dieses seit mehreren Monden schon von ihm vernachlässigten Mädchens; sie ließ, bei der bald darauf erfolgten Abreise Littegardens, welche sie begleiten mußte, im Namen derselben einen Zettel an den Grafen zurück, worin sie ihm meldete, daß die Entrüstung ihrer Brüder über den Schritt, den er getan, ihr zwar keine unmittelbare Zusammenkunft gestattete: ihn aber einlud, sie zu diesem Zweck, in der Nacht des heiligen Remigius, in den Gemächern ihrer väterlichen Burg zu besuchen. Jener, voll Freude über das Glück seiner Unternehmung, fertigte sogleich einen zweiten Brief an Littegarden ab, worin er ihr seine bestimmte Ankunft in der besagten Nacht meldete, und sie nur bat, ihm, zur Vermeidung aller Irrung, einen treuen Führer, der ihn nach ihren Zimmern geleiten könne, entgegen zu schicken; und da die Zofe, in jeder Art der Ränke geübt, auf eine solche Anzeige rechnete, so glückte es ihr, dies Schreiben aufzufangen, und ihm in einer zweiten falschen Antwort zu sagen, daß sie ihn selbst an der Gartenpforte erwarten würde. Darauf, am Abend vor der verabredeten Nacht, bat sie sich unter dem Vorwand, daß ihre Schwester krank sei, und daß sie dieselbe besuchen wolle, von Littegarden einen Urlaub aufs Land aus; sie verließ auch, da sie denselben erhielt, wirklich, spät am Nachmittag, mit einem Bündel Wäsche den sie unter dem Arm trug, das Schloß, und begab sich, vor aller Augen nach der Gegend, wo jene Frau wohnte, auf den Weg. Statt aber diese Reise zu vollenden, fand sie sich bei Einbruch der Nacht, unter dem Vorgeben, daß ein Gewitter heranziehe, wieder auf der Burg ein, und mittelte sich, um ihre Herrschaft, wie sie sagte, nicht zu stören, indem es ihre Absicht sei in der Frühe des kommenden Morgens ihre Wanderung anzutreten, ein Nachtlager in einem der leerstehenden Zimmer des verödeten und wenig besuchten Schloßturms aus. Der Graf, der sich bei dem Turmwächter durch Geld den Eingang in die Burg zu verschaffen wußte, und in der Stunde der Mitternacht, der Verabredung gemäß, von einer verschleierten Person an der Gartenpforte empfangen ward, ahndete, wie man leicht begreift, nichts von dem ihm gespielten Betrug; das Mädchen drückte ihm flüchtig einen Kuß auf den Mund, und führte ihn, über mehrere Treppen und Gänge des verödeten Seitenflügels, in eines der prächtigsten Gemächer des Schlosses selbst, dessen Fenster vorher sorgsam von ihr verschlossen worden waren. Hier, nachdem sie seine Hand haltend, auf geheimnisvolle Weise an den Türen umhergehorcht, und ihm, mit flüsternder Stimme, unter dem Vorgeben, daß das Schlafzimmer des Bruders ganz in der Nähe sei, Schweigen geboten hatte, ließ sie sich mit ihm auf dem zur Seite stehenden Ruhebette nieder; der Graf, durch ihre Gestalt und Bildung getäuscht, schwamm im Taumel des Vergnügens, in seinem Alter noch eine solche Eroberung gemacht zu haben; und als sie ihn beim ersten Dämmerlicht des Morgens entließ, und ihm zum Andenken an die verflossene Nacht einen Ring, den Littegarde von ihrem Gemahl empfangen und den sie ihr am Abend zuvor zu diesem Zweck entwendet hatte, an den Finger steckte, versprach er ihr, sobald er zu Hause angelangt sein würde, zum Gegengeschenk einen anderen, der ihm am Hochzeitstage von seiner verstorbenen Gemahlin verehrt worden war. Drei Tage darauf hielt er auch Wort, und schickte diesen Ring, den Rosalie wieder geschickt genug war aufzufangen, heimlich auf die Burg; ließ aber, wahrscheinlich aus Furcht, daß dies Abenteuer ihn zu weit führen könne, weiter nichts von sich hören, und wich, unter mancherlei Vorwänden, einer zweiten Zusammenkunft aus. Späterhin war das Mädchen eines Diebstahls wegen, wovon der Verdacht mit ziemlicher Gewißheit auf ihr ruhte, verabschiedet und in das Haus ihrer Eltern, welche am Rhein wohnten, zurückgeschickt worden, und da, nach Verlauf von neun Monaten, die Folgen ihres ausschweifenden Lebens sichtbar wurden, und die Mutter sie mit großer Strenge verhörte, gab sie den Grafen Jakob den Rotbart, unter Entdeckung der ganzen geheimen Geschichte, die sie mit ihm gespielt hatte, als den Vater ihres Kindes an. Glücklicherweise hatte sie den Ring, der ihr von dem Grafen übersendet worden war, aus Furcht, für eine Diebin gehalten zu werden, nur sehr schüchtern zum Verkauf ausbieten können, auch in der Tat, seines großen Werts wegen, niemand gefunden, der ihn zu erstehen Lust gezeigt hätte: dergestalt, daß die Wahrhaftigkeit ihrer Aussage nicht in Zweifel gezogen werden konnte, und die Eltern, auf dies augenscheinliche Zeugnis gestützt, klagbar, wegen Unterhaltung des Kindes, bei den Gerichten gegen den Grafen Jakob einkamen. Die Gerichte, welche von dem sonderbaren Rechtsstreit, der in Basel anhängig gemacht worden war, schon gehört hatten, beeilten sich, diese Entdeckung, die für den Ausgang desselben von der größten Wichtigkeit war, zur Kenntnis des Tribunals zu bringen; und da eben ein Ratsherr in öffentlichen Geschäften nach dieser Stadt abging, so gaben sie ihm, zur Auflösung des fürchterlichen Rätsels, das ganz Schwaben und die Schweiz beschäftigte, einen Brief mit der gerichtlichen Aussage des Mädchens, dem sie den Ring beifügten, für den Grafen Jakob den Rotbart mit.

Es war eben an dem zur Hinrichtung Herrn Friedrichs und Littegardens bestimmten Tage, welche der Kaiser, unbekannt mit den Zweifeln, die sich in der Brust des Grafen selbst erhoben hatten, nicht mehr aufschieben zu dürfen glaubte, als der Ratsherr zu dem Kranken, der sich in jammervoller Verzweiflung auf seinem Lager wälzte, mit diesem Schreiben ins Zimmer trat. »Es ist genug!« rief dieser, da er den Brief überlesen, und den Ring empfangen hatte: »ich bin das Licht der Sonne zu schauen, müde! Verschafft mir«, wandte er sich zum Prior, »eine Bahre, und führt mich Elenden, dessen Kraft zu Staub versinkt, auf den Richtplatz hinaus: ich will nicht, ohne eine Tat der Gerechtigkeit verübt zu haben, sterben!« Der Prior, durch diesen Vorfall tief erschüttert, ließ ihn sogleich, wie er begehrte, durch vier Knechte auf ein Traggestell heben; und zugleich mit einer unermeßlichen Menschenmenge, welche das Glockengeläut um den Scheiterhaufen, auf welchen Herr Friedrich und Littegarde bereits festgebunden waren, versammelte, kam er, mit dem Unglücklichen, der ein Kruzifix in der Hand hielt, daselbst an. »Halt!« rief der Prior, indem er die Bahre, dem Altan des Kaisers gegenüber, niedersetzen ließ: »bevor ihr das Feuer an jenen Scheiterhaufen legt, vernehmt ein Wort, das euch der Mund dieses Sünders zu eröffnen hat!« – Wie? rief der Kaiser, indem er sich leichenblaß von seinem Sitz erhob, hat das geheiligte Urteil Gottes nicht für die Gerechtigkeit seiner Sache entschieden, und ist es, nach dem was vorgefallen, auch nur zu denken erlaubt, daß Littegarde an dem Frevel, dessen er sie geziehen, unschuldig sei? – Bei diesen Worten stieg er betroffen vom Altan herab; und mehr denn tausend Ritter, denen alles Volk, über Bänke und Schranken herab, folgte, drängten sich um das Lager des Kranken zusammen. »Unschuldig«, versetzte dieser, indem er sich gestützt auf den Prior, halb darauf emporrichtete: »wie es der Spruch des höchsten Gottes, an jenem verhängnisvollen Tage, vor den Augen aller versammelten Bürger von Basel entschieden hat! Denn er, von drei Wunden, jede tödlich, getroffen, blüht, wie ihr seht, in Kraft und Lebensfülle; indessen ein Hieb von seiner Hand, der kaum die äußerste Hülle meines Lebens zu berühren schien, in langsam fürchterlicher Fortwirkung den Kern desselben selbst getroffen, und meine Kraft, wie der Sturmwind eine Eiche, gefällt hat. Aber hier, falls ein Ungläubiger noch Zweifel nähren sollte, sind die Beweise: Rosalie, ihre Kammerzofe, war es, die mich in jener Nacht des heiligen Remigius empfing, während ich Elender in der Verblendung meiner Sinne,

sie selbst, die meine Anträge stets mit Verachtung zu-
rückgewiesen hat, in meinen Armen zu halten meinte!«
Der Kaiser stand erstarrt wie zu Stein, bei diesen Worten
da. Er schickte, indem er sich nach dem Scheiterhaufen
umkehrte, einen Ritter ab, mit dem Befehl, selbst die
Leiter zu besteigen, und den Kämmerer sowohl als die
Dame, welche letztere bereits in den Armen ihrer Mutter in Ohnmacht lag, loszubinden und zu ihm heranzu-
führen. »Nun, jedes Haar auf eurem Haupt bewacht ein
Engel!« rief er, da Littegarde, mit halb offner Brust und
entfesselten Haaren, an der Hand Herrn Friedrichs,
ihres Freundes, dessen Kniee selbst, unter dem Gefühl
dieser wunderbaren Rettung, wankten, durch den Kreis
des in Ehrfurcht und Erstaunen ausweichenden Volks,
zu ihm herantrat. Er küßte beiden, die vor ihm nieder-
knieten, die Stirn; und nachdem er sich den Hermelin,
den seine Gemahlin trug, erbeten, und ihn Littegarden
um die Schultern gehängt hatte, nahm er, vor den
Augen aller versammelten Ritter, ihren Arm, in der
Absicht, sie selbst in die Gemächer seines kaiserlichen
Schlosses zu führen. Er wandte sich, während der Kämmerer gleichfalls statt des Sünderkleids, das ihn deckte,
mit Federhut und ritterlichem Mantel geschmückt
ward, gegen den auf der Bahre jammervoll sich wälzenden Grafen zurück, und von einem Gefühl des Mitleidens bewegt, da derselbe sich doch in den Zweikampf,
der ihn zu Grunde gerichtet, nicht eben auf frevelhafte
und gotteslästerliche Weise eingelassen hatte, fragte er
den ihm zur Seite stehenden Arzt: ob keine Rettung für
den Unglücklichen sei? – »Vergebens!« antwortete Jakob der Rotbart, indem er sich, unter schrecklichen
Zuckungen, auf den Schoß seines Arztes stützte: »und
ich habe den Tod, den ich erleide, verdient: Denn wißt,
weil mich doch der Arm der weltlichen Gerechtigkeit
nicht mehr ereilen wird, ich bin der Mörder meines
Bruders, des edeln Herzogs Wilhelm von Breysach: der
Bösewicht, der ihn mit dem Pfeil aus meiner Rüstkammer nieder warf, war sechs Wochen vorher, zu dieser

Tat, die mir die Krone verschaffen sollte, von mir ge-
dungen!« – Bei dieser Erklärung sank er auf die Bahre
zurück und hauchte seine schwarze Seele aus. »Ha, die
Ahndung meines Gemahls, des Herzogs, selbst!« rief die
an der Seite des Kaisers stehende Regentin, die sich
gleichfalls vom Altan des Schlosses herab, im Gefolge
der Kaiserin, auf den Schloßplatz begeben hatte: »mir
noch im Augenblick des Todes, mit gebrochenen Worten, die ich gleichwohl damals nur unvollkommen verstand, kund getan!« – Der Kaiser versetzte in Entrüstung: so soll der Arm der Gerechtigkeit noch deine
Leiche ereilen! nehmt ihn, rief er, indem er sich umkehrte, den Häschern zu, und übergebt ihn gleich, gerichtet wie er ist, den Henkern: er möge, zur Brandmar-
kung seines Andenkens, auf jenem Scheiterhaufen verderben, auf welchem wir eben, um seinetwillen, im
Begriff waren, zwei Unschuldige zu opfern! Und damit,
während die Leiche des Elenden in rötlichen Flammen
aufprasselnd, vom Hauche des Nordwindes in alle Lüf-
te verstreut und verweht ward, führte er Frau Littegarden, im Gefolge aller seiner Ritter, auf das Schloß. Er
setzte sie, durch einen kaiserlichen Schluß, wieder in ihr
väterliches Erbe ein, von welchem die Brüder in ihrer
unedelmütigen Habsucht schon Besitz genommen hatten; und schon nach drei Wochen ward, auf dem Schlosse zu Breysach, die Hochzeit der beiden trefflichen
Brautleute gefeiert, bei welcher die Herzogin Regentin,
über die ganze Wendung, die die Sache genommen
hatte, sehr erfreut, Littegarden einen großen Teil der
Besitzungen des Grafen, die dem Gesetz verfielen, zum
Brautgeschenk machte. Der Kaiser aber hing Herrn
Friedrich, nach der Trauung, eine Gnadenkette um den
Hals; und sobald er, nach Vollendung seiner Geschäfte
mit der Schweiz, wieder in Worms angekommen war,
ließ er in die Statuten des geheiligten göttlichen Zweikampfs, überall wo vorausgesetzt wird, daß die Schuld
dadurch unmittelbar ans Tageslicht komme, die Worte
einrücken: »wenn es Gottes Wille ist.«

Das Erdbeben in Chili

In St. Jago, der Hauptstadt des Königreichs Chili, stand gerade in dem Augenblicke der großen Erderschütterung vom Jahre 1647, bei welcher viele tausend Menschen ihren Untergang fanden, ein junger, auf ein Verbrechen angeklagter Spanier, namens *Jeronimo Rugera*, an einem Pfeiler des Gefängnisses, in welches man ihn eingesperrt hatte, und wollte sich erhenken. *Don Henrico Asteron*, einer der reichsten Edelleute der Stadt, hatte ihn ungefähr ein Jahr zuvor aus seinem Hause, wo er als Lehrer angestellt war, entfernt, weil er sich mit *Donna Josephe*, seiner einzigen Tochter, in einem zärtlichen Einverständnis befunden hatte. Eine geheime Bestellung, die dem alten Don, nachdem er die Tochter nachdrücklich gewarnt hatte, durch die hämische Aufmerksamkeit seines stolzen Sohnes verraten worden war, entrüstete ihn dergestalt, daß er sie in dem Karmeliterkloster unsrer lieben Frauen vom Berge daselbst unterbrachte. Durch einen glücklichen Zufall hatte Jeronimo hier die Verbindung von neuem anzuknüpfen gewußt, und in einer verschwiegenen Nacht den Klostergarten zum Schauplatze seines vollen Glückes gemacht. Es war am Fronleichnamsfeste, und die feierliche Prozession der Nonnen, welchen die Novizen folgten, nahm eben ihren Anfang, als die unglückliche Josephe, bei dem Anklange der Glocken, in Mutterwehen auf den Stufen der Kathedrale niedersank. Dieser Vorfall machte außerordentliches Aufsehn; man brachte die junge Sünderin, ohne Rücksicht auf ihren Zustand, sogleich in ein Gefängnis, und kaum war sie aus den Wochen erstanden, als ihr schon, auf Befehl des Erzbischofs, der geschärfteste Prozeß gemacht ward. Man sprach in der Stadt mit einer so großen Erbitterung von diesem Skandal, und die Zungen fielen so scharf über das ganze Kloster her, in welchem er sich zugetragen hatte, daß weder die Fürbitte der Familie Asteron, noch auch sogar der Wunsch der Äbtissin selbst, welche das junge Mädchen wegen ihres sonst untadelhaften Betragens lieb gewonnen hatte, die Strenge, mit welcher das klösterliche Gesetz sie bedrohte, mildern konnte. Alles, was geschehen konnte, war, daß der Feuertod, zu dem sie verurteilt wurde, zur großen Entrüstung der Matronen und Jungfrauen von St. Jago, durch einen Machtspruch des Vizekönigs, in eine Enthauptung verwandelt ward.

Man vermietete in den Straßen, durch welche der Hinrichtungszug gehen sollte, die Fenster, man trug die Dächer der Häuser ab, und die frommen Töchter der Stadt luden ihre Freundinnen ein, um dem Schauspiele, das der göttlichen Rache gegeben wurde, an ihrer schwesterlichen Seite beizuwohnen.

Jeronimo, der inzwischen auch in ein Gefängnis gesetzt worden war, wollte die Besinnung verlieren, als er diese ungeheure Wendung der Dinge erfuhr. Vergebens sann er auf Rettung: überall, wohin ihn auch der Fittig der vermessensten Gedanken trug, stieß er auf Riegel und Mauern, und ein Versuch, die Gitterfenster zu durchfeilen, zog ihm, da er entdeckt ward, eine nur noch engere Einsperrung zu. Er warf sich vor dem Bildnisse der heiligen Mutter Gottes nieder, und betete mit unendlicher Inbrunst zu ihr, als der einzigen, von der ihm jetzt noch Rettung kommen könnte.

Doch der gefürchtete Tag erschien, und mit ihm in seiner Brust die Überzeugung von der völligen Hoffnungslosigkeit seiner Lage. Die Glocken, welche Josephen zum Richtplatze begleiteten, ertönten, und Verzweiflung bemächtigte sich seiner Seele. Das Leben

schien ihm verhaßt, und er beschloß, sich durch einen
Strick, den ihm der Zufall gelassen hatte, den Tod zu
geben. Eben stand er, wie schon gesagt, an einem
Wandpfeiler, und befestigte den Strick, der ihn dieser
jammervollen Welt entreißen sollte, an eine Eisenklam-
mer, die an dem Gesimse derselben eingefugt war; als
plötzlich der größte Teil der Stadt, mit einem Gekrache,
als ob das Firmament einstürzte, versank, und alles, was
Leben atmete, unter seinen Trümmern begrub. Jeronimo Rugera war starr vor Entsetzen; und gleich als ob
sein ganzes Bewußtsein zerschmettert worden wäre,
hielt er sich jetzt an dem Pfeiler, an welchem er hatte
sterben wollen, um nicht umzufallen. Der Boden wankte unter seinen Füßen, alle Wände des Gefängnisses
rissen, der ganze Bau neigte sich, nach der Straße zu
einzustürzen, und nur der, seinem langsamen Fall be-
gegnende, Fall des gegenüberstehenden Gebäudes verhinderte, durch eine zufällige Wölbung, die gänzliche
Zubodenstreckung desselben. Zitternd, mit sträubenden Haaren, und Knieen, die unter ihm brechen wollten, glitt Jeronimo über den schiefgesenkten Fußboden
hinweg, der Öffnung zu, die der Zusammenschlag beider Häuser in die vordere Wand des Gefängnisses ein-
gerissen hatte.

Kaum befand er sich im Freien, als die ganze, schon
erschütterte Straße auf eine zweite Bewegung der Erde
völlig zusammenfiel. Besinnungslos, wie er sich aus diesem allgemeinen Verderben retten würde, eilte er, über
Schutt und Gebälk hinweg, indessen der Tod von allen
Seiten Angriffe auf ihn machte, nach einem der nächsten Tore der Stadt. Hier stürzte noch ein Haus zusammen, und jagte ihn, die Trümmer weit umherschleu-
dernd, in eine Nebenstraße; hier leckte die Flamme
schon, in Dampfwolken blitzend, aus allen Giebeln,
und trieb ihn schreckenvoll in eine andere; hier wälzte
sich, aus seinem Gestade gehoben, der Mapochofluß
auf ihn heran, und riß ihn brüllend in eine dritte. Hier
lag ein Haufen Erschlagener, hier ächzte noch eine

Stimme unter dem Schutte, hier schrieen Leute von brennenden Dächern herab, hier kämpften Menschen und Tiere mit den Wellen, hier war ein mutiger Retter bemüht, zu helfen; hier stand ein anderer, bleich wie der Tod, und streckte sprachlos zitternde Hände zum Himmel. Als Jeronimo das Tor erreicht, und einen Hügel jenseits desselben bestiegen hatte, sank er ohnmächtig auf demselben nieder.

Er mochte wohl eine Viertelstunde in der tiefsten Bewußtlosigkeit gelegen haben, als er endlich wieder erwachte, und sich, mit nach der Stadt gekehrtem Rükken, halb auf dem Erdboden erhob. Er befühlte sich Stirn und Brust, unwissend, was er aus seinem Zustande machen sollte, und ein unsägliches Wonnegefühl ergriff ihn, als ein Westwind, vom Meere her, sein wiederkehrendes Leben anwehte, und sein Auge sich nach allen Richtungen über die blühende Gegend von St. Jago hinwandte. Nur die verstörten Menschenhaufen, die sich überall blicken ließen, beklemmten sein Herz; er begriff nicht, was ihn und sie hierhergeführt haben konnte, und erst, da er sich umkehrte, und die Stadt hinter sich versunken sah, erinnerte er sich des schrecklichen Augenblicks, den er erlebt hatte. Er senkte sich so tief, daß seine Stirn den Boden berührte, Gott für seine wunderbare Errettung zu danken; und gleich, als ob der eine entsetzliche Eindruck, der sich seinem Gemüt eingeprägt hatte, alle früheren daraus verdrängt hätte, weinte er vor Lust, daß er sich des lieblichen Lebens, voll bunter Erscheinungen, noch erfreue.

Dräuf, als er eines Ringes an seiner Hand gewahrte, erinnerte er sich plötzlich auch Josephens; und mit ihr seines Gefängnisses, der Glocken, die er dort gehört hatte, und des Augenblicks, der dem Einsturze desselben vorangegangen war. Tiefe Schwermut erfüllte wieder seine Brust; sein Gebet fing ihn zu reuen an, und fürchterlich schien ihm das Wesen, das über den Wolken waltet. Er mischte sich unter das Volk, das überall, mit Rettung des Eigentums beschäftigt, aus den Toren

stürzte, und wagte schüchtern nach der Tochter Asterons, und ob die Hinrichtung an ihr vollzogen worden
sei, zu fragen; doch niemand war, der ihm umständli-
che Auskunft gab. Eine Frau, die auf einem fast zur
Erde gedrückten Nacken eine ungeheure Last von Gerätschaften und zwei Kinder, an der Brust hängend,
trug, sagte im Vorbeigehen, als ob sie es selbst angesehen hätte: daß sie enthauptet worden sei. Jeronimo
kehrte sich um; und da er, wenn er die Zeit berechnete,
selbst an ihrer Vollendung nicht zweifeln konnte, so
setzte er sich in einem einsamen Walde nieder, und
überließ sich seinem vollen Schmerz. Er wünschte, daß
die zerstörende Gewalt der Natur von neuem über ihn
einbrechen möchte. Er begriff nicht, warum er dem
Tode, den seine jammervolle Seele suchte, in jenen
Augenblicken, da er ihm freiwillig von allen Seiten
rettend erschien, entflohen sei. Er nahm sich fest vor,
nicht zu wanken, wenn auch jetzt die Eichen entwurzelt
werden, und ihre Wipfel über ihn zusammenstürzen
sollten. Darauf nun, da er sich ausgeweint hatte, und
ihm, mitten unter den heißesten Tränen, die Hoffnung
wieder erschienen war, stand er auf, und durchstreifte
nach allen Richtungen das Feld. Jeden Berggipfel, auf
dem sich die Menschen versammelt hatten, besuchte er;
auf allen Wegen, wo sich der Strom der Flucht noch
bewegte, begegnete er ihnen; wo nur irgend ein weibli-
ches Gewand im Winde flatterte, da trug ihn sein zitternder Fuß hin: doch keines deckte die geliebte Tochter Asterons. Die Sonne neigte sich, und mit ihr seine
Hoffnung schon wieder zum Untergange, als er den
Rand eines Felsens betrat, und sich ihm die Aussicht in
ein weites, nur von wenig Menschen besuchtes Tal eröffnete. Er durchlief, unschlüssig, was er tun sollte, die
einzelnen Gruppen derselben, und wollte sich schon
wieder wenden, als er plötzlich an einer Quelle, die die
Schlucht bewässerte, ein junges Weib erblickte, beschäftigt, ein Kind in seinen Fluten zu reinigen. Und das
Herz hüpfte ihm bei diesem Anblick: er sprang voll

Ahndung über die Gesteine herab, und rief: O Mutter
Gottes, du Heilige! und erkannte Josephen, als sie sich
bei dem Geräusche schüchtern umsah. Mit welcher Se-
ligkeit umarmten sie sich, die Unglücklichen, die ein
Wunder des Himmels gerettet hatte!

Josephe war, auf ihrem Gang zum Tode, dem Richtplatz schon ganz nahe gewesen, als durch den krachen-
den Einsturz der Gebäude plötzlich der ganze Hinrichtungszug auseinander gesprengt ward. Ihre ersten ent-
setzensvollen Schritte trugen sie hierauf dem nächsten
Tore zu; doch die Besinnung kehrte ihr bald wieder,
und sie wandte sich, um nach dem Kloster zu eilen, wo
ihr kleiner, hülfloser Knabe zurückgeblieben war. Sie
fand das ganze Kloster schon in Flammen, und die
Äbtissin, die ihr in jenen Augenblicken, die ihre letzten
sein sollten, Sorge für den Säugling angelobt hatte,
schrie eben, vor den Pforten stehend, nach Hülfe, um
ihn zu retten. Josephe stürzte sich, unerschrocken
durch den Dampf, der ihr entgegenqualmte, in das von
allen Seiten schon zusammenfallende Gebäude, und
gleich, als ob alle Engel des Himmels sie umschirmten,
trat sie mit ihm unbeschädigt wieder aus dem Portal
hervor. Sie wollte der Äbtissin, welche die Hände über
ihr Haupt zusammenschlug, eben in die Arme sinken,
als diese, mit fast allen ihren Klosterfrauen, von einem
herabfallenden Giebel des Hauses, auf eine schmähli-
che Art erschlagen ward. Josephe bebte bei diesem entsetzlichen Anblicke zurück; sie drückte der Äbtissin
flüchtig die Augen zu, und floh, ganz von Schrecken
erfüllt, den teuern Knaben, den ihr der Himmel wieder
geschenkt hatte, dem Verderben zu entreißen.

Sie hatte noch wenig Schritte getan, als ihr auch
schon die Leiche des Erzbischofs begegnete, die man
soeben zerschmettert aus dem Schutt der Kathedrale
hervorgezogen hatte. Der Palast des Vizekönigs war
versunken, der Gerichtshof, in welchem ihr das Urteil
gesprochen worden war, stand in Flammen, und an die
Stelle, wo sich ihr väterliches Haus befunden hatte, war

ein See getreten, und kochte rötliche Dämpfe aus. Josephe raffte alle ihre Kräfte zusammen, sich zu halten.
Sie schritt, den Jammer von ihrer Brust entfernend,
mutig mit ihrer Beute von Straße zu Straße, und war
schon dem Tore nah, als sie auch das Gefängnis, in
welchem Jeronimo geseufzt hatte, in Trümmern sah.
Bei diesem Anblicke wankte sie, und wollte besinnungslos an einer Ecke niedersinken; doch in demselben
Augenblick jagte sie der Sturz eines Gebäudes hinter
ihr, das die Erschütterungen schon ganz aufgelöst hatten, durch das Entsetzen gestärkt, wieder auf; sie küßte
das Kind, drückte sich die Tränen aus den Augen, und
erreichte, nicht mehr auf die Greuel, die sie umringten,
achtend, das Tor. Als sie sich im Freien sah, schloß sie
bald, daß nicht jeder, der ein zertrümmertes Gebäude
bewohnt hatte, unter ihm notwendig müsse zerschmettert worden sein.

An dem nächsten Scheidewege stand sie still, und
harrte, ob nicht einer, der ihr, nach dem kleinen Philipp, der liebste auf der Welt war, noch erscheinen
würde. Sie ging, weil niemand kam, und das Gewühl
der Menschen anwuchs, weiter, und kehrte sich wieder
um, und harrte wieder; und schlich, viel Tränen vergie-
ßend, in ein dunkles, von Pinien beschattetes Tal, um
seiner Seele, die sie entflohen glaubte, nachzubeten;
und fand ihn hier, diesen Geliebten, im Tale, und Selig-
keit, als ob es das Tal von Eden gewesen wäre.

Dies alles erzählte sie jetzt voll Rührung dem Jeronimo, und reichte ihm, da sie vollendet hatte, den Knaben
zum Küssen dar. – Jeronimo nahm ihn, und hätschelte
ihn in unsäglicher Vaterfreude, und verschloß ihm, da
er das fremde Antlitz anweinte, mit Liebkosungen ohne
Ende den Mund. Indessen war die schönste Nacht her-
abgestiegen, voll wundermilden Duftes, so silberglän-
zend und still, wie nur ein Dichter davon träumen mag.
Überall, längs der Talquelle, hatten sich, im Schimmer
des Mondscheins, Menschen niedergelassen, und berei-
teten sich sanfte Lager von Moos und Laub, um von

einem so qualvollen Tage auszuruhen. Und weil die Armen immer noch jammerten; dieser, daß er sein Haus, jener, daß er Weib und Kind, und der dritte, daß er alles verloren habe: so schlichen Jeronimo und Josephe in ein dichteres Gebüsch, um durch das heimliche Gejauchz ihrer Seelen niemand zu betrüben. Sie fanden einen prachtvollen Granatapfelbaum, der seine Zweige, voll duftender Früchte, weit ausbreitete; und die Nachtigall flötete im Wipfel ihr wollüstiges Lied. Hier ließ sich Jeronimo am Stamme nieder, und Josephe in seinem, Philipp in Josephens Schoß, saßen sie, von seinem Mantel bedeckt, und ruhten. Der Baumschatten zog, mit seinen verstreuten Lichtern, über sie hinweg, und der Mond erblaßte schon wieder vor der Morgenröte, ehe sie einschliefen. Denn Unendliches hatten sie zu schwatzen vom Klostergarten und den Gefängnissen, und was sie um einander gelitten hätten; und waren sehr gerührt, wenn sie dachten, wie viel Elend über die Welt kommen mußte, damit sie glücklich würden!

Sie beschlossen, sobald die Erderschütterungen aufgehört haben würden, nach La Conception zu gehen, wo Josephe eine vertraute Freundin hatte, sich mit einem kleinen Vorschuß, den sie von ihr zu erhalten hoffte, von dort nach Spanien einzuschiffen, wo Jeronimos mütterliche Verwandten wohnten, und daselbst ihr glückliches Leben zu beschließen. Hierauf, unter vielen Küssen, schliefen sie ein.

Als sie erwachten, stand die Sonne schon hoch am Himmel, und sie bemerkten in ihrer Nähe mehrere Familien, beschäftigt, sich am Feuer ein kleines Morgenbrot zu bereiten. Jeronimo dachte eben auch, wie er Nahrung für die Seinigen herbeischaffen sollte, als ein junger wohlgekleideter Mann; mit einem Kinde auf dem Arm, zu Josephen trat, und sie mit Bescheidenheit fragte: ob sie diesem armen Wurme, dessen Mutter dort unter den Bäumen beschädigt liege, nicht auf kurze Zeit ihre Brust reichen wolle? Josephe war ein wenig verwirrt, als sie in ihm einen Bekannten erblickte; doch

da er, indem er ihre Verwirrung falsch deutete, fort-
fuhr: es ist nur auf wenige Augenblicke, Donna Josephe, und dieses Kind hat, seit jener Stunde, die uns alle
unglücklich gemacht hat, nichts genossen; so sagte sie:
»ich schwieg – aus einem andern Grunde, Don Fernando; in diesen schrecklichen Zeiten weigert sich niemand, von dem, was er besitzen mag, mitzuteilen«: und
nahm den kleinen Fremdling, indem sie ihr eigenes
Kind dem Vater gab, und legte ihn an ihre Brust. Don
Fernando war sehr dankbar für diese Güte, und fragte:
ob sie sich nicht mit ihm zu jener Gesellschaft verfügen
wollten, wo eben jetzt beim Feuer ein kleines Frühstück
bereitet werde? Josephe antwortete, daß sie dies Anerbieten mit Vergnügen annehmen würde, und folgte
ihm, da auch Jeronimo nichts einzuwenden hatte, zu
seiner Familie, wo sie auf das innigste und zärtlichste
von Don Fernandos beiden Schwägerinnen, die sie als
sehr würdige junge Damen kannte, empfangen ward.

Donna Elvire, Don Fernandos Gemahlin, welche
schwer an den Füßen verwundet auf der Erde lag, zog
Josephen, da sie ihren abgehärmten Knaben an der
Brust derselben sah, mit vieler Freundlichkeit zu sich
nieder. Auch Don Pedro, sein Schwiegervater, der an
der Schulter verwundet war, nickte ihr liebreich mit
dem Haupte zu. –

In Jeronimos und Josephens Brust regten sich Gedanken von seltsamer Art. Wenn sie sich mit so vieler
Vertraulichkeit und Güte behandelt sahen, so wußten
sie nicht, was sie von der Vergangenheit denken sollten,
vom Richtplatze, von dem Gefängnisse, und der Glok-
ke; und ob sie bloß davon geträumt hätten? Es war, als
ob die Gemüter, seit dem fürchterlichen Schlage, der
sie durchdröhnt hatte, alle versöhnt wären. Sie konnten
in der Erinnerung gar nicht weiter, als bis auf ihn,
zurückgehen. Nur Donna Elisabeth, welche bei einer
Freundin, auf das Schauspiel des gestrigen Morgens,
eingeladen worden war, die Einladung aber nicht angenommen hatte, ruhte zuweilen mit träumerischem Blik-

ke auf Josephen; doch der Bericht, der über irgend ein neues gräßliches Unglück erstattet ward, riß ihre, der Gegenwart kaum entflohene Seele schon wieder in dieselbe zurück.

Man erzählte, wie die Stadt gleich nach der ersten Haupterschütterung von Weibern ganz voll gewesen, die vor den Augen aller Männer niedergekommen seien; wie die Mönche darin, mit dem Kruzifix in der Hand, umhergelaufen wären, und geschrieen hätten: das Ende der Welt sei da! wie man einer Wache, die auf Befehl des Vizekönigs verlangte, eine Kirche zu räumen, geantwortet hätte: es gäbe keinen Vizekönig von Chili mehr! wie der Vizekönig in den schrecklichsten Augenblicken hätte müssen Galgen aufrichten lassen, um der Dieberei Einhalt zu tun; und wie ein Unschuldiger, der sich von hinten durch ein brennendes Haus gerettet, von dem Besitzer aus Übereilung ergriffen, und sogleich auch aufgeknüpft worden wäre.

Donna Elvire, bei deren Verletzungen Josephe viel beschäftigt war, hatte in einem Augenblick, da gerade die Erzählungen sich am lebhaftesten kreuzten, Gelegenheit genommen, sie zu fragen: wie es denn ihr an diesem fürchterlichen Tage ergangen sei? Und da Josephe ihr, mit beklemmtem Herzen, einige Hauptzüge davon angab, so ward ihr die Wollust, Tränen in die Augen dieser Dame treten zu sehen; Donna Elvire ergriff ihre Hand, und drückte sie, und winkte ihr, zu schweigen. Josephe dünkte sich unter den Seligen. Ein Gefühl, das sie nicht unterdrücken konnte, nannte den verfloßnen Tag, so viel Elend er auch über die Welt gebracht hatte, eine Wohltat, wie der Himmel noch keine über sie verhängt hatte. Und in der Tat schien, mitten in diesen gräßlichen Augenblicken, in welchen alle irdischen Güter der Menschen zu Grunde gingen, und die ganze Natur verschüttet zu werden drohte, der menschliche Geist selbst, wie eine schöne Blume, aufzugehn. Auf den Feldern, so weit das Auge reichte, sah man Menschen von allen Ständen durcheinander liegen, Fürsten und Bettler, Matronen und Bäuerinnen, Staatsbeamte und Tagelöhner, Klosterherren und Klosterfrauen: einander bemitleiden, sich wechselseitig Hülfe reichen, von dem, was sie zur Erhaltung ihres Lebens gerettet haben mochten, freudig mitteilen, als ob das allgemeine Unglück alles, was ihm entronnen war, zu *einer* Familie gemacht hätte.

Statt der nichtssagenden Unterhaltungen, zu welchen sonst die Welt an den Teetischen den Stoff hergegeben hatte, erzählte man jetzt Beispiele von ungeheuern Taten: Menschen, die man sonst·in der Gesellschaft wenig geachtet hatte, hatten Römergröße gezeigt; Beispiele zu Haufen von Unerschrockenheit, von freudiger Verachtung der Gefahr, von Selbstverleugnung und der göttlichen Aufopferung, von ungesäumter Wegwerfung des Lebens, als ob es, dem nichtswürdigsten Gute gleich, auf dem nächsten Schritte schon wiedergefunden würde. Ja, da nicht einer war, für den nicht an diesem Tage etwas Rührendes geschehen wäre, oder der nicht selbst etwas Großmütiges getan hätte, so war der Schmerz in jeder Menschenbrust mit so viel süßer Lust vermischt, daß sich, wie sie meinte, gar nicht angeben ließ, ob die Summe des allgemeinen Wohlseins nicht von der einen Seite um ebenso viel gewachsen war, als sie von der anderen abgenommen hatte.

Jeronimo nahm Josephen, nachdem sich beide in diesen Betrachtungen stillschweigend erschöpft hatten, beim Arm, und führte sie mit unaussprechlicher Heiterkeit unter den schattigen Lauben des Granatwaldes auf und nieder. Er sagte ihr, daß er, bei dieser Stimmung der Gemüter und dem Umsturz aller Verhältnisse, seinen Entschluß, sich nach Europa einzuschiffen, aufgebe; daß er vor dem Vizekönig, der sich seiner Sache immer günstig gezeigt, falls er noch am Leben sei, einen Fußfall wagen würde; und daß er Hoffnung habe (wobei er ihr einen Kuß aufdrückte), mit ihr in Chili zurückzubleiben. Josephe antwortete, daß ähnliche Gedanken in ihr aufgestiegen wären; daß auch sie nicht mehr, falls ihr Vater nur noch am Leben sei, ihn zu versöhnen zweifle; daß sie aber statt des Fußfalles lieber nach La Conception zu gehen, und von dort aus schriftlich das Versöhnungsgeschäft mit dem Vizekönig zu betreiben rate, wo man auf jeden Fall in der Nähe des Hafens wäre, und für den besten, wenn das Geschäft die erwünschte Wendung nähme, ja leicht wieder nach St. Jago zurückkehren könnte. Nach einer kurzen Überlegung gab Jeronimo der Klugheit dieser Maßregel seinen Beifall, führte sie noch ein wenig, die heitern Momente der Zukunft überfliegend, in den Gängen umher, und kehrte mit ihr zur Gesellschaft zurück.

Inzwischen war der Nachmittag herangekommen, und die Gemüter der herumschwärmenden Flüchtlinge hatten sich, da die Erdstöße nachließen, nur kaum wieder ein wenig beruhigt, als sich schon die Nachricht verbreitete, daß in der Dominikanerkirche, der einzigen, welche das Erdbeben verschont hatte, eine feierliche Messe von dem Prälaten des Klosters selbst gelesen werden würde, den Himmel um Verhütung ferneren Unglücks anzuflehen.

Das Volk brach schon aus allen Gegenden auf, und eilte in Strömen zur Stadt. In Don Fernandos Gesellschaft ward die Frage aufgeworfen, ob man nicht auch an dieser Feierlichkeit Teil nehmen, und sich dem allgemeinen Zuge anschließen solle? Donna Elisabeth erinnerte, mit einiger Beklemmung, was für ein Unheil gestern in der Kirche vorgefallen sei; daß solche Dankfeste ja wiederholt werden würden, und daß man sich der Empfindung alsdann, weil die Gefahr schon mehr vorüber wäre, mit desto größerer Heiterkeit und Ruhe überlassen könnte. Josephe äußerte, indem sie mit einiger Begeisterung sogleich aufstand, daß sie den Drang, ihr Antlitz vor dem Schöpfer in den Staub zu legen, niemals lebhafter empfunden habe, als eben jetzt, wo er seine unbegreifliche und erhabene Macht so entwickle. Donna Elvire erklärte sich mit Lebhaftigkeit für Josephens Meinung. Sie bestand darauf, daß man die Messe hören sollte, und rief Don Fernando auf, die Gesellschaft zu führen, worauf sich alles, Donna Elisabeth auch, von den Sitzen erhob. Da man jedoch letztere, mit heftig arbeitender Brust, die kleinen Anstalten zum Aufbruche zaudernd betreiben sah, und sie, auf die Frage: was ihr fehle? antwortete: sie wisse nicht, welch eine unglückliche Ahndung in ihr sei? so beruhigte sie Donna Elvire, und forderte sie auf, bei ihr und ihrem kranken Vater zurückzubleiben. Josephe sagte: so werden Sie mir wohl, Donna Elisabeth, diesen kleinen Liebling abnehmen, der sich schon wieder, wie Sie sehen, bei mir eingefunden hat. Sehr gern, antwortete Donna Elisabeth, und machte Anstalten ihn zu ergreifen; doch da dieser über das Unrecht, das ihm geschah, kläglich schrie, und auf keine Art darein willigte, so sagte Josephe lächelnd, daß sie ihn nur behalten wolle, und küßte ihn wieder still. Hierauf bot Don Fernando, dem die ganze Würdigkeit und Anmut ihres Betragens sehr gefiel, ihr den Arm; Jeronimo, welcher den kleinen Philipp trug, führte Donna Constanzen; die übrigen Mitglieder, die sich bei der Gesellschaft eingefunden hatten, folgten; und in dieser Ordnung ging der Zug nach der Stadt.

Sie waren kaum funfzig Schritte gegangen, als man Donna Elisabeth welche inzwischen heftig und heimlich mit Donna Elvire gesprochen hatte: Don Fernando! rufen hörte, und dem Zuge mit unruhigen Tritten nacheilen sah. Don Fernando hielt, und kehrte sich um; harrte ihrer, ohne Josephen loszulassen, und fragte, da sie, gleich als ob sie auf sein Entgegenkommen wartete, in einiger Ferne stehen blieb: was sie wolle? Donna Elisabeth näherte sich ihm hierauf, obschon, wie es schien, mit Widerwillen, und raunte ihm, doch so, daß Josephe es nicht hören konnte, einige Worte ins Ohr. Nun? fragte Don Fernando: und das Unglück, das daraus entstehen kann? Donna Elisabeth fuhr fort, ihm mit verstörtem Gesicht ins Ohr zu zischeln. Don Fernando stieg eine Röte des Unwillens ins Gesicht; er antwortete: es wäre gut! Donna Elvire möchte sich beruhigen; und führte seine Dame weiter. –

Als sie in der Kirche der Dominikaner ankamen, ließ sich die Orgel schon mit musikalischer Pracht hören, und eine unermeßliche Menschenmenge wogte darin. Das Gedränge erstreckte sich bis weit vor den Portalen auf den Vorplatz der Kirche hinaus, und an den Wänden hoch, in den Rahmen der Gemälde, hingen Knaben, und hielten mit erwartungsvollen Blicken ihre Mützen in der Hand. Von allen Kronleuchtern strahlte es herab, die Pfeiler warfen, bei der einbrechenden Dämmerung, geheimnisvolle Schatten, die große von gefärbtem Glas gearbeitete Rose in der Kirche äußerstem Hintergrunde glühte, wie die Abendsonne selbst, die sie erleuchtete, und Stille herrschte, da die Orgel jetzt schwieg, in der ganzen Versammlung, als hätte keiner einen Laut in der Brust. Niemals schlug aus einem christlichen Dom eine solche Flamme der Inbrunst gen Himmel, wie heute aus dem Dominikanerdom zu St. Jago; und keine menschliche Brust gab wärmere Glut dazu her, als Jeronimos und Josephens!

Die Feierlichkeit fing mit einer Predigt an, die der ältesten Chorherren einer, mit dem Festschmuck angetan, von der Kanzel hielt. Er begann gleich mit Lob, Preis und Dank, seine zitternden, vom Chorhemde weit umflossenen Hände hoch gen Himmel erhebend, daß noch Menschen seien, auf diesem, in Trümmer zerfallenden Teile der Welt, fähig, zu Gott empor zu stammeln. Er schilderte, was auf den Wink des Allmächtigen geschehen war; das Weltgericht kann nicht entsetzlicher sein; und als er das gestrige Erdbeben gleichwohl, auf einen Riß, den der Dom erhalten hatte, hinzeigend, einen bloßen Vorboten davon nannte, lief ein Schauder über die ganze Versammlung. Hierauf kam er, im Flusse priesterlicher Beredsamkeit, auf das Sittenverderbnis der Stadt; Greuel, wie Sodom und Gomorrha sie nicht sahen, straft' er an ihr; und nur der unendlichen Lang-

mut Gottes schrieb er es zu, daß sie noch nicht gänzlich
vom Erdboden vertilgt worden sei.

Aber wie dem Dolche gleich fuhr es durch die von
dieser Predigt schon ganz zerrissenen Herzen unserer
beiden Unglücklichen, als der Chorherr bei dieser Gelegenheit umständlich des Frevels erwähnte, der in dem
Klostergarten der Karmeliterinnen verübt worden war;
die Schonung, die er bei der Welt gefunden hatte, gott-
los nannte, und in einer von Verwünschungen erfüllten
Seitenwendung, die Seelen der Täter, wörtlich genannt,
allen Fürsten der Hölle übergab! Donna Constanze rief,
indem sie an Jeronimos Armen zuckte: Don Fernando!
Doch dieser antwortete so nachdrücklich und doch so
heimlich, wie sich beides verbinden ließ : »Sie schweigen, Donna, Sie rühren auch den Augapfel nicht, und
tun, als ob Sie in eine Ohnmacht versänken; worauf wir
die Kirche verlassen.« Doch, ehe Donna Constanze diese sinnreiche zur Rettung erfundene Maßregel noch
ausgeführt hatte, rief schon eine Stimme, des Chor-
herrn Predigt laut unterbrechend, aus: Weichet fern
hinweg, ihr Bürger von St. Jago, hier stehen diese gott-
losen Menschen! Und als eine andere Stimme schrek-
kenvoll, indessen sich ein weiter Kreis des Entsetzens
um sie bildete, fragte: wo? hier! versetzte ein Dritter,
und zog, heiliger Ruchlosigkeit voll, Josephen bei den
Haaren nieder, daß sie mit Don Fernandos Sohne zu
Boden getaumelt wäre, wenn dieser sie nicht gehalten
hätte. »Seid ihr wahnsinnig?« rief der Jüngling, und
schlug den Arm um Josephen: »ich bin Don Fernando
Ormez, Sohn des Kommandanten der Stadt, den ihr alle
kennt.« Don Fernando Ormez? rief, dicht vor ihn hinge-
stellt, ein Schuhflicker, der für Josephen gearbeitet hatte, und diese wenigstens so genau kannte, als ihre kleinen Füße. Wer ist der Vater zu diesem Kinde? wandte er
sich mit frechem Trotz zur Tochter Asterons. Don Fernando erblaßte bei dieser Frage. Er sah bald den Jeronimo schüchtern an, bald überflog er die Versammlung,
ob nicht einer sei, der ihn kenne? Josephe rief, von

entsetzlichen Verhältnissen gedrängt: dies ist nicht mein Kind, Meister Pedrillo, wie Er glaubt; indem sie, in unendlicher Angst der Seele, auf Don Fernando blickte: dieser junge Herr ist Don Fernando Ormez, Sohn des Kommandanten der Stadt, den ihr alle kennt! Der Schuster fragte: wer von euch, ihr Bürger, kennt diesen jungen Mann? Und mehrere der Umstehenden wiederholten: wer kennt den Jeronimo Rugera? Der trete vor! Nun traf es sich, daß in demselben Augenblicke der kleine Juan, durch den Tumult erschreckt, von Josephens Brust weg Don Fernando in die Arme strebte. Hierauf: Er *ist* der Vater! schrie eine Stimme; und: er *ist* Jeronimo Rugera! eine andere; und: sie *sind* die gotteslästerlichen Menschen! eine dritte; und: steinigt sie! steinigt sie! die ganze im Tempel Jesu versammelte Christenheit! Drauf jetzt Jeronimo: Halt! Ihr Unmenschlichen! Wenn ihr den Jeronimo Rugera sucht: hier ist er! Befreit jenen Mann, welcher unschuldig ist! –

Der wütende Haufen, durch die Äußerung Jeronimos verwirrt, stutzte; mehrere Hände ließen Don Fernando los; und da in demselben Augenblick ein Marine-Offizier von bedeutendem Rang herbeieilte, und, indem er sich durch den Tumult drängte, fragte: Don Fernando Ormez! Was ist Euch widerfahren? so antwortete dieser, nun völlig befreit, mit wahrer heldenmütiger Besonnenheit: Ja, sehen Sie, Don Alonzo, die Mordknechte! Ich wäre verloren gewesen, wenn dieser würdige Mann sich nicht, die rasende Menge zu beruhigen, für Jeronimo Rugera ausgegeben hätte. Verhaften Sie ihn, wenn Sie die Güte haben wollen, nebst dieser jungen Dame, zu ihrer beiderseitigen Sicherheit; und diesen Nichtswürdigen«, indem er Meister Pedrillo ergriff, »der den ganzen Aufruhr angezettelt hat!« Der Schuster rief: Don Alonzo Onoreja, ich frage Euch auf Euer Gewissen, ist dieses Mädchen nicht Josephe Asteron? Da nun Don Alonzo, welcher Josephen sehr genau kannte, mit der Antwort zauderte, und mehrere Stimmen, dadurch von neuem zur Wut entflammt, riefen:

sie ists, sie ists! und: bringt sie zu Tode! so setzte Josephe den kleinen Philipp, den Jeronimo bisher getragen
hatte, samt dem kleinen Juan, auf Don Fernandos Arm,
und sprach: gehn Sie, Don Fernando, retten Sie Ihre
beiden Kinder, und überlassen Sie uns unserm Schick-
sale!

Don Fernando nahm die beiden Kinder und sagte:
er wolle eher umkommen, als zugeben, daß seiner Gesellschaft etwas zu Leide geschehe. Er bot Josephen,
nachdem er sich den Degen des Marine-Offiziers ausgebeten hatte, den Arm, und forderte das hintere Paar
auf, ihm zu folgen. Sie kamen auch wirklich, indem
man ihnen, bei solchen Anstalten, mit hinlänglicher
Ehrerbietigkeit Platz machte, aus der Kirche heraus,
und glaubten sich gerettet. Doch kaum waren sie auf
den von Menschen gleichfalls erfüllten Vorplatz derselben getreten, als eine Stimme aus dem rasenden Haufen, der sie verfolgt hatte, rief: dies ist Jeronimo Rugera, ihr Bürger, denn ich bin sein eigner Vater! und ihn
an Donna Constanzens Seite mit einem ungeheuren
Keulenschlage zu Boden streckte. Jesus Maria! rief
Donna Constanze, und floh zu ihrem Schwager; doch:
Klostermetze! erscholl es schon, mit einem zweiten Keulenschlage, von einer andern Seite, der sie leblos neben
Jeronimo niederwarf. Ungeheuer! rief ein Unbekannter: dies war Donna Constanze Xares! Warum belogen
sie uns! antwortete der Schuster; sucht die rechte auf,
und bringt sie um! Don Fernando, als er Constanzens
Leichnam erblickte, glühte vor Zorn; er zog und
schwang das Schwert, und hieb, daß er ihn gespalten
hätte, den fanatischen Mordknecht, der diese Greuel
veranlaßte, wenn derselbe nicht, durch eine Wendung,
dem wütenden Schlag entwichen wäre. Doch da er die
Menge, die auf ihn eindrang, nicht überwältigen konnte: leben Sie wohl, Don Fernando mit den Kindern! rief
Josephe – und: hier mordet mich, ihr blutdürstenden
Tiger! und stürzte sich freiwillig unter sie, um dem
Kampf ein Ende zu machen. Meister Pedrillo schlug sie

mit der Keule nieder. Darauf ganz mit ihrem Blute besprützt: schickt ihr den Bastard zur Hölle nach! rief er, und drang, mit noch ungesättigter Mordlust, von neuem vor.

Don Fernando, dieser göttliche Held, stand jetzt, den Rücken an die Kirche gelehnt; in der Linken hielt er die Kinder, in der Rechten das Schwert. Mit jedem Hiebe wetterstrahlte er einen zu Boden; ein Löwe wehrt sich nicht besser. Sieben Bluthunde lagen tot vor ihm, der Fürst der satanischen Rotte selbst war verwundet. Doch Meister Pedrillo ruhte nicht eher, als bis er der Kinder eines bei den Beinen von seiner Brust gerissen, und, hochher im Kreise geschwungen, an eines Kirchpfeilers Ecke zerschmettert hatte. Hierauf ward es still, und alles entfernte sich. Don Fernando, als er seinen kleinen Juan vor sich liegen sah, mit aus dem Hirne vorquellendem Mark, hob, voll namenlosen Schmerzes, seine Augen gen Himmel.

Der Marine-Offizier fand sich wieder bei ihm ein, suchte ihn zu trösten, und versicherte ihm, daß seine Untätigkeit bei diesem Unglück, obschon durch mehrere Umstände gerechtfertigt, ihn reue; doch Don Fernando sagte, daß ihm nichts vorzuwerfen sei, und bat ihn nur, die Leichname jetzt fortschaffen zu helfen. Man trug sie alle, bei der Finsternis der einbrechenden Nacht, in Don Alonzos Wohnung, wohin Don Fernando ihnen, viel über das Antlitz des kleinen Philipp weinend, folgte. Er übernachtete auch bei Don Alonzo, und säumte lange, unter falschen Vorspiegelungen, seine Gemahlin von dem ganzen Umfang des Unglücks zu unterrichten; einmal, weil sie krank war, und dann, weil er auch nicht wußte, wie sie sein Verhalten bei dieser Begebenheit beurteilen würde; doch kurze Zeit nachher, durch einen Besuch zufällig von allem, was geschehen war, benachrichtigt, weinte diese treffliche Dame im Stillen ihren mütterlichen Schmerz aus, und fiel ihm mit dem Rest einer erglänzenden Träne eines Morgens um den Hals und küßte ihn. Don Fernando und Donna

Elvire nahmen hierauf den kleinen Fremdling zum Pflegesohn an; und wenn Don Fernando Philippen mit Juan verglich, und wie er beide erworben hatte, so war es ihm fast, als müßt er sich freuen.

DER FINDLING

Antonio Piachi, ein wohlhabender Güterhändler in Rom, war genötigt, in seinen Handelsgeschäften zuweilen große Reisen zu machen. Er pflegte dann gewöhnlich Elvire, seine junge Frau, unter dem Schutz ihrer Verwandten daselbst zurückzulassen. Eine dieser Reisen führte ihn mit seinem Sohn Paolo, einem elfjährigen Knaben, den ihm seine erste Frau geboren hatte, nach Ragusa. Es traf sich, daß hier eben eine pestartige Krankheit ausgebrochen war, welche die Stadt und Gegend umher in großes Schrecken setzte. Piachi, dem die Nachricht davon erst auf der Reise zu Ohren gekommen war, hielt in der Vorstadt an, um sich nach der Natur derselben zu erkundigen. Doch da er hörte, daß das Übel von Tag zu Tag bedenklicher werde und daß man damit umgehe, die Tore zu sperren, so überwand die Sorge für seinen Sohn alle kaufmännischen Interessen, er nahm Pferde und reisete wieder ab.

Er bemerkte, da er im Freien war, einen Knaben neben seinem Wagen, der nach Art der Flehenden die Hände zu ihm ausstreckte und in großer Gemütsbewegung zu sein schien. Piachi ließ halten, und auf die Frage: was er wolle, antwortete der Knabe in seiner Unschuld, er sei angesteckt; die Häscher verfolgten ihn, um ihn ins Krankenhaus zu bringen, wo sein Vater und seine Mutter schon gestorben wären; er bitte um aller Heiligen willen, ihn mitzunehmen und nicht in der Stadt umkommen zu lassen. Dabei faßte er des Alten

Hand, drückte und küßte sie und weinte darauf nieder. Piachi wollte in der ersten Regung des Entsetzens den Jungen weit von sich schleudern; doch da dieser in eben diesem Augenblick seine Farbe veränderte und ohnmächtig auf den Boden niedersank, so regte sich des guten Alten Mitleid, er stieg mit seinem Sohne aus, legte den Jungen in den Wagen und fuhr mit ihm fort, obschon er auf der Welt nicht wußte, was er mit demselben anfangen sollte.

Er unterhandelte noch in der ersten Station mit den Wirtsleuten über die Art und Weise, wie er seiner wieder los werden könne, als er schon auf Befehl der Polizei, welche davon Wind bekommen hatte, arretiert und unter einer Bedeckung, er, sein Sohn, und Nicolo, so hieß der kranke Knabe, wieder nach Ragusa zurücktransportiert ward. Alle Vorstellungen von seiten Piachis über die Grausamkeit dieser Maßregel halfen zu nichts; in Ragusa angekommen, wurden nunmehr alle drei unter Aufsicht eines Häschers nach dem Krankenhause abgeführt, wo er zwar, Piachi, gesund blieb, und Nicolo, der Knabe, sich von dem Übel wieder erholte: sein Sohn aber, der elfjährige Paolo, von demselben angesteckt ward und in drei Tagen starb.

Die Tore wurden nun wieder geöffnet, und Piachi, nachdem er seinen Sohn begraben hatte, erhielt von der Polizei Erlaubnis, zu reisen. Er bestieg eben, sehr von Schmerz bewegt, den Wagen und nahm bei dem Anblick des Platzes, der neben ihm leer blieb, sein Schnupftuch heraus, um seine Tränen fließen zu lassen, als Nicolo, mit der Mütze in der Hand, an seinen Wagen trat und ihm eine glückliche Reise wünschte. Piachi beugte sich aus dem Schlage heraus und fragte ihn mit einer von heftigem Schluchzen unterbrochenen Stimme, ob er mit ihm reisen wollte. Der Junge, sobald er den Alten nur verstanden hatte, nickte und sprach: o ja! sehr gern, und da die Vorsteher des Krankenhauses auf die Frage des Güterhändlers: ob es dem Jungen wohl erlaubt wäre, einzusteigen? lächelten und versicherten:

daß er Gottes Sohn wäre und niemand ihn vermissen
würde, so hob ihn Piachi in einer großen Bewegung in
den Wagen und nahm ihn an seines Sohnes Statt mit
sich nach Rom.

Auf der Straße, vor den Toren der Stadt, sah sich der
Landmäkler den Jungen erst recht an. Er war von einer
besondern, etwas starren Schönheit, seine schwarzen
Haare hingen ihm in schlichten Spitzen von der Stirn
herab, ein Gesicht beschattend, das, ernst und klug,
seine Mienen niemals veränderte. Der Alte tat mehrere
Fragen an ihn, worauf jener aber nur kurz antwortete:
ungesprächig und in sich gekehrt saß er, die Hände in
die Hosen gesteckt, im Winkel da und sah sich mit
gedankenvoll scheuen Blicken die Gegenstände an, die
an dem Wagen vorüberflogen. Von Zeit zu Zeit holte er
sich mit stillen und geräuschlosen Bewegungen eine
Hand voll Nüsse aus der Tasche, die er bei sich trug,
und während Piachi sich die Tränen vom Auge wischte,
nahm er sie zwischen die Zähne und knackte sie auf.

In Rom stellte ihn Piachi, unter einer kurzen Erzählung des Vorfalls Elviren, seiner jungen trefflichen Gemahlin, vor, welche sich zwar nicht enthalten konnte,
bei dem Gedanken an Paolo, ihren kleinen Stiefsohn,
den sie sehr geliebt hatte, herzlich zu weinen; gleichwohl aber den Nicolo, so fremd und steif er auch vor ihr
stand, an ihre Brust drückte, ihm das Bette, worin jener
geschlafen hatte, zum Lager anwies und sämtliche Kleider desselben zum Geschenk machte. Piachi schickte ihn
in die Schule, wo er Schreiben, Lesen und Rechnen
lernte, und da er auf eine leicht begreifliche Weise den
Jungen in dem Maße lieb gewonnen, als er ihm teuer zu
stehen gekommen war, so adoptierte er ihn mit Einwilligung der guten Elvire, welche von dem Alten keine
Kinder mehr zu erhalten hoffen konnte, schon nach
wenigen Wochen als seinen Sohn. Er dankte späterhin
einen Kommis ab, mit dem er aus mancherlei Gründen
unzufrieden war, und hatte, da er den Nicolo statt seiner
in dem Kontor anstellte, die Freude, zu sehn, daß dersel-

be die weitläufigen Geschäfte, in welchen er verwickelt war, auf das tätigste und vorteilhafteste verwaltete. Nichts hatte der Vater, der ein geschworner Feind aller Bigotterie war, an ihm auszusetzen, als den Umgang mit den Mönchen des Karmeliterklosters, die dem jungen Mann wegen des beträchtlichen Vermögens, das ihm einst aus der Hinterlassenschaft des Alten zufallen sollte, mit großer Gunst zugetan waren, und nichts ihrerseits die Mutter, als einen früh, wie es ihr schien, in der Brust desselben sich regenden Hang für das weibliche Geschlecht. Denn schon in seinem fünfzehnten Jahre war er bei Gelegenheit dieser Mönchsbesuche die Beute der Verführung einer gewissen Xaviera Tartini, Beischläferin ihres Bischofs, geworden, und ob er gleich, durch die strenge Forderung des Alten genötigt, diese Verbindung zerriß, so hatte Elvire doch mancherlei Gründe, zu glauben, daß seine Enthaltsamkeit auf diesem gefährlichen Felde nicht eben groß war. Doch da Nicolo sich in seinem zwanzigsten Jahre mit Constanza Parquet, einer jungen liebenswürdigen Genueserin, Elvirens Nichte, die unter ihrer Aufsicht in Rom erzogen wurde, vermählte, so schien wenigstens das letzte Übel damit an der Quelle verstopft; beide Eltern vereinigten sich in der Zufriedenheit mit ihm, und um ihm davon einen Beweis zu geben, ward ihm eine glänzende Ausstattung zuteil, wobei sie ihm einen beträchtlichen Teil ihres schönen und weitläuftigen Wohnhauses einräumten. Kurz, als Piachi sein sechzigstes Jahr erreicht hatte, tat er das Letzte und Äußerste, was er für ihn tun konnte: er überließ ihm auf gerichtliche Weise, mit Ausnahme eines kleinen Kapitals, das er sich vorbehielt, das ganze Vermögen, das seinem Güterhandel zum Grunde lag, und zog sich mit seiner treuen, trefflichen Elvire, die wenige Wünsche in der Welt hatte, in den Ruhestand zurück.

Elvire hatte einen stillen Zug von Traurigkeit im Gemüt, der ihr aus einem rührenden Vorfall aus der Geschichte ihrer Kindheit zurückgeblieben war. Philip-

po Parquet, ihr Vater, ein bemittelter Tuchfärber in
Genua, bewohnte ein Haus, das, wie es sein Handwerk
erforderte, mit der hinteren Seite hart an den mit Qua-
dersteinen eingefaßten Rand des Meeres stieß; große,
am Giebel eingefügte Balken, an welchen die gefärbten
Tücher aufgehängt wurden, liefen mehrere Ellen weit
über die See hinaus. Einst, in einer unglücklichen
Nacht, da Feuer das Haus ergriff und, gleich als ob es
von Pech und Schwefel erbaut wäre, zu gleicher Zeit in
allen Gemächern, aus welchen es zusammengesetzt war,
emporknitterte, flüchtete sich, überall von Flammen
geschreckt, die dreizehnjährige Elvire von Treppe zu
Treppe und befand sich, sie wußte selbst nicht wie, auf
einem dieser Balken. Das arme Kind wußte, zwischen
Himmel und Erde schwebend, gar nicht wie es sich
retten sollte; hinter ihr der brennende Giebel, dessen
Glut, vom Winde gepeitscht, schon den Balken ange-
fressen hatte, und unter ihr die weite, öde, entsetzliche
See. Schon wollte sie sich allen Heiligen empfehlen
und, unter zwei Übeln das kleinere wählend, in die
Fluten hinabspringen, als plötzlich ein junger Genue-
ser, vom Geschlecht der Patrizier, am Eingang erschien,
seinen Mantel über den Balken warf, sie umfaßte, und
sich mit ebensoviel Mut als Gewandtheit an einem der
feuchten Tücher, die von dem Balken niederhingen, in
die See mit ihr herabließ. Hier griffen Gondeln, die auf
dem Hafen schwammen, sie auf und brachten sie unter
vielem Jauchzen des Volkes ans Ufer; doch es fand sich,
daß der junge Held schon beim Durchgang durch das
Haus durch einen vom Gesims desselben herabfallenden Stein eine schwere Wunde am Kopf empfangen
hatte, die ihn auch bald, seiner Sinne nicht mächtig, am
Boden niederstreckte. Der Marquis, sein Vater, in dessen Hotel er gebracht ward, rief, da seine Wiederherstellung sich in die Länge zog, Ärzte aus allen Gegenden
Italiens herbei, die ihn zu verschiedenen Malen trepa-
nierten und ihm mehrere Knochen aus dem Gehirn
nahmen; doch alle Kunst war durch eine unbegreifliche

Schickung des Himmels vergeblich: er erstand nur selten an der Hand Elvirens, die seine Mutter zu seiner Pflege herbeigerufen hatte, und nach einem dreijährigen, höchst schmerzenvollen Krankenlager, während dessen das Mädchen nicht von seiner Seite wich, reichte er ihr noch einmal freundlich die Hand und verschied.

Piachi, der mit dem Hause dieses Herrn in Handelsverbindungen stand und Elviren eben dort, da sie ihn pflegte, kennen gelernt und zwei Jahre darauf geheiratet hatte, hütete sich sehr, seinen Namen vor ihr zu nennen oder sie sonst an ihn zu erinnern, weil er wußte, daß es ihr schönes und empfindliches Gemüt auf das heftigste bewegte. Die mindeste Veranlassung, die sie auch nur von fern an die Zeit erinnerte, da der Jüngling für sie litt und starb, rührte sie immer bis zu Tränen, und alsdann gab es keinen Trost und keine Beruhigung für sie; sie brach, wo sie auch sein mochte, auf, und keiner folgte ihr, weil man schon erprobt hatte, daß jedes andre Mittel vergeblich war, als sie still für sich in der Einsamkeit ihren Schmerz ausweinen zu lassen. Niemand außer Piachi kannte die Ursache dieser sonderbaren und häufigen Erschütterungen, denn niemals, solange sie lebte, war ein Wort, jene Begebenheit betreffend, über ihre Lippen gekommen. Man war gewohnt, sie auf Rechnung eines überreizten Nervensystems zu setzen, das ihr aus einem hitzigen Fieber, in welches sie gleich nach ihrer Verheiratung verfiel, zurückgeblieben war, und somit allen Nachforschungen über die Veranlassung derselben ein Ende zu machen.

Einstmals war Nicolo mit jener Xaviera Tartini, mit welcher er trotz des Verbots des Vaters die Verbindung nie ganz aufgegeben hatte, heimlich und ohne Vorwissen seiner Gemahlin, unter der Vorspiegelung, daß er bei einem Freund eingeladen sei, auf dem Karneval gewesen und kam in der Maske eines genuesischen Ritters, die er zufällig gewählt hatte, spät in der Nacht, da schon alles schlief, in sein Haus zurück. Es traf sich, daß dem Alten plötzlich eine Unpäßlichkeit zugestoßen war und Elvire, um ihm zu helfen, in Ermangelung der Mägde aufgestanden und in den Speisesaal gegangen war, um ihm eine Flasche mit Essig zu holen. Eben hatte sie einen Schrank, der in dem Winkel stand, geöffnet und suchte, auf der Kante eines Stuhles stehend, unter den Gläsern und Karavinen umher: als Nicolo die Tür sacht öffnete und mit einem Licht, das er sich auf dem Flur angesteckt hatte, im Federhut, Mantel und Degen, durch den Saal ging. Harmlos, ohne Elviren zu sehen, trat er an die Tür, die in sein Schlafzimmer führte, und bemerkte eben mit Bestürzung, daß sie verschlossen war: als Elvire hinter ihm mit Flaschen und Gläsern, die sie in der Hand hielt, wie durch einen unsichtbaren Blitz getroffen bei seinem Anblick von dem Schemel, auf welchem sie stand, auf das Getäfel des Bodens niederfiel. Nicolo, von Schrecken bleich, wandte sich um und wollte der Unglücklichen beispringen; doch da das Geräusch, das sie gemacht hatte, notwendig den Alten herbeiziehen mußte, so unterdrückte die Besorgnis, einen Verweis von ihm zu erhalten, alle anderen Rücksichten: er riß ihr mit verstörter Beeiferung ein Bund Schlüssel von der Hüfte, das sie bei sich trug, und einen gefunden, der paßte, warf er den Bund in den Saal zurück und verschwand. Bald darauf, da Piachi, krank wie er war aus dem Bette gesprungen war und sie aufgehoben hatte und auch Bediente und Mägde, von ihm zusammengeklingelt, mit Licht erschienen waren, kam auch Nicolo in seinem Schlafrock und fragte, was vorgefallen sei; doch da Elvire, starr vor Entsetzen, wie ihre Zunge war, nicht sprechen konnte und außer ihr nur er selbst noch Auskunft auf diese Frage geben konnte, so blieb der Zusammenhang der Sache in ein ewiges Geheimnis gehüllt; man trug Elviren, die an allen Gliedern zitterte, zu Bett, wo sie mehrere Tage lang an einen heftigen Fieber darniederlag, gleichwohl aber durch die natürliche Kraft ihrer Gesundheit den Zufall überwand und bis auf eine sonderbare Schwermut, die ihr zurückblieb, sich ziemlich wieder erholte.

So verfloß ein Jahr, als Constanze, Nicolos Gemahlin, niederkam und samt dem Kinde, das sie geboren hatte, in den Wochen starb. Dieser Vorfall, bedauernswürdig an sich, weil ein tugendhaftes und wohlerzogenes Wesen verlorenging, war es doppelt, weil er den beiden Leidenschaften Nicolos, seiner Bigotterie und seinem Hange zu den Weibern, wieder Tor und Tür öffnete. Ganze Tage lang trieb er sich wieder, unter dem Vorwand, sich zu trösten, in den Zellen der Karmelitermönche umher, und gleichwohl wußte man, daß er während der Lebzeiten seiner Frau nur mit geringer Liebe und Treue an ihr gehangen hatte. Ja, Constanze war noch nicht unter der Erde, als Elvire schon zur Abendzeit, in Geschäften des bevorstehenden Begräbnisses in sein Zimmer tretend, ein Mädchen bei ihm fand, das, geschürzt und geschminkt, ihr als die Zofe der Xaviera Tartini nur zu wohl bekannt war. Elvire schlug bei diesem Anblick die Augen nieder, kehrte sich, ohne ein Wort zu sagen, um und verließ das Zimmer; weder Piachi noch sonst jemand erfuhr ein Wort von diesem Vorfall; sie begnügte sich, mit betrübtem Herzen bei der Leiche Constanzens, die den Nicolo sehr geliebt hatte, niederzuknieen und zu weinen. Zufällig aber traf es sich, daß Piachi, der in der Stadt gewesen war, beim Eintritt in sein Haus dem Mädchen begegnete und, da er wohl merkte, was sie hier zu schaffen gehabt hatte, sie heftig anging und ihr, halb mit List, halb mit Gewalt, den Brief, den sie bei sich trug, abgewann. Er ging auf sein Zimmer, um ihn zu lesen, und fand, was er vorausgesehen hatte, eine dringende Bitte Nicolos an Xaviera, ihm behufs einer Zusammenkunft, nach der er sich sehne, gefälligst Ort und Stunde zu bestimmen. Piachi setzte sich nieder und antwortete mit verstellter Schrift im Namen Xavieras: »gleich, noch vor Nacht, in der Magdalenen-Kirche« – siegelte diesen Zettel mit einem fremden Wappen zu und ließ ihn, gleich als ob er von der Dame käme, in Nicolos Zimmer abgeben. Die List glückte vollkommen; Nicolo nahm augenblicklich seinen Mantel und begab sich in Vergessenheit Constanzens, die im Sarg ausgestellt war, aus dem Hause. Hierauf bestellte Piachi, tief entwürdigt, das feierliche, für den kommenden Tag festgesetzte Leichenbegängnis ab, ließ die Leiche, so wie sie ausgesetzt war, von einigen Trägern aufheben und, bloß von Elviren, ihm und einigen Verwandten begleitet, ganz in der Stille in dem Gewölbe der Magdalenen-Kirche, das für sie bereitet war, beisetzen. Nicolo, der in dem Mantel gehüllt unter den Hallen der Kirche stand und zu seinem Erstaunen einen ihm wohlbekannten Leichenzug herannahen sah, fragte den Alten, der dem Sarge folgte: was dies bedeute? und wen man herantrüge? Doch dieser, das Gebetbuch in der Hand, ohne das Haupt zu erheben, antwortete bloß: Xaviera Tartini – worauf die Leiche, als ob Nicolo gar nicht gegenwärtig wäre, noch einmal entdeckelt, durch die Anwesenden gesegnet und alsdann versenkt und in dem Gewölbe verschlossen ward.

Dieser Vorfall, der ihn tief beschämte, erweckte in der Brust des Unglücklichen einen brennenden Haß gegen Elviren; denn ihr glaubte er den Schimpf, den ihm der Alte vor allem Volk angetan hatte, zu verdanken zu haben. Mehrere Tage lang sprach Piachi kein Wort mit ihm, und da er gleichwohl wegen der Hinterlassenschaft Constanzens seiner Geneigtheit und Gefälligkeit bedurfte: so sah er sich genötigt, an einem Abend des Alten Hand zu ergreifen und ihm mit der Miene der Reue unverzüglich und auf immerdar die Verabschiedung der Xaviera anzugeloben. Aber dies Versprechen war er wenig gesonnen zu halten; vielmehr schärfte der Widerstand, den man ihm entgegensetzte, nur seinen Trotz und übte ihn in der Kunst, die Aufmerksamkeit des redlichen Alten zu umgehen. Zugleich war ihm Elvire niemals schöner vorgekommen als in dem Augenblick, da sie zu seiner Vernichtung das Zimmer, in welchem sich das Mädchen befand, öffnete und wieder schloß. Der Unwille, der sich mit sanfter Glut auf ihren Wangen entzündete, goß einen unendlichen Reiz über ihr mildes, von Affekten nur selten bewegtes Antlitz; es schien ihm unglaublich, daß sie, bei soviel Lokkungen dazu, nicht selbst zuweilen auf dem Wege wandeln sollte, dessen Blumen zu brechen er eben so schmählich von ihr gestraft worden war. Er glühte vor Begierde, ihr, falls dies der Fall sein sollte, bei dem Alten denselben Dienst zu erweisen als sie ihm, und bedurfte und suchte nichts als die Gelegenheit, diesen Vorsatz ins Werk zu richten.

Einst ging er, zu einer Zeit, da gerade Piachi außer dem Hause war, an Elvirens Zimmer vorbei und hörte zu seinem Befremden, daß man darin sprach. Von raschen, heimtückischen Hoffnungen durchzuckt, beugte er sich mit Augen und Ohren gegen das Schloß nieder, und – Himmel! was erblickte er? Da lag sie, in der Stellung der Verzückung, zu jemandes Füßen, und ob er gleich die Person nicht erkennen konnte, so vernahm er doch ganz deutlich, recht mit dem Akzent der Liebe ausgesprochen, das geflüsterte Wort Colino. Er legte sich mit klopfendem Herzen in das Fenster des Korridors, von wo aus er, ohne seine Absicht zu verraten, den Eingang des Zimmers beobachten konnte, und schon glaubte er bei einem Geräusch, das sich ganz leise am Riegel erhob, den unschätzbaren Augenblick, da er die Scheinheilige entlarven könne, gekommen: als statt des Unbekannten, den er erwartete, Elvire selbst ohne irgend eine Begleitung, mit einem ganz gleichgültigen und ruhigen Blick, den sie aus der Ferne auf ihn warf, aus dem Zimmer hervortrat. Sie hatte ein Stück selbstgewebter Leinwand unter dem Arm, und nachdem sie das Gemach mit einem Schlüssel, den sie sich von der Hüfte nahm, verschlossen hatte, stieg sie ganz ruhig, die Hand ans Geländer gelehnt, die Treppe hinab. Diese Verstellung, diese scheinbare Gleichgültigkeit schien ihm der Gipfel der Frechheit und Arglist, und kaum war sie ihm aus dem Gesicht, als er schon lief, einen Hauptschlüssel herbeizuholen und, nachdem er die Umringung mit scheuen Blicken ein wenig geprüft hatte, heimlich die

Tür des Gemachs öffnete. Aber wie erstaunte er, als er alles leer fand und in allen vier Winkeln, die er durchspähte, nichts, das einem Menschen auch nur ähnlich war, entdeckte: außer dem Bild eines jungen Ritters in Lebensgröße, das in einer Nische der Wand hinter einem rotseidenen Vorhang, von einem besonderen Lichte bestrahlt, aufgestellt war. Nicolo erschrak, er wußte selbst nicht warum: und eine Menge von Gedanken fuhren ihm, den großen Augen des Bildes, das ihn starr ansah, gegenüber, durch die Brust: doch ehe er sie noch gesammelt und geordnet hatte, ergriff ihn schon Furcht, von Elviren entdeckt und gestraft zu werden; er schloß in nicht geringer Verwirrung die Tür wieder zu und entfernte sich.

Je mehr er über diesen sonderbaren Vorfall nachdachte, je wichtiger ward ihm das Bild, das er entdeckt hatte, und je peinlicher und brennender ward die Neugierde in ihm, zu wissen, wer damit gemeint sei. Denn er hatte sie im ganzen Umriß ihrer Stellung auf Knieen liegen gesehen, und es war nur zu gewiß, daß derjenige, vor dem dies geschehen war, die Gestalt des jungen Ritters auf der Leinwand war. In der Unruhe des Gemüts, die sich seiner bemeisterte, ging er zu Xaviera Tartini und erzählte ihr die wunderbare Begebenheit, die er erlebt hatte. Diese, die in dem Interesse, Elviren zu stürzen, mit ihm zusammentraf, indem alle Schwierigkeiten, die sie in ihrem Umgang fanden, von ihr herrührten, äußerte den Wunsch, das Bild, das in dem Zimmer derselben aufgestellt war, einmal zu sehen. Denn einer ausgebreiteten Bekanntschaft unter den Edelleuten Italiens konnte sie sich rühmen, und falls derjenige, der hier in Rede stand, nur irgend einmal in Rom gewesen und von einiger Bedeutung war, so durfte sie hoffen, ihn zu kennen. Es fügte sich auch bald, daß die beiden Eheleute Piachi, da sie einen Verwandten besuchen wollten, an einem Sonntag auf das Land reiseten, und kaum wußte Nicolo auf diese Weise das Feld rein, als er schon zu Xavieren eilte und diese mit einer kleinen Tochter, die sie von dem Kardinal hatte, unter dem Vorwande, Gemälde und Stickerei zu besehen, als eine fremde Dame in Elvirens Zimmer führte. Doch wie betroffen war Nicolo, als die kleine Klara (so hieß die Tochter), sobald er nur den Vorhang erhoben hatte, ausrief: »Gott, mein Vater! Signor Nicolo, wer ist das anders, als Sie?« Xaviera verstummte. Das Bild, in der Tat, je länger sie es ansah, hatte eine auffallende Ähnlichkeit mit ihm: besonders wenn sie sich ihn, wie ihrem Gedächtnis gar wohl möglich war, in dem ritterlichen Aufzug dachte, in welchem er vor wenigen Monaten heimlich mit ihr auf dem Karneval gewesen war. Nicolo versuchte ein plötzliches Erröten, das sich über seine Wangen ergoß, wegzuspotten: er sagte, indem er die Kleine küßte: wahrhaftig, liebste Klara, das Bild gleicht mir, wie du demjenigen, der sich deinen Vater glaubt! – Doch Xaviera, in deren Brust das bittere Gefühl der Eifersucht rege geworden war, warf einen Blick auf ihn; sie sagte, indem sie vor den Spiegel trat, zuletzt sei es gleichgültig, wer die Person sei, empfahl sich ihm ziemlich kalt und verließ das Zimmer.

Nicolo verfiel, sobald Xaviera sich entfernt hatte, in die lebhafteste Bewegung über diesen Auftritt. Er erinnerte sich mit vieler Freude der sonderbaren und lebhaften Erschütterung, in welche er durch die phantastische Erscheinung jener Nacht Elviren versetzt hatte. Der Gedanke, die Leidenschaft dieser als ein Muster der Tugend umwandelnden Frau erweckt zu haben, schmeichelte ihm fast ebensosehr, als die Begierde, sich an ihr zu rächen, und da sich ihm die Aussicht eröffnete, mit einem und demselben Schlage beide, das eine Gelüst wie das andere, zu befriedigen, so erwartete er mit vieler Ungeduld Elvirens Wiederkunft und die Stunde, da ein Blick in ihr Auge seine schwankende Überzeugung krönen würde. Nichts störte ihn in dem Taumel, der ihn ergriffen hatte, als die bestimmte Erinnerung, daß Elvire das Bild, vor dem sie auf Knien lag, damals, als er sie durch das Schlüsselloch belauschte: Colino genannt hatte; doch auch in dem Klang dieses im Lande nicht eben gebräuchlichen Namens lag mancherlei, das sein Herz, er wußte nicht warum, in süße Träume wiegte, und in der Alternative, einem von beiden Sinnen, seinem Auge oder seinem Ohr, zu mißtrauen, neigte er sich wie natürlich zu demjenigen hinüber, der seiner Begierde am lebhaftesten schmeichelte.

Inzwischen kam Elvire erst nach Verlauf mehrerer Tage von dem Lande zurück, und da sie aus dem Hause des Vetters, den sie besucht hatte, eine junge Verwandte mitbrachte, die sich in Rom umzusehen wünschte, so warf sie, mit Artigkeiten gegen diese beschäftigt, auf Nicolo, der sie sehr freundlich aus dem Wagen hob, nur einen flüchtigen, nichtsbedeutenden Blick. Mehrere Wochen, der Gastfreundin, die man bewirtete, aufgeopfert, vergingen in einer dem Hause ungewöhnlichen Unruhe; man besuchte in- und außerhalb der Stadt, was einem Mädchen, jung und lebensfroh, wie sie war, merkwürdig sein mochte, und Nicolo, seiner Geschäfte im Kontor halber zu allen diesen kleinen Fahrten nicht eingeladen, fiel wieder in bezug auf Elviren in die übelste Laune zurück. Er begann wieder mit den bittersten und quälendsten Gefühlen an den Unbekannten zurückzudenken, den sie in heimlicher Ergebung vergötterte; und dies Gefühl zerriß besonders am Abend der längst mit Sehnsucht erharrten Abreise jener jungen Verwandten sein verwildertes Herz, da Elvire, statt nun mit ihm zu sprechen, schweigend während einer ganzen Stunde mit einer kleinen, weiblichen Arbeit beschäftigt, am Speisetisch saß. Es traf sich, daß Piachi wenige Tage zuvor nach einer Schachtel mit kleinen, elfenbeinemen Buchstaben gefragt hatte, vermittelst welcher Nicolo in seiner Kindheit unterrichtet worden und die dem Alten nun, weil sie niemand mehr brauchte, in den Sinn gekommen war, an ein kleines Kind in der Nachbarschaft zu verschenken. Die Magd, der man aufgegeben hatte, sie unter vielen andern alten Sachen aufzusuchen, hatte inzwischen nicht mehr gefunden, als die sechs, die den

Namen Nicolo ausmachen; wahrscheinlich weil die andern ihrer geringeren Beziehung auf den Knaben wegen minder in acht genommen und, bei welcher Gelegenheit es sei, verschleudert worden waren.

Da nun Nicolo die Lettern, welche seit mehreren Tagen auf dem Tisch lagen, in die Hand nahm und, während er mit dem Arm auf die Platte gestützt in trüben Gedanken brütete, damit spielte, fand er – zufällig in der Tat, selbst, denn er erstaunte darüber, wie er noch in seinem Leben nicht getan – die Verbindung heraus, welche den Namen Colino bildet. Nicolo, dem diese logogriphische Eigenschaft seines Namens fremd war, warf, von rasenden Hoffnungen von neuem getroffen, einen ungewissen und scheuen Blick auf die ihm zur Seite sitzende Elvire. Die Übereinstimmung, die sich zwischen beiden Wörtern angeordnet fand, schien ihm mehr als ein bloßer Zufall; er erwog in unterdrückter Freude den Umfang dieser sonderbaren Entdeckung, und harrte, die Hände vom Tisch genommen, mit klopfendem Herzen des Augenblicks, da Elvire aufsehen und den Namen, der offen dalag, erblicken würde. Die Erwartung, in der er stand, täuschte ihn auch keineswegs; denn kaum hatte Elvire, in einem müßigen Moment die Aufstellung der Buchstaben bemerkt und harmlos und gedankenlos, weil sie ein wenig kurzsichtig war, sich näher darüber hingebeugt, um sie zu lesen: als sie schon Nicolos Antlitz, der in scheinbarer Gleichgültigkeit darauf niedersah, mit einem sonderbar beklommenen Blick überflog, ihre Arbeit mit einer Wehmut, die man nicht beschreiben kann, wieder aufnahm und, unbemerkt wie sie sich glaubte, eine Träne nach der andern, unter sanftem Erröten auf ihren Schoß fallen ließ. Nicolo, der alle diese innerlichen Bewegungen, ohne sie anzusehen, beobachtete, zweifelte gar nicht mehr, daß sie unter dieser Versetzung der Buchstaben nur seinen eignen Namen verberge. Er sah sie die Buchstaben mit einemmal sanft übereinander schieben, und seine wilden Hoffnungen erreichten den Gipfel der

Zuversicht, als sie aufstand, ihre Handarbeit weglegte
und in ihr Schlafzimmer verschwand. Schon wollte er
aufstehen und ihr dahin folgen: als Piachi eintrat und
von einer Hausmagd auf die Frage, wo Elvire sei? zur
Antwort erhielt: »daß sie sich nicht wohl befinde und
sich auf das Bett gelegt habe.« Piachi, ohne eben große
Bestürzung zu zeigen, wandte sich um und ging, um zu
sehen, was sie mache; und da er nach einer Viertelstunde mit der Nachricht, daß sie nicht zu Tische kommen
würde, wiederkehrte und weiter kein Wort darüber verlor: so glaubte Nicolo den Schlüssel zu allen rätselhaften
Auftritten dieser Art, die er erlebt hatte, gefunden zu
haben.

Am andern Morgen, da er in seiner schändlichen
Freude beschäftigt war, den Nutzen, den er aus dieser
Entdeckung zu ziehen hoffte, zu überlegen, erhielt er
ein Billet von Xavieren, worin sie ihn bat, zu ihr zu
kommen, indem sie ihm, Elviren betreffend, etwas, das
ihm interessant sein würde, zu eröffnen hätte. Xaviera
stand durch den Bischof, der sie unterhielt, in der eng-
sten Verbindung mit den Mönchen des Karmeliterklosters, und da seine Mutter in diesem Kloster zur Beichte
ging, so zweifelte er nicht, daß es jener möglich gewesen
wäre, über die geheime Geschichte ihrer Empfindungen Nachrichten, die seine unnatürlichen Hoffnungen
bestätigen konnten, einzuziehen. Aber wie unange-
nehm, nach einer sonderbar schalkhaften Begrüßung
Xavierens, ward er aus der Wiege genommen, als sie ihn
lächelnd auf den Diwan, auf welchem sie saß, niederzog
und ihm sagte: sie müsse ihm nur eröffnen, daß der
Gegenstand von Elvirens Liebe ein schon seit zwölf
Jahren im Grabe schlummernder Toter sei. – Aloysius,
Marquis von Montferrat, dem ein Oheim zu Paris, bei
dem er erzogen worden war, den Zunamen Collin, späterhin in Italien scherzhafter Weise in Colino umgewandelt, gegeben hatte, war das Original des Bildes, das er
in der Nische hinter dem rotseidenen Vorhang in Elvirens Zimmer entdeckt hatte – der junge genuesische

Ritter, der sie in ihrer Kindheit auf so edelmütige Weise aus dem Feuer gerettet und an den Wunden, die er dabei empfangen hatte, gestorben war. – Sie setzte hinzu, daß sie ihn nur bitte, von diesem Geheimnis weiter keinen Gebrauch zu machen, indem es ihr unter dem Siegel der äußersten Verschwiegenheit von einer Person, die selbst kein eigentliches Recht darüber habe, im Karmeliterkloster anvertraut worden sei. Nicolo versicherte, indem Blässe und Röte auf seinem Gesicht wechselten, daß sie nichts zu befürchten habe; und gänzlich außerstand, wie er war, Xaveriens schelmischen Blicken gegenüber die Verlegenheit, in welche ihn diese Eröffnung gestürzt hatte, zu verbergen, schützte er ein Geschäft vor, das ihn abrufe, nahm unter einem häßlichen Zucken seiner Oberlippe seinen Hut, empfahl sich und ging ab.

Beschämung, Wollust und Rache vereinigten sich jetzt, um die abscheulichste Tat, die je verübt worden ist, auszubrüten. Er fühlte wohl, daß Elvirens reiner Seele nur durch einen Betrug beizukommen sei, und kaum hatte ihm Piachi, der auf einige Tage aufs Land ging, das Feld geräumt, als er auch schon Anstalten traf, den satanischen Plan, den er sich ausgedacht hatte, ins Werk zu richten. Er besorgte sich genau denselben Anzug wieder, in welchem er vor wenig Monaten, da er zur Nachtzeit heimlich vom Karneval zurückkehrte, Elviren erschienen war, und Mantel, Kollett und Federhut, genuesischen Zuschnitts, genau so, wie sie das Bild trug, umgeworfen, schlich er sich kurz vor dem Schlafengehen in Elvirens Zimmer, hing ein schwarzes Tuch über das in der Nische stehende Bild und wartete, einen Stab in der Hand, ganz in der Stellung des gemalten jungen Patriziers, Elvirens Vergötterung ab. Er hatte auch im Scharfsinn seiner schändlichen Leidenschaft ganz richtig gerechnet; denn kaum hatte Elvire, die bald darauf eintrat, nach einer stillen und ruhigen Entkleidung, wie sie gewöhnlich zu tun pflegte, den seidnen Vorhang, der die Nische bedeckte, eröffnet und ihn erblickt: als

sie schon: Colino! Mein Geliebter! rief und ohnmächtig
auf das Getäfel des Bodens niedersank.

Nicolo trat hierauf aus der Nische hervor; er stand
einen Augenblick im Anschauen ihrer Reize versunken
und betrachtete ihre zarte, unter dem Kuß des Todes
plötzlich erblassende Gestalt: hob sie aber bald, da keine
Zeit zu verlieren war, in seinen Armen auf und trug sie,
indem er das schwarze Tuch von dem Bild herabriß, auf
das im Winkel des Zimmers stehende Bett. Dies abgetan,
ging er, die Tür zu verriegeln, fand aber, daß sie schon
verschlossen war, und sicher, daß sie auch nach Wiederkehr ihrer verstörten Sinne seiner phantastischen, dem
Ansehen nach überirdischen Erscheinung keinen Widerstand leisten würde, kehrte er jetzt zu dem Lager
zurück, bemüht, sie mit heißen Küssen auf Brust und
Lippen aufzuwecken. Aber die Nemesis, die dem Frevel
auf dem Fuß folgt, wollte, daß Piachi, den der Elende
noch auf mehrere Tage entfernt glaubte, unvermutet in
eben dieser Stunde in seine Wohnung zurückkehren
mußte; leise, da er Elviren schon schlafen glaubte,
schlich er durch den Korridor heran, und da er immer
den Schlüssel bei sich trug, so gelang es ihm plötzlich,
ohne daß irgend ein Geräusch ihn angekündigt hätte, in
das Zimmer einzutreten. Nicolo stand wie vom Donner
gerührt; er warf sich, da seine Büberei auf keine Weise
zu bemänteln war, dem Alten zu Füßen und bat ihn,
unter der Beteurung, den Blick nie wieder zu seiner
Frau zu erheben, um Vergebung. Und in der Tat war
der Alte auch geneigt, die Sache still abzumachen;
sprachlos, wie ihn einige Worte Elvirens gemacht hatten, die sich, von seinen Armen umfaßt, mit einem
entsetzlichen Blick, den sie auf den Elenden warf, erholt
hatte, nahm er bloß, indem er die Vorhänge des Bettes,
auf welchem sie ruhte, zuzog, die Peitsche von der
Wand, öffnete ihm die Tür und zeigte ihm den Weg,
den er unmittelbar wandern sollte. Doch dieser, eines
Tartüffe völlig würdig, sah nicht sobald, daß auf diesem
Wege nichts auszurichten war, als er plötzlich vom Fuß-

boden erstand und erklärte: an ihm, dem Alten, sei es, das Haus zu räumen, denn er, durch vollgültige Dokumente eingesetzt, sei der Besitzer und werde sein Recht, gegen wen immer auf der Welt es sei, zu behaupten wissen! – Piachi traute seinen Sinnen nicht; durch diese unerhörte Frechheit wie entwaffnet, legte er die Peitsche weg, nahm Hut und Stock, lief augenblicklich zu seinem alten Rechtsfreund, dem Doktor Valerio, klingelte eine Magd heraus, die ihm öffnete, und fiel, da er sein Zimmer erreicht hatte, bewußtlos, noch ehe er ein Wort vorgebracht hatte, an seinem Bette nieder. Der Doktor, der ihn und späterhin auch Elviren in seinem Hause aufnahm, eilte gleich am andern Morgen, die Festsetzung des höllischen Bösewichts, der mancherlei Vorteile für sich hatte, auszuwirken; doch während Piachi seine machtlosen Hebel ansetzte, ihn aus den Besitzungen, die ihm einmal zugeschrieben waren, wieder zu verdrängen, flog jener schon mit einer Verschreibung über den ganzen Inbegriff derselben zu den Karmelitermönchen, seinen Freunden, und forderte sie auf, ihn gegen den alten Narren, der ihn daraus vertreiben wolle, zu beschützen. Kurz, da er Xavieren, welche der Bischof los zu sein wünschte, zu heiraten willigte, siegte die Bosheit, und die Regierung erließ auf Vermittelung dieses geistlichen Herrn ein Dekret, in welchem Nicolo in den Besitz bestätigt und dem Piachi aufgegeben ward, ihn nicht darin zu belästigen.

Piachi hatte gerade tags zuvor die unglückliche Elvire begraben, die an den Folgen eines hitzigen Fiebers, das ihr jener Vorfall zugezogen hatte, gestorben war. Durch diesen doppelten Schmerz gereizt, ging er, das Dekret in der Tasche, in das Haus, und stark, wie die Wut ihn machte, warf er den von Natur schwächeren Nicolo nieder und drückte ihm das Gehirn an der Wand ein. Die Leute, die im Hause waren, bemerkten ihn nicht eher, als bis die Tat geschehen war; sie fanden ihn noch, da er den Nicolo zwischen den Knien hielt, und ihm das Dekret in den Mund stopfte. Dies abgemacht, stand er, indem er alle seine Waffen abgab, auf, ward ins Gefängnis gesetzt, verhört und verurteilt, mit dem Strange vom Leben zum Tode gebracht zu werden.

In dem Kirchenstaat herrscht ein Gesetz, nach welchem kein Verbrecher zum Tode geführt werden kann, bevor er die Absolution empfangen. Piachi, als ihm der Stab gebrochen war, verweigerte sich hartnäckig der Absolution. Nachdem man vergebens alles, was die Religion an die Hand gab, versucht hatte, ihm die Strafwürdigkeit seiner Handlung fühlbar zu machen, hoffte man, ihn durch den Anblick des Todes, der seiner wartete, in das Gefühl der Reue hineinzuschrecken, und führte ihn nach dem Galgen hinaus. Hier stand ein Priester und schilderte ihm mit der Lunge der letzten Posaune alle Schrecknisse der Hölle, in die seine Seele hinabzufallen im Begriff war, dort ein anderer, den Leib des Herrn, das heilige Entsühnungsmittel, in der Hand, und pries ihm die Wohnungen des ewigen Friedens. – »Willst du der Wohltat der Erlösung teilhaftig werden?« fragten ihn beide. »Willst du das Abendmahl empfangen?« – Nein, antwortete Piachi. – »Warum nicht?« – Ich will nicht selig sein. Ich will in den untersten Grund der Hölle hinabfahren. Ich will den Nicolo, der nicht im Himmel sein wird, wiederfinden und meine Rache, die ich hier nur unvollständig befriedigen konnte, wieder aufnehmen! – Und damit bestieg er die Leiter und forderte den Nachrichter auf, sein Amt zu tun. Kurz, man sah sich genötigt, mit der Hinrichtung einzuhalten und den Unglücklichen, den das Gesetz in Schutz nahm, wieder in das Gefängnis zurückzuführen. Drei hintereinander folgende Tage machte man dieselben Versuche und immer mit demselben Erfolg. Als er am dritten Tage wieder, ohne an den Galgen geknüpft zu werden, die Leiter herabsteigen mußte: hob er mit einer grimmigen Gebärde die Hände empor, das unmenschliche Gesetz verfluchend, das ihn nicht zur Hölle fahren lassen wolle. Er rief die ganze Schar der Teufel herbei, ihn zu holen, verschwor sich, sein einziger Wunsch sei, gerichtet und verdammt zu werden, und versicherte, er würde noch dem ersten besten Priester an den Hals kommen, um des Nicolo in der Hölle wieder habhaft zu werden! – Als man dem Papst dies meldete, befahl er, ihn ohne Absolution hinzurichten; kein Priester begleitete ihn, man knüpfte ihn ganz in der Stille auf dem Platz del popolo auf.

INHALT

WEITERFÜHRENDE LITERATUR

BECKMANN, BEAT: Kleists Bewußtseinskritik. Eine
Untersuchung der Erzählform seiner Novellen.
Bern/ Frankfurt/M. 1978.

BLÖCKER, GÜNTER: Heinrich von Kleist oder das
Absolute Ich. Berlin 1960.

DETTMERING, PETER: Heinrich von Kleist. Zur Psycho-
dynamik in seiner Dichtung. München 1975.

HEINRITZ, REINHARD: Kleists Erzähltexte. Interpre-
tation nach formalistischen Theorieansätzen. Erlangen 1983.

HOVERLAND, LILIAN: Heinrich von Kleist und das
Prinzip der Gestaltung. Königstein i. Ts. 1978.

KREUTZER, HANS JOACHIM: Die dichterische Entwick-
lung Heinrich von Kleists. Berlin 1968.

SCHMIDT, HERMINIO: Heinrich von Kleist. Naturwis-
senschaft als Dichtungsprinzip. Bern/Stuttgart 1978.

WOLFF, HANS M.: Heinrich von Kleist. Die Geschichte
seines Schaffens. Bern 1954

DIE DEUTSCHEN KLASSIKER

In der gleichen Reihe erscheinen:

Weitere Titel folgen